T0179016

Dónde estás, mundo bello

Dónde estás, mundo bello

SALLY ROONEY

Traducción de
Inga Pellisa

LITERATURA RANDOM HOUSE

Penguin
Random House
Grupo Editorial

Título original: *Beautiful World, Where Are You*
Primera edición: septiembre de 2021

© 2021, Sally Rooney
Reservados todos los derechos
© 2021, Penguin Random House Grupo Editorial, S.A.U.
Travessera de Gràcia, 47-49. 08021 Barcelona
© 2021, Penguin Random House Grupo Editorial USA, LLC.
8950 SW 74th Court, Suite 2010
Miami, FL 33156

© 2021, Inga Pellisa, por la traducción

p. 7: Natalia Ginzburg, fragmento de «Mi oficio», en *Las pequeñas virtudes*,
traducción de Celia Filipetto, Acantilado, Barcelona, 2002
p. 23: R. M. Rilke, fragmento de «Día de otoño»,
traducción de Jaime Ferreiro en *Antología poética*, Espasa, Barcelona 2016
p. 156: Frank O'Hara, fragmento de «Cómo llegar»,
traducción de Leonor Saro en *La escuela poética de Nueva York*, Alba, Barcelona, 2020
p. 174: Marcel Proust, fragmento de *A la sombra de las muchachas en flor*,
traducción de Mauro Armiño, Valdemar, Madrid, 2008
p. 266: T. S. Eliot, fragmento de *La tierra baldía*,
traducción de Andreu Jaume, Lumen, Barcelona, 2015

Impreso en México - *Printed in Mexico*

ISBN: 978-84-397-3923-4

21 22 23 24 25   10 9 8 7 6 5 4 3 2 1

Cuando escribo algo, suelo pensar que es muy importante y que soy una gran escritora. Creo que a todos les ocurre igual. Pero hay un rinconcito de mí donde sé muy bien y siempre lo que soy, es decir, una escritora pequeña, muy pequeña. Juro que lo sé. Pero no me importa mucho.

NATALIA GINZBURG, «Mi oficio»

1

Una mujer estaba sentada en el bar de un hotel, mirando la puerta. Tenía un aspecto pulcro y cuidado: blusa blanca, pelo rubio recogido detrás de las orejas. Echó un vistazo a la pantalla del móvil, que mostraba la interfaz de una app de mensajería, y luego volvió a mirar hacia la puerta. Era finales de marzo, el bar estaba tranquilo, y al otro lado de la ventana de su derecha el sol empezaba a ponerse sobre el Atlántico. Pasaban cuatro minutos de las siete, y luego pasaron cinco, seis. De refilón y sin apreciable interés se examinó las uñas. A las siete y ocho minutos un hombre cruzó la puerta. Era delgado y de pelo oscuro, con la cara alargada. Miró alrededor, examinando los rostros del resto de clientes, y luego sacó el móvil y consultó la pantalla. La mujer de la ventana reparó en él, pero, más allá de observarlo, no hizo ningún otro intento de captar su atención. Parecían más o menos de la misma edad, veintilargos o treinta y pocos. Esperó sin más hasta que la vio y fue hacia ella.

¿Eres Alice?, preguntó.

Sí, soy yo, respondió.

Vale, soy Felix. Perdona que llegue tarde.

No pasa nada, dijo ella con tono amable.

El hombre le preguntó qué quería tomar y fue a la barra a por las bebidas. La camarera le preguntó qué tal todo, y él respondió: Bien, sí, ¿y tú? Pidió un vodka tónica y una pinta de cerveza. En lugar de llevarse el botellín de tónica, lo vació en el vaso con un rápido y experto movimiento de muñeca. La mujer de la mesa tamborileó sobre un posavasos, a la espera. Tenía una actitud más alerta y despierta desde que el hombre había entrado en el bar. Miró afuera, a la puesta de sol, como si le resultara de interés, pese a que no le había prestado ninguna atención hasta el momento. Cuando el hombre volvió y dejó las bebidas en la mesa, una gota de cerveza se derramó por el borde, y ella siguió su rápido descenso por el lateral del vaso.

Me decías que te acababas de mudar, dijo él. ¿Verdad?

Ella asintió, dio un sorbo, se lamió el labio superior.

¿Y eso por qué?, le preguntó.

¿Qué quieres decir?

Bueno, no es que se venga mucha gente a vivir aquí, en general. Gente que se marcha, eso ya es más normal. No has venido por trabajo, ¿no?

Ah. No, no exactamente.

Una mirada momentánea entre ambos pareció confirmar que el hombre esperaba alguna explicación más. La expresión de ella titubeó, como si estuviese tratando de decidirse, y luego sonrió con un aire algo informal, casi cómplice.

Bueno, ya andaba pensando en mudarme a alguna parte, dijo, y entonces me comentaron que había una casa aquí, justo a las afueras del pueblo; un amigo mío conoce a los dueños. Por lo visto llevan una eternidad intentando venderla, y al final empezaron a buscar a alguien que viviera en ella mientras tanto. En fin, me pareció que sería bonito vivir al lado del mar. Supongo que fue un poco impulsivo, la verdad. Así que… Eso es todo, no hay más motivos.

Él bebía y la escuchaba. La mujer daba la impresión de haberse puesto ligeramente nerviosa hacia el final de la explicación, cosa que se manifestó en una respiración entrecortada y cierto gesto de autodesdén. Él contempló impasible todo este desarrollo y luego dejó el vaso sobre la mesa.

Ajá, dijo. Y antes habías estado en Dublín, ¿verdad?

En varios sitios. Pasé un tiempo en Nueva York. Soy de Dublín, creo que ya te lo dije. Pero estuve viviendo en Nueva York hasta el año pasado.

¿Y qué vas a hacer ahora que estás aquí? ¿Vas a buscar trabajo, o algo?

Ella guardó silencio. El hombre sonrió y recostó la espalda en el asiento, sin dejar de mirarla.

Perdona por tanta pregunta, le dijo. Creo que no me hago todavía una imagen completa.

No, no me importa. Pero no se me dan muy bien las respuestas, como puedes ver.

¿De qué trabajas, entonces? La última pregunta.

Ahora ella le sonrió también, una sonrisa tensa.

Soy escritora, dijo. ¿Por qué no me cuentas a qué te dedicas tú?

Ah, lo mío es mucho más normal. Me gustaría saber qué escribes, pero no te interrogo más. Trabajo en un almacén, a las afueras del pueblo.

¿Haciendo qué?

Bueno, haciendo qué…, repitió filosóficamente. Recogiendo pedidos de los estantes, poniéndolos en un carro y llevándolos arriba para que los embalen. No es muy emocionante.

¿No te gusta, entonces?

Dios, no, respondió él. Lo odio a muerte. Pero no me pagarían por hacer algo que me gustase, ¿no? Es lo que tiene el trabajo, si valiese la pena lo harías gratis.

Ella sonrió y dijo que era verdad. Al otro lado de la ventana el cielo se había oscurecido, y las luces del camping empezaban a encenderse más abajo: el resplandor frío y salobre de las farolas y las luces cálidas y amarillentas de las ventanas. La camarera había salido de detrás de la barra y estaba pasándoles una bayeta a las mesas vacías. La mujer llamada Alice la observó unos segundos y luego volvió a mirar al hombre.

¿Y qué hace la gente para divertirse por aquí?, le preguntó.

Como en todas partes. Hay algunos pubs. Una discoteca en Ballina, que está a unos veinte minutos en coche. Y está la feria, claro, pero es más para niños. Supongo que aún no has hecho amigos por aquí, ¿verdad?

Creo que eres la primera persona con la que tengo una conversación desde que me mudé.

Él pareció sorprendido.

¿Eres tímida?, le preguntó.

Dímelo tú.

Se miraron el uno al otro. A ella ya no se la veía nerviosa, sino distante, en cierto modo, mientras el hombre inspeccionaba su cara como intentando sacar algo en claro. No dio la impresión, al cabo de un segundo o dos, de que concluyese haberlo logrado.

Igual sí, respondió.

Ella le preguntó dónde vivía, y él le explicó que compartía casa con unos amigos, ahí cerca. Mirando por la ventana, añadió que la urbanización casi se veía desde donde estaban, justo al otro lado del camping. Se inclinó sobre la mesa para señalárselo, pero luego dijo que estaba demasiado oscuro.

Bueno, justo al otro lado, dijo.

Cuando se acercó a ella, sus miradas se cruzaron. La mujer bajó la vista al regazo, y él reprimió una sonrisa mientras volvía a sentarse. Ella le preguntó si sus padres seguían viviendo ahí. El hombre le contó que su madre había fallecido un año antes y que su padre estaba «Dios sabe dónde».

A ver, para ser justos, lo más probable es que esté en Galway o algún sitio así, añadió. No es que te lo vayas a encontrar en Argentina ni nada de eso. Pero hace años que no lo veo.

Siento mucho lo de tu madre, dijo ella.

Sí. Gracias.

La verdad es que yo también llevo un tiempo sin ver a mi padre. No se puede… confiar mucho en él.

Felix levantó la vista del vaso.

¿Y eso?, dijo. Bebe, ¿no?

Mhm. Y…, bueno, se inventa historias.

Felix asintió.

Creía que eso era lo tuyo, dijo.

Ella se ruborizó visiblemente al oír el comentario, cosa que dio la impresión de coger a Felix por sorpresa e incluso alarmarlo.

Muy gracioso, dijo Alice. En fin. ¿Te apetece otra?

Después de la segunda, tomaron una tercera. Él le preguntó si tenía hermanos o hermanas, y ella le respondió que uno, más pequeño. Felix le dijo que él tenía un hermano también. Hacia el final de la tercera copa, Alice tenía la cara sonrosada, y los ojos se le habían puesto vidriosos y brillantes. Felix estaba exactamente igual que al entrar en el bar, ni un solo cambio en su actitud o en su tono de voz. Pero mientras que la mirada de Alice vagaba cada vez más por la sala, con un interés difuso en el entorno, la atención que le prestaba él se había tornado más vigilante y concentrada. Ella hizo tintinear el hielo en el vaso vacío, entretenida.

¿Te gustaría ver mi casa?, le preguntó. Llevo tiempo queriendo presumir de ella, pero no conozco a nadie a quien invitar. O sea, invitaré a mis amigos, obviamente. Pero están todos desperdigados por ahí.

En Nueva York.

En Dublín, sobre todo.

¿Por dónde queda la casa?, preguntó él. ¿Se puede ir andando?

Desde luego que sí. De hecho, no nos queda otra. Yo no conduzco, ¿tú sí?

Ahora mismo, no. O no me arriesgaría, al menos. Pero tengo carnet, sí.

¿Ah, sí?, murmuró ella. Qué romántico. ¿Quieres otra, o nos vamos ya?

Felix hizo un gesto de extrañeza para sí ante la pregunta, o ante la manera de formularla, o ante el uso del término *romántico*. Ella, mientras, hurgaba en su bolso sin alzar la vista.

Venga, vamos tirando, por qué no, respondió.

Alice se levantó y se empezó a poner la chaqueta, una gabardina beige con una sola hilera de botones. Felix la miró mientras doblaba uno de los puños para igualarlo con el otro. De pie, era solo un poco más alto que ella.

¿Está muy lejos?, le preguntó.

Ella le sonrió juguetona.

¿Te lo estás pensando?, dijo. Si te cansas de andar siempre puedes abandonarme y volver atrás, estoy bastante acostumbrada. A la caminata, me refiero. No a que me abandonen. A eso podría estar acostumbrada también, pero no es algo que vaya contando a los desconocidos.

Él no respondió nada, se limitó a asentir, con una expresión vagamente adusta de paciencia, como si este aspecto de la personalidad de Alice, esa tendencia suya a ser «ocurrente» y verborreica fuese, después de una hora o dos de conversación, una cualidad que hubiese percibido y estuviese decidido a ignorar. Le dijo buenas noches a la camarera al salir. A Alice esto pareció llamarle la atención, y echó un vistazo atrás por encima del hombro, como intentando atisbar una vez más a la mujer. Cuando salieron a la acera, le preguntó a Felix si la conocía. La marea rompía en un lejano y sedante embate detrás de ellos, y el aire era frío.

¿A la chica que trabaja aquí?, preguntó él. La conozco, sí. Sinead. ¿Por qué?

Se preguntará qué estabas haciendo ahí conmigo.

Con tono monocorde, Felix respondió:

Yo diría que se hace una idea. ¿Para dónde vamos?

Alice se metió las manos en los bolsillos de la gabardina y empezó a subir por la colina. Parecía haber detectado una especie de desafío o incluso de repulsa en la voz de él, y eso, en lugar de intimidarla, fue como si hubiese reforzado su determinación.

¿Por qué? ¿Quedas a menudo con mujeres aquí?, le preguntó.

Felix tenía que apretar el paso para seguirle el ritmo.

Qué pregunta tan rara, respondió.

¿Sí? Supongo que soy una persona rara.

¿Es asunto tuyo si quedo ahí con gente?

Nada en relación contigo es asunto mío, por supuesto. Solo tengo curiosidad.

Él pareció considerar la respuesta, y entretanto repitió, con voz más queda, no tan segura:

Sí, pero no veo en qué te incumbe a ti eso. Y al cabo de unos segundos añadió: Fuiste tú la que propuso el hotel. Solo para que lo sepas. No acostumbro a ir ahí. Así que no, no quedo muy a menudo con gente en ese sitio. ¿Vale?

Vale, no pasa nada. Me ha picado la curiosidad ese comentario que has hecho, que la chica de la barra se «haría una idea» de lo que estábamos haciendo ahí.

Bueno, estoy seguro de que ha deducido que era una cita, dijo él. Era lo único que quería decir.

Aunque no se volvió a mirarlo, la cara de Alice empezó a mostrar algo más de diversión que antes, o una diversión de otra clase.

¿No te importa que la gente te vea teniendo citas con desconocidas?, le preguntó.

¿Porque es incómodo o algo, quieres decir? No me preocupa mucho, no.

El resto del camino hasta casa de Alice, subiendo por la carretera de la costa, fueron charlando de la vida social de Felix, o mejor dicho Alice le planteó varias preguntas sobre el tema que él sopesó y respondió; ambos hablando ahora en voz más alta, obligados por el ruido del mar. Él no mostró ninguna sorpresa ante sus preguntas, y las respondió con buena disposición, pero sin extenderse en exceso ni dispensar más información de la directamente solicitada. Le contó que se relacionaba más que nada con la gente que había conocido en el instituto y con la gente que conocía del trabajo. Ambos círculos se solapaban un poco, pero no demasiado. Él no le hizo ninguna pregunta a cambio, disuadido tal vez por la reticencia con la que había contestado a las preguntas que le había planteado antes, o tal vez porque había perdido el interés.

Aquí está, dijo ella al fin.

¿Dónde?

Alice descorrió el cerrojo de una pequeña verja blanca y dijo:

Aquí.

Felix se detuvo y miró hacia la casa, situada en lo alto de un tramo empinado de jardín. No había ninguna ventana iluminada, y la fachada del edificio no se alcanzaba a ver con demasiado detalle, pero la expresión de su cara indicaba que conocía el lugar.

¿Vives en la rectoría?, preguntó.

Ay, no he pensado que ya conocerías la casa. Te lo habría dicho en el bar, no pretendía hacerme la misteriosa.

Alice sostenía la puerta abierta para él, y Felix, sin apartar aún los ojos de la silueta de la casa, que se cernía sobre ellos asomada al mar, la siguió. A su alrededor, el jardín, de un verde apagado, susurraba con el viento. Ella subió el camino con paso ligero y revolvió en el bolso buscando las llaves de la casa. El ruido de las llaves era audible en algún punto en el interior del bolso, pero Alice parecía incapaz de dar con ellas. Felix se quedó ahí parado sin decir nada. Ella se disculpó por hacerle esperar y activó la linterna del móvil, cuya luz iluminó el fondo del bolso y proyectó un resplandor frío y grisáceo en los peldaños de la entrada. Él tenía las manos en los bolsillos.

Ya las tengo, dijo Alice. Y abrió la puerta.

Dentro había un gran vestíbulo con el suelo de baldosas rojas y negras. Una lámpara de cristal marmoleado colgaba del techo, y en una consola delicada y larguirucha situada junto a la pared había una nutria tallada en madera. Alice dejó caer las llaves en la consola y se echó un vistazo rápido en el espejo borroso y picado de la pared.

¿La tienes alquilada tú sola?, le preguntó.

Ya, respondió ella. Es demasiado grande, claramente. Y me estoy gastando un dineral en calefacción. Pero es bonita, ¿verdad que sí? Y no me cobran nada de alquiler. ¿Vamos a la cocina? Encenderé otra vez la caldera.

Felix la siguió por un pasillo hasta una amplia cocina, con módulos fijos a un lado y una mesa de comedor al otro. Encima del fregadero había una ventana con vistas al jardín trasero. Se quedó junto a la puerta mientras ella hurgaba en uno de los armarios. Se volvió a mirarlo.

Puedes sentarte si quieres, le dijo. Pero si estás mejor así quédate de pie, faltaría más. ¿Te apetece una copa de vino? Es lo único que tengo en casa, en el apartado bebidas. Yo me voy a tomar un vaso de agua primero.

¿Qué clase de cosas escribes? Si eres escritora.

Ella dio media vuelta, desconcertada.

¿Si lo soy?, dijo. Supongo que no pensarás que es mentira. Se me habría ocurrido algo mejor, puestos a mentir. Soy novelista. Escribo libros.

Y ganas dinero con eso, ¿no?

Como si percibiese una relevancia nueva en la pregunta, Alice lo miró una vez más antes de seguir llenándose el vaso.

Sí, respondió.

Él continuó observándola y luego se sentó a la mesa. Las sillas estaban acolchadas con cojines tapizados en tela rojiza y fruncida. Se veía todo muy limpio. Frotó la superficie lisa de la mesa con la punta del índice. Alice le dejó un vaso de agua delante y se sentó en una de las sillas.

¿Habías venido alguna vez?, le preguntó. Conocías la casa.

No, solo la conozco porque soy del pueblo. No he sabido nunca quién vivía aquí.

Yo tampoco los conozco apenas. Una pareja mayor. La mujer es artista, creo.

Él asintió sin decir nada.

Te la enseño si quieres, añadió.

Felix siguió sin decir nada, y esta vez ni siquiera asintió. A ella esto no pareció inquietarla; parecía confirmar cierta sospecha que había ido abrigando, y cuando volvió a hablar, lo hizo con el mismo tono seco, casi sarcástico.

Debes de pensar que estoy loca, viviendo aquí sola, dijo.

¿Sin pagar?, respondió él. Anda a la mierda, estarías loca si no. Soltó un bostezo con toda naturalidad y miró por la ventana, o más bien a la ventana, porque fuera ya estaba oscuro y el cristal solo reflejaba el interior de la cocina. ¿Cuántas habitaciones tiene, por curiosidad?, preguntó.

Cuatro.

¿Dónde está la tuya?

En respuesta a la brusquedad de la pregunta, Alice no movió los ojos en un primer momento, sino que siguió mirando fijamente el vaso unos segundos antes de levantar la vista directamente hacia él.

Arriba, dijo. Están todas arriba. ¿Quieres que te la enseñe?

Por qué no.

Se levantaron de la mesa. En el rellano de arriba había una alfombra turca con borlas grises. Alice abrió la puerta de su dormitorio y encendió una pequeña lámpara de pie. A la izquierda había una gran cama de matrimonio. El suelo era de tarima, sin enmoquetar, y una de las paredes tenía una chimenea de azulejos color verde jade. A la derecha, una ventana enorme de guillotina se asomaba al mar, sumido en la oscuridad. Felix fue hacia la ventana con paso despreocupado y acercó la cara al cristal, tanto que su sombra nubló el resplandor de la luz reflejada.

Las vistas deben de ser bonitas de día, comentó.

Alice seguía plantada junto a la puerta:

Sí, son preciosas, dijo. Por la tarde todavía más, de hecho.

Él se dio la vuelta y desplegó una ojeada examinadora sobre el resto de elementos del cuarto, bajo la mirada atenta de Alice.

Muy bonito, concluyó. Un cuarto muy bonito. ¿Vas a escribir un libro el tiempo que estés aquí?

Supongo que lo intentaré.

Y ¿de qué van tus libros?

Pues, no lo sé, respondió ella. De gente.

Eso es un poco difuso. ¿De qué clase de gente escribes?, ¿gente como tú?

Ella lo miró con gesto calmado, como queriendo decirle algo: que entendía su juego, tal vez, que le dejaría ganar, incluso, si jugaba limpio.

¿Qué clase de persona crees que soy yo?, preguntó.

Algo en la templada impasibilidad de su mirada pareció perturbarlo, y soltó una risita corta, aguda.

Bueno, bueno, respondió. Hace solo unas horas que te conozco, todavía no me he formado una opinión sobre ti.

Ya me contarás cuando la tengas, espero.

Puede.

Se quedó unos segundos ahí, muy quieta, mientras él se paseaba por el cuarto fingiendo mirar cosas. Supieron entonces, ambos, lo que estaba a punto de ocurrir, aunque ni uno ni otro habría sabido decir exactamente cómo lo sabía. Alice esperó con indiferencia mientras él seguía echando un vistazo, hasta que por último, puede que sin más energía para posponer lo inevitable, Felix le dio las gracias y se fue. Ella lo acompañó por la escalera; un tramo de bajada. Estaba todavía en los escalones cuando él llegó a la puerta. Fue una de esas situaciones. Después ambos se sintieron mal, sin entender realmente por qué la noche se había terminado torciendo de esa manera. Ahí, quieta en la escalera, sola, se volvió a mirar al rellano. Sigamos sus ojos ahora y reparemos en la puerta del dormitorio abierta, en esa rendija de pared blanca visible entre los barrotes de la baranda.

2

Querida Eileen. Llevo tanto tiempo esperando a que respondas el último email que te mandé que, aquí estoy —¡figúrate!—, escribiéndote uno nuevo antes de recibir respuesta. En mi defensa debo decir que he recopilado ya demasiado material, y que si te espero se me empezarán a olvidar cosas. Tendrías que saber que nuestra correspondencia es mi forma de aferrarme a la vida, de tomar notas y de preservar así una parte de mi —por lo demás casi inútil, o puede que totalmente inútil— existencia en este planeta en rápido declive... Incluyo este párrafo más que nada para hacerte sentir culpable por no haberme respondido todavía, y para asegurarme una más pronta respuesta esta vez. Además, ¿qué es lo que estás haciendo, en lugar de escribirme? No me digas que trabajando.

Me pone de los nervios pensar en el alquiler que pagas en Dublín. ¿Sabes que ahora está más caro que París? Y, perdona que te diga, pero París tiene lo que a Dublín le falta. Uno de los problemas de Dublín es que es, y me refiero en el sentido literal y topográfico, plano, por lo que todo sucede en un único nivel. Otras ciudades tienen sistemas de metro, lo que añade profundidad, y colinas empinadas o rascacielos que les dan altura, pero en Dublín no hay más que edificios grises y achaparrados y tranvías que circulan a pie de calle. Y tampoco se ven patios y azoteas ajardinadas, como en las ciudades del continente, que al menos rompen la uniformidad de la superficie, si no verticalmente, al menos sí conceptualmente. ¿Te lo habías planteando alguna vez así? Puede que, en caso de que no, hubieses notado algo a cierto nivel subconsciente. En Dublín es difícil subir muy arriba o bajar muy abajo, es difícil que te pierdas o que pierdas a alguien, o hacerte con una idea de la perspectiva. Se podría decir que es una forma democrática de organizar una ciudad: que todo pase cara a cara, o sea, en igualdad de condiciones. Es verdad, nadie mira al resto del mundo desde arriba. Pero eso le otorga al cielo una posición de dominio absoluto. No hay un solo punto en el que algo interrumpa o corte el cielo de manera significativa. La aguja del Spire, podrías decir, y yo admitiré que el Spire, que es de todos modos la más ínfima de las intromisiones, y pende como una cinta métrica poniendo en evidencia el tamaño diminuto de cualquier otro edificio circundante. Ese efecto totalizador del cielo no es bueno para la gente. Nada intercede jamás para ocultarlo a la vista. Es como un memento mori. Ojalá alguien le hiciese un agujero.

Últimamente he estado pensando en la política de derechas (y quién no) y en cómo es que el conservadurismo (la fuerza social) se ha terminado asociando con el voraz capitalismo de mercado. La conexión no es evidente, al menos a mí no me lo parece, porque el mercado no preserva nada, sino que ingiere todos los elementos de un panorama social existente y luego los excreta, despojados de significado y de memoria, como transacciones. ¿Qué tiene de «conservador» ese proceso? Y también tengo la sensación de que la idea de «conservadurismo» es falsa en sí misma, porque nada puede conservarse, por definición; el tiempo solo avanza en un sentido, quiero decir. Es un concepto tan básico que la primera vez que se me ocurrió sentí que era un genio, y luego me pregunté si no sería idiota. Pero ¿ves la lógica? No podemos conservar nada, menos aún las relaciones sociales, sin alterar su naturaleza, sin impedir de una forma antinatural parte de su interacción con el tiempo. Mira si no lo que hacen los conservadores con el entorno: su idea de conservación consiste en extraer, saquear y destruir, «porque eso es lo que hemos hecho siempre», pero de ahí justamente que la tierra a la que se lo hacemos ya no sea la misma. Supongo que pensarás que todo esto es rudimentario en extremo, e igual hasta te parezco antidialéctica, pero son los pensamientos abstractos que he ido teniendo y que necesitaba poner por escrito, y de los que tú eres ahora la (gustosa o reacia) depositaria.

Hoy estaba en la tienda del pueblo, comprando algo para la comida, cuando he tenido de pronto una sensación extrañísima: una súbita toma de conciencia de lo inverosímil de esta vida. Es decir, he pensado en toda esa porción de la humanidad —viviendo en su mayor parte en lo que tú y yo consideraríamos una pobreza abyecta— que no ha visto ni ha pisado jamás una tienda como esa. ¡Y esto, esto, es lo que sostiene todo su trabajo! ¡Este estilo de vida, para personas como nosotras! Toda esa variedad de refrescos en botellas de plástico y de comida de oferta empaquetada y de golosinas en bolsas precintadas y de bollería horneada in situ: esta es la culminación de todo el trabajo del mundo, de toda la quema de combustibles fósiles y de todo el deslomarse en plantaciones de café y azúcar. ¡Todo para esto! ¡Para este súper! Me he mareado de pensarlo. Quiero decir que me he puesto enferma de verdad. Ha sido como si recordase de pronto que mi vida es toda ella parte de un programa de televisión, y que todos los días muere gente para grabarlo, que la machacan hasta la muerte de las maneras más horribles, niños, mujeres, y todo para que yo pueda escoger entre diversas opciones de almuerzo, cada una envasada en múltiples capas de plástico de un solo uso. Para eso mueren: ese es el gran experimento. Pensaba que iba a vomitar. Por supuesto, este tipo de sensación no puede durar mucho. Igual me sigo sintiendo mal el resto del día, incluso el resto de la semana, ¿y qué? Tengo que comprar la comida igualmente. Y por si estás preocupada por mí, permíteme que te confirme que la comida la compré.

Te pongo al día sobre mi vida rural y me despido. La casa es caóticamente inmensa, como si no dejase de generar habitaciones nuevas e inadvertidas de manera espontánea. También es fría, y en algunos puntos, húmeda. Vivo a veinte minutos andando de la susodicha tienda, y tengo la sensación de que me paso casi todo el tiempo yendo y viniendo para comprar cosas de las que me he olvidado en la última expedición. Seguro que ayuda a fortalecer el carácter, y cuando nos volvamos a ver tendré una personalidad increíble. Hace unos diez días tuve una cita con un tipo que trabaja en un almacén logístico y pasó de mí totalmente. Para ser justa conmigo misma (siempre lo soy), creo que ha llegado un punto en el que he olvidado cómo entablar relaciones sociales. Me da pavor imaginar las caras que debí de poner en mis esfuerzos por parecer la clase de persona que interacciona con otras de manera regular. Incluso escribiendo este email me siento un poco dispersa y disociada. Rilke tiene un poema que termina así: «El que ahora está solo lo estará siempre / velará, leerá, escribirá largas cartas / y deambulará por las avenidas / inquieto como el rodar de las hojas». Una descripción mejor de mi estado presente no la podría concebir, solo que estamos en abril y no hay hojas rodando. Perdona esta «larga carta», pues. Espero que vengas a verme. Te quiere mucho mucho mucho, Alice.

3

A las doce y veinte de un miércoles a mediodía, una mujer estaba sentada detrás de un escritorio en una oficina diáfana del centro de Dublín, desplazándose por un archivo de texto. Tenía el pelo muy oscuro, recogido holgadamente con una pinza de carey, y llevaba un jersey gris metido en un pantalón pitillo de sastre color negro. Se iba deslizando por el documento por medio de la rueda suave y resbaladiza del ratón del ordenador, con los ojos saltando de aquí para allá entre estrechas columnas de texto, y de vez en cuando se detenía, hacía clic y borraba o insertaba algún carácter. El cambio más frecuente consistía en insertar dos puntos en el nombre «WH Auden», con el fin de unificar la grafía como «W. H. Auden». Cuando llegó al final del documento, abrió el comando de búsqueda, seleccionó la opción «Coincidir mayúsculas y minúsculas» y buscó: «WH». No aparecieron resultados. Retrocedió al principio del documento; las palabras y los párrafos pasaron volando tan rápido que parecían casi por completo ilegibles, y luego, al parecer satisfecha, guardó el trabajo y cerró el archivo.

A la una en punto les dijo a sus colegas que salía a comer, y ellos le sonrieron y le dijeron adiós con la mano sentados tras sus pantallas. Se puso una chaqueta y se dirigió a una cafetería cercana a la oficina, donde se sentó en una mesa junto a la ventana, comiendo un sándwich con una mano y leyendo con la otra un ejemplar de la novela *Los hermanos Karamazov*. De vez en cuando dejaba el libro sobre la mesa, se limpiaba las manos y la boca con una servilleta de papel, echaba un vistazo alrededor para determinar si alguien la estaba mirando y retomaba la lectura. A las dos menos veinte, levantó la vista para fijarse en un hombre alto de pelo rubio que había entrado en el café. Iba hablando por teléfono, con traje y corbata, y una identificación colgando de un cordón de plástico al cuello.

Sí, dijo, me comentaron que el martes, pero vuelvo a llamar y lo confirmo.

Cuando vio a la mujer sentada junto a la ventana su cara cambió, levantó enseguida la mano libre y dijo hola moviendo los labios. Al teléfono, prosiguió:

Creo que no estabas en copia, no.

Mirando a la mujer, señaló el móvil con impaciencia y simuló con la mano una boca hablando. La mujer sonrió, acariciando una esquina del papel.

Ya, ya, dijo el hombre. Mira, ahora mismo no estoy en el despacho, pero lo hago cuando vuelva. Sí. Vale, vale, me alegro de hablar contigo.

El hombre colgó y se acercó a la mesa. Ella le dijo, mirándolo de pies a cabeza:

Oh, Simon, pareces un hombre importante, me temo que vas a morir en un atentado.

Él cogió la tarjeta identificativa y la examinó con desaprobación.

Es la cosa esta, dijo. Me hace sentir legitimado. ¿Me dejas que te invite a un café?

Ella respondió que se volvía a trabajar.

Bueno, ¿te puedo invitar a un café para llevar y acompañarte al despacho? Quiero pedirte tu opinión sobre un tema.

La mujer cerró el libro y le dijo que sí. Mientras el hombre se dirigía a la barra, ella se levantó y se sacudió las migas de sándwich que le habían caído en el regazo. El hombre pidió dos cafés, uno solo y otro con leche, y dejó unas monedas en el bote de las propinas. La mujer caminó hacia él mientras se retiraba la pinza del pelo y se la volvía a colocar.

¿Cómo fue la prueba de Lola, al final?, le preguntó él.

La mujer alzó la vista, lo miró a los ojos y soltó un ruidito extraño, sofocado.

Ah, bien, dijo. Está aquí mi madre, hemos quedado todas esta tarde para buscar los vestidos para la boda.

Él sonrió benévolamente, mientras seguía la marcha de sus cafés detrás de la barra.

Qué curioso, dijo, el otro día tuve una pesadilla en la que te casabas.

¿Y por qué era una pesadilla?

Te casabas con otro.

La mujer se echó a reír.

¿A las mujeres del despacho también les dices estas cosas?, le preguntó.

Él se volvió hacia ella, con expresión divertida:

Dios, no, me metería en un lío tremendo. Y con razón. No, yo no flirteo nunca con nadie del trabajo. Si acaso ellas flirtean conmigo.

Supongo que son todas de mediana edad y quieren casarte con sus hijas.

No puedo estar de acuerdo con esta representación cultural negativa de las mujeres de mediana edad. De todos los grupos demográficos, de hecho, creo que es el que mejor me cae.

¿Qué problema hay con las jóvenes?

Hay ese toque de…

Hizo un gesto en el aire con la mano de lado a lado para denotar fricción, incertidumbre, química sexual, indecisión o tal vez mediocridad.

Tus novias nunca son de mediana edad, señaló la mujer.

Y yo tampoco, todavía, gracias.

Al salir del café, el hombre sostuvo la puerta abierta para dejar pasar a la mujer, cosa que ella hizo sin darle las gracias.

¿Qué me querías preguntar?

Él, recorriendo a su lado el camino de vuelta a la oficina, le dijo que quería pedirle consejo sobre una situación que había surgido entre dos de sus amigos, a los cuales la mujer parecía conocer solo de oídas. Los amigos habían estado compartiendo piso, y se habían embarcado en una especie de relación ambigua de carácter sexual. Al cabo de un tiempo, el amigo había empezado a salir con otra persona, y ahora la amiga, que seguía sin pareja, quería marcharse del piso, pero no tenía dinero ni ningún otro sitio al que ir.

Parece más un problema emocional que habitacional, dijo la mujer.

El hombre le dio la razón, pero añadió:

Aun así, creo que seguramente lo mejor para ella es que se marche del piso. O sea, por lo visto los oye en la cama por las noches, así que no es lo ideal.

Estaban ya frente a los escalones del bloque de oficinas.

Le podrías prestar algo de dinero, dijo la mujer.

El hombre respondió que ya se lo había ofrecido, pero que ella había rehusado.

Y fue un alivio, la verdad, añadió, porque mi instinto me dice que no me implique demasiado.

La mujer le preguntó qué decía su amigo de todo esto, y el hombre le explicó que el amigo no tenía la sensación de estar haciendo nada malo, que la relación anterior había llegado a su fin natural y que qué se suponía que tenía que hacer, ¿seguir soltero el resto de su vida?

La mujer hizo una mueca y dijo:

Dios, sí, será mejor que tu amiga salga pitando de ahí. Estaré atenta por si me entero de algo.

Se demoraron un momento más en los escalones de la entrada.

Me llegó la invitación de la boda, por cierto, comentó el hombre.

Ah, sí, dijo ella. Tocaba esta semana.

¿Sabías que la mía era con acompañante?

Ella lo miró como para decidir si bromeaba, y luego enarcó las cejas.

Está muy bien. A mí no me han puesto acompañante, pero teniendo en cuenta las circunstancias supongo que habría sido una falta de delicadeza.

¿Preferirías que fuese solo como un gesto de solidaridad?

¿Por qué?, ¿estabas pensando en llevar a alguien?, preguntó ella tras una pausa.

Bueno, a la chica con la que estoy saliendo, supongo. Si a ti no te importa.

Hum, dijo. Y luego añadió: Quieres decir mujer, espero.

Él sonrió.

Venga, vamos a ser un poquitín amables.

¿Vas por ahí llamándome chica a mis espaldas?

Desde luego que no. No te llamo nada. Siempre que alguien dice tu nombre, me aturullo y me marcho.

Sin hacer caso, la mujer le preguntó:

¿Cuándo la has conocido?

Ah, no sé. Hará mes y medio.

No es otra de esas mujeres escandinavas de veintidós, ¿no?

No, no es escandinava, respondió él.

Con una expresión exagerada de cansancio, la mujer tiró el vaso del café en la papelera que había junto a la puerta del edificio. Siguiéndola con la mirada, el hombre añadió:

Puedo ir yo solo, si prefieres. Nos podemos hacer ojitos de punta a punta de la sala.

Bueno, me haces quedar como una desesperada, dijo ella.

Dios, no era mi intención.

Ella se quedó callada unos segundos, con los ojos clavados en el tráfico. Luego dijo en voz alta:

Estaba preciosa en la prueba. Lola, me refiero. Me habías preguntado.

Me lo puedo imaginar, respondió él, todavía sin apartar la vista de ella.

Gracias por el café.

Gracias por el consejo.

El resto de la tarde, la mujer estuvo trabajando en la misma interfaz de edición de textos, abriendo archivos nuevos, moviendo apóstrofes de aquí para allá y borrando comas. Después de cerrar cada archivo y antes de abrir el siguiente, consultaba rutinariamente sus redes sociales. Su expresión, su postura, no variaban dependiendo de la información que se encontrara ahí: la noticia de un desastre natural terrible, una foto de la querida mascota de alguien, una periodista denunciando amenazas de muerte, un chiste críptico que exigía estar familiarizado con otros tantos chistes de internet para resultar siquiera vagamente comprensible, una condena ferviente de la supremacía blanca, un tweet promocionado haciendo publicidad de un suplemento alimenticio para embarazadas. Ningún cambio en su relación externa con el mundo que permitiera a un observador determinar qué le hacía sentir lo que estaba viendo. Luego, pasado cierto intervalo de tiempo, sin un desencadenante aparente, cerraba la ventana del explorador y volvía a abrir el editor de texto. De vez en cuando, alguno de sus colegas la interrumpía con una pregunta de trabajo, y ella respondía, o alguien compartía alguna anécdota con el resto de la oficina y todos se reían, pero en general el trabajo se desarrollaba en calma.

A las cinco y treinta y cuatro, la mujer descolgó la chaqueta del perchero y se despidió de los compañeros que seguían ahí. Desenrolló el cable de los auriculares de alrededor del móvil, los conectó y echó a andar por Kildare Street en dirección a Nassau Street, donde torció a la izquierda, serpenteando hacia el oeste. Tras un paseo de veintiocho minutos, se detuvo frente a un bloque de pisos de nueva construcción en la orilla norte y entró, subió dos tramos de escaleras y abrió con llave una puerta blanca desconchada. No había nadie más en la casa, pero la distribución y el interior insinuaban que no era la única ocupante. Un saloncito sombrío, en el que había una ventana con cortinas y orientada al río, conducía a una pequeña cocina con horno, frigorífico de media altura y fregadero. La mujer sacó de la nevera un cuenco cubierto con film transparente. Retiró el plástico y metió el cuenco en el microondas.

Después de comer, se metió en su habitación. Por la ventana se veía la calle, y la lenta ondulación del río. Se quitó la chaqueta y los zapatos, se soltó la pinza del pelo y corrió las cortinas. Las cortinas eran finas y amarillas, con un estampado de rectángulos verdes. Se sacó el jersey y se escurrió de los pantalones, y dejó ambas prendas hechas una pelota en el suelo; la textura de los pantalones algo brillante. Luego se puso una sudadera de algodón y un par de leggins grises. El pelo, oscuro y suelto sobre los hombros, se veía limpio y ligeramente reseco. Se instaló en la cama y abrió el portátil. Estuvo un rato deslizándose por el muro de algunos medios, abriendo y leyendo en diagonal algún que otro artículo largo sobre las elecciones en el extranjero. Tenía la cara pálida y cansada. Fuera en el recibidor, dos personas entraron en el piso, decidiendo qué pedir de cena. Pasaron por delante de su cuarto, las sombras visibles un instante por la rendija bajo la puerta, y siguieron hacia la cocina. La mujer abrió en el explorador una ventana en modo incógnito, accedió a la web de una red social y tecleó las palabras «aidan lavelle» en el recuadro de búsqueda. Apareció una lista de resultados, y clicó en el tercero sin echar ni un vistazo al resto de opciones. Se abrió una página de perfil en la pantalla, con el nombre «Aidan Lavelle» al pie de una fotografía con la cabeza y las espaldas de un hombre visto desde atrás. El hombre tenía el pelo oscuro y abundante y llevaba una chaqueta tejana. Debajo de la foto, había un texto que decía: local sad boy. equipado con cerebro normal. pásate por el soundcloud. La actualización más reciente del usuario, publicada tres horas antes, era la foto de una paloma en una alcantarilla, con la cabeza metida hasta el fondo de una bolsa de patatas fritas tirada en el suelo. El texto decía: literal. El post tenía 127 likes. En su cuarto, con la espalda apoyada en el cabecero de la cama sin hacer, la mujer clicó en el post, y las respuestas aparecieron debajo. Una, de un perfil con el alias Actual Death Girl, decía: es clavada a ti y todo. La cuenta Aidan Lavelle había respondido: tienes razón, increíblemente atractiva. A Actual Death Girl le había gustado la respuesta. La mujer del portátil fue de clic en clic a la página de perfil de Actual Death Girl. Tras dedicar treinta y seis minutos a examinar una serie de perfiles de redes sociales asociados con la cuenta Aidan Lavelle, la mujer cerró el portátil y se tumbó en la cama.

Para entonces, eran las ocho pasadas. Con la cabeza en la almohada, la mujer descansó la muñeca en la frente. Llevaba una pulsera fina de oro, que destelló débilmente a la luz de la lamparita. Se llamaba Eileen Lydon. Tenía veintinueve años. Su padre, Pat, llevaba una granja en County Galway, y su madre, Mary, era profesora de geografía. Tenía una hermana, Lola, tres años mayor que ella. Lola había sido una niña robusta, valiente, traviesa, mientras que de pequeña Eileen era nerviosa y enfermiza. Pasaban juntas las vacaciones escolares, jugando a elaborados juegos narrativos en los que adoptaban el papel de unas hermanas humanas que lograban acceder a reinos mágicos; Lola improvisaba los giros fundamentales de la trama y Eileen la seguía. Cuando los tenían a mano, alistaban para los papeles secundarios a primos más pequeños, a vecinos y a los hijos de amigos de la familia. Entre ellos estaba, en ocasiones, un niño llamado Simon Costigan, que tenía cinco años más que Eileen y vivía al otro lado del río en lo que había sido en su día la casa solariega de la localidad. Era un niño sumamente educado que llevaba siempre ropa limpia y decía gracias a los adultos. Padecía epilepsia, y a veces tenía que ir al hospital, un día incluso se lo llevaron en ambulancia. Cuando Lola o Eileen se portaban mal, su madre Mary les decía que por qué no podían ser más como Simon Costigan, que no solo era buen niño sino que tenía la dignidad añadida de «no quejarse nunca». Cuando las hermanas se fueron haciendo mayores, dejaron de incluir a Simon y a ningún otro niño en sus juegos y emigraron al interior de la casa, donde esbozaban mapas ficticios en papel de carta, inventaban alfabetos crípticos y se grababan en cintas de casete. Sus padres miraban esos juegos con una benévola falta de curiosidad, y les suministraban encantados papel, rotuladores y cintas vírgenes, pero sin mostrar ningún interés por saber nada de los habitantes imaginarios de países ficticios.

A los doce años, Lola pasó de la pequeña escuela del pueblo a un colegio de las Hermanas de la Caridad, solo para niñas, en la ciudad más cercana. Eileen, que había sido siempre callada en el colegio, se fue retrayendo cada vez más. La maestra les dijo a sus padres que era superdotada, y dos veces a la semana la llevaban a un aula especial y le daban clases extra de lectura y matemáticas. En el colegio de monjas, Lola hizo amigas nuevas que empezaron a venir de visita a la granja, y a veces hasta se quedaban a dormir. Un día, en broma, dejaron a Eileen encerrada en el cuarto de baño de arriba veinte minutos. Después de eso, su padre Pat dijo que las amigas de Lola no podían venir más de visita, y Lola le echó la culpa a Eileen. Cuando Eileen cumplió los doce, la mandaron también al colegio de Lola, que estaba repartido en varios edificios y módulos prefabricados y tenía una población estudiantil de seiscientas alumnas. La mayoría de sus compañeras vivían en la ciudad y se conocían desde la primaria; traían consigo alianzas y lealtades previas en las que ella no tenía cabida. Lola y sus amigas eran ya lo bastante mayores para almorzar en la ciudad, pero Eileen se sentaba sola en el comedor, despegando papel de aluminio de sándwiches caseros. El segundo año, una de las niñas de su clase se le acercó por detrás y le vació una botella de agua en la cabeza jugando a verdad o atrevimiento. La subdirectora del colegio le mandó escribirle a Eileen una carta de disculpa. En casa, Lola dijo que no habría pasado nada si Eileen no actuase como una friki, y Eileen respondió: no estoy actuando.

El verano de los quince años, el hijo de los vecinos, Simon, vino a echarle una mano a su padre en la granja. Él tenía veinte, y estaba estudiando filosofía en Oxford. Lola acababa de terminar el colegio y apenas asomaba por casa, pero cuando Simon se quedaba a cenar, volvía pronto, y hasta se cambiaba de sudadera si la traía sucia. En el colegio, Lola no había dejado de evitar a Eileen, pero en presencia de Simon empezó a comportarse como una hermana mayor indulgente y cariñosa, padeciendo por el pelo y la ropa de Eileen, tratándola como si fuese mucho más pequeña. Simon no secundaba esta actitud. Su trato hacia Eileen era agradable y respetuoso. La escuchaba cuando hablaba, aun si Lola intentaba pisarla, y mirando con aire calmoso a Eileen decía cosas como: Ah, muy interesante. En agosto, Eileen había adoptado ya la costumbre de levantarse temprano y montar guardia en la ventana del cuarto esperando ver su bicicleta, y en cuanto aparecía bajaba corriendo las escaleras y se encontraba con Simon nada más cruzar la puerta de atrás. Mientras él ponía el hervidor a calentar o se lavaba las manos, ella le hacía preguntas sobre libros, sobre sus estudios en la universidad, sobre su vida en Inglaterra. Una vez le preguntó si le seguían dando ataques, y él sonrió y le dijo que no, que de eso hacía mucho tiempo, que le sorprendía que se acordase. Hablaban un rato, diez o veinte minutos, y después él se iba a la granja y ella se volvía arriba y se tumbaba en la cama. Algunas mañanas estaba contenta, exaltada, los ojos brillantes, y otras se echaba a llorar. Lola le dijo a Mary su madre que aquello se tenía que acabar. Es una obsesión, le dijo. Es penoso. Por esa época, Lola se había enterado por sus amigos de que Simon asistía a misa los domingos pese a que sus padres no, y dejó de volver a casa a cenar cuando él estaba ahí. Mary empezó también a desayunar en la cocina por las mañanas, leyendo el periódico. Eileen bajaba de todos modos, y Simon la saludaba con la misma cordialidad de siempre, pero ella le daba réplicas hurañas, y enseguida se retiraba a su habitación. La noche antes de volverse a Inglaterra, Simon pasó por casa a despedirse, y Eileen se escondió en su cuarto y se negó a bajar. Él subió a verla, y ella le pegó una patada a una silla y le dijo que era la única persona con la que podía hablar. De mi vida, la única, dijo. Y ni siquiera me dejan hablar contigo, y ahora te vas. Ojalá me muriese. Él estaba junto a la puerta, medio abierta detrás de él. Le dijo en voz baja: Eileen, no digas eso. Todo irá bien, te lo prometo. Tú y yo vamos a ser amigos el resto de nuestras vidas.

A los dieciocho, Eileen fue a la universidad de Dublín para estudiar filología inglesa. El primer año, trabó amistad con una chica que se llamaba Alice Kelleher, y el año siguiente se hicieron compañeras de piso. Alice hablaba en voz muy alta, iba vestida con ropa de segunda mano de la talla equivocada y parecía encontrarlo todo divertidísimo. Venía de una familia caótica, y su padre era un mecánico de coches que tenía problemas con el alcohol. En la universidad, le costaba hacer amigos entre sus compañeros de clase, y en una ocasión se enfrentó a medidas disciplinarias leves por llamar «cerdo fascista» a un profesor. Eileen pasó pacientemente por la carrera leyendo todas las lecturas obligatorias, entregando todos los trabajos dentro de plazo y preparando a fondo los exámenes. Consiguió casi todos los premios académicos a los que podía optar, y hasta un premio nacional de ensayo. Se fue creando un círculo social, rechazó las insinuaciones de varios amigos masculinos, salía a discotecas y luego se volvía a casa a comer tostadas con Alice en el salón. Alice decía que Eileen era un genio y una auténtica joya, y que ni siquiera la gente que la valoraba de verdad la valoraba lo suficiente. Eileen decía que Alice era una iconoclasta, y que era única, y una adelantada a su tiempo. Lola estudiaba en una universidad distinta en otra zona de la ciudad, y no veía a Eileen salvo por la calle de casualidad. Cuando Eileen estaba en segundo curso, Simon se mudó a Dublín para sacarse un título de derecho. Eileen lo invitó al piso una noche para presentárselo a Alice, y él llegó con una caja de bombones caros y una botella de vino blanco. Alice fue extremadamente maleducada con él toda la noche, le dijo que sus creencias religiosas eran «malignas» y que llevaba un reloj de pulsera horrendo. Por algún motivo, a Simon este comportamiento pareció resultarle divertido e incluso entrañable. Después de eso, se pasaba a verlas a menudo; se quedaba de pie apoyado en el radiador, discutiendo con Alice sobre Dios y criticando animadamente las escasas dotes de ambas para las labores domésticas. Les decía que vivían «en la mugre». A veces incluso lavaba los platos antes de irse. Una noche que Alice no estaba, Eileen le preguntó si tenía novia, y él se echó a reír y le dijo: ¿Por qué me preguntas eso? Yo soy un viejo sabio, ¿recuerdas? Eileen estaba tumbada en el sofá, y sin levantar la cabeza le lanzó un cojín, que él atrapó entre las manos. Solo viejo, dijo ella. Sabio no.

Cuando Eileen tenía veinte años se acostó por primera vez con alguien, un hombre que había conocido en internet. Después se volvió andando sola hasta su piso. Era tarde, casi las dos de la mañana, y las calles estaban desiertas. Cuando llegó a casa, se encontró a Alice sentada en el sofá, escribiendo algo en el portátil. Eileen se apoyó en el marco de la puerta y dijo en voz alta: En fin, ha sido raro. Alice dejó de teclear. ¿Qué, te has acostado con él?, le preguntó. Eileen se frotaba el brazo con la palma de la mano. Me pidió que me dejase la ropa puesta, dijo. En plan, todo el rato. Alice se la quedó mirando. ¿De dónde sacas a esta gente?, le dijo. Con la cabeza gacha, Eileen se encogió de hombros. Alice se levantó del sofá. No te sientas mal, le dijo. No es para tanto. No es nada. En dos semanas se te habrá olvidado. Eileen apoyó la cabeza en el hombro menudo de Alice. Ella, dándole palmaditas en la espalda, le dijo con voz suave: Tú no eres como yo. Tú vas a tener una vida feliz. Simon estaba en París ese verano, trabajando para un grupo contra la emergencia climática. Eileen fue a visitarlo, la primera vez que se subía sola a un avión. Esa noche se bebieron una botella de vino en su piso, y ella le contó la historia de cómo había perdido la virginidad. Él se rio y se disculpó por reírse. Estaban tumbados juntos en la cama de su cuarto. Tras un silencio, Eileen dijo: Te iba a preguntar cómo habías perdido tú la virginidad. Pero claro, que yo sepa, aún eres virgen. Él sonrió al oír eso. No, no lo soy, dijo. Eileen se quedó unos segundos callada, mirando hacia el techo, respirando. Pese a que eres católico, le dijo. Estaban muy cerca el uno del otro, los hombros casi se tocaban. Sí, respondió él. ¿Cómo decía san Agustín? Señor, dame castidad, pero todavía no.

Después de licenciarse, Eileen empezó un master en literatura irlandesa, y Alice se puso a trabajar en una cafetería y comenzó a escribir una novela. Seguían viviendo juntas, y a veces, por las noches, Alice le leía en voz alta las partes graciosas del manuscrito mientras Eileen preparaba la cena. Alice se sentaba a la mesa de la cocina, apartándose el pelo de la frente, y decía: A ver, escucha. ¿Sabes el tío protagonista del que te hablaba? Pues recibe un mensaje de texto del personaje de la hermana. En París, Simon se había ido a vivir con su novia, una francesa llamada Natalie. Después de terminar el máster, Eileen empezó a trabajar en una librería, empujando carritos cargados de punta a punta de la tienda para descargarlos y colocando pegatinas individuales con el precio en cada ejemplar individual de novelas superventas. En aquella época, sus padres estaban pasando apuros económicos con la granja. Cuando iba de visita a casa, su padre Pat estaba apagado e inquieto, se paseaba por la casa a horas extrañas, encendía y apagaba cosas. En la cena apenas decía palabra, y a menudo se levantaba de la mesa antes de que el resto hubiese terminado de comer. En el salón, una noche que estaban solas, su madre Mary le dijo que algo tenía que cambiar. Esto no puede seguir así, le dijo. Eileen, con expresión preocupada, le preguntó si se refería a la situación económica o a su matrimonio. Mary levantó las manos palmas arriba, parecía agotada, parecía mayor de lo que era en realidad. Todo, dijo. Yo qué sé. Vienes a casa quejándote de tu trabajo, quejándote de tu vida. ¿Y qué pasa con mi vida? ¿A mí quién me cuida? Eileen tenía veintitrés años entonces, y su madre cincuenta y uno. Eileen se llevó ligeramente las yemas de los dedos a uno de los párpados durante un segundo y le dijo: ¿No te me estás quejando de tu vida ahora mismo? En ese momento Mary se echó a llorar. Eileen la observó incómoda: A mí me preocupa de verdad que no seas feliz, es solo que no sé qué quieres que haga yo. Su madre se tapaba la cara, sollozando. Pero ¿qué he hecho mal?, dijo. ¿Cómo he podido criar unas hijas tan egoístas? Eileen recostó la espalda en el sofá como si se planteara seriamente la cuestión. ¿Qué resultado esperas sacar de aquí?, le preguntó. No te puedo dar dinero. No puedo viajar atrás en el tiempo y hacer que te cases con otro hombre. ¿Quieres que te escuche mientras te quejas? Yo te escucho. Te estoy escuchando. Pero no entiendo por qué crees que tu infelicidad es más importante que la mía. Mary se marchó de la habitación.

Cuando tenían veinticuatro años, Alice firmó un contrato con una editorial americana por doscientos cincuenta mil dólares. Dijo que nadie en el sector editorial tenía ni idea de dinero, y que si ellos eran tan tontos de dárselo, ella era tan avariciosa como para cogerlo. Eileen estaba saliendo entonces con un estudiante de doctorado llamado Kevin, y a través de él había encontrado un trabajo mal pagado pero interesante como asistente editorial en una revista literaria. Al principio, solo corregía textos, pero al cabo de unos meses le dejaron encargar artículos, y al final del primer año, el editor la invitó a colaborar con algo suyo. Eileen le dijo que se lo pensaría. Lola trabajaba en una consultora de gestión y tenía un novio que se llamaba Matthew. Una noche invitó a Eileen a cenar con ellos en el centro. Un martes noche, después de trabajar, estuvieron los tres esperando cuarenta y cinco minutos en una calle cada vez más fría y oscura a que los sentasen en una hamburguesería nueva que Lola tenía particulares ganas de probar. Las hamburguesas, cuando llegaron, no tenían nada de especial. Lola le preguntó a Eileen por sus planes profesionales, y Eileen le respondió que estaba contenta en la revista. Bueno, por ahora, dijo Lola, pero ¿luego qué? Eileen le dijo que no lo sabía. Lola sonrió: Algún día vas a tener que vivir en el mundo real. Eileen volvió caminando al piso esa noche, y al llegar se encontró a Alice en el sofá, trabajando en su libro. Alice, le dijo, ¿algún día voy a tener que vivir en el mundo real? Sin levantar la vista, Alice resopló con sorna y respondió: Dios, no, por supuesto que no. ¿Quién te ha dicho eso?

El septiembre siguiente, Eileen supo por su madre que Simon y Natalie habían roto. Llevaban cuatro años juntos por entonces. Eileen le dijo a Alice que había creído que se casarían. Siempre pensé que terminarían casándose, le dijo. Y Alice le respondió: Sí, lo habías comentado. Eileen le mandó un email a Simon preguntándole cómo estaba, y él le escribió diciéndole: Supongo que no tienes pensado venir pronto por París, ¿verdad? Me encantaría verte. Eileen fue a pasar unos días con él en Halloween. Él tenía treinta años, ahí, y ella veinticinco. Por las tardes iban juntos a los museos, y hablaban de arte y de política. Siempre que ella le preguntaba por Natalie él respondía de pasada, discreto, y cambiaba de tema. Una vez, sentados en el Musée d'Orsay, Eileen le dijo: Tú lo sabes todo de mí, y yo no sé nada de ti. Él, con una sonrisa apenada, le respondió: Mira, ahora has hablado como Natalie. Y luego se echó a reír y le dijo que lo sentía. Esa fue la única vez que mencionó su nombre. Por las mañanas Simon preparaba el café, y por las noches Eileen dormía en su cama. Cuando terminaban de hacer el amor, a él le gustaba tenerla abrazada largo rato. El día que volvió a Dublín, rompió con su novio. No volvió a saber nada de Simon hasta que se pasó por casa de sus padres en Navidad para tomar una copa de brandy y admirar el árbol.

El libro de Alice se publicó la primavera siguiente. La prensa siguió el lanzamiento con mucha atención, positiva, al principio, y luego con algunas reseñas negativas en respuesta a la positividad aduladora de la acogida inicial. En verano, en una fiesta en el piso de su amiga Ciara, Eileen conoció a un hombre llamado Aidan. Tenía el pelo oscuro y espeso, llevaba pantalones de lino y unas deportivas sucias. Terminaron sentándose en la cocina, hablando hasta las tantas de su infancia. En mi familia no se hablan las cosas, le explicó Aidan. Se queda todo bajo la superficie, no sale nada. ¿Te lo lleno? Eileen lo miró mientras le servía vino tinto en el vaso. En mi familia tampoco se hablan mucho las cosas, dijo ella. A veces creo que lo intentamos, pero no sabemos cómo hacerlo. Al final de la noche, Eileen y Aidan volvieron caminando a casa en la misma dirección, y él se desvió para acompañarla hasta la puerta. Cuídate, le dijo él al despedirse. Unos días más tarde, quedaron para tomar algo, los dos solos. Era músico e ingeniero de sonido. Le habló de su trabajo, de sus compañeros de piso, de su relación con su madre, de algunas cosas que amaba o que detestaba. Mientras hablaban, Eileen no dejaba de reírse y se la veía animada, se tocaba los labios, se inclinaba adelante en el asiento. Cuando llegó a casa esa noche, Aidan le mandó un mensaje que decía: qué bien sabes escuchar! madre mía! y yo hablo por los codos, lo siento. nos podemos volver a ver?

Quedaron otra vez para tomar algo la semana siguiente, y luego otra. El suelo de su piso estaba cubierto de una maraña de cables negros y la cama era solo un colchón. En otoño fueron unos días a Florencia y recorrieron juntos el frescor de la catedral. Una noche Eileen soltó una ocurrencia en la cena, y él se rio tanto que tuvo que enjugarse los ojos con una servilleta morada. Le dijo que la quería. Todo en mi vida es increíblemente maravilloso, le escribió Eileen a Alice en un mensaje. No me puedo creer que sea posible ser tan feliz. Simon volvió a Dublín por esa época, para trabajar como asesor político para un grupo parlamentario de izquierdas. Eileen lo veía a veces en el autobús, o cruzando una calle, rodeando con el brazo a una mujer guapa u otra. Antes de Navidad, Eileen y Aidan se fueron a vivir juntos. Él descargó las cajas de libros del maletero y dijo con orgullo: El peso de tu intelecto. Alice acudió a la fiesta de inauguración, se le cayó una botella de vodka en las baldosas de la cocina, contó una anécdota larguísima sobre los años de universidad que solo Eileen y ella misma parecieron encontrar remotamente graciosa y luego se volvió otra vez a casa. El resto de la gente que fue a la fiesta eran amigos de Aidan. Al terminar, borracha, Eileen le dijo: ¿Yo por qué no tengo amigos? Tengo dos, pero son raros. Y el resto son más bien conocidos. Él apoyó la mano en su pelo y le dijo: Me tienes a mí.

Los tres años siguientes, Eileen y Aidan vivieron en un piso de una habitación en la zona sur del centro, descargando ilegalmente películas extranjeras, discutiendo por la forma de repartirse el pago del alquiler, haciendo turnos para cocinar y lavar los platos. Lola y Matthew se prometieron. Alice ganó un lucrativo premio literario, se mudó a Nueva York y empezó a mandarle emails a Eileen a horas extrañas del día y de la noche. Luego de golpe dejó de escribirle, borró todas sus cuentas en redes sociales, ignoró los mensajes de Eileen. En diciembre, Simon la llamó una noche y le dijo que Alice estaba en Dublín y que la habían ingresado en un hospital psiquiátrico. Eileen estaba sentada en el sofá, con el teléfono pegado a la oreja, y Aidan junto al fregadero, aclarando un plato bajo el grifo. Cuando Simon y ella terminaron de hablar, se quedó ahí sentada al teléfono, sin decir nada, y él tampoco dijo nada, se hizo un silencio. Vale, dijo él al fin. Vete si quieres. Unas semanas después, Eileen y Aidan rompieron. Él le dijo que estaban pasando muchas cosas y que los dos necesitaban espacio. Se volvió a casa de sus padres, y Eileen se mudó con una pareja casada a un piso de dos habitaciones en la zona norte. Lola y Matthew decidieron organizar una boda modesta en verano. Simon siguió respondiendo sin tardanza sus correos, invitaba a Eileen a comer fuera de vez en cuando y se guardaba sus asuntos personales para sí. Corría el mes de abril, y varios amigos de Eileen acababan de marcharse de Dublín o estaban en ello. Iba a fiestas de despedida, con el vestido verde oscuro de botones, o con el vestido amarillo del cinturón a juego. En salones de techo bajo y lámparas de papel, la gente se le ponía a hablar del mercado inmobiliario. Mi hermana se casa en junio, les decía ella. Qué ilusión, le respondían. Debes de alegrarte mucho por ella. Ya, es curioso, decía Eileen. La verdad es que no.

4

Alice, creo que yo también he experimentado esa sensación que tuviste en el súper. Para mí la sensación es como mirar abajo y descubrir que estoy subida a una repisa minúscula y a una altura vertiginosa, y que lo único que aguanta mi peso es la miseria y la degradación de prácticamente todo el resto de personas que hay en el mundo. Y al final siempre pienso: yo ni siquiera quiero estar aquí arriba. Yo no necesito toda esta ropa barata y esta comida importada y estos envases de plástico, ni siquiera creo que hagan mi vida mejor. Solo generan desperdicios y me ponen triste de todos modos. (No es que esté comparando mi insatisfacción con la miseria de pueblos realmente oprimidos, solo quiero decir que el estilo de vida que nos permiten llevar ni siquiera es gratificante, en mi opinión.) La gente cree que el socialismo se mantiene por la fuerza −por medio de la expropiación forzosa de la propiedad−, pero ojalá reconociesen también que el capitalismo se mantiene mediante exactamente la misma fuerza pero en sentido contrario, la protección forzosa de los acuerdos de propiedad existentes. Ya sé que lo sabes. No soporto tener los mismos debates una y otra vez partiendo de postulados erróneos.

Yo también he estado pensando últimamente en el tiempo y el conservadurismo político, aunque de otra manera. En este momento creo que podríamos decir que vivimos en una crisis histórica, y la mayor parte de la población parece aceptar en general esta idea. Me refiero a que los síntomas visibles de la crisis, p. ej., los vuelcos contundentes e imprevistos en política electoral, se identifican ampliamente como fenómenos anormales. Hasta cierto punto, pienso que incluso algunos de los síntomas estructurales más «acallados», como el ahogamiento masivo de refugiados y los desastres ambientales recurrentes causados por el cambio climático, se están empezando a ver como manifestaciones de una crisis política. Creo que los estudios indican que en los últimos dos años la gente ha dedicado mucho más tiempo a leer las noticias y a informarse sobre los asuntos de actualidad. En mi vida ha pasado a ser normal, por ejemplo, mandar mensajes de texto como: tillerson fuera del gobierno jajaaaaa. Me da la impresión de que no debería ser normal enviar esta clase de mensajes. En fin, como consecuencia, cada día se ha convertido en una unidad informativa nueva y única, que interrumpe y reemplaza el mundo informativo del día anterior. Y yo me pregunto (sin venir al caso, podrías decir) en qué se traduce todo esto para la cultura y las artes. Es decir, estamos acostumbrados a conectar con obras culturales situadas «en el presente», pero esta noción de un presente continuo ha dejado de ser un rasgo característico de nuestras vidas. El presente ahora es discontinuo. Cada día, cada hora de cada día, incluso, reemplaza y vuelve irrelevante el tiempo anterior, y los sucesos de nuestras vidas solo tienen sentido en relación con un muro de contenidos informativos en permanente actualización. Así que cuando vemos a los personajes de las películas sentados a la mesa del comedor o metidos en un coche, tramando asesinatos o lamentándose por sus asuntos amorosos, como es lógico queremos saber en qué momento exacto están haciendo esas cosas, en relación con los cataclismos históricos que vertebran nuestra noción actual de la realidad. Ya no hay un escenario neutral. Solo queda ese muro de noticias. No sé si esto hará que surjan nuevas formas de arte, o si solo supone el fin definitivo del arte, al menos tal y como lo conocemos.

Ese párrafo tuyo sobre el tiempo también me ha recordado algo que leí hace poco en internet. Por lo visto, en el Bronce tardío, unos 1.500 años antes de la era cristiana, la región del Mediterráneo oriental se caracterizaba por un sistema de estados palaciales centralizados que redistribuían el dinero y los bienes a través de unas economías urbanas complejas y especializadas. Lo leí en la Wikipedia. Las rutas comerciales estaban altamente desarrolladas en esa época, y nacieron las lenguas escritas. Las mercancías de lujo se producían y transportaban a través de distancias enormes. En los ochenta, en un solo barco naufragado de aquella época que se descubrió frente a la costa de Turquía, encontraron joyas egipcias, cerámica griega, ébano de Sudán, cobre de Irlanda, granadas, marfil. Y luego, en un plazo de setenta y cinco años, desde más o menos el 1225 aC al 1150, esa civilización colapsó. Las grandes ciudades del Mediterráneo oriental quedaron destruidas o abandonadas. El alfabetismo desapareció casi por completo, y se perdieron sistemas de escritura completos. Nadie sabe con seguridad por qué pasó todo esto, por cierto. En Wikipedia mencionan una teoría llamada «colapso de los sistemas generales», según la cual la «centralización, especialización, complejidad y una estructura política sumamente pesada» hizo que la civilización del Bronce tardío fuese especialmente vulnerable a un desplome. Otra de las teorías lleva por título, sin más: «Cambio climático». Creo que eso arroja sobre nuestra civilización actual una luz algo siniestra, ¿no te parece? El colapso de los sistemas generales no era una posibilidad que me hubiese planteado nunca realmente. Desde luego, sé en mi cabeza que todo lo que nos decimos a nosotros mismos sobre la civilización humana es mentira, pero imagina tener que averiguarlo en tus propias carnes.

En otro orden de cosas, de hecho, en un orden de cosas tan distinto que se aleja en un ángulo de noventa grados de mi párrafo anterior, ¿tú piensas alguna vez en tu reloj biológico? No estoy diciendo que debas, solo me pregunto si lo haces. Somos todavía bastante jóvenes, evidentemente. Pero la cuestión es que, a nuestra edad, la inmensa mayoría de mujeres a lo largo de la historia de la humanidad habían tenido ya varios hijos, ¿verdad? Supongo que no hay una buena manera de comprobarlo. Ni siquiera estoy segura de si quieres tener hijos, ahora que lo pienso. ¿Quieres? O igual no sabes si sí o si no. De adolescente pensaba que prefería morirme antes que tener hijos, luego en la veintena di vagamente por hecho que era algo que me acabaría pasando, y ahora que estoy a punto de cumplir los treinta, he empezado a pensar: bueno, ¿qué? No es que haya nadie haciendo cola para ayudarme a cumplir con mi función biológica, huelga decir. Y además tengo la sospecha extraña y completamente inexplicable de que tal vez no sea fértil. No hay ningún motivo médico que me lleve a pensarlo. Se lo comenté a Simon hace poco, mientras me quejaba de todas mis diversas preocupaciones médicas infundadas, y me dijo que no pensaba que debiera preocuparme por esa, porque en su opinión tengo «un aspecto fértil». Me estuve riendo como un día entero. De hecho, aún me río mientras te escribo este email. En fin, solo tengo curiosidad por saber qué piensas tú. Teniendo en cuenta el colapso civilizatorio que se avecina, igual te parece que los hijos quedan totalmente descartados.

Seguramente estoy pensando en todas estas cosas porque el otro día vi a Aidan en la calle por casualidad y tuve un ataque instantáneo al corazón y me morí. Cada hora que ha pasado desde entonces ha sido peor que la anterior. ¿O será que el dolor que siento ahora mismo es tan intenso que excede a mi capacidad de reconstruir el dolor que sentí en aquel momento? Es de suponer que el sufrimiento recordado nunca duele tanto como el sufrimiento presente, incluso si en realidad fue mucho peor; no podemos recordar cuán peor fue, porque recordar no tiene tanta fuerza como experimentar. Tal vez sea por eso por lo que la gente de mediana edad cree siempre que sus ideas y sus sentimientos son más importantes que los de los jóvenes, porque tienen solo un vago recuerdo de los sentimientos de su juventud, y dejan que las experiencias presentes dominen su visión de la vida. Aun así, tengo la impresión realmente de que me siento peor ahora, dos días después de ver a Aidan, de lo que me sentí en el momento de verlo. Sé que lo que pasó entre nosotros fue solo un hecho y no un símbolo: solo algo que ocurrió, o algo que él hizo, y no una manifestación inevitable de mi fracaso generalizado en la vida. Pero cuando lo vi, fue como volver a pasar por todo ello. Y, Alice, yo sí que me siento un fracaso, y en cierto modo mi vida no es nada, y a muy poca gente le importa lo que suceda en ella. Cuesta tanto, a veces, verle el sentido, cuando las cosas que creo que son importantes en mi vida resulta que no significan nada y la gente que se supone que me quiere no me quiere. Se me saltan las lágrimas solo de escribir este email tonto, y he tenido casi seis meses para superarlo. Me empiezo a preguntar si es que nunca lo superaré. Igual determinados tipos de dolor, en determinadas fases formativas de la vida, quedan grabados permanentemente en la noción de sí misma que tiene una persona. Como que no perdiese la virginidad hasta los veinte, y que fuese tan doloroso y tan incómodo y feo: desde entonces he sentido siempre que soy exactamente la clase de persona a la que le pasa eso, pese a que antes no lo pensaba. Y ahora siento que soy la clase de persona de la que su pareja estable se desenamora al cabo de unos cuantos años, y no encuentro la manera de dejar de serlo.

¿Estás trabajando en algo nuevo, allí en mitad de la nada? ¿O te dedicas solo a tener citas con chicos autóctonos y recalcitrantes? ¡Te echo de menos! Con todo mi amor, E.

5

En la sección de refrigerados de un supermercado, Felix estaba echando un vistazo a la selección de comidas preparadas con una expresión ligeramente dispersa en la cara. Eran las tres de la tarde de un jueves, y los plafones blancos zumbaban en el techo. Las puertas de la tienda se abrieron, pero no se volvió a mirar. Dejó un paquete de comida preparada en el estante y sacó el móvil. No había notificaciones nuevas. Se volvió a guardar el aparato en el bolsillo, inexpresivo, cogió un envase de plástico del estante como al tuntún, se dirigió a la caja y pagó. Cuando iba hacia la salida, delante de un expositor de fruta fresca, se detuvo. Alice estaba ahí, mirando las manzanas, cogiéndolas de una en una y examinándolas en busca de defectos. Al reconocerla, adoptó una postura un poco distinta, más recta. No estaba claro al principio si la saludaría o si se marcharía sin decir hola; él mismo no parecía saberlo. Llevaba la comida preparada en una mano, y se dio unos golpecitos distraídos con ella en un lado de la pierna. Ahí, tal vez porque lo oyó, o simplemente porque fue consciente de su presencia por el rabillo del ojo, ella se dio la vuelta, y lo reconoció, y de inmediato se recogió el pelo detrás de las orejas.

¿Qué tal?, dijo.

Hey. ¿Cómo va eso?

Bien, gracias.

¿Has hecho amigos ya?, le preguntó.

Ni muchísimo menos.

Él sonrió, volvió a darse golpecitos con la comida preparada en la pierna, y miró alrededor buscando la salida.

Vaya hombre, dijo. ¿Y qué hacemos contigo? Te vas a volver loca en este pueblo tú sola.

No, ya lo estoy, respondió ella. Aunque puede que ya lo estuviese antes de llegar.

¿Loca, tú? A mí me pareciste bastante normal.

No es un adjetivo que oiga a menudo aplicado a mí, pero gracias.

Se quedaron ahí mirándose el uno al otro hasta que ella agachó la vista y se tocó de nuevo el pelo. Él lanzó otra ojeada a la salida por encima del hombro, y luego se volvió hacia ella. No era fácil adivinar si estaba disfrutando con su incomodidad o si era simplemente que le tenía lástima. Alice, por su parte, parecía que se sintiera obligada a seguir ahí plantada mientras él quisiese hablar.

¿Has desistido de nuestra querida app de citas, entonces?, le preguntó.

Con una sonrisa, y mirándolo a los ojos, ella le respondió:

Sí, el último intento no me inspiró precisamente confianza, si no te importa que te lo diga.

¿He hecho que desistas de los hombres?

Ah, no solo de los hombres. De las personas de todo género.

Él se echó a reír.

No pensaba que se me diese tan mal.

No, a ti no. Pero a mí sí.

Bah, tú estuviste bien.

Hizo un gesto pensativo mirando hacia las verduras antes de volver a hablar. Ella ahora parecía más relajada, y lo miró con expresión neutral.

Podrías pasarte esta noche por casa, si quieres conocer gente, le dijo. Van a venir algunos colegas del trabajo.

¿Das una fiesta?

Él hizo una mueca.

No sé, dijo. O sea, habrá gente en casa, así que. Una fiesta o como lo quieras llamar, sí. Pero algo pequeño.

Ella asintió, moviendo los labios a un lado y otro sin enseñar los dientes.

Pinta bien, dijo. Me tendrás que recordar dónde vives.

Te lo enseño en Google Maps, si tienes, le dijo.

Ella sacó el móvil del bolsillo y abrió la aplicación.

¿Hoy tienes libre?, le preguntó, al tiempo que le pasaba el teléfono.

Él tecleó la dirección en el recuadro de búsqueda.

Sí, respondió sin levantar la vista. Esta semana me han puesto unos turnos que no hay quien los entienda.

Le devolvió el móvil para enseñarle la dirección: el 16 de Ocean Rise. La pantalla mostraba un entramado de calles blancas sobre un fondo gris, junto a una zona azul que representaba el mar.

A veces casi no hace falta que vayas, añadió. Y luego, otras semanas, te mandan ir todos los días. Me pone de los nervios.

Miró otra vez hacia la caja, con un ánimo distinto, ahora, daba la impresión.

Nos vemos esta noche, ¿verdad?

Si estás seguro de que quieres que vaya…, respondió ella.

Como tú veas. A mí se me iría la pinza si estuviese ahí solo todo el día. Pero igual a ti te gusta.

No, no del todo. Me gustaría ir, gracias por invitarme.

Ya, bueno, no es nada, dijo él. Habrá muy poca gente, de todos modos. Nos vemos luego, entonces. Cuídate.

Sin volver a mirarla a los ojos, le dio la espalda y salió de la tienda. Ella regresó a la caja de las manzanas y, como si de repente le pareciese inapropiado seguir examinándolas al detalle, como si todo aquel proceso de buscar macas en la superficie exterior de la fruta resultase ahora ridículo e incluso vergonzoso, cogió una y siguió hacia el pasillo de refrigerados.

El 16 de Ocean Rise era una casa adosada, con la mitad izquierda de la fachada de ladrillo visto y la mitad derecha pintada de blanco. Una tapia baja separaba el patio de hormigón de la entrada del patio del vecino. La ventana que daba a la calle tenía las cortinas echadas, pero dentro las luces estaban encendidas. Alice se plantó en la puerta con la misma ropa de antes. Se había puesto polvos, que le dejaban un aspecto seco en la piel, y llevaba una botella de vino tinto en la mano izquierda. Llamó al timbre y esperó. Al cabo de unos segundos, una mujer más o menos de su edad fue a abrirle. Le llegaron, de detrás de ella, las luces y los ruidos del pasillo.

Hola, dijo Alice. ¿Es la casa de Felix?

Sí, sí. Pasa.

La mujer la invitó a entrar y cerró la puerta. Llevaba en la mano una taza descascarillada que parecía contener alguna clase de refresco de cola.

Me llamo Danielle, dijo. Está todo el mundo ahí.

En la cocina, al final del pasillo, había seis hombres y dos mujeres instalados en posturas diversas en torno a la mesa. Felix estaba sentado sobre la encimera, al lado de la tostadora, bebiendo directamente de la lata. No se levantó cuando vio llegar a Alice, se limitó a saludarla con la cabeza. Ella siguió a Danielle adentro, hacia el frigorífico, cerca de donde estaba sentado Felix.

Hey, le dijo él.

Eh, dijo ella.

Dos de las personas se habían vuelto a mirarla, mientras el resto proseguían con la conversación que estaban teniendo. Danielle le preguntó si quería una copa para el vino que traía, y Alice le dijo que vale. Mientras rebuscaba en el armario, Danielle le preguntó:

¿Y de qué os conocéis?

Nos conocimos en Tinder, respondió Felix.

Danielle se enderezó, con una copa de vino limpia en la mano.

¿Y esto es lo que tú entiendes por una cita?, le dijo. Qué romántico.

Ya intentamos tener una cita, explicó. Me dijo que desistía de los hombres para el resto de su vida.

Alice trató de cruzar una mirada con Felix, tal vez para sonreírle, para mostrarle que el comentario le parecía divertido, pero él no la estaba mirando.

No la culpo, dijo Danielle.

Alice dejó la botella en la encimera y echó un vistazo a la colección de cedés que ocupaba la pared de la cocina.

Cuántos discos, dijo.

Sí, son míos, respondió Felix.

Alice deslizó un dedo por los lomos de las cajas de plástico transparente, y extrajo una ligeramente de la ranura hasta que asomó como una lengua. Danielle se había puesto a hablar con una mujer sentada a la mesa de la cocina, y otro hombre se había acercado para coger algo de la nevera. Señalando hacia ella, le preguntó a Felix:

¿Quién es?

Se llama Alice, respondió Felix. Es novelista.

¿Quién es novelista?, preguntó Danielle.

La señora, aquí, dijo Felix. Vive de escribir libros. O eso dice.

¿Cómo te llamas?, le preguntó el hombre. Lo busco en Google.

Alice contempló todo este desarrollo con un gesto de forzada indiferencia.

Alice Kelleher, dijo.

Felix la observaba. El hombre se sentó en una silla vacía y empezó a teclear en su teléfono. Alice daba sorbos de vino con la mirada perdida por la cocina, como si aquello no fuese con ella. Encorvado sobre el móvil, el hombre dijo:

Oye, es famosa.

Alice no respondió, no le devolvió la mirada a Felix. Danielle se inclinó hacia la pantalla para mirar.

Fíjate, dijo. Si tiene página en Wikipedia y todo.

Felix se bajó de la encimera y le quitó el móvil de las manos a su amigo. Se reía, pero su diversión no parecía del todo sincera.

Obra literaria, leyó en voz alta. Adaptaciones. Vida personal.

Ese apartado debe de ser corto, comentó Alice.

¿Por qué no me dijiste que eras famosa?, le preguntó él.

Con un tono de voz hastiado, casi desdeñoso, ella le respondió:

Te dije que era escritora.

Él la miró con una sonrisa burlona.

Te doy un consejo para la próxima vez que tengas una cita, le dijo. Menciona en la conversación que eres famosa.

Gracias por el consejo amoroso no solicitado. Procuraré no tenerlo en cuenta.

¿Qué, estás mosqueada porque te hemos encontrado en internet?

Desde luego que no, respondió ella. Os he dicho mi nombre. No tenía por qué.

Él continuó observándola unos segundos, y luego negó con la cabeza y le dijo:

Tú eres rara.

Alice se echo a reír:

Qué perspicaz. ¿Por qué no lo pones en mi página de Wikipedia?

Danielle también se rio al oír esto. Felix se había puesto algo colorado. Le dio la espalda a Alice y dijo:

Cualquiera puede tener una página de estas. Seguramente la has escrito tú misma.

Como si estuviera empezando a pasárselo bien, Alice respondió:

No, solo los libros.

Debes de creerte muy especial.

¿Por qué te pones tan susceptible?, le preguntó Danielle.

No me pongo susceptible, respondió Felix.

Le devolvió el móvil a su amigo y se apoyó en el frigorífico, con los brazos cruzados. Alice estaba de pie junto a la encimera, a su lado. Danielle la miró y enarcó las cejas, pero luego volvió a la conversación que estaba teniendo. Una de las mujeres puso música, y en la otra punta de la cocina, algunos hombres empezaron a reírse de otra cosa. Alice le dijo Felix:

Si quieres que me vaya me voy.

¿Quién ha dicho que quiera que te vayas?, preguntó él.

Entró un nuevo grupo de gente, la cocina se llenó de ruido. Nadie se acercó a hablar con Alice ni con Felix, así que ambos se quedaron ahí de pie junto a la nevera, en silencio. Si la experiencia estaba siendo especialmente penosa para uno u otro, su semblante no dio indicios de ello, pero al cabo de un momento Felix estiró los brazos y dijo:

No me gusta fumar dentro. ¿Sales a fumar uno? Conocerás a nuestra perra.

Alice asintió, sin decir nada, y cruzó detrás de él la puerta del patio que daba al jardín trasero, con la copa de vino en la mano.

Felix cerró la puerta corredera y atravesó el césped con paso tranquilo, en dirección a un pequeño cobertizo con un techo de lona improvisado. Una springer spaniel salió de inmediato a recibirlo dando brincos desde el fondo del jardín, resoplando de emoción, plantó las patas delanteras en las piernas de Felix y soltó un gritito.

Esta es Sabrina, dijo. En realidad no es nuestra, los últimos que vivieron aquí la dejaron abandonada. Yo soy básicamente el que le da de comer, así que es muy fan mía.

Alice le dijo que saltaba a la vista.

Normalmente no la dejamos fuera, explicó Felix. Solo cuando viene gente. Volverá adentro por la noche, cuando todo el mundo se vaya a casa.

Alice le preguntó si dormía en su cama, y Felix se echó a reír.

Lo intenta, respondió. Pero sabe que no puede.

Le alborotó las orejas a la perra y le dijo con cariño:

Boba. Se volvió hacia Alice y añadió: Es tonta de remate, por cierto. Idiota de verdad. ¿Fumas?

Alice estaba tiritando, y se le puso la piel de gallina en la franja de muñeca que asomó de la manga, pero aceptó un cigarrillo y empezó a fumar mientras Felix se encendía el suyo. Él dio una calada, echó el humo al aire limpio de la noche y se volvió a mirar a la casa. Dentro había luz, y sus amigos hablaban y gesticulaban. Más allá del cálido rectángulo amarillo de las puertas del patio quedaba la oscuridad del resto de la casa, la hierba, el vacío negro y despejado del cielo.

Danielle es buena chica, le dijo.

Ya, respondió Alice. Lo parece.

Sí. Estuvimos saliendo juntos.

Ah. ¿Mucho tiempo, o…?

Él se encogió de hombros:

Como un año. No sé… Más de un año, de hecho. Pero bueno, fue hace siglos, ahora somos buenos amigos.

¿Te sigue gustando?

Él echó un vistazo a la casa, como si un atisbo de Danielle pudiese ayudarlo a dirimir la cuestión en su mente.

Está saliendo con alguien, de todos modos, respondió.

¿Algún amigo tuyo?

Lo conozco, sí. Hoy no ha venido, igual lo conoces otro día.

Se volvió de espaldas a la casa y sacudió la ceniza del cigarrillo, con lo que unas ascuas brillantes descendieron lentamente por la negrura. La perra cruzó dando saltos por delante del cobertizo y luego se puso a correr en círculos.

Para ser justos, si me estuviese oyendo, Danielle te diría que fui yo quien la cagó, añadió Felix.

¿Qué hiciste?

Ah, era frío con ella, supuestamente. Según dice, al menos. Se lo puedes preguntar si quieres.

Alice sonrió y le dijo:

¿Te gustaría que se lo preguntara?

Dios, no, por mí no. Yo ya tuve bastante en su momento. Tampoco es que siga llorando por el tema, no te preocupes.

¿Lloraste cuando pasó?

Bueno, no literalmente, respondió. ¿Te refieres a eso? No lloré en sí, pero, vaya, me jodió, sí.

¿Lloras alguna vez?

Él soltó una risita corta y dijo:

No. ¿Tú sí?

Pues… a todas horas.

¿Sí? ¿Y por qué lloras?

Por cualquier cosa, en realidad. Supongo que soy muy desgraciada.

Él la miró.

¿En serio? ¿Por qué?

Por nada en concreto. Es como me siento. Se me hace difícil mi vida.

Después de un silencio, él volvió a mirar su cigarrillo y le dijo:

Creo que no me has contado toda la historia de lo que te llevó a mudarte aquí.

No es una historia muy interesante, respondió ella. Tuve una crisis nerviosa. Estuve unas semanas en el hospital, y cuando salí me vine aquí. Pero no hay ningún misterio… Es decir, no hubo ningún motivo para la crisis, la tuve y punto. Y tampoco es ningún secreto, lo sabe todo el mundo.

Felix dio la impresión de rumiar esta información nueva.

¿Sale en tu página de Wikipedia?, le preguntó.

No, me refiero a toda la gente cercana. No al mundo entero.

Vale, pero ¿a qué te refieres con qué tuviste una crisis? En plan, ¿qué pasó?

Ella soltó un chorro de humo por la comisura de la boca.

Me sentía muy fuera de control, dijo. Estaba siempre furiosa y alteradísima. No tenía el control de mí misma, no podía llevar una vida normal. No puedo explicar más que eso.

Claro.

Se quedaron en silencio. Alice apuró el vino de la copa, aplastó la colilla con el zapato y cruzó los brazos sobre el pecho. Felix parecía distraído y siguió fumando despacio, como si hubiese olvidado que ella estaba ahí. Luego se aclaró la garganta y dijo:

Yo me sentí un poco así cuando murió mi madre. El año pasado. Empecé a pensar, ¿qué puto sentido tiene vivir?, ¿sabes? Si al final no hay nada. No es que quisiera morirme ni nada de eso, pero la mayor parte del tiempo tampoco me importaba una mierda estar vivo. No sé si se le podría llamar crisis. Es solo que, durante unos meses, en el fondo me daba todo igual: levantarme, ir a trabajar y todo eso. De hecho, perdí el empleo que tenía entonces, por eso trabajo en el almacén ahora. Sí. O sea que pillo más o menos lo que dices de la crisis. Evidentemente, en mi caso la experiencia es distinta, pero entiendo lo que has pasado, sí.

Alice volvió a decirle que sentía su pérdida, y él aceptó sus condolencias.

Me voy a Roma la semana que viene, dijo ella. Sale la traducción italiana de mi libro. No sé si querrías venir conmigo.

Él no mostró ninguna sorpresa ante la invitación. Apagó el cigarrillo frotando la colilla contra la pared del cobertizo en varias pasadas. La perra soltó otro gritito desde la otra punta del jardín.

No tengo nada de dinero, dijo Felix.

Bueno, yo puedo pagarlo todo. Soy rica y famosa, ¿recuerdas?

Eso le arrancó una leve sonrisa.

Eres rara, dijo. Eso no lo retiro. ¿Cuántos días vas estar?

Me voy el miércoles y vuelvo el lunes por la mañana. Pero nos podemos quedar más días si prefieres.

Ahora soltó él una risa.

Hostia puta, dijo.

¿Has estado en Roma alguna vez?

No.

Entonces creo que deberías venir, dijo ella. Creo que te gustaría.

¿Cómo sabes lo que me gustaría?

Se miraron. Estaba demasiado oscuro como para extraer demasiada información de la cara del otro, y sin embargo siguieron mirándose, sin romper el contacto, como si el acto de mirar fuese más importante que lo que alcanzaban a ver.

No lo sé, dijo ella. Solo lo creo.

Felix dio media vuelta al fin.

De acuerdo, dijo. Iré.

6

Todos los días me pregunto por qué mi vida ha terminado yendo de esta manera. No me puedo creer que tenga que soportar estas cosas: que se escriban artículos sobre mí, ver fotografías mías en internet, leer comentarios sobre mí misma. Dicho así, pienso: ¿Eso es todo? ¿Y qué más da? Pero la verdad es que, aunque no sea nada, me tiene amargada, y no quiero vivir esta clase de vida. Cuando mandé el primer libro a la editorial, lo único que quería era ganar dinero suficiente para escribir otro. No me vendí nunca como una persona psicológicamente fuerte, capaz de aguantar indagaciones públicas y exhaustivas en torno a mi educación y personalidad. La gente que se hace famosa de manera intencionada —me refiero a gente que, después de probar una gota de fama, quiere más y más— está, y lo creo con toda sinceridad, profundamente desequilibrada. Que en nuestra cultura nos veamos expuestos por todas partes a esta clase de personas, como si no solo fuesen normales sino atractivas y envidiables, evidencia el grado de distorsión que acarrea este mal social. Algo falla en esas personas, y cuando las seguimos y aprendemos de ellas, algo falla también en nosotros.

Además, ¿qué relación hay entre un autor famoso y sus obras famosas? Si yo fuese una maleducada, y resultara desagradable, y hablase con un acento irritante, como seguramente es el caso, en mi opinión, ¿afectaría en algo a mis novelas? Por supuesto que no. La obra seguiría siendo la misma, no cambiaría nada. ¿Y en qué beneficia a los libros que se asocien a mí, a mi cara, a mis peculiaridades, con toda su desmoralizante especificidad? En nada. Entonces, ¿por qué?, ¿por qué se hace así? ¿A los intereses de quién responde? A mí me deprime, me aleja de la única cosa que tiene algún sentido en mi vida, no aporta nada al interés público, solo satisface la curiosidad más abyecta y más lasciva y contribuye a organizar el discurso literario completamente en torno a la figura dominante de «el autor», en cuyo estilo de vida e idiosincrasias hay que escarbar con todo morboso detalle sin motivo alguno. No dejo de topar con esa persona, que soy yo misma, y la odio con todas mis fuerzas. Odio su manera de expresarse, odio su aspecto, y odio sus opiniones acerca de todo. Y, sin embargo, cuando otras personas leen cosas sobre ella, creen que esa soy yo. Enfrentarme a este hecho hace que sienta que ya estoy muerta.

Desde luego, no me puedo quejar, porque la gente no deja de decirme que lo «disfrute». ¿Qué sabrán ellos? No han pasado por esto, lo he hecho todo yo sola. Vale, a su manera ha sido una pequeña experiencia, y dentro de unos meses o unos años terminará y nadie se acordará de mí siquiera, gracias a Dios. Pero, aun así, tengo que hacerlo, tengo que superarlo yo sola, sin nadie que me enseñe a hacerlo, y ha conseguido que me aborrezca a mí misma a un extremo casi insoportable. Cualquier cosa que sepa hacer, cualquier talento insignificante que pueda tener, la gente espera que lo venda: me refiero a venderlo literalmente, por dinero, hasta que acabe teniendo un montón de dinero y no me quede ni pizca de talento. Y entonces: fin, acabada, y entrará en escena la siguiente sensación literaria de veinticinco años con un colapso mental inminente. Si he conocido a alguien auténtico en todo el camino, estaba tan bien camuflado entre la multitud de egocéntricos sedientos de sangre que no lo he reconocido. Creo que las únicas personas auténticas que conozco realmente sois Simon y tú, y a estas alturas ya solo me miráis con lástima: no con amor, o con amistad, solo lástima, como si fuese algo medio muerto tirado en el arcén y lo mejor que se pudiera hacer por mí fuese acabar con mi dolor.

Después de tu email sobre el colapso del Bronce tardío, me quedé muy intrigada con la idea de que los sistemas de escritura pudieran «perderse». De hecho, ni siquiera estaba segura de lo que significaba eso, así que tuve que buscarlo, y terminé leyendo mucho sobre algo llamado el lineal B. ¿Sabes ya todo esto que te estoy contando? Básicamente, hacia el año 1900, un grupo de excavadores británicos encontró en Creta un yacimiento de tablillas de arcilla en una bañera de terracota. Las tablillas llevaban textos grabados en la escritura silábica de una lengua desconocida y databan, al parecer, de en torno al 1.400 aC. A lo largo de toda la primera parte del siglo veinte, lingüistas y especialistas en cultura clásica intentaron descifrar las inscripciones, en un sistema conocido como lineal B, en vano. Aunque se organizaban como una forma de escritura, nadie lograba averiguar qué lengua transcribían. La mayor parte de académicos sostenía la hipótesis de que se trataba de una lengua perdida de la cultura minoica cretense, de la que no quedaban descendientes en el mundo moderno. En 1936, con 85 años, el arqueólogo Arthur Evans dio una conferencia en Londres sobre las tablillas, y entre el público había un colegial de catorce años llamado Michael Ventris. Antes de que estallara la Segunda Guerra Mundial, se encontró y fotografió otro yacimiento de tablillas, esta vez en la Grecia continental. Aun así, ningún intento de traducir las inscripciones o de identificar la lengua en que estaban escritas dio con la respuesta. Entre tanto, Michael Ventris se había hecho mayor y había estudiado arquitectura, y en la guerra se alistó en la RAF. No tenía ningún título académico de lingüística o lenguas clásicas, pero no había olvidado nunca la conferencia de Arthur Evans aquel día sobre el lineal B. Después de la guerra, Ventris volvió a Inglaterra y se puso a comparar las fotografías de las tablillas recién descubiertas en la Grecia continental con las inscripciones de las antiguas tablillas cretenses. Se dio cuenta de que había determinados símbolos en las tablillas cretenses que no aparecían nunca en ninguna de las muestras de Pilos. Dedujo que esos símbolos particulares tal vez representaran topónimos de la isla. A partir de ahí, fue averiguando cómo descifrar la escritura, y reveló que el lineal B era en realidad una variante temprana de griego antiguo. La labor de Ventris no solo demostró que el griego era la lengua de la cultura micénica, sino que aportó evidencias de griego escrito que precedían en cientos de años a los ejemplos más antiguos conocidos. Tras el descubrimiento, Ventris y el especialista y lingüista John Chadwick escribieron un libro a cuatro manos sobre la traducción de las inscripciones, titulado «Documentos en griego micénico». Unas semanas antes de la publicación del libro en 1956, Ventris se estrelló contra un camión aparcado y murió. Tenía 34 años.

He abreviado la historia para darle un formato dramático apropiado, pero hubo muchos otros estudiosos implicados, incluida una profesora estadounidense llamada Alice Kober, que tuvo un papel significativo en la interpretación del lineal B y murió de cáncer a los 43. Las entradas de Wikipedia sobre Ventris, el lineal B, Arthur Evans, Alice Kober, John Chadwick y la Grecia micénica son algo caóticas, y algunas hasta presentan versiones distintas del mismo suceso. ¿Tenía Evans 84 u 85 años cuando Ventris asistió a su conferencia? ¿Y fue ese día, realmente, cuando Ventris tuvo noticia del lineal B, o ya había oído hablar de ello? Su muerte se describe del modo más sucinto y misterioso: Wikipedia dice que murió «en el acto» tras «una colisión nocturna con un camión estacionado», y que el dictamen del forense fue de muerte accidental. He estado pensando, últimamente, en cómo vuelve a nosotros el mundo antiguo, cómo emerge por extrañas rupturas del tiempo, por entre la velocidad, el desperdicio y el paganismo colosales del siglo veinte, a través de las manos y los ojos de Alice Kober, fumadora empedernida a los 43, y de Michael Ventris, muerto en un accidente de coche a los 34.

En fin, todo esto significa que durante la Edad de Bronce se desarrolló un sistema silábico sofisticado para representar la lengua griega por escrito, y que luego, en ese colapso del que me hablaste, todo ese conocimiento quedó totalmente destruido. Los sistemas de escritura posteriores que se diseñaron para representar el griego no guardan ninguna relación con el lineal B. Las personas que los desarrollaron y los usaron no tenían ni idea de que el lineal B hubiese existido jamás. Lo inconcebible es que cuando las grabaron, esas inscripciones significaban algo, para quienes escribían y para quienes leían, y luego durante miles de años no significaron nada, nada, nada… Porque el vínculo se había roto, la historia se había detenido. Y entonces el siglo veinte agitó el reloj y puso la historia en marcha otra vez. Pero ¿nosotros no podemos hacer eso mismo, de otra manera?

Siento que te doliese tanto encontrarte con Aidan el otro día. Esos sentimientos son, sin duda, de lo más normales. Pero como tu mejor amiga, que te quiere mucho y desea lo mejor para ti en todos los aspectos de tu vida, ¿sería muy irritante por mi parte señalar que no erais verdaderamente felices? Sé que fue él quien decidió dejarlo, y sé que eso tuvo que ser doloroso y frustrante. No estoy intentando convencerte de que no te sientas mal. Lo único que digo es que creo que en el fondo sabes que no era una relación demasiado buena. Me dijiste varias veces que querías romper y no sabías cómo hacerlo. Solo te digo esto porque no quiero que empieces a convencerte retroactivamente de que Aidan era tu alma gemela o de que nunca podrás ser feliz sin él. Te metiste a los veintitantos en una relación larga que no funcionó. Eso no significa que Dios te tenga reservada una vida de fracaso y sufrimiento. Yo tuve una relación larga a los veintitantos y no funcionó, ¿recuerdas? Y Simon y Natalie estuvieron juntos casi cinco años antes de romper. ¿Tú crees que él es un fracasado, o que lo soy yo? Hum. Bueno, ahora que lo pienso, igual los tres somos unos fracasados. Pero en ese caso, prefiero el fracaso al éxito.

No, la verdad es que no pienso nunca en mi reloj biológico. Además, creo que mi fertilidad seguirá acechando diez años más o así. Mi madre tuvo a Keith con 42. Pero no me interesa especialmente tener hijos. No sabía que a ti sí. ¿Incluso en este mundo? Encontrar a alguien que te deje embarazada no será un problema, si es así. Como dice Simon, tienes pinta de fértil. A los hombres eso les encanta. Para terminar: ¿sigues pensando en venir a verme? Te hago saber que la semana que viene estaré en Roma, pero lo más seguro es que vuelva la semana siguiente. He hecho un amigo aquí que se llama (en serio) Felix. Y si eres capaz de creerte eso, tendrás que creer también que va a venir a Roma conmigo. No, no sé explicarte por qué, así que no me preguntes. De pronto se me ocurrió: ¿no sería divertido invitarlo? Y por lo visto a él se le ocurrió que sería divertido decir que sí. Estoy segura de que le parezco una excéntrica total, pero también sabe que soy un chollo, porque le pago yo el avión. ¡Tienes que conocerlo! Un motivo más para venir a verme cuando vuelva. ¿Vendrás, por favor? Te quiero.

7

Ese mismo jueves noche, Eileen asistió a un recital de poesía organizado por la revista en que trabajaba. Antes del acto, que se celebraba en un espacio cultural en la zona norte del centro, Eileen estuvo sentada detrás de una mesita vendiendo ejemplares del último número de la revista, mientras la gente se arremolinaba delante, con copas de vino en las manos y evitando cruzar la mirada con ella. De vez en cuando alguien le preguntaba dónde estaban los lavabos, y les daba las indicaciones en el mismo tono de voz y con los mismos gestos de la mano cada vez. Justo antes del recital, un hombre mayor se inclinó sobre la mesa para decirle que tenía «ojos de poeta». Eileen sonrió esquivamente y, tal vez fingiendo que no lo había oído, le dijo que creía que dentro el acto estaba a punto de comenzar. Cuando en efecto comenzó, cerró con llave la caja de caudales, cogió una copa de vino de la mesa del fondo y entró en el salón principal. Había veinte o veinticinco personas sentadas, y las dos primeras filas estaban totalmente vacías. El editor de la revista estaba en el atril, presentando al primer poeta. Una mujer de la edad de Eileen, que trabajaba en el lugar y se llamaba Paula, se corrió un asiento más allá para dejarle sitio a su lado.

¿Has vendido muchos ejemplares?, le preguntó en un susurro.

Dos, respondió Eileen. He pensado que igual colocábamos un tercero cuando he visto un viejecito acercándose, pero resulta que solo quería piropearme los ojos.

Paula soltó una risita disimulada.

Una noche de entre semana bien empleada, dijo.

Al menos ahora sé que tengo los ojos bonitos, dijo Eileen.

El recital incluía a cinco poetas, reunidos vagamente en torno al tema de la «crisis». Dos leyeron obras que trataban de crisis personales, como la pérdida y la enfermedad, mientras que una tercera aportación abordó el extremismo político. Un joven con gafas recitó una poesía tan abstracta y prosódica que no quedó clara ninguna relación con el tema de la crisis, mientras que la última participante, una mujer con un vestido largo y negro, habló durante diez minutos de la dificultad de encontrar editor y solo le quedó tiempo de recitar un poema, que era un soneto rimado. Elieen escribió una nota en su móvil que decía:

> *La luna en otoño*
> *baña las hojas del madroño.*

Le enseñó la nota a Paula, que sonrió levemente antes de volver a centrar su atención en el escenario. Eileen borró la nota. Cuando terminó el recital, cogió otra copa de vino y se volvió a sentar detrás de la mesita. El hombre mayor se le acercó de nuevo y le dijo:

Tendrías que estar tú ahí arriba.

Eileen asintió con gesto amable.

Estoy convencido. Lo llevas dentro.

Mhm, dijo Eileen.

El hombre se marchó sin comprar ninguna revista.

Después del acto, Eileen fue a tomar algo a un bar cercano con parte del resto de organizadores y del equipo del espacio cultural. Paula y ella se sentaron juntas: Paula con un gin-tonic servido en una enorme copa balón con un gran trozo de pomelo dentro; Eileen con un whisky con hielo. Estaban hablando de sus «peores rupturas». Paula le describió la prolongada fase final de una relación de dos años, tiempo durante el cual tanto ella como su novia no dejaban de emborracharse y mandarse mensajes la una a la otra, lo que llevaba inevitablemente «o a una discusión tremenda o a la cama». Eileen tomó un buen trago de whisky.

Eso pinta mal, dijo. Pero, por otra parte, al menos os seguíais acostando, ¿me explico? La relación no estaba muerta del todo. Si Aidan me mandara un mensaje estando borracho, vale, puede que terminásemos discutiendo, pero al menos así yo sentiría que se acuerda de quién soy.

Paula dijo que estaba segura de que se acordaba, teniendo en cuenta que habían vivido juntos varios años. Con una especie de sonrisa amarga, Eileen respondió:

Eso es lo que me mata. Pasé la mitad de la veintena con esta persona, y al final simplemente se hartó de mí. Es decir, eso fue lo que pasó. Lo aburrí. Siento que eso dice algo de mí a cierto nivel, ¿entiendes? No hay otra.

Paula frunció el ceño:

No, no dice nada de ti.

Eileen soltó una risa tensa y cohibida y le estrechó el brazo a Paula.

Lo siento, dijo. Déjame que te invite a otra.

A las once de la noche, Eileen estaba tumbada sola en la cama, acurrucada de lado, con el rímel algo corrido bajo los ojos. Miró la pantalla del móvil aguzando la vista y clicó sobre el icono de la app de una red social. La interfaz se abrió, y mostró un símbolo de descarga. Eileen paseó el pulgar por encima de la pantalla, esperando a que se cargara la página, y luego, de pronto, en un impulso, cerró la app. Se desplazó hasta sus contactos, seleccionó la entrada con el nombre de «Simon» y pulsó el botón de llamar. Después de tres tonos, él descolgó y dijo:

¿Hola?

Hola, soy yo, dijo ella. ¿Estás solo?

Al otro lado de la línea, Simon estaba sentado en la cama de una habitación de hotel. A su derecha, había una ventana tapada por gruesas cortinas color crema, y enfrente de la cama, una pantalla de televisión enorme fijada a la pared. Tenía la espalda apoyada en el cabecero, las piernas estiradas, cruzadas por los tobillos, y el portátil abierto sobre el regazo.

Estoy solo, dijo, sí. Sabes que estoy en Londres, ¿no? ¿Todo bien?

Ah, lo había olvidado. ¿Te llamo en mal momento? Si quieres cuelgo.

No, no es mal momento. ¿Habéis montado el recital ese?

Eileen le contó cómo había ido el evento. Le explicó el chiste de la «luna de otoño» y él rio con aprobación.

Y han recitado un poema sobre Trump, le dijo.

Simon le respondió que solo pensarlo le hacía desear con todo fervor el abrazo de la muerte. Ella le preguntó por el congreso al que estaba asistiendo en Londres, y él le describió por extenso una «jornada de conversaciones» titulada «Más allá de la Unión Europea: el futuro internacional de Reino Unido».

No eran más que cuatro tíos de mediana edad con gafas, todos idénticos, dijo Simon. Es decir, que parecían copias hechas con Photoshop el uno del otro. Ha sido surrealista.

Eileen le preguntó qué estaba haciendo, y él le dijo que terminando una cosa del trabajo. Ella se tumbó de espaldas, contemplando el borroso punteado de moho del techo.

No es bueno para la salud trabajar hasta tan tarde, le dijo. ¿Dónde estás?, ¿en la habitación del hotel?

Sí, respondió él. Sentado en la cama.

Eileen recogió las rodillas hasta que las plantas de los pies quedaron apoyadas sobre el colchón, las piernas dibujando una tienda de campaña bajo la colcha.

¿Sabes lo que necesitas tú, Simon?, le dijo. Necesitas una mujercita. ¿A que sí? Una mujercita que venga a medianoche y te ponga la mano en el hombro y te diga, venga, déjalo ya, se ha hecho muy tarde. Vamos a dormir.

Simon se cambió el móvil de lado y dijo:

Me estás pintando un retrato muy convincente.

¿Tu novia no puede acompañarte en los viajes de trabajo?

No es mi novia, dijo él. Solo estamos saliendo.

No entiendo esa distinción. ¿Qué diferencia hay entre tener novia y salir con alguien?

Que no tenemos una relación exclusiva.

Eileen se frotó el ojo con la mano libre, y se emborronó de rímel la mano y la cara en dirección a la sien.

Entonces ¿te estás acostando también con otra gente?, le preguntó.

No, yo no. Pero creo que ella sí.

Eileen dejó caer la mano.

¿En serio?, preguntó. Dios. ¿Y es muy atractivo el otro tío?

Con tono divertido, él le respondió:

No tengo ni idea. ¿Por qué lo preguntas?

Es solo que… si no es tan atractivo como tú, ¿para qué molestarse? Y si es igual de atractivo que tú… Bueno, creo que me gustaría conocer a esa mujer y felicitarla.

¿Y si es más atractivo que yo?

Por favor. Imposible.

Simon se recostó un poco más, apoyado en el cabecero.

¿Porque soy guapísimo, quieres decir?

Sí.

Lo sé, pero dilo.

Ella, riendo, dijo:

Porque eres guapísimo.

Eileen, gracias. Qué amable. Tú tampoco estás mal.

Me ha llegado un email de Alice hoy, dijo, hundiendo la cabeza en la almohada.

Qué bien. ¿Cómo está?

Dice que no es para tanto que Aidan me dejase porque de todos modos tampoco es que fuésemos felicísimos.

Simon guardó silencio, como esperando que ella continuara, y luego le preguntó:

¿Te ha dicho eso tal cual?

Con todas las letras, sí.

¿Y qué piensas tú?

Eileen soltó un suspiro y respondió:

Da igual.

No parece un comentario muy delicado.

Con los ojos cerrados, ella dijo:

Tú siempre la estás defendiendo.

Acabo de decir que ha tenido poco tacto.

Pero crees que tiene algo de razón.

Él frunció el ceño, jugueteando con un bolígrafo del hotel sobre la mesilla de noche.

No, respondió. Yo creo que no era lo bastante bueno para ti, pero eso es otra cosa. ¿De verdad dijo Alice que no era para tanto?

En efecto. Y sabes que la semana que viene va a Roma a promocionar su libro, ¿verdad?

Simon dejó el bolígrafo en la mesilla.

¿Ah, sí?, preguntó. Creía que estaba descansando un tiempo de todo ese rollo.

Así era, hasta que se ha aburrido.

Entiendo. Es curioso. He intentado varias veces ir a verla, pero siempre me dice que no es buen momento. ¿Estás preocupada por ella?

Eileen soltó una risotada.

No, no me preocupo, dijo. Me enfado. Tú te puedes preocupar.

Tú puedes hacer ambas cosas, dijo él.

¿De lado de quién estás?

Simon, sonriendo, le respondió con voz suave y aplacadora:

Del tuyo, princesa.

Ella sonrió también, entonces, una sonrisa burlona, reticente, y se apartó el pelo de la cara.

¿Te has acostado ya?, preguntó.

No, estoy sentado. A no ser que quieras que me meta en la cama mientras seguimos hablando.

Sí, eso me gustaría.

Ah, bueno. Se puede arreglar.

Simon se levantó y dejó el portátil en un pequeño escritorio que había frente a un espejo de pared. La mayor parte del espacio a su espalda lo ocupaba la cama, con las sábanas blancas bien ceñidas al colchón. Conectó el portátil al cargador sin soltar el teléfono.

Si tu mujer estuviese ahí ahora, dijo Eileen, te desataría la corbata. ¿Llevas corbata?

No.

¿Qué llevas puesto?

Simon se echó un vistazo en el espejo y luego se volvió de espaldas, de cara a la cama.

El resto del traje, dijo. Sin zapatos, obviamente. Me los quito al entrar, como una persona civilizada.

Entonces ¿ahora viene la chaqueta?

Simon se quitó la chaqueta, lo que conllevó pasarse el móvil de una mano a otra, y dijo:

Ese sería el procedimiento habitual.

Y ahora tu mujer te la cogería de las manos y la colgaría en una percha, dijo Eileen.

Qué amable por su parte.

Y te desabrocharía la camisa. No como un mero trámite, sino con cariño y ternura. ¿Hay que colgarla también?

Simon, que se estaba desabrochando la camisa con una mano, le dijo que no, que iría de vuelta a la maleta para lavarla cuando llegase a casa.

Después de eso no sé qué viene, dijo Eileen. ¿Llevas cinturón de algún tipo?

Sí, respondió él.

Eileen cerró los ojos y siguió hablando:

Te lo quita y lo deja donde sea que vaya. ¿Dónde dejas el cinturón cuando te lo quitas, de hecho?

En una percha.

Eres tan ordenado…, dijo Eileen. Esa es una de las cosas que tu mujer adora de ti.

¿Por qué?, ¿ella también es una persona ordenada? ¿O le gusta porque los opuestos se atraen?

Hum. No es que sea muy descuidada ni nada de eso, pero no es tan ordenada como tú. Y aspira a ello. ¿Ya te has desvestido?

No del todo, dijo Simon. No he soltado el teléfono. ¿Lo puedo dejar un momento y lo cojo otra vez?

Con una sonrisa tímida y cohibida, Eileen respondió:

Pues claro, no eres mi rehén.

No, pero no quiero que te aburras y me cuelgues.

No te preocupes, no colgaré.

Dejó el móvil en la esquina más cercana de la cama y terminó de desnudarse. Eileen se quedó tumbada, con los ojos cerrados y el teléfono sujeto lánguidamente en la mano derecha, cerca de la cara. Simon, vestido solo con unos boxers gris oscuro, cogió de nuevo el teléfono y se echó en la cama con la cabeza recostada en las almohadas.

Ya estoy aquí, dijo.

¿A qué hora sales de trabajar normalmente?, dijo Eileen. Solo por curiosidad.

Hacia las ocho. Más bien ocho y media, desde hace un tiempo, porque anda todo el mundo a tope.

Tu mujer saldría mucho más temprano.

¿Sí? Qué envidia.

Y cuando llegaras a casa te tendría la cena preparada,

Él sonrió.

¿Tan anticuado crees que soy?

Eileen abrió los ojos, como si la hubiesen sacado de su ensoñación.

Creo que eres humano. ¿Quién no va a querer que le esté esperando la cena en casa si lo retienen en el trabajo hasta las ocho y media? Si prefieres encontrarte la casa vacía al llegar y hacerte tú mismo la cena, mis disculpas.

No, no es que me encante encontrarme la casa vacía al llegar, dijo él. Y si nos ponemos a fantasear, no tengo ningún problema en que me traten a cuerpo de rey. Es solo que tampoco es algo que espere de mi pareja.

Ay, estoy ofendiendo tus principios feministas. Paro entonces.

No, por favor. Quiero que me cuentes lo que haremos mi mujer y yo después de cenar.

Eileen cerró los ojos de nuevo.

Bueno, es una buena esposa, evidentemente, así que te dejará trabajar un poco si no hay más remedio, dijo. Pero no hasta muy tarde. Ahora quiere irse a la cama, que es donde estás ahora, entiendo.

En efecto, así es.

Con una sonrisa lujuriosa, Eileen siguió hablando:

¿Has tenido un buen día en el trabajo o un mal día?

Ha estado bien.

Y ahora estás cansado.

No demasiado cansado para hablar contigo, dijo. Pero cansado, sí.

Tu mujer sabe leer perfectamente todas estas sutilezas, así que no le haría falta preguntar. Si has tenido un día muy largo y estás cansado, creo que os meteríais en la cama a eso de las once y tu mujer te haría una mamada. Cosa que se le da muy bien. Pero no de un modo vulgar, sino todo muy íntimo y conyugal y esas cosas.

Con el móvil en la mano derecha, Simon empezó a tocarse con la izquierda por encima de la fina tela de algodón de los boxers.

No es que no lo sepa apreciar, pero ¿por qué solo una mamada?, preguntó.

Eileen se rio.

Has dicho que estabas cansado.

Ah, no estoy tan cansado como para no hacerle el amor a mi propia esposa.

No estaba poniendo en duda tu virilidad, es solo que he pensado que te gustaría. En fin, yo me puedo confundir, da igual. Tu esposa no se confundiría nunca.

No pasa nada si se confunde, la querré igualmente.

Creía sinceramente que te gustaba el sexo oral.

Simon respondió sonriendo:

Me gusta, claro que me gusta. Pero si solo pudiera pasar una noche con mi mujer ficticia, creo que me gustaría avanzar más terreno. No tienes que entrar en detalles si no te apetece.

Al contrario, yo vivo para los detalles, dijo Eileen. ¿Por dónde íbamos? Desnudas a tu mujer con la eficiente soltura que te caracteriza.

Simon metió la mano por debajo de la ropa interior.

Muy amable, dijo.

Puedes dar por hecho que es preciosa, pero no osaré describir su físico. Sé que los hombres tienen sus pequeños gustos y preferencias.

Gracias por la licencia. Me la imagino vívidamente.

¿De verdad?, dijo Eileen. Ahora tengo curiosidad por saber cómo es. ¿Es rubia? No me lo digas. Apuesto a que es rubia y mide, en plan, metro sesenta.

No, respondió Simon entre risas.

Vale. Bueno, no me lo digas. En fin, está muy mojada, porque lleva todo el día esperando a que la toques.

Él cerró los ojos. Dijo al teléfono:

¿Y puedo tocarla?

Sí.

¿Y luego qué?

Eileen se rodeó un seno con la mano libre y trazó un círculo en torno al pezón con la yema del pulgar.

Bueno, ves en sus ojos que está excitada, respondió. Pero nerviosa al mismo tiempo. Te quiere mucho, pero a veces le preocupa no conocerte realmente. Porque puedes ser distante. O no distante, pero sí cerrado. Solo estoy esbozando el trasfondo para que entiendas mejor la dinámica sexual. Está nerviosa porque te admira y quiere hacerte feliz, y a veces tiene miedo de que no lo seas, y no sabe qué hacer. En fin, cuando te metes en la cama ella tiembla como una hoja bajo tu cuerpo. Y tú no dices nada, solo te la empiezas a follar. O, ¿cómo has dicho antes? A hacerle el amor. ¿Vale?

Hum, dijo Simon. ¿Y le gusta?

Ah, sí. Creo que no tenía mucha experiencia cuando te casaste con ella, así que cuando os acostáis se te agarra con fuerza, porque es algo abrumador. Seguro que está todo el rato a punto de correrse. Y tú le vas diciendo que es buena chica, que estás orgulloso de ella, y que la quieres, y ella te cree. Ten presente cuánto la quieres, ahí está la diferencia. Sé muchas cosas de ti, pero ese lado no lo conozco. Cómo actúas con una mujer a la que amas. Estoy divagando, lo siento. El motivo por el que he dicho eso de que tu mujer te hacía una mamada..., creo que de un modo subconsciente lo he sacado porque es algo que me gusta imaginar. ¿Recuerdas que lo hicimos en París? Da igual. Solo recuerdo que te gustó. Me hizo sentir mucha confianza en mí misma. En fin, me estoy yendo por las ramas. Estaba describiendo cómo lo hacías con tu mujer. Apuesto a que es increíblemente guapa y más joven que yo. Y como..., puede que un pelín tonta, pero de una manera sexy. Si pudiera darme un gusto, haría que cuando estás en la cama con tu mujer, no siempre, solo esta vez, empezaras a pensar en mí. No tiene por qué ser a propósito. Una pequeña idea o algún recuerdo se cuela en tu mente, nada más. Y no yo como soy ahora, sino cuando tenía veinte o así. Así que estás en la cama con tu esposa perfecta, y es la mujer más hermosa sobre la faz de la tierra, y la quieres más que a nada, pero durante solo uno o dos segundos, mientras estás dentro de ella, y tiembla y se estremece y dice tu nombre, tú piensas en mí, en las cosas que hicimos juntos cuando éramos más jóvenes, como en París, aquel día que te dejé terminar en la boca, y recuerdas lo bueno que fue, hacerme tuya de esa manera, y cuando me dijiste que había sido especial. Y tal vez lo fue, ¿no? Si después de todos estos años sigues pensando en ello cuando estás en la cama con tu mujer, igual fue especial. Algunas cosas lo son.

Simon se estaba corriendo en ese momento, y empezó a resoplar. Cerró los ojos. Eileen había dejado de hablar, estaba tumbada, quieta, con la cara arrebolada. Él dijo algo como: Hum. Durante un momento, se quedaron los dos callados. Y luego, en voz baja, ella preguntó:

¿Nos podemos quedar un minuto más al teléfono?

Simon abrió de nuevo los ojos, cogió un pañuelo de papel de la caja que había en el cajón de la mesita y comenzó a limpiarse las manos y el cuerpo.

Todo el tiempo que quieras, dijo. Ha estado muy bien, gracias.

Eileen se echó a reír, casi tontamente, como si estuviese aliviada. Tenía la frente y las mejillas encendidas.

Hala, de nada, dijo. Se me había olvidado que eres de esos que dan las gracias. Es increíble, esa energía tuya. Eres como un noventa por ciento playboy, pero combinado de vez en cuando con gestos como de virgen total. Lo respeto, debo decir. ¿Será incómodo, ahora, cuando nos volvamos a ver en la vida real?

Simon dejó el pañuelo usado en el cajón y cogió otro de la caja.

No, haremos como si no hubiese pasado nada, ¿vale? De todas formas, creo que una vez me dijiste que solo tengo una expresión facial.

¿De verdad dije eso? Qué fría. Además, tienes como mínimo dos. Risueño y preocupado.

Él se alisaba el pecho con la palma de la mano, sonriendo.

No estabas siendo fría. Solo bromeabas.

Tu mujer no te hablaría así jamás.

¿Por qué?, ¿me idolatra?

Sí, respondió Eileen. Eres como un padre para ella.

Simon soltó un gruñido divertido:

Me parece bien, dijo.

Eileen sonrió, burlona.

Ya lo creo que te parece bien, dijo. Sabía que te gustaría.

Él dejó la mano apoyada sobre la tripa y dijo:

Tú lo sabes todo.

Eileen frunció los labios.

Sobre ti, no, respondió.

Simon tenía los ojos cerrados, parecía cansado.

Creo que la parte más realista de la fantasía ha sido cuando he empezado a pensar en ti en París, dijo.

Ella dio la impresión de respirar hondo. Al cabo de un momento, dijo quedamente:

Lo dices solo para halagarme.

Simon sonrió para sí.

Bueno, sería lo más justo, ¿no?, dijo. Pero no, es la verdad. ¿Nos podemos ver algún día de estos?

Eileen dijo que sí.

Actuaré con normalidad, añadió él. No te preocupes.

Después de colgar, Eileen conectó el móvil al cargador y apagó la lamparita de noche. El resplandor artificial y anaranjado de la polución urbana traspasaba las cortinas finas de la ventana del dormitorio. Con los ojos todavía abiertos, se tocó durante un minuto y medio, se corrió sin hacer ningún ruido y luego se tumbó de lado y se puso a dormir.

8

Querida Alice. Cuando dices que vas a Roma, ¿te refieres por trabajo? No quiero ser entrometida, pero ¿no se suponía que ibas a desconectar un tiempo? Deseo que te vaya muy bien el viaje, por supuesto, es solo que me pregunto si es buena idea empezar otra vez con los actos públicos tan pronto. Si te resulta catártico mandarme correos histriónicos sobre el mundo editorial en los que dices que todo el mundo va sediento de sangre y quiere asesinarte o matarte a polvos, por descontado no dejes de mandármelos. Está claro que has conocido a malas personas a través de tu trabajo, pero sospecho que has conocido también a un montón de gente aburrida y éticamente convencional. No niego que sufras, por cierto: sé que es así, por eso me sorprende que vayas a someterte otra vez a todo esto. ¿Vuelas desde Dublín? Podríamos intentar vernos, si es así…

No creía que estuviese de mal humor cuando me he sentado a escribir este email, pero igual sí que lo estoy. No pretendo hacerte sentir que esa vida horrible tuya es en realidad un privilegio, aunque de acuerdo con cualquier definición razonable lo es muy literalmente. Vale, yo gano unos 20 mil al año y me gasto dos terceras partes en un alquiler para poder vivir en un piso diminuto con una gente que no me soporta, y tú ganas unos doscientos mil euros al año (?) y vives sola en una casa de campo gigantesca, pero a pesar de todo no creo que disfrutara de tu vida más de lo que la disfrutas tú. Si alguien es capaz de disfrutarla, algo falla, como tú dices. Aunque todos cojeamos de algún lado, al fin y al cabo, ¿no? Hoy me he pasado demasiado rato mirando internet y he empezado a deprimirme. Lo peor es que creo que la gente en general tiene buenas intenciones, que los impulsos son correctos, pero nuestro vocabulario político ha ido decayendo de una forma tan rápida y profunda desde el siglo veinte que la mayoría de intentos por encontrarle sentido al momento histórico actual se quedan en un puro galimatías. Está todo el mundo comprensiblemente aferrado a categorías identitarias particulares, y al mismo tiempo muy poco dispuesto a exponer en qué consisten esas categorías, de dónde salen y a qué propósitos sirven. El único esquema aparente es que por cada grupo victimizado (personas nacidas en familias pobres, mujeres, gente de color) hay un grupo opresor (personas nacidas en familias ricas, hombres, gente blanca). Pero dentro de este marco, la relación entre víctima y opresor no es tanto histórica como teológica, por cuanto las víctimas son trascendentemente buenas y los opresores personalmente malos. De ahí que la pertenencia del individuo a un grupo identitario concreto sea una cuestión con una relevancia ética insuperable, y que destinemos gran parte de nuestro discurso a clasificar a las personas en el grupo apropiado, esto es, a otorgarles la valoración moral apropiada.

Si es todavía posible la acción política, cosa que, en este punto, yo creo que está por ver, puede que no cuente con personas como nosotras. De hecho, estoy casi segura de que no. Y, francamente, si tenemos que encaminarnos a la muerte por el bien común de la humanidad, acataré como un corderito, porque esta vida no me la he ganado ni la he disfrutado siquiera. Pero me gustaría ser de alguna ayuda en el proyecto, sea el que sea, y aunque solo pudiese ayudar de manera ínfima, me daría igual, porque estaría obrando en mi propio interés, al menos; porque es también a nosotras a quienes estamos embruteciendo, aunque de un modo distinto, claro. Nadie quiere vivir así. O al menos yo no quiero vivir así. Yo quiero vivir de otra manera o, si es necesario, morir para que otra gente pueda vivir algún día de otra manera. Pero cuando miro en internet no veo muchas ideas por las que merezca la pena morir. La única idea que hay, parece, es que deberíamos contemplar la inmensa miseria humana que se despliega ante nosotros y esperar sentados a que los más desdichados, los más oprimidos, vengan y nos digan cómo pararlo. Se diría que existe la creencia, curiosamente inexplicada, de que las condiciones de explotación generarán por sí mismas una solución a la explotación, y que insinuar lo contrario es un gesto de paternalismo y superioridad, como el mansplaining. Pero ¿y si esas condiciones no generan la solución? ¿Y si estamos esperando en balde, y toda esa gente está sufriendo sin las herramientas para poner fin a su propio sufrimiento? Y nosotros, que tenemos las herramientas, nos negamos a hacer algo al respecto, porque a las personas que dan el paso se las critica. Y bueno, todo eso está muy bien, pero por otra parte, ¿qué paso he dado yo? En mi defensa diré que estoy muy cansada y que no tengo ninguna idea que valga la pena. En realidad el problema es que estoy enfadada con los demás por no tener todas las respuestas, cuando yo tampoco tengo ninguna. Y ¿quién soy yo para pedirle humildad y franqueza a nadie? ¿Qué le he dado yo al mundo para pedir tanto a cambio? Me podría desintegrar en un montoncito de polvo, en lo que al mundo respecta, y así es como debe ser.

En fin, tengo una teoría nueva. ¿Quieres que te la cuente? Sáltate el párrafo siguiente si no. Mi teoría es que los seres humanos perdieron el instinto para detectar la belleza en 1976, cuando el plástico se convirtió en el material más extendido que existe. De hecho, podemos ver cómo se produce ese cambio si nos fijamos en la fotografía callejera antes y después de 1976. Sé que hay motivos de peso para ser escépticos ante la nostalgia estética, pero no deja de ser verdad que antes de los setenta la gente llevaba ropa duradera de lana y algodón, guardaba las bebidas en botellas de cristal, envolvía los alimentos con papel y llenaba su casa de robustos muebles de madera. Ahora la mayoría de objetos en nuestro entorno visual están hechos de plástico, la sustancia más espantosa sobre la tierra, un material que cuando lo tiñen no absorbe el color, sino que en realidad lo emana de un modo inimitablemente horrendo. Una cosa que podría hacer el gobierno con mi aprobación (y no son muchas) es prohibir la fabricación de todas y cada una de las formas de plástico que no representasen una necesidad imperiosa para el mantenimiento de la vida humana. ¿Tú qué piensas?

No sé por qué estás siendo tan reservada sobre este tal Felix. ¿Quién es? ¿Te estás acostando con él? No tienes que decírmelo si no quieres. Simon ya nunca me cuenta nada. Por lo visto lleva dos meses saliendo con una de veintitrés y no la he visto ni una vez. Huelga decir que la idea de que Simon −que era ya todo un hombre veinteañero cuando yo tenía quince− esté teniendo relaciones sexuales regulares con una mujer a la que le saco seis años hace que me entren ganas de arrastrarme directa a la tumba. Y no puede ser nunca una empollona feúcha con el pelo de estropajo y opiniones interesantes sobre Pierre Bordieu, sino que siempre es una modelo de Instagram que tiene como 17.000 seguidores y a la que las marcas de cosméticos le envían muestras gratis. Alice, odio tener que fingir que la vanidad personal de las mujeres jóvenes atractivas sea algo más que aburrida y ridícula. La mía la peor. No es por ser dramática, pero si Simon deja embarazada a esta chica, yo me tiro por la ventana. Imagina tener que ser agradable con una mujer cualquiera el resto de mi vida porque es la madre de su hijo. ¿Te llegué a decir que me invitó a salir allá por febrero? No es que quisiera salir conmigo realmente, creo que solo intentaba darme una inyección de autoestima. Aunque la verdad es que ayer tuvimos una conversación telefónica muy divertida… En fin: ¿cuántos años tiene Felix? ¿Es un viejo místico que te escribe poemas sobre el cosmos? ¿O un campeón de natación del condado de diecinueve años con los dientes blancos?

Me lo podría montar para ir a verte la semana después de la boda, llegaría el primer lunes de junio. ¿Qué te parece? Si supiese conducir sería claramente más fácil, pero parece que con una combinación de trenes y taxis me las podría apañar. No te imaginas lo aburrida que he acabado de dar vueltas por Dublín sin ti. Estoy deseando literalmente tenerte cerca otra vez. E.

9

El miércoles, a Alice y Felix los recogió en Fiumicino un hombre que sostenía una funda de plástico con una hoja de papel que llevaba impreso: MS KELLHER. Fuera había caído la noche, pero flotaba un aire templado, seco, saturado de luz artificial. En el coche del chófer, un Mercedes negro, Felix se sentó delante, Alice detrás. A su lado, en la autopista, los camiones se adelantaban unos a otros a velocidad alarmante, con las bocinas atronando. Cuando llegaron al edificio de apartamentos, Felix subió su equipaje por las escaleras: la maleta de ruedas de Alice y su bolsa negra de deporte. El salón era grande y amarillo, con un sofá y un televisor. Al otro lado de un arco había una cocina moderna y despejada. La puerta de uno de los dormitorios quedaba al fondo del salón, y la del otro a la derecha. Después de echar un vistazo a ambos, Felix le preguntó cuál prefería.

Escoge tú, dijo ella.

Creo que debería escoger la chica.

Bueno, disiento.

Él frunció el ceño y dijo:

Vale, quien paga escoge.

De hecho, disiento aún más.

Felix se cargó la bolsa al hombro y apoyó la mano en el pomo del dormitorio que tenía más cerca.

Ya veo que vamos a disentir en muchas cosas estas vacaciones, dijo. Me quedo este, ¿de acuerdo?

Gracias, respondió Alice. ¿Te gustaría comer algo antes de ir a dormir? Busco un restaurante en internet si te apetece.

Él dijo que le parecía buena idea. Entró en el cuarto y cerró la puerta, buscó el interruptor de la luz y dejó la bolsa sobre una cómoda. Detrás de la cama, había una ventana que daba a la calle desde el tercer piso. Abrió la cremallera de la bolsa y rebuscó dentro, moviendo de aquí para allá el contenido: algo de ropa, una maquinilla de afeitar con cuchillas desechables de recambio, un blíster de pastillas, una caja de condones medio llena. Localizó el cargador del móvil, lo sacó de la bolsa y empezó a desenrollar el cable. Alice, en su cuarto, también estaba deshaciendo la maleta, sacando algunos artículos de tocador de la bolsa de plástico transparente del aeropuerto, colgando un vestido marrón en el armario. Luego se sentó en la cama, abrió un mapa en el móvil y desplazó los dedos con experta soltura por la pantalla.

Cuarenta minutos después estaban cenando en un restaurante local. En el centro de la mesa había una vela encendida, una cesta de pan, una aceitera achaparrada y una vinagrera larga y estriada con un vinagre oscuro. Felix estaba comiendo un entrecot fileteado, muy crudo, aderezado con parmesano y hojas de rúcula. El interior de la carne resplandecía rosado como una herida. Alice estaba comiendo un plato de pasta con queso y pimienta. Junto a su codo había una garrafa de vino tinto por la mitad. El restaurante no estaba muy lleno, pero de rato en rato las conversaciones y las risas de las otras mesas crecían hasta hacerse audibles. Alice le estaba hablando a Felix de su mejor amiga, una mujer que, había dicho, se llamaba Eileen.

Es muy guapa, dijo Alice. ¿Quieres que te enseñe una foto?

Venga, va.

Alice sacó el teléfono y empezó a deslizarse por la app de una red social.

Nos conocimos en la universidad, dijo. Eileen era famosa, por aquel entonces, tenía a todo el mundo enamorado. No hacían más que darle premios y de sacar su foto en el periódico de la universidad y esas cosas. Es esta.

Alice le enseñó la pantalla del móvil, en la que aparecía la fotografía de una mujer blanca y esbelta con el pelo oscuro, apoyada en la baranda de un balcón en lo que parecía ser alguna ciudad europea, con un hombre alto y rubio a su lado, mirando a la cámara. Felix le cogió el teléfono de las manos y ladeó la pantalla ligeramente, como decidiendo su veredicto.

Sí, dijo. Es guapa, desde luego.

Yo era como su escudera, dijo Alice. Nadie acababa de entender por qué quería ser amiga mía, con lo popular que era, y me odiaba todo el mundo. Pero yo creo que ella disfrutaba retorcidamente de tener una mejor amiga que les caía mal a todos.

¿Por qué les caías mal a todos?

Alice hizo un gesto vago con la mano.

Bueno, ya sabes, dijo. Siempre me estaba quejando de algo. Acusando a todo el mundo de tener opiniones equivocadas.

Diría que eso pone a la gente de los nervios, sí, dijo Felix. Señaló al hombre de la foto y preguntó:

¿Y quién es el que está con ella?

Ese es nuestro amigo Simon, respondió Alice.

Tampoco es nada feo, ¿no?

No, es guapísimo, dijo ella, sonriendo. Esa foto ni siquiera le hace justicia. Es una de esas personas tan atractivas que creo que de hecho ha deformado su concepto de sí mismo.

Felix le devolvió el móvil:

Debe de estar bien tener todos esos amigos tan guapos.

Está bien contemplarlos, quieres decir, respondió Alice. Pero te sientes un poco un adefesio en comparación.

Felix sonrió.

Bah, tú no eres ningún adefesio, dijo. Tienes tus cualidades.

Como mi encantadora personalidad.

Después de un silencio, él dijo:

¿Dirías que es encantadora?

Alice soltó entonces una carcajada sincera.

No, respondió. No sé cómo me aguantas, si me paso el día diciendo estas tonterías.

Bueno, solo he tenido que aguantarlo un rato, dijo él. Y, no sé, igual dejas de hacerlo cuando nos conozcamos un poco mejor. O igual dejo de aguantarlo.

O igual te empiezo a gustar.

Felix volvió a concentrarse en la comida.

Podría ser, sí, dijo. Todo puede pasar. Entonces, este tío, Simon, te gusta, ¿no?

No, no, respondió ella. Para nada.

No te interesan los guapos, ¿no?, le preguntó Felix, mirándola con aparente interés.

Me gusta mucho, como persona, dijo ella francamente. Y lo respeto. Trabaja de asesor para un grupo parlamentario de izquierdas diminuto, pese a que podría ganar un pastizal haciendo otra cosa. Es religioso y eso.

Felix ladeó la cabeza como esperando a que le explicase la broma.

En plan, ¿qué cree en Jesucristo?, preguntó.

Sí.

Hostia puta, ¿en serio? Está mal de la cabeza o algo, ¿no?

No, es bastante normal, dijo Alice. No intenta convertirte ni nada de eso, lo lleva con discreción. Estoy segura de que te caería bien.

Felix negó con la cabeza. Soltó el tenedor y lanzó una mirada por el restaurante, y luego volvió a coger el tenedor, pero no siguió comiendo.

¿Y está en contra de los gays y demás?, preguntó.

No, no. Es decir, tendrías que preguntárselo, si lo conoces. Pero creo que su idea de Jesús es más bien algo a lo amigo-de-los-pobres, o defensor-de-los-marginados.

Mira, perdona, pero tiene pinta de ser un chalado. ¿En los tiempos que corren aún queda alguien que crea esas cosas? ¿Que hace mil años un tío se levantó de la tumba y que ahí está la clave de todo?

¿No creemos todos en cosas absurdas?

Yo no. Yo creo en lo que tengo delante. No creo que haya ningún señor Jesucristo en el cielo mirándonos y decidiendo si somos buenos o malos.

Ella lo examinó unos segundos sin decir nada, y al fin respondió:

No, puede que tú no. Pero no mucha gente sería feliz, si viese la vida como la ves tú. Que nada va a ninguna parte, que no tiene ningún sentido. La mayoría de la gente prefiere creer que sí tiene alguno. Así que, en ese aspecto, todo el mundo se engaña. El engaño de Simon solo es más estructurado.

Felix se cortó una rodaja de carne por la mitad con el cuchillo.

Si quiere ser feliz, ¿no se podría inventar algo más agradable en lo que creer?, preguntó. En lugar de pensar que todo es pecado y que podría ir al infierno.

No creo que le preocupe el infierno, solo quiere hacer lo correcto aquí en la tierra. Cree que hay una diferencia entre el bien y el mal. Supongo que tú no, si crees que al final todo da igual.

No, yo sí que creo en el bien y en el mal, evidentemente.

Alice levantó una ceja.

Ah, entonces tú también te engañas, dijo. Si al final nos vamos a morir todos, ¿quién puede decir lo que está bien y lo que no?

Felix le dijo que lo pensaría. Siguieron comiendo, pero al momento él paró otra vez y se puso de nuevo a negar con la cabeza.

Sin ánimo de machacar con el tema de los gays, dijo, pero, ¿tiene algún amigo gay, este tío, Simon?

Bueno, es amigo mío. Y yo no soy precisamente heterosexual.

Felix, divertido ahora, con picardía incluso, respondió:

Ah, vale. Yo tampoco, por cierto.

Alice levantó la cabeza rápidamente, y él la miró a los ojos.

Pareces sorprendida, dijo.

¿Lo parezco?

Bajando de nuevo la vista a la comida, Felix siguió hablando:

Nunca me ha preocupado demasiado eso. Si alguien es un chico o una chica. Sé que para la mayoría de la gente es algo así como el centro de todas las cosas. Pero para mí no hay ninguna diferencia. No voy por ahí diciéndoselo a la gente porque, de hecho, a algunas chicas no les gusta. Si descubren que has estado con chicos creen que no estás del todo bien, algunas. Pero a ti no me importa decírtelo porque también eres así.

Alice dio un sorbo de la copa de vino y tragó.

En mi caso creo que es más bien que me enamoro con mucha intensidad, dijo. Y nunca puedo anticipar de quién será, sí será un hombre o una mujer, ni ninguna otra cosa.

Felix asintió despacio.

Qué interesante, dijo. ¿Y pasa muy a menudo, o no tanto?

No tanto, respondió ella. Y nunca muy felizmente.

Vaya, es una pena. Pero acabará yendo felizmente al final, estoy seguro.

Gracias, es muy amable.

Siguió comiendo, mientras Alice lo observaba desde el otro lado de la mesa.

Estoy convencida de que la gente anda siempre enamorándose de ti, dijo.

Felix la miró; su expresión franca y sincera.

¿Por qué deberían?, preguntó.

Ella se encogió de hombros.

Cuando nos conocimos me dio la impresión de que ibas de cita en cita, dijo. Se te veía muy pasota e indiferente con todo.

Solo porque tenga citas no significa que la gente vaya por ahí enamorándose de mí. O sea, tú y yo hemos tenido una cita y no estás enamorada de mí, ¿no?

No te lo diría si lo estuviese, respondió ella con parsimonia.

Felix se rio.

Bien hecho, dijo. Pero no me malinterpretes, eres libre de enamorarte de mí si quieres. Te tomaría un poco por una chiflada, pero ya es lo que pienso de ti igualmente.

Alice estaba mojando un trozo de pan en la salsa que había quedado en el plato.

Muy sabio, dijo.

El jueves por la mañana, a las diez, una asistente de la editorial de Alice la recogió en la puerta del apartamento y la llevó a un encuentro con varios periodistas. Felix pasó la mañana deambulando por la ciudad mirando cosas, escuchando música por los auriculares, haciendo fotos y pasándolas a un grupo de WhatsApp. En una aparecía una callejuela estrecha, empedrada y a la sombra, y al fondo una iglesia de un blanco resplandeciente iluminada por el sol, con las puertas y los postigos de un verde vivo. En otra, un ciclomotor rojo aparcado frente a un escaparate con un letrero anticuado sobre la puerta. Por último, mandó una foto de la cúpula de San Pedro, de un azul cremoso, como un pastel glaseado, vista a lo lejos desde la Via della Conciliazione, con el cielo refulgiendo en el fondo. En el chat de WhatsApp, alguien con el nombre de usuario Mick respondió: Dónde cojones estas tío??? Alguien con el nombre de usuario Dave escribió: Espera estas en ITALIA? no me jodas jaja. No trabajas esta semana. Felix tecleó una respuesta:

Felix: Roma nene
Felix: Jajaaaaa
Felix: He venido con una chica que conoci en tinder, os aviso cuando vuelva

Mick: Como que en roma con alguien que conociste en tinder?
Mick: Esto nos lo tienes que explicar mucho mejor jajaja

Dave: un momento que!! te ha pillado una señora mayor en internet?

Mick: Ohhhh
Mick: Siento decirlo pero he oido hablar de esto
Mick: Te vas a despertar sin riñones

Después de esta conversación, Felix salió de ese grupo y entró en otro, que se titulaba «número 16».

Felix: Hey le habeis puesto de comer a sabrina
Felix: Y no solo galletas ella quiere comida humeda
Felix: Pasad foto cuando este quiero verla

Nadie respondió ni vio los mensajes al momento. Entretanto, en una zona distinta de la ciudad, Alice estaba grabando una entrevista para un programa de la televisión italiana en el que añadirían después la voz superpuesta de una intérprete. Desde una perspectiva feminista, trata de la división del trabajo según el género, estaba diciendo. Felix bloqueó el teléfono y continuó andando. Cruzó un puente hasta la mitad del camino y se detuvo a mirar el río en el Castel Sant'Angelo. En los auriculares estaba sonando «I'm Waiting for the Man». La luz tenía una cualidad nítida, dorada, y proyectaba unas oscuras sombras diagonales; y las aguas del Tíber, más abajo, eran de un verde claro, lechoso. Apoyado en la ancha balaustrada de piedra blanca, Felix sacó el móvil y deslizó el dedo para saltar a la app de la cámara. El teléfono tenía varios años, y por algún motivo al abrir la app de la cámara la música se entrecortaba y terminaba por apagarse. Se quitó los auriculares con un movimiento irritado y sacó una foto del castillo. Luego, durante unos segundos, siguió sosteniendo el móvil con el brazo estirado, mientras los auriculares colgaban por el borde del puente, y era difícil saber por el gesto si estaba intentando ver mejor la imagen que había tomado, si estaba buscando un ángulo nuevo para sacar otra foto, o pensando sin más en dejar que el aparato se resbalara silenciosamente de su mano y cayese al río. Se quedó ahí plantado con el brazo recto y una expresión grave en la cara, aunque igual solo estaba frunciendo el ceño deslumbrado por la luz del sol. Sin hacer ninguna otra fotografía, enrolló el cable de los auriculares, se guardó el móvil en el bolsillo y siguió caminando.

Alice iba a leer esa noche fragmentos de su libro en un festival literario. Le dijo a Felix que no hacía falta que fuese, pero él le respondió que no tenía otros planes. Ya puestos, estaría bien saber de qué van tus libros, dijo. Visto que no me los voy a leer. Alice le respondió que si el acto salía muy bien igual cambiaba de idea, y él le aseguró que no. El festival se celebraba en un gran edificio retirado del centro que albergaba una sala de conciertos y exposiciones de arte contemporáneo. Los pasillos estaban llenos de gente; había varias lecturas y charlas celebrándose al mismo tiempo. Antes del acto, alguien de la editorial pasó a recoger a Alice y la llevó a conocer al hombre que la entrevistaría en el escenario. Felix estuvo dando vueltas por ahí con los auriculares puestos, revisando los mensajes, los muros de las redes sociales. En las noticias, un político británico había hecho un comentario ofensivo sobre el Domingo Sangriento. Felix subió arriba de todo, actualizó la página, esperó a que se cargasen publicaciones nuevas y luego volvió a hacer lo mismo, varias veces. Ni siquiera daba la impresión de leer las publicaciones nuevas antes de deslizar el dedo abajo para recargar de nuevo. Alice estaba en ese momento sentada en una estancia sin ventanas, con un frutero delante, diciendo: Gracias, gracias, muy amable. Me alegro mucho de que lo disfrutaras.

Asistieron al acto de Alice unas cien personas. Leyó unos cinco minutos sobre el escenario, luego conversó con un entrevistador y luego respondió a las preguntas del público. Una intérprete se sentó a su lado, traduciéndole las preguntas al oído y traduciendo después las respuestas de Alice para el público. La intérprete era rápida y eficiente; movía el bolígrafo velozmente por un cuaderno de notas mientras Alice hablaba, y luego recitaba la traducción en voz alta sin interrumpirse. Al terminar, tachaba todo lo que había escrito y empezaba de nuevo tan pronto Alice retomaba la palabra. Felix escuchaba desde el público. Cuando Alice decía algo gracioso se reía, junto con el resto de asistentes que entendían inglés. Los demás se reían después, mientras hablaba la intérprete, o no se reían, porque la broma era intraducible o porque no la encontraban divertida. Alice respondió a preguntas sobre feminismo, sexualidad, la obra de James Joyce, el papel de la Iglesia católica en la vida cultural irlandesa. ¿Le parecían interesantes sus respuestas a Felix, o se aburría? ¿Estaba pensando en ella, o en otra cosa, otra persona? Y ahí arriba, hablando de sus libros, ¿estaba pensando Alice en él? ¿Existía para ella en ese momento, y si era el caso, de qué manera?

Al terminar, Alice se sentó detrás de una mesa y estuvo una hora firmando libros. Le dijeron a Felix que podía sentarse con ella, pero él dijo que prefería no hacerlo. Salió a la calle, y estuvo rodeando el perímetro del edificio, fumando un cigarrillo. Cuando Alice fue a buscarlo más tarde, la acompañaba Brigida, una mujer de la editorial que los invitó a ambos a cenar. Brigida no dejaba de repetir que la cena sería «muy sencilla». Alice tenía los ojos vidriosos y su ritmo al hablar era más alto que de costumbre. Felix, por el contrario, estaba más callado de lo que solía, casi taciturno. Subieron todos al coche con Ricardo, que trabajaba también en la editorial, y se dirigieron a un restaurante del centro. En los asientos delanteros, Ricardo y Brigida mantenían una conversación en italiano. Detrás, Alice le dijo a Felix:

¿Te estás muriendo de aburrimiento?

¿Por qué me iba a aburrir?, respondió él después de un silencio.

A Alice la cara le brillaba, llena de energía.

Yo me aburriría, dijo. Nunca voy a lecturas literarias a no ser que no tenga más remedio.

Felix se examinó las uñas y soltó un hondo suspiro.

Se te ha dado muy bien lo de responder a las preguntas, le dijo. ¿Te las habían pasado por adelantado, o has tenido que pensarlas en el momento?

Alice le dijo que no había visto las preguntas con antelación.

Fluidez superficial, añadió. No he dicho nada sustancial, en realidad. Pero me alegra haberte impresionado.

Él la miró y le preguntó con un tono ligeramente cómplice:

¿Te has tomado algo?

Con una expresión sorprendida e inocente, Alice respondió:

No. ¿Por qué lo dices?

Se te ve un poco hiperactiva.

Ah. Perdona. Creo que a veces después de hablar en público me pongo así. Es la adrenalina, o algo. Intentaré calmarme.

No, no te preocupes. Solo te iba a preguntar si podía tomar un poco.

Alice se echó a reír. Él recostó la cabeza en el asiento, sonriendo.

Me han dicho que toman todos cocaína, dijo ella. En el mundillo. Pero a mí nunca me ofrece nadie.

Él se volvió a mirarla, interesado.

¿En serio? ¿En Italia, o en todas partes?

En todas partes, o eso dicen.

Qué interesante. Yo no le haría ascos a un tiro, si se da la cosa.

¿Quieres que les pida?

Felix bostezó, echó un vistazo a Brigida y Ricardo, sentados delante, y se quitó una legaña de los ojos.

Me parece que antes preferirías caerte muerta.

Pero lo haré si tú quieres.

Él cerró los ojos.

Porque estás enamorada de mí, dijo.

Mhm, respondió Alice.

Él siguió sin moverse, apoyado en el cabecero, como si durmiese. Alice abrió la app del correo y le escribió un mensaje a Eileen: Si vuelvo a insinuar alguna vez que pienso llevarme a Roma a un completo desconocido, por favor no dejes de decirme que es una idea espantosa. Mandó el email y guardó el móvil en el bolso.

Brigida, dijo en voz alta, la última vez que nos vimos estabas de mudanza.

Brigida se dio la vuelta en el asiento del pasajero.

Sí, respondió, ahora vivo mucho más cerca del despacho.

Le describió el piso nuevo en comparación con el antiguo, mientras Alice asentía e iba diciendo cosas como: El de antes tenía dos habitaciones, ¿no? Pero recuerdo que no había ascensor... Felix volvió la cabeza y se puso a mirar por la ventana. Las calles de Roma se revelaban una a una y luego se desvanecían, devueltas a la oscuridad.

10

En relación con mi email sobre el completo desconocido: Felix es de nuestra edad, 29. Si quieres saber si me he acostado con él, no, pero no creo que ese dato te sirva de mucho para entender la situación. Tuvimos una cita fallida, que ya te conté en su momento, pero desde entonces nada. Supongo que lo que quieres saber en realidad no es si han tenido lugar actos sexuales concretos entre nosotros sino si mi relación con él tiene, en general, una faceta sexual. Creo que sí. Pero, por otra parte, pienso lo mismo de casi cualquier relación. Ojalá hubiese por ahí una buena teoría de la sexualidad que pudiese leer. Todas las teorías que existen tratan del género, da la impresión, pero ¿qué pasa con el sexo en sí? O sea, ¿qué es, para empezar? Para mí es normal conocer a una persona y pensar en ella en términos sexuales, aunque no nos acostemos; o, para ser más exactos, sin imaginar siquiera que nos acostamos, sin que se me ocurra siquiera imaginarlo. Esto indica que la sexualidad tiene «otro» elemento, que no va ligado al acto sexual. Y puede incluso que la mayoría de nuestras experiencias sexuales sean de este «otro» tipo. Así pues ¿en qué consiste? Es decir, ¿qué es lo que siento por Felix –que, por cierto, no me ha tocado jamás físicamente– que me lleva a considerar nuestra relación una relación de carácter sexual?

Cuanto más pienso en sexualidad, más confusa y diversa me parece, y más pobres nuestras formas de hablar de ella. La idea de «reconciliarte» con tu sexualidad parece traducirse, básicamente, en alcanzar a comprender si te gustan los hombres o las mujeres. Para mí, darme cuenta de que me gustan tanto los hombres como las mujeres ha sido, tal vez, un uno por ciento del proceso, puede que no llegue ni a eso. Sé que soy bisexual, pero eso no es una identidad a la que me sienta vinculada: es decir, no creo que tenga nada particular en común con otras personas bisexuales. Prácticamente todo el resto de preguntas que me hago en torno a mi identidad sexual parecen más complejas. No hay una manera evidente de encontrar respuestas, y puede que no haya siquiera un lenguaje en el que expresarlas, si es que algún día las encuentro. ¿Cómo se supone que debemos determinar el tipo de sexo que nos gusta, y por qué? ¿O lo que significa el sexo para nosotros, y cuánto queremos tener, y en qué contextos? ¿Qué podemos aprender de nosotros mismos a través de estos aspectos de nuestra personalidad sexual? ¿Y dónde está la terminología para hablar de todo ello? Me parece a mí que vamos por ahí dando tumbos, sintiendo estos impulsos y deseos ridículamente potentes, tan potentes como para que queramos arruinarnos la vida y sabotear nuestros matrimonios y nuestras carreras, y no hay nadie que esté de verdad intentando explicar qué son los deseos, o de dónde salen. Nuestras formas de pensar y hablar de la sexualidad parecen limitadísimas, en comparación con el poder agotador y debilitante de la sexualidad en sí tal como la experimentamos en la vida real. Pero después de escribirte todo esto, me pregunto si te pareceré una loca, porque a lo mejor tú no sientes un deseo sexual ni mucho menos tan potente como el que siento yo..., ni tú ni nadie, a saber. La gente no habla mucho del tema.

A veces imagino las relaciones humanas como algo blando, agua o arena, y que al verterlas en un recipiente concreto les damos forma. Así, la relación entre una madre y su hija se vierte en un recipiente etiquetado como «madre e hija» y adquiere los contornos del envase, y ahí dentro se queda, para bien o para mal. Puede que unas amigas enemistadas hubiesen sido perfectamente felices como hermanas, o algunas parejas casadas como padres e hijos, quién sabe. Pero ¿cómo sería forjar una relación sin ninguna clase de forma preestablecida? Verter el agua y dejar que caiga, ya está. Supongo que no adoptaría ninguna forma, que se escurriría en todas direcciones. Eso es un poco lo que pasa con Felix y conmigo, creo. No hay ningún camino evidente por el que pueda avanzar relación alguna entre nosotros. No creo que me describiera como a una amiga, porque él tiene amigos, y la manera en que se relaciona con ellos es distinta de la manera en que se relaciona conmigo. Está mucho más lejos de mí de lo que creo que está de ellos, y al mismo tiempo en ciertos aspectos estamos más cerca, porque no hay límites o convenciones que constriñan nuestra relación. Lo que la hace distinta, en otras palabras, no somos ni él ni yo, ni ninguna cualidad personal particular que poseamos, ni siquiera la combinación concreta de nuestras personalidades individuales, sino el método por el que nos relacionamos el uno con el otro; o la ausencia de método. Puede que al final acabemos por salir el uno de la vida del otro, o que nos hagamos amigos, o alguna otra cosa. Pero pase lo que pase, al menos será el resultado de este experimento, que a veces da la impresión de que va fatal, y otras parece la única clase de relación que valdría la pena tener.

Salvo mi amistad contigo, corro a añadir. Pero creo que te equivocas en eso del instinto para percibir la belleza. Los seres humanos lo perdieron cuando se cayó el Muro de Berlín. No pienso meterme en otra discusión contigo sobre la Unión Soviética, pero cuando murió, murió también la historia. En mi cabeza el siglo veinte es como una larga pregunta, y al final entendimos mal la respuesta. No me digas que no somos unas niñitas desafortunadas, por haber nacido justo cuando el mundo se acababa. Después de eso, el planeta lo tenía todo perdido, y nosotras también. O igual fue solo el fin de una civilización, la nuestra, y en algún momento, en el futuro, vendrá otra a ocupar su lugar. Si es así, estamos en el último cuarto iluminado antes de que se haga la oscuridad, como testimonios de algo.

Te doy una hipótesis alternativa: el instinto para la belleza pervive, al menos en Roma. Desde luego, puedes visitar el Museo del Vaticano y ver a Laocoonte, o acercarte a esa pequeña iglesia y meter una moneda en la ranura para ver los Caravaggios; y en la Galleria Borghese tienen hasta la Proserpina de Bernini, de la que Felix, sensualista nato, se dice fan declarado. Pero también están los naranjos oscuros y aromáticos, las tacitas blancas del café, las tardes azules, los crepúsculos dorados...

¿Te he dicho que ya no soy capaz de leer novelas contemporáneas? Creo que es porque las escribe demasiada gente que conozco. Me los encuentro cada dos por tres en los festivales, bebiendo vino tinto y hablando de quién edita a quién en Nueva York. Quejándose de las cosas más aburridas que hay en el mundo: de falta de promoción, o de malas reseñas, o de que algún otro esté ganando más dinero. Ya ves tú. Y luego se van y escriben esas novelitas sensibles suyas sobre la «vida corriente». La verdad es que no saben nada de la vida corriente. La mayoría llevan décadas sin echarle el más mínimo vistazo al mundo real. Esa gente viviendo a mesa puesta y quejándose de las malas reseñas desde 1983. A mí me da igual lo que piensen de la gente normal y corriente. Por lo que a mí respecta, hablan desde una posición falsa cuando hablan de eso. ¿Por qué no escriben de la clase de vida que llevan en realidad, y de la clase de cosas que les obsesionan en realidad? ¿Por qué tienen que fingir que están obsesionados con la muerte, el duelo y el fascismo, cuando lo que de verdad los tienen obsesionados es si su último libro saldrá reseñado en el New York Times? Ah, y muchos vienen de entornos normales como el mío, por cierto. No todos son hijos de la burguesía. La clave es que se salieron de la vida normal y corriente –puede que no cuando se publicó el primer libro, puede que al cuarto o al quinto, pero en todo caso fue hace mucho tiempo–, y ahora, cuando miran atrás, tratando de recordar cómo era entonces la vida normal y corriente, les queda tan lejos que tienen que aguzar la vista. Pero si los novelistas escribiesen con sinceridad sobre sus propias vidas, nadie leería novelas. ¡Y con razón! Igual entonces tendríamos que enfrentarnos al fin a lo errado, lo profundamente errado en términos filosóficos, que está el sistema actual de producción literaria; cómo aparta a los escritores de la vida normal, cierra la puerta al salir y les repite una y otra vez lo especiales que son y lo importantes que han de ser sus opiniones. Y luego vuelven a casa después del fin de semana en Berlín, después de cuatro entrevistas en prensa, tres sesiones de fotos, dos actos con el aforo completo, tres largas cenas relajadas en las que todo el mundo se queja de las malas reseñas, y abren su viejo MacBook para escribir una novelita maravillosamente fiel sobre la «vida corriente». No es un decir: me dan ganas de vomitar.

El problema de la novela euroamericana actual es que su integridad estructural se basa en la supresión de las realidades vividas de la mayoría de seres humanos sobre la tierra. Enfrentarse a la pobreza y la miseria en la que millones de personas se ven obligadas a vivir, contraponer esa pobreza, esa miseria, con las vidas de los «personajes principales» de una novela, se consideraría, o falto de gusto, o artísticamente fallido. ¿A quién le puede importar, en resumen, lo que les ocurra a los protagonistas de la novela cuando ocurre en el contexto de la explotación cada vez más rápida, cada vez más brutal, de la mayoría de la especie humana? ¿Los protagonistas rompen o siguen juntos? En ese mundo, ¿qué más da eso? De modo que la novela funciona mediante la supresión de la verdad del mundo: apretujándola bajo la superficie reluciente del texto. Y entonces puede volver a preocuparnos, como nos preocupa en la vida real, si las personas rompen o siguen juntas, si, y solo si, conseguimos olvidar las cosas que importan más que eso; es decir: todo.

Mi propia obra, no hace falta decirlo, es la más culpable en este aspecto. Por eso no creo que vuelva a escribir una novelita nunca más.

Estabas de mal humor cuando escribiste el último correo, y dijiste algunas cosas muy malsanas sobre eso de querer morir por la revolución. Espero que cuando recibas esta respuesta andes pensando más bien en querer vivir por la revolución, y en cómo sería esa clase de vida. Dices que a poca gente le importa lo que te pase, y no sé si será verdad, pero sí sé que a algunos nos importa mucho, muchísimo: por ejemplo, a mí, a Simon, a tu madre. También estoy convencida de que es preferible que a una la quieran profundamente (como a ti) a que la aprecien popularmente (¡que también, lo más seguro!, pero no insistiré en ello). Perdóname por quejarme tanto de la promoción editorial, que es algo que a ninguna persona cuerda le podría interesar, y perdóname por decirte que me iba a tomar un descanso largo de los temas promocionales y luego marcharme a Roma a promocionar mi libro porque soy una cobarde y no soporto fallarle a la gente. (Me disculparía también por no haber podido vernos antes del vuelo, pero en realidad eso no fue culpa mía: los editores reservaron un coche para llevarme al aeropuerto). Tienes razón en que gano demasiado dinero y llevo una vida irresponsable. Sé que te tengo que aburrir, pero no más de lo que me aburro a mí misma; y también te quiero, y te estoy agradecida, por todo.

En fin: sí, por favor, ven a verme después de la boda. ¿Invito a Simon también? Juntas, sin duda, podremos explicarle por qué está mal que salga con mujeres increíblemente guapas y más jóvenes que nosotras. Aún no tengo del todo claro por qué debería estar mal, pero de aquí a entonces seguro que algo se me ocurre. Te quiere, Alice.

11

La noche después de recibir ese email, Eileen iba por Temple Bar camino de Dame Street. Era una espléndida y luminosa tarde de sábado de principios de mayo, y la luz dorada del sol caía sesgada sobre las fachadas de los edificios. Llevaba una cazadora de piel encima de un vestido de algodón estampado, y cuando su mirada se cruzaba con las de los hombres que pasaban, hombres jóvenes con botas y chaquetas de forro polar, hombres de mediana edad con camisas entalladas, sonreía levemente y apartaba la vista. A las ocho y media llegó a una parada de autobús enfrente del antiguo Central Bank. Sacó una tira de chicle de menta del bolso, la desenvolvió y se la metió en la boca. El tráfico iba pasando, y las sombras de la calle se desplazaban hacia el este mientras ella alisaba el envoltorio de papel de aluminio con la uña. Cuando el móvil empezó a sonar, lo sacó del bolsillo y miró la pantalla. Era su madre. Descolgó, y tras el intercambio de saludos, dijo:

Oye, estoy en el centro esperando el bus, ¿te puedo llamar más tarde?

Tu padre está disgustado con todo este tema de Deirdre Prendergast, dijo Mary.

Eileen entornó la vista para distinguir el número de un bus que se acercaba, mascando el chicle.

Vale, respondió.

¿No podrías hablar con Lola?

El bus pasó de largo. Eileen se llevó los dedos a la frente.

O sea, que papá está disgustado con Lola, y te lo dice a ti, y tú me lo dices a mí, y yo soy la que tiene que hablar con ella. ¿A ti te parece que esto tiene sentido?

Si es mucha molestia para ti, déjalo.

Se acercaba otro bus, y Eileen dijo al teléfono:

Tengo que colgar, te llamo mañana.

Cuando se abrieron las puertas del bus, subió, pasó la tarjeta por el lector y fue a sentarse arriba, hacia el frente. Buscó el nombre del bar en una app de mapas del móvil, mientras el bus cruzaba el centro de la ciudad hacia el sur. En la pantalla de Eileen, un punto azul intermitente emprendió el mismo camino hacia su destino, que estaba a diecisiete minutos. Cerró la aplicación y le mandó un mensaje a Lola.

Eileen: eh, al final no has invitado a Deirdre P a la boda?

Al cabo de treinta segundos, había recibido respuesta.

Lola: Lol. Espero que mamá y papá te estén pagando bien por hacerles el trabajo sucio.

Después de leerlo, Eileen frunció el ceño y resopló con fuerza por la nariz. Clicó en el botón de responder y empezó a teclear:

Eileen: en serio estás desinvitando a tu boda a gente de la familia? tú te das cuenta de lo rencoroso e inmaduro que es eso?

Cerró la app de mensajería y volvió a abrir el mapa. Cuando se lo indicó el punto de la pantalla, pulsó el botón de solicitar parada y bajó las escaleras. Le dio las gracias al conductor y se apeó, y luego, lanzando vistazos frecuentes y precavidos al móvil, retrocedió por la calle por la que había venido el bus, pasó por delante de una peluquería y de una tienda de moda femenina, cruzó por un paso de cebra, hasta que apareció una bandera en pantalla con un texto azul que decía: Has llegado a tu destino. Guardó de nuevo el chicle en el envoltorio de papel de aluminio y lo tiró a una papelera cercana.

Para entrar había que cruzar un porche estrecho que conducía a la barra principal, y más allá, a un reservado con sofás y mesas bajas, todo ello iluminado por bombillas rojas. El aspecto era pintorescamente doméstico, como el de un gran salón privado de antaño, pero bañado en una chillona luz roja. A Eileen la recibieron nada más llegar varios amigos y conocidos, que dejaron los vasos sobre la mesa y se levantaron de los sofás para abrazarla. Cuando vio a un hombre llamado Darach, exclamó con voz alegre: ¡Eh, feliz cumpleaños! Después, pidió una copa y se sentó en uno de los sillones de piel ligeramente pegajosa al lado de su amiga Paula. La música sonaba por los altavoces de las paredes, y al otro lado de la sala, la puerta del baño se abría cada tanto, arrojando un fugaz raudal de luz blanca antes de volver a cerrarse. Eileen echó un vistazo al móvil y vio un mensaje nuevo de Lola.

> Lola: Hmmm no sé si me interesa mucho saber lo inmadura que le parezco a alguien estancado en un trabajo de mierda ganando una miseria y que vive en un cuartucho a los 30…

Eileen se quedó un momento mirando la pantalla y luego se guardó otra vez el móvil en el bolsillo. A su lado, una mujer llamada Roisin estaba contando una historia sobre una ventana rota en su piso a pie de calle que el casero llevaba un mes negándose a reparar. Cuando terminó, todos los demás empezaron a compartir sus historias de miedo sobre el mercado de alquiler. Una hora, dos horas, transcurrieron así. Paula pidió otra ronda. De detrás de la barra llegaron bandejas plateadas con comida caliente: minisalchichas, patatas gajo, alitas de pollo reluciendo en un baño de salsa. A las once menos diez, Eileen se levantó, fue al baño y sacó el móvil del bolsillo. No había notificaciones nuevas. Abrió una app de mensajería y clicó sobre el nombre de Simon. Se desplegó el hilo de la noche anterior.

Eileen: has llegado bien?

Simon: Sí, justo iba a escribirte
Simon: Igual tengo un regalo para ti

Eileen: en serio??

Simon: Te alegrará saber que en la tienda del ferry había una
oferta especial de Toblerone duty free.
Simon: ¿Tienes planes mañana por la noche?

Eileen: lo cierto es que sí por una vez…
Eileen: darach celebra su cumpleaños, lo siento

Simon: Ah ok
Simon: ¿Nos vemos entre semana, entonces?

Eileen: sí por favor

Ese era el último mensaje del hilo. Usó el baño, se lavó las manos, se retocó el pintalabios y luego secó el exceso con un recuadro de papel higiénico. Alguien fuera llamó a la puerta del baño, y Eileen dijo en alto: Un momento. Estaba mirándose lánguidamente en el espejo. Se estiró las facciones de la cara hacia abajo con las manos, y los huesos del cráneo le asomaron recios y extraños bajo la luz blanca fluorescente del techo. La persona estaba llamando de nuevo. Eileen se colgó el bolso al hombro, abrió la puerta y volvió con los demás. Se sentó al lado de Paula y cogió el vaso que había dejado a medias sobre la mesa. Se había derretido todo el hielo.

¿De qué estamos hablando?, preguntó.

Paula le respondió que estaban hablando de comunismo.

Ahora está todo el mundo obsesionado con eso, dijo Eileen. Es alucinante. Antes, cuando hablaba de marxismo por ahí se reían en mi cara. Ahora, todo el mundo metido. Pues a toda esa gente nueva que pretende hacer del comunismo algo guay solo me gustaría decirles, bienvenidos a bordo, camaradas. Sin rencores. Un futuro radiante aguarda a la clase obrera.

Roisin alzó el vaso, y también Darach. Eileen sonreía y parecía algo borracha.

¿Se han llevado las bandejas?, preguntó.

Un hombre llamado Gary, que estaba sentado enfrente de ella, dijo:

Pero aquí no hay nadie que sea realmente de clase obrera.

Eileen se frotó la nariz.

Ya, respondió. Bueno, Marx discreparía contigo. Pero sé a qué te refieres.

A la gente le encanta decir que es de clase obrera, continuó Gary. Pero aquí no hay nadie que tenga en verdad orígenes obreros.

Cierto, pero todos aquí trabajamos por un sueldo y le pagamos el alquiler a un casero, respondió Eileen.

Gary enarcó las cejas:

Pagar un alquiler no te convierte en clase obrera, dijo.

Ajá, trabajar no te convierte en clase obrera. Dejarte la mitad del sueldo en el alquiler, no tener ni una sola propiedad, que te explote tu jefe, nada de eso te convierte en clase obrera, ¿no? ¿Y entonces qué, tener un determinado acento?

Con una risa irritada, él respondió:

¿Te crees que puedes ir por ahí con el BMW de papá y luego coger y decir que eres de clase obrera porque no te llevas bien con tu jefe? No es una moda, ¿vale? Es una identidad.

Eileen dio un trago largo a la bebida.

Todo es una identidad, hoy en día, dijo. Y a mí no me conoces, por cierto. No sé por qué dices que aquí no hay nadie de clase obrera, no sabes nada de mí.

Sé que trabajas en una revista literaria.

Dios. O sea, que tengo trabajo. Una conducta de burguesa total.

Darach dijo que creía que estaban usando el mismo término, «clase obrera», para referirse a dos grupos de población distintos: uno, el amplio estrato de gente cuyos ingresos provienen del trabajo y no del capital, y el otro, un subsector empobrecido y mayormente urbano de ese estrato con un conjunto particular de tradiciones y significantes culturales. Paula dijo que una persona de clase media también podía ser socialista, y Eileen le respondió que la clase media no existía. A partir de ahí, empezaron a hablar todos a la vez. Eileen miró el móvil una vez más. No había mensajes nuevos, y el reloj de la pantalla marcaba las 23.21. Apuró el vaso y comenzó a ponerse la chaqueta. Lanzó un beso al aire y se despidió con la mano de todos.

Me voy para casa, dijo. ¡Feliz cumpleaños, Darach! Nos vemos pronto.

En medio del ruido y la conversación, solo unos pocos parecieron percatarse de su marcha, y se despidieron con voces y gestos a su espalda, que se alejaba ya.

Diez minutos más tarde, Eileen iba a bordo de otro autobús, esta vez de vuelta al centro. Se sentó sola junto a una ventanilla de la planta superior, sacó el móvil del bolsillo y lo desbloqueó. Abrió la aplicación de una red social, tecleó el nombre «aidan lavelle» y clicó sobre el tercer resultado de la búsqueda. Cuando se cargó la página de perfil, Eileen se deslizó pantalla abajo con gesto mecánico, casi ausente, para ver las últimas actualizaciones, como azuzada por la costumbre, más que por un interés natural. Con unos cuantos clics, saltó del muro de Aidan Lavelle a la página de perfil de la usuaria Actual Death Girl y esperó a que se cargara. En ese momento el bus estaba parando en St. Mary's College, las puertas abriéndose, los pasajeros apeándose en la planta inferior. La página se cargó, y Eileen se desplazó distraída por las actualizaciones recientes de la usuaria. Cuando el bus arrancó, volvió a sonar el timbre solicitando parada. Alguien se sentó al lado de Eileen, y ella levantó la vista y sonrió educadamente antes de concentrarse de nuevo en la pantalla. Dos días antes, la usuaria Actual Death Girl había colgado una foto nueva con el texto: «un caso perdido». La fotografía mostraba a la usuaria abrazando a un hombre de pelo oscuro. El hombre estaba etiquetado como Aidan Lavelle. Mientras la miraba, a Eileen se le quedó la boca ligeramente abierta, y luego se le volvió a cerrar. Clicó en la foto para ampliarla. El hombre llevaba una chaqueta de pana roja. Los brazos de la mujer se veían atractivos, en torno a su cuello, rollizos, torneados. La fotografía había recibido 34 likes. El bus estaba frenando ya en la siguiente parada, y Eileen se volvió a mirar por la ventanilla. Estaban en Grove Park, justo delante del canal. Una expresión de reconocimiento cruzó por su cara, frunció el ceño, y luego se levantó de un brinco y se escurrió por delante de la persona sentada a su lado. Cuando se abrieron las puertas, corrió escaleras abajo casi sin aliento y, después de darle las gracias al conductor por el espejo retrovisor, saltó a la acera.

Era cerca de medianoche, ya. Las ventanas de los pisos asomaban amarillas aquí y allá sobre el escaparate apagado de la esquina. Eileen se subió la cremallera de la chaqueta, se recolocó la tira del bolso en el hombro y echó a andar, decidida, daba la impresión, en una dirección concreta. Mientras caminaba, cogió el móvil una vez más y reexaminó la foto. Luego se aclaró la garganta. La calle estaba tranquila. Se guardó el teléfono y se pasó las manos con gesto firme por el delantero de la chaqueta, como si quisiera limpiárselas. Cruzó la calle y apretó el paso, con zancadas largas y ligeras, hasta que llegó a una alta casa adosada de ladrillo visto con seis contenedores de plástico con ruedas alineados tras la verja. Levantó la vista con una risa extraña y se frotó la frente con la mano. Recorrió la gravilla y llamó al timbre de la puerta. Durante cinco segundos, diez segundos, no pasó nada. Quince segundos. Empezó a negar con la cabeza, los labios moviéndose en silencio, como ensayando una conversación imaginaria. Pasaron veinte segundos. Dio media vuelta para irse. Y entonces, por el altavoz de plástico, la voz de Simon dijo:

¿Quién es?

Eileen se volvió y se quedó mirando fijamente el interfono sin decir nada.

¿Quién es?, repitió la voz de Simon.

Eileen pulsó el botón.

Hey, dijo. Soy yo. Perdona.

Eileen, ¿eres tú?

Sí, perdón. Yo de Eileen.

¿Estás bien?, preguntó él. Sube, te abro.

Se oyó el tono de apertura de puerta, y Eileen pasó adentro. La luz del portal era muy brillante, y alguien había dejado una bicicleta apoyada en los buzones. Mientras subía la escalera, notó en la nuca que el pelo se le había soltado de la pinza y se lo recogió de nuevo cuidadosamente con dedos largos y diestros. Miró la hora en el reloj del teléfono, que marcaba las 23.58, y se desabrochó la chaqueta. La puerta de Simon estaba ya abierta. Él la esperaba ahí descalzo, entornando la vista bajo la luz del pasillo, con los ojos soñolientos y algo hinchados. Eileen se detuvo en el último peldaño, la mano en la baranda.

Ay, Dios, lo siento, dijo. ¿Estabas durmiendo?

¿Pasa algo?, preguntó él.

Ella agachó la cabeza, como si estuviese exhausta, o avergonzada, y cerró los ojos. Pasaron varios segundos antes de que los abriese de nuevo y respondiera:

No pasa nada. Es solo que volvía para casa de lo de Darach y quería verte. No creía que… No sé por qué he dado por hecho que estarías levantado. Sé que es tarde.

No tanto. ¿Quieres pasar?

Todavía con la vista clavada en la moqueta, dijo, con voz cansada:

No, no, te dejo tranquilo. Qué tonta me siento, perdona.

Simon guiñó un ojo y la escrutó con la mirada mientras ella seguía en el último peldaño.

No digas eso. Pasa y tomamos algo.

Ella lo siguió adentro. Solo estaba encendida una de las luces de la cocina, que iluminaba el pequeño apartamento con un círculo menguante. Junto a la pared trasera había un tendedero con varias prendas puestas a secar: camisetas, calcetines, ropa interior. Simon cerró la puerta mientras ella se quitaba la chaqueta y los zapatos. Cuando terminó, se quedó plantada delante de él, mirando con humildad el suelo de madera.

Simon, ¿te puedo pedir un favor? Puedes decirme que no, no pasa nada.

Claro.

¿Puedo dormir en la cama contigo?

Él la miró un momento más antes de responder.

Sí, dijo. Ningún problema. ¿Estás segura de que va todo bien?

Sin levantar la vista, Eileen asintió. Simon le llenó un vaso de agua del grifo y entraron juntos en su cuarto. Era un dormitorio ordenado, con el suelo de tarima oscura. En el centro, había una cama de matrimonio, con la colcha retirada, la lamparita de noche encendida. En la pared opuesta a la puerta, una ventana con la persiana bajada. Simon apagó la lamparita, y Eileen se desabrochó los botones del vestido. Dejó que resbalara por los hombros y lo colgó en el respaldo de la silla del escritorio. Se metieron en la cama. Eileen bebió un poco de agua del vaso y luego lo dejó en la mesita de su lado. Estuvieron unos minutos quietos y callados. Se volvió a mirarlo, pero él estaba de espaldas, solo su cabeza y sus hombros se distinguían vagamente.

¿Me abrazas?, le preguntó.

Él vaciló un momento, como si fuese a decir algo, pero luego se dio la vuelta y la rodeó con el brazo, murmurando:

Claro, ven.

Eileen se acurrucó contra él, con la cara hundida en su cuello, sus cuerpos pegados el uno al otro. Simon soltó un ruidito gutural, como: Mm. Tragó saliva.

Perdón, dijo.

La boca de Eileen le rozó el cuello.

No pasa nada, dijo. Está muy bien.

Simon cogió aire.

¿Sí?, dijo. No estás borracha, ¿verdad?

No, respondió ella con los ojos cerrados.

Deslizó la mano bajo sus calzoncillos. Él cerró los ojos y gimió suavemente. Siguió tocándolo así un momento, despacio, y mirándolo, a sus párpados cerrados, húmedos, la boca algo entreabierta.

¿Podemos?, le preguntó.

Él le respondió que sí. Se quitaron la ropa interior.

Voy a coger un condón.

Eileen le dijo que estaba tomando la píldora, y él pareció dudar.

Ah, dijo. ¿Así, entonces?

Asintió. Estaban tumbados de lado, cara a cara. Simon la tomó por la cadera y entró. Ella cogió aire con un respingo, y él le acarició la dura cresta de la cadera con la palma de la mano. Se quedaron quietos unos segundos. Simon se apretó un poco más contra ella, y con los ojos cerrados, Eileen gimió.

Hum, dijo él. ¿Te puedo poner tumbada de espaldas? ¿Te parece bien? Creo que podría entrar un poco más, si quieres.

Ella no abrió los ojos.

Sí, dijo.

Simon salió y la tumbó boca arriba. Cuando volvió a entrar, Eileen soltó un grito y lo rodeó con las piernas. Él se apoyó sobre los brazos y cerró también los ojos. Al cabo de un minuto, ella dijo:

Te quiero.

Simon exhaló una bocanada de aire. En voz baja, respondió:

Ah, no he…Yo también te quiero, mucho.

Ella le acariciaba la nuca, respirando profunda y bruscamente por la boca.

Eileen, dijo él, lo siento, pero me parece que estoy a punto de terminar. Es que, no he…. No sé, perdona.

Eileen tenía la cara ardiendo, negó con la cabeza, sin aliento.

No pasa nada, respondió. No te preocupes, no tienes que pedir perdón.

Cuando acabó, estuvieron un rato abrazados, respirando, los dedos de Eileen deslizándose por entre el pelo de Simon. Él bajó la mano, cálida y pesada, muy despacio por su vientre, hasta hundirla entre sus piernas.

¿Quieres?, le preguntó.

Sí, murmuró ella cerrando los ojos.

Simon metió el dedo anular mientras le acariciaba el clítoris con el pulgar, y ella susurraba sí, sí. Al terminar, se separaron, y Eileen se tumbó de espaldas y se sacudió la colcha de encima con las piernas, intentando recuperar el aliento. Él estaba echado de lado, con los ojos entrecerrados, mirándola.

¿Bien?, le preguntó.

A ella se le escapó una risa temblorosa.

Sí, respondió. Gracias.

Simon esbozó entonces una lánguida sonrisa y recorrió con la mirada su cuerpo largo y esbelto tendido sobre la cama.

Un placer.

Por la mañana, la alarma del móvil sonó a las ocho y los despertó a ambos. Simon se incorporó sobre el codo para apagarlo, y Eileen se tumbó boca arriba frotándose un ojo con los dedos. Por los bordes de la persiana se filtraban un rectángulo de luz blanca.

¿Tienes planes esta mañana?, le preguntó ella.

Él volvió a dejar el teléfono en la mesita de noche.

Iba a ir a la misa de las nueve, respondió. Pero puedo ir más tarde, no hay ningún problema.

Eileen tenía los ojos cerrados, con gesto feliz, el pelo alborotado sobre la almohada.

¿Te puedo acompañar?

Simon la miró un momento, y luego respondió sin más:

Por supuesto que sí.

Se levantaron juntos de la cama, y él preparó café mientras ella se duchaba. Salió del baño envuelta en una gran toalla blanca, y se besaron apoyados en la encimera de la cocina.

¿Y si tengo malos pensamientos en misa?, preguntó ella.

Él le acarició la nuca, el pelo húmedo.

¿Sobre lo de anoche, por ejemplo?, respondió. No hicimos nada malo.

Eileen besó la costura del hombro de su camiseta, y mientras se vestía, Simon preparó el desayuno. Salieron de casa pocos minutos antes de las nueve y fueron caminando hasta la iglesia. Dentro no había casi nadie, y el aire era fresco y olía a incienso y a humedad. El sacerdote leyó a san Lucas y dio un sermón sobre la compasión. Mientras comulgaban, el coro cantó *Aquí estoy, Señor*. Eileen dejó salir a Simon del banco y lo observó haciendo cola con el resto de miembros de la congregación, la mayoría de edad avanzada. Desde la galería que quedaba a su espalda, el coro cantaba: «Su noche yo alumbraré». Se desplazó en el asiento para no perder de vista a Simon cuando este llegó al altar y comulgó. Luego dio media vuelta, santiguándose. Eileen estaba sentada con las manos en el regazo. Simon alzó la mirada a la enorme bóveda, moviendo los labios en silencio. Ella lo observó con ojos penetrantes. Cuando volvió, se sentó de nuevo a su lado y apoyó la mano sobre las manos de Eileen; una mano pesada y muy quieta. Luego se arrodilló en el reclinatorio acolchado acoplado al banco. Inclinó la cabeza sobre las manos, pero no con aspecto grave o serio, solo tranquilo, y sus labios ya no se movían. Eileen entrelazó las manos en el regazo, sin dejar de observarlo. El coro cantaba: «He oído tu llamada en la noche». Simon se santiguó una vez más y volvió a sentarse a su lado en el banco. Ella alargó la mano hacia él, que la cogió con calma y la tomó entre las suyas, acariciándole despacio con el pulgar las pequeñas crestas de sus nudillos. Siguieron sentados así hasta que la misa terminó. Ya fuera, en la calle, volvieron a sonreír, unas sonrisas misteriosas. Era una mañana fría y radiante de domingo, las fachadas blancas de los edificios reflejaban la luz, el tráfico circulaba por la calle, la gente paseaba perros, se saludaba de una acera a otra. Simon le dio a Eileen un beso en la mejilla y se dijeron adiós.

12

Alice, ¿no te parece que el problema de la novela contemporánea es el mismo, simplemente, que el de la vida contemporánea? Estoy de acuerdo en que resulta vulgar, decadente e incluso epistemológicamente violento invertir energía en las trivialidades del sexo y la amistad cuando la civilización humana se aboca al colapso. Pero, al mismo tiempo, eso es lo que hago todos los días. Podemos esperar, si quieres, a ascender a un plano más elevado del ser, punto en el que comenzaríamos a concentrar todos nuestros recursos mentales y materiales en cuestiones existenciales y dejaríamos de pensar en nuestras propias familias, amigos, amantes y demás. Pero, en mi opinión, habría que esperar mucho tiempo y, de hecho, nos moriríamos antes. A fin de cuentas, cuando la gente está ya en su lecho de muerte, ¿no empieza siempre a hablar de sus parejas e hijos? Y ¿no es la muerte el apocalipsis en primera persona? Así que, por ese lado, no hay nada más importante que lo que resumes con sorna como «si rompen o siguen juntos» (!), porque al final de nuestras vidas, cuando ya no nos queda nada por delante, eso sigue siendo lo único de lo que queremos hablar. Puede que solo estemos hechos para amar a y preocuparnos por las personas que conocemos, y para seguir amando y preocupándonos incluso cuando deberíamos estar ocupándonos con cosas más importantes. Y si eso acaba haciendo que la especie humana se extinga, ¿no es en cierto modo un motivo bonito por el que extinguirse, el más bonito que se te pueda ocurrir? Porque mientras teníamos que estar reorganizando el repartimiento de los recursos del planeta y haciendo una transición colectiva a un modelo económico sostenible, andábamos preocupándonos del sexo y la amistad. Porque nos amábamos demasiado y nos encontrábamos demasiado interesantes. Yo adoro eso del ser humano, y de hecho es precisamente la razón por la que abogo por nuestra supervivencia: por lo atontados que estamos unos con otros.

En cuanto a este último punto, hablo desde mi experiencia personal. Anoche, volviendo a casa de un cumpleaños, me bajé del autobús en Grove Park así porque sí y me planté en casa de Simon. Supongo que iba un poquito borracha y tenía lástima de mí misma y tal vez pensé que podría contar con él para que me diese un masaje en los hombros y me hiciese cumplidos. O tal vez deseaba que no estuviese en casa. O que estuviese con esa chica con la que sale, para poder tenerme aún más lástima. No sé. No sé qué quería, o qué creía que iba a pasar. Total, cuando llegué arriba era evidente que el timbre lo había despertado, y que había tenido que levantarse de la cama para abrirme. No era del todo tarde, solo cerca de medianoche. Estaba de pie en el umbral, se le veía cansado y viejo. No lo digo en el mal sentido. Pero normalmente cuando lo veo, supongo que estoy acostumbrada a ver al mismo adolescente rubio y hermoso que he visto siempre, desde que era pequeña. Y anoche, allí de pie en el umbral, me di cuenta: ya no es un chico joven. ¿Qué sé de su vida, en realidad? Cuando tuve el primer cuelgue adolescente con Simon no entendía muy bien los sentimientos sexuales, y se me ocurrió la expresión «el toque especial» para describirme a mí misma cómo me hacía sentir cuando me tocaba. Cosa que, por cierto, no hizo nunca más que por casualidad o de la manera más casta imaginable. ¿No te parece una expresión graciosísima, «el toque especial»? Cuando me acuerdo ahora me entra la risa. Pero anoche en la cama me abrazó y esas palabras irrumpieron al instante en mi mente, como si los últimos quince años no hubiesen significado nada, y la sensación fue la misma.

Hemos terminado yendo juntos a misa esta mañana. La iglesia de su calle tiene un pórtico de piedra muy elegante en la entrada, y el nombre extraordinariamente católico de «Iglesia de María Inmaculada, Refugio de los Pecadores». No me ha pedido él que lo acompañara, por cierto, he querido ir yo, aunque no estoy segura de por qué. Igual su compañía me estaba haciendo sentir tan bien que no quería separarme físicamente de él durante una hora. Pero también puede ser, y no sé muy bien cómo decir esto, que no quisiera que fuese a misa sin mí porque tenía celos. Ahora que lo he escrito, no sé muy bien qué quiero decir. ¿Estoy celosa porque le gusta la idea de Dios más de lo que le gusto yo? No puede haber idea más absurda. Pero ¿qué si no? Después de meterme otra vez en una relación de intimidad con Simon, siquiera por un breve intervalo, ¿tenía miedo de que fuese a misa a purificarse de mí? O, tal vez, en cierto modo, no me terminaba de creer que lo fuese a llevar hasta el final, y pensaba que si me ofrecía a ir con él tendría que destaparse y reconocer que en verdad no iba tan en serio con el tema de la religión. Por supuesto, hemos terminado entrando juntos en la iglesia sin ningún contratiempo. Dentro, todo era azul y blanco, con estatuas pintadas, y confesionarios de madera oscura con suntuosas cortinillas de terciopelo. El resto de asistentes eran en su mayoría ancianitas menudas con chaquetas de colores pastel. Cuando ha empezado la ceremonia, Simon no se ha puesto de pronto intensísimo y espiritual, ni ha llorado ante la majestuosidad de Dios Nuestro Señor ni nada de eso, estaba como siempre. Se ha pasado casi todo el rato ahí sentado escuchando sin hacer nada. Al principio, cuando la gente ha empezado a repetir «Cristo, ten piedad» y esas cosas, creo que una parte de mí quería que Simon se echase a reír y me dijese que era todo una broma. En cierto modo, me daba miedo la manera en que se estaba comportando, diciendo cosas como «he pecado mucho», diciendo en efecto esas cosas en alto, con su voz de siempre, como podría decir yo «está lloviendo» si tuviese la sincera convicción de que está lloviendo y no hubiese nada en esa convicción que me pareciese ridículo. Yo le iba echando vistazos sin parar, alarmada, supongo, por su seriedad, y él solo me devolvía la mirada de una manera amistosa, como diciendo: Sí, es una misa, ¿qué esperabas? Luego han leído sobre una mujer que le echaba aceite en los pies a Jesús y después, creo, ¿se los secaba con el pelo? A no ser que lo haya entendido mal. Y Simon ha estado ahí escuchando esta historia claramente raruna y estrafalaria con aire, como siempre, de perfecta calma y normalidad. Sé que no dejo de decir lo normal que estaba, pero es que ha sido justo esa falta aparente del más mínimo cambio en su persona, justo el hecho de que haya seguido siendo de una forma total y reconocible el mismo hombre de siempre, lo que me ha resultado tan desconcertante.

Después de la lectura, el cura ha empezado a bendecir el pan y el vino, y luego ha pedido a la congregación que levantaran sus corazones. Todos a la vez, en un suave susurro colectivo, la iglesia entera ha respondido: «Lo tenemos levantado hacia el Señor». ¿De verdad es posible que haya presenciado semejante escena, aquí mismo en mitad de Dublín, hace solo unas horas? ¿Es posible que perduren, literalmente, cosas así en el mundo real en el que vivimos tú y yo? El cura ha dicho «Levantemos el corazón», y todo el mundo, incluido Simon, ha respondido sin rastro de duda ni ironía: «Lo tenemos levantado hacia el Señor». ¿Creían estar diciendo la verdad, y que sus corazones en ese momento estaban realmente levantados hacia el Señor, signifique lo que signifique eso? Si me hubiese hecho esa pregunta ayer, habría dicho: por supuesto que no. La misa no es más que un ritual social, la gente religiosa no dedica tiempo a pensar en Dios, y mucho menos intenta levantar su corazón hacia él o a conceptualizar qué supondría hacer tal cosa. Pero hoy ya no siento lo mismo. Siento que al menos parte de la gente que había en esa iglesia creía sinceramente que estaba levantando su corazón hacia el Señor. Y pienso que Simon lo creía. Pienso que sabía lo que estaba diciendo, y que había pensado en ello, y que para él era verdad.

Después, el cura nos ha pedido que nos diésemos la paz, Simon les ha estrechado la mano a todas las ancianitas de cabellos plateados, y luego a mí, y me ha dicho «La paz sea contigo», y para entonces yo deseaba que lo dijese en serio. Ya no tenía la sensación de querer que Simon estuviese de broma; de hecho, he sentido que lo que quería era que se lo tomase tan en serio como daba la impresión, y más aún, y que estuviese hablando con toda franqueza.

¿Puede ser que durante esa misa yo haya terminado admirando la sinceridad de la fe de Simon? Pero ¿cómo es posible que admire a alguien por creer en algo en lo que yo no creo, y en lo que no quiero creer, y que considero a todas luces incorrecto y absurdo? Si a Simon le diese por adorar a una tortuga como si fuera la hija de Dios, por ejemplo, ¿admiraría su sinceridad? Desde una perspectiva estrictamente racionalista, tiene la misma lógica adorar a una tortuga que adorar a un predicador judaico del siglo primero. Teniendo en cuenta que Dios no existe, la cosa está muy traída por los pelos, de todos modos, y lo mismo da Jesús que un cubo de plástico o que William Shakespeare, poco importa. Pero, aun así, siento que no podría admirar la sinceridad de Simon si tomase el camino de la adoración de la tortuga. ¿Es solo el ritual lo que admiro, entonces? ¿Admiro la capacidad de Simon para aceptar de manera insulsa y acrítica una sabiduría heredada? ¿O es que en el fondo creo que Jesús tiene algo especial, y que adorarlo a él como Dios, si bien no es del todo razonable, sí es en cierto modo permisible? Yo qué sé. Igual solo ha sido esa actitud calmada y afable que ha tenido Simon en la iglesia, lo sobrio y sereno mientras recitaba las oraciones, igual que las ancianitas, sin querer diferenciarse en nada, sin querer aparentar que él creyese más o con más fervor que ellas, ni con más criterio crítico o intelectual que ellas, sino exactamente igual. Y ni siquiera parecía avergonzado de que yo estuviese ahí mirándolo; me refiero a que no se avergonzaba de mí, de lo poco que pintaba yo allí, y tampoco se avergonzaba de él, de que lo pillase adorando a un ser supremo en el que no creo.

Luego, en la calle, me ha dado las gracias por acompañarlo. Por un segundo, he temido que terminase haciendo broma, por pura incomodidad o nervios, y la posibilidad me ha puesto los pelos de punta. Pero no lo ha hecho. Tendría que haberlo imaginado, porque no habría sido propio de él. Solo me ha dado las gracias y nos hemos ido cada uno por su lado. Si digo que la misa ha sido extrañamente romántica espero que entiendas a qué me refiero. Puede que me haya hecho sentir que hay en Simon algo profundo y serio, que llevaba mucho tiempo sin ver, o puede que haya sido por esa ternura cuando me ha estrechado la mano. O, como diría, estoy segura, un psicólogo evolucionista, puede que yo no sea más que una hembra pequeña y frágil, y que después de dormir en la cama de un hombre me quede toda blanda y sensible. No pretendo dármelas de nada, bien podría ser así. Y lo cierto es que escribiendo este email Simon me está haciendo sentir un poco blanda y sensible, e incluso algo protectora, a saber por qué. Si esta mañana me hubiese ido directa a casa en lugar de acompañarlo a la iglesia, no estoy segura de que me sintiera así ahora. Pero, al mismo tiempo, tampoco creo que me sintiera así si solo hubiésemos ido juntos a misa sin habernos acostado la noche anterior. Ha sido la combinación, en apariencia incongruente, de acostarnos e ir a misa luego la que creo que me ha dejado esta sensación: la sensación de que me he internado en su vida, aunque solo sea por un instante, y he visto algo de él que no había visto antes, y de que ahora lo conozco de un modo distinto.

Hablando de amistad y romances: ¿qué tal en Roma? ¿Qué tal Felix? ¿Qué tal tú? Los pasajes de tu email sobre sexualidad eran muy divertidos. ¿¿Te crees que eres la única persona que ha sentido jamás deseo sexual?? Por si la respuesta es sí, te adjunto un PDF del ensayo de Audre Lorde «Usos de lo erótico», que sé a buen seguro que disfrutarás enormemente. Para terminar: ¡sí, desde luego que tendrías que invitar a Simon! Sé que quiere verte, y no se me ocurre nada mejor en el mundo que teneros a los dos para mí sola una semana al lado del mar. Te quiero, siempre, E.

13

Ese mismo domingo por la mañana, en Roma, Alice no consiguió apagar el grifo de la ducha eléctrica. Cuando se hubo secado y puesto un albornoz, le pidió a Felix que le echase un vistazo. Él entró, apuntó la alcachofa de la ducha hacia la pared y examinó el panel. Pulsó el botón de encendido y apagado sin resultado alguno mientras ella aguardaba detrás, con el pelo goteándole sobre los hombros. Felix retiró la cubierta de plástico del panel de la ducha y examinó con los ojos entornados una etiqueta que había dentro. Con la mano izquierda se sacó el móvil del bolsillo y se lo pasó hacia atrás a Alice. Cuando lo cogió, Felix le dictó en voz alta la marca y el número de modelo y le pidió que lo buscase en Google, mientras él pulsaba de nuevo el botón y observaba el movimiento del mecanismo interno. Alice clicó en la app del explorador que había en la pantalla del teléfono, y esta se abrió por una conocida web de porno. La página mostraba una lista de resultados para la búsqueda «anal duro». En la primera imagen en miniatura aparecía una mujer de rodillas encima de una silla, con un hombre agarrándola del cuello por detrás. En otra imagen, debajo, aparecía una mujer llorando, con el pintalabios corrido y unos churretones exagerados de rímel cayéndole de los ojos. Sin tocar la pantalla ni interaccionar en modo alguno con la página web, Alice le devolvió el móvil a Felix y le dijo:

Igual prefieres cerrar eso.

Él cogió el teléfono, miró la pantalla y se le pusieron la cara y el cuello colorados al instante. La cubierta de plástico de la ducha cayó hacia delante, y tuvo que pararla y recolocarla con la otra mano.

Uy, dijo. Perdona. Dios, qué apuro, lo siento.

Ella asintió, metió las manos en los bolsillos del albornoz, las volvió a sacar y luego se fue a su cuarto.

Unos minutos después, Felix encontró una solución para el problema de la ducha. Al terminar, salió a dar una vuelta. Pasaron varias horas: Alice trabajando en su cuarto, Felix paseando solo por la ciudad. Deambuló por el Corso escuchando música por los auriculares, mirando escaparates y echando un vistazo al móvil de vez en cuando. Mientras, en el apartamento, Alice fue a la cocina, se comió un plátano, algo de pan y media tableta de chocolate y luego se metió de nuevo en el cuarto.

Cuando volvió, Felix llamó a la puerta de Alice y le preguntó, sin abrir, si le apetecería salir a comer.

Ya he comido, respondió ella desde dentro. Gracias.

Él asintió para sí, se apretó el puente de la nariz entre los dedos, se alejó de la puerta y luego volvió atrás. Negó con la cabeza y llamó otra vez a la puerta.

¿Puedo pasar?, preguntó.

Claro.

Abrió y encontró a Alice sentada con la espalda apoyada en el cabecero y el portátil sobre el regazo. La ventana estaba abierta. Se quedó plantado en el umbral, sin entrar, con una mano apoyada en el marco. Ella ladeó la cabeza con gesto interrogante.

He arreglado la ducha, dijo Felix.

Lo he visto. Gracias.

Alice bajó de nuevo la vista a lo que fuera que estuviese haciendo en el portátil. Él no se movió, parecía insatisfecho.

¿Estás enfadada conmigo?

No, no estoy enfadada.

Me sabe mal lo de antes.

No te preocupes, respondió ella.

Felix acarició el marco de la puerta, sin dejar de mirarla.

¿De verdad quieres que no me preocupe, o es solo un decir?, preguntó.

¿A qué te refieres?

Estás un poco seca conmigo.

Alice se encogió de hombros. Felix esperó a que ella respondiese algo, pero no lo hizo.

¿Ves?, eso, dijo. No me hablas.

No sé qué quieres que diga. Es asunto tuyo qué clase de porno te guste mirar. Pero ha sido mala pata que te dejases la página abierta, porque me ha parecido perturbador.

Yo no diría que sea perturbador, respondió él, con el ceño fruncido.

No, ya sé que no.

¿Qué significa eso?

Alice alzó la vista hacia él con una expresión furibunda:

¿Qué esperas que te diga, Felix? Te gusta ver vídeos de mujeres vulnerables sometidas a cosas horribles, y quieres que te diga ¿qué?, ¿que no pasa nada? Pues claro que no pasa nada. No te van a meter en la cárcel por eso.

Y tú crees que deberían, ¿no?

Lo que yo crea a ti no te incumbe, ¿o sí?

Felix se rio. Tenía las manos en los bolsillos y negaba con la cabeza. Dio unos golpecitos en el marco de la puerta con el zapato.

Supongo que en tu historial de búsquedas no hay nada embarazoso, dijo.

Como eso, nada.

Bueno, tú estás por encima, entonces.

Alice estaba tecleando algo, había apartado la vista. Él la observó.

No creo que te importen realmente esas mujeres, dijo al fin. Creo que es solo que te molesta que me guste algo que a ti no.

Puede ser.

O igual estás celosa de ellas.

Se miraron el uno al otro un momento. Con voz serena, Alice respondió:

Creo que es muy feo que me hables de esa manera. Pero no, no siento celos de alguien que tiene que degradarse por dinero. Me considero afortunada por no tener que hacerlo.

Aunque conmigo tu dinero tampoco te ha llevado muy lejos, hay que decir, ¿verdad?

Al contrario, respondió ella sin inmutarse, he disfrutado del placer de tu compañía los tres últimos días. ¿Qué más podría pedir?

Felix echó una ojeada atrás, hacia el salón, y luego se restregó las manos por la cara en un gesto de absoluto agotamiento físico o mental. Ella lo miró inexpresiva.

¿Era eso lo que buscabas, el placer de mi compañía?

Sí.

Y lo has disfrutado, ¿no?

Mucho, respondió ella.

Felix miró alrededor, negando despacio con la cabeza. Entró en el cuarto al fin y se sentó en el lado vacío de la cama, de espaldas a ella.

¿Me puedo tumbar un momento?

Claro.

Se echó boca arriba. Ella siguió tecleando junto a él. Parecía que estaba escribiendo un correo.

Me estás haciendo sentir increíblemente culpable por algo que no creo que estuviese tan mal, dijo.

Es agradable saber que te preocupa tanto mi opinión, respondió ella, sin dejar de teclear.

Si crees que eso está mal, pues bueno. Sinceramente, he hecho cosas mucho peores. O sea, si mirar algo en internet basta para que pases de mí, no vamos a ser nunca buenos amigos, pero eso no es nada. He hecho cosas horribles, en comparación.

Alice dejó de teclear y lo miró.

¿Cómo qué?, preguntó.

Muchas cosas, dijo. ¿Por dónde empezar? En plan, por ejemplo, esta te va a dar mucha rabia. Hace más o menos un año me volví a casa con una chica después de salir de noche y luego descubrí que todavía iba al instituto. Y no lo digo por tocarte las narices, va en serio. Dieciséis o diecisiete, creo que tenía.

¿Parecía mayor?

Me gustaría decir que debía de parecerlo. Pero no me fijé. Íbamos los dos borrachos, daba la impresión de que se lo estaba pasando bien. Sé que es horrible decir eso. No es que yo fuese a entrarle porque era una cría, no la habría tocado en la vida, de haberlo sabido, pero está claro que aun así estuvo mal. Y no voy a decir que, ay, fue un error, le puede pasar a cualquiera. Porque, la verdad, fue todo imbecilidad mía, de principio a fin. No me voy a pasar media hora diciendo lo mal que me siento por ello, pero me siento mal, ¿vale?

Te creo, respondió ella, en voz baja.

Y, sinceramente, he hecho cosas peores. Lo peor que he hecho nunca, si quieres saberlo...

Se interrumpió, y ella asintió para invitarlo a continuar. Felix dejó la mirada perdida por el cuarto mientras hablaba, con una leve mueca de dolor en la cara, como si le diese una luz en los ojos.

Lo peor que he hecho nunca... fue dejar a una chica embarazada cuando estaba en el instituto. Ella iba a primer ciclo y yo a primero de bachillerato. ¿Habías oído alguna vez una cosa peor? Su madre la tuvo que llevar a Inglaterra. Creo que fueron en barco. Tenía como catorce años o así, una niña, básicamente. Ni siquiera teníamos edad de estar acostándonos, yo la convencí. O sea, le dije que estaría bien. Bueno, en fin, eso es lo peor.

¿Ella quería, o la obligaste?

Ella dijo que quería, pero tenía miedo de quedarse embarazada. Yo le dije que no pasaría nada. No creo que la presionara mucho más allá de eso, solo le dije que no se preocupara. Pero igual fue un poco como presionarla, de alguna forma. Cuando tienes quince años no piensas en estas cosas, o yo no, al menos. Ahora no lo haría de ninguna manera. Es decir, no intentaría nunca convencer a alguien de hacerlo si no está interesado, ni me molestaría. Puedes creerme o no, no te culpo si no me crees. Pero cuando me recuerdo a mí mismo diciéndole esas palabras me siento como si lo viese desde fuera. Me entran palpitaciones raras y de todo. Y empiezo a pensar en gente realmente mala, en asesinos en serie o lo que sea, y siento que igual yo soy así, que igual soy uno de esos psicópatas de los que hablan. Porque yo dije eso, yo le dije que no se preocupara, y era mayor que ella, así que seguramente pensó que sabía lo que me decía. Yo no creía que fuese a pasar. Y, no sé, ni siquiera tuve verdadera conciencia en aquel momento. Solo al cabo del tiempo, después de terminar el instituto, empecé a pensar en lo horrible que era lo que le había hecho. Y a sentir como ese miedo y demás.

¿Sabes qué hace esa chica ahora?, preguntó Alice.

Sí, todavía la veo. Ya no vive en el pueblo, trabaja en Swinford. Pero me encuentro con ella por ahí alguna que otra vez cuando vuelve a casa.

¿Te saluda si te ve?

Ah, sí, dijo él. No es, en plan, que no nos hablemos ni nada de eso. Es solo que me siento fatal cuando la veo porque me recuerda lo que hice.

¿Le llegaste a pedir perdón?

En aquel momento, igual sí. Pero ya no volví a tratar con ella, cuando empecé a sentirme mal con el tema. No quería sacarlo todo otra vez y disgustarla sin motivo. No sé qué pensará. Puede que lo haya dejado atrás y no lo tenga tanto en mente. Ojalá. Pero júzgame si quieres, no me estoy defendiendo.

Se había girado hacia ella, con la cabeza apoyada en la almohada, los ojos brillantes, reluciendo casi, con la luz blanca que entraba por la ventana a espaldas de Alice. Ella se incorporó y lo miró, con la cara ojerosa.

Bueno, no te puedo juzgar, respondió. Cuando pienso en las peores cosas que he hecho yo me siento tal como has explicado. Me entra pánico y me dan náuseas y ese tipo de cosas. Acosé a una niña con la que iba al colegio, fui muy cruel. Sin razón, más allá de martirizarla, supongo. Porque otros también lo hacían. Aunque ellos decían que la acosaban porque yo la acosaba. Cuando me acuerdo ahora, lo que siento más que nada es miedo. No entiendo por qué querría yo causarle dolor a otra persona de esa manera. Quiero creer que no volvería a hacer nunca nada parecido, por ningún motivo. Pero la verdad es que lo hice, una vez, y tengo que vivir con ello el resto de mi vida.

Felix la miró fijamente sin decir nada.

No puedo hacer que te sientas mejor, con lo que hiciste, dijo Alice. Y tú tampoco puedes hacer que yo me sienta mejor. Así que igual los dos somos malas personas.

Si solo soy igual de malo que tú, no me preocupa tanto. O incluso si somos los dos horribles, sigue siendo mejor que ser horrible solo yo.

Ella le dijo que comprendía esa sensación. Felix se secó la nariz con los dedos y tragó saliva. Apartó la vista, la volvió al techo.

Me gustaría retirar ese comentario feísimo que te he hecho antes, dijo.

No te preocupes. Yo también he dicho cosas feas. Lo de esas mujeres que se degradan por dinero, ha sido una estupidez. Ni siquiera lo pienso, en realidad. No pasa nada, estábamos los dos enfadados.

Felix se miró las uñas de los dedos y dijo:

Es alucinante cómo me sacas de quicio.

Alice se rio.

No es alucinante, respondió. Tengo ese efecto en muchas personas.

Te voy a decir por qué: a veces eres muy estirada. Conozco a otra gente que también es algo estirada, pero no dejo que me afecte como me afecta contigo. Para ser totalmente sincero, la verdad es que creo que es más bien porque me gustas. Y entonces cuando te comportas mal me pone de los nervios.

Ella asintió, en silencio. Estuvieron un minuto, dos minutos, tres, en la cama sin hablar. Al final él le tocó la rodilla amistosamente y le dijo que se iba a dar una ducha. Cuando salió del cuarto, Alice se quedó sentada, inmóvil. En el baño,

Felix conectó la ducha y se miró en el espejo mientras el agua se calentaba. La conversación parecía haber tenido algún efecto en ambos, pero era imposible descifrar la naturaleza de tal efecto, su significado, qué les hacía sentir en ese momento, si era algo compartido o algo que veían de manera distinta. Tal vez no se conocían a sí mismos, y esas eran preguntas que carecían de respuesta establecida, y la labor de encontrar un sentido seguía todavía su curso.

Esa noche, Alice cenó con un grupo de libreros y periodistas en la ciudad mientras Felix comía solo en el apartamento. Al terminar quedaron para tomar algo y dieron un paseo juntos hasta el Coliseo. A oscuras se veía esquelético y consumido, como los restos resecos de un insecto antiguo.

La verdad es que se ven cosas muy bonitas aquí, dijo Felix.

Alice sonrió, y él la miró de refilón.

¿Qué?, dijo. Te estás riendo de mí.

Ella negó con la cabeza.

Solo estoy contenta de que hayas venido conmigo, nada más, respondió.

De vuelta en el apartamento, se dieron las buenas noches y Alice se metió en la cama. Felix se quedó mirando el móvil en la cocina mientras ella se echaba en el cuarto de al lado con los ojos abiertos, mirando la nada. Pasada la medianoche, él llamó a la puerta.

¿Sí?, dijo ella.

Felix asomó la cabeza, con el móvil en la mano.

¿Estás dormida?, preguntó.

Alice respondió que no.

¿Te puedo enseñar un vídeo?

Ella se incorporó en la cama y le dijo que sí. Felix pasó adentro, cerró la puerta y se sentó en la cama junto a Alice, que se echó a un lado para hacerle sitio. Llevaba todavía puestos la camiseta y los pantalones de chándal. En el vídeo salía un mapache sentado en una postura humanoide, las patas desplegadas, un babero atado al cuello y un cuenco de cerezas en el regazo. El mapache metía la garrita en el cuenco, cogía una cereza y se la llevaba a la boca, todo ello de un modo muy antropomórfico, asintiendo con aprobación de gourmet mientras degustaba la cereza. La descripción del vídeo decía «mapache feliz comiendo fruta». Duraba un minuto y lo único que hacía el mapache era comer y asentir. Alice rio y dijo: Increíble. Felix le dijo que había pensado que le gustaría. Luego bloqueó la pantalla del móvil y apoyó la espalda en el cabecero con aire pensativo. Ella se tumbó de lado, hacia él, tapada con la colcha hasta la cintura.

¿Estabas durmiendo?, le volvió a preguntar.

No.

No he interrumpido nada, espero.

¿A qué te refieres?, preguntó. ¿Interrumpir qué?

No sé. Lo que sea que hagan las chicas en la cama por la noche.

Ella levantó la vista intrigada.

Ah, dijo. Bueno, no me estaba tocando, si es eso lo que insinúas.

Supongo que tú no haces eso, ¿verdad que no?

Desde luego que sí, solo que no ahora mismo.

Felix se acomodó con la cabeza en la almohada, tumbado boca arriba y mirando el techo. Ella tenía el brazo recogido bajo la cabeza, y lo observaba.

¿Y en qué piensas cuando lo haces?

Depende.

En tus pequeñas fantasías y cosas así.

Claro.

¿Y tienen protagonista esas fantasías?

Bueno, yo, por supuesto.

Felix soltó lo que dio la impresión de ser una sincerísima risotada.

Por supuesto, dijo. Faltaría más. Pero ¿quién más? Actores conocidos o famosos o qué.

La verdad es que no.

Gente que conoces, entonces.

Casi siempre.

Él volvió la cara hacia ella, tumbada a su lado.

¿Piensas en mí?

Ella se mordió el labio inferior un momento, y luego respondió:

Pienso en ti algunas veces.

Felix alargó la mano hasta su camisón, y le rozó la cintura con los dedos.

¿Y qué imaginas que te hago?

Alice se rio, y era imposible distinguir a oscuras si estaba avergonzada.

Te imagino siendo muy, muy amable conmigo.

Él pareció encontrarlo divertido.

¿Ah, sí? ¿En qué sentido?

Ella apartó la cara y la escondió en la almohada, lo que dio a entender que estaba en efecto avergonzada, pero cuando respondió, lo hizo sonriendo:

Te vas a reír de mí si te lo digo.

De ninguna manera.

Bueno, va cambiando. O sea, no tengo siempre la misma fantasía. Pero una cosa que tienen todas en común es… Te vas a reír, porque es muy vanidoso. Yo no le contaría esto a nadie, pero me has preguntado. Me gusta imaginar que me deseas de verdad: mucho, no solo lo normal.

Él deslizó la mano suavemente por su talle, bajando por el costado de su cuerpo.

¿Y cómo sabes que te deseo?, preguntó. En la fantasía. ¿Te lo digo o es que es evidente?

Es evidente. Pero luego pasamos a la parte en la que me lo dices también.

¿Y tú me das lo que quiero, o solo te gusta provocarme?

Ella hundió la cara en la almohada todavía más. Felix llevó de nuevo la mano arriba, siguiendo la cintura, las costillas, hasta el suave contorno de su pecho. En un leve murmullo, Alice respondió:

Consigues lo que quieres.

Entonces ¿en qué cambia las cosas el hecho de que te desee tanto?, preguntó. ¿Te suplico?

No, no, no eres insistente. Solo estás entregadísimo.

Y, puedo preguntar, ¿soy bueno? ¿O me imaginas más bien tirando a nervioso, porque me muero de deseo?

Ella se volvió de cara a él, tumbada otra vez de lado. Los dedos de Felix cruzaron por la superficie de su seno, hasta el tirante del camisón, y luego abajo de nuevo.

Algunas veces sí te imagino algo nervioso.

Él asintió, y su cara y su actitud reflejaron un vivo interés en la conversación.

¿Te puedo hacer otra pregunta?, dijo. No me tienes que responder. Pero, ¿en qué piensas cuando te corres?

Te imagino a ti corriéndote.

¿Dónde, dentro de ti?

Normalmente, sí.

Despacio, como sumido en sus pensamientos, Felix le pasó el dorso de la mano por el vientre y llegó al ombligo. Ella lo observaba todavía.

Sé lo que vas a decir ahora, dijo.

¿Sí? ¿Qué?

Yo te preguntaré si alguna vez piensas en mí de esa manera y tú me dirás: No, la verdad es que no.

Él se echó a reír y acarició la tela del camisón.

No, no diré eso, respondió. Te puedo contar si quieres, pero preferiría que me siguieras explicando lo que imaginas tú. O sea, evidentemente porque gira en torno a mí y me gusta oírlo, pero también porque me parece interesante. He intentado preguntarle estas cosas a la gente otras veces y no acostumbran a contarme nunca nada.

Ah, dijo ella. ¿Es un truco tuyo para tirar la caña? Creía que estábamos teniendo un momento íntimo.

En la risa de Felix había un deje de incomodidad.

Y lo estamos teniendo, respondió. No es la primera vez que le pregunto eso a alguien, pero, como he dicho, no suelo llegar a nada. Además, para ser justos, solo les he hecho esa pregunta a personas con las que estaba. No la he usado nunca como frase para ligar.

Es poco convencional. Aunque, por otro lado, tampoco creo que estés intentando ligar conmigo.

Bueno, podría haber esperado a mañana para enseñarte el vídeo del mapache.

Alice se rio, y él sonrió complacido de hacerla reír.

Sabes muy bien por qué he venido, añadió él.

¡Qué voy a saber! ¿Llevamos ya cuatro noches en Roma y hasta ahora no te ha dado por ahí?

Solo nos estábamos conociendo.

Qué caballeroso.

Él giró de nuevo sobre la cama.

No sé, dijo. He ido dando un paso adelante y otro atrás. Sinceramente, puedes ser algo intimidante en ciertas situaciones, no sé si lo sabes.

Me lo ha dicho otra gente, pero me sorprende, viniendo de ti, respondió ella.

Felix se encogió de hombros sin decir nada más.

¿Y ya no te intimido?, preguntó Alice.

Sí, un poco. Pero, en fin, que alguien te cuente sus fantasías sexuales favoritas rebaja un pelo la intimidación. O sea, sin ánimo de ofender, pero está claro que te gusto.

Me has dicho que no te ibas a burlar de mí si te contaba esas cosas, respondió ella fríamente. Tú mismo, pero no me hace ningún daño y me parece muy rastrero.

Felix se incorporó apoyándose en el codo y la miró desde arriba.

¿Ves?, dijo. Eso: es intimidante cuando hablas así. No me estaba burlando, por cierto, y lo siento si te lo ha parecido. Pero cuando te mosqueas conmigo te pones en ese plan, como si estuvieses muy por encima de mí. Me haces sentir un gusano diminuto.

Ella se quedó un momento quieta, sin decir nada, y luego, con voz triste, respondió:

Vale, me pongo a la defensiva, y voy de superior, y te hago sentir mal. Y encima es obvio que me he colgado de ti de todas formas. Así que supongo que te parezco de lo más patética y que ni siquiera soy una compañía agradable.

Sí, justamente, respondió él. Eso es justamente lo que pienso de ti. Debe de ser por eso por lo que llevo cuatro días siguiéndote a todas partes como un puto imbécil.

¿Para qué has venido?, preguntó ella. ¿Para provocarme y ya está?

Hostia puta. Yo qué sé. Me gusta hablar contigo. Cuando nos vamos cada uno a su cama, me quedo un rato pensando en ti. Así que se me ha ocurrido venir a ver si tú también estabas pensando en mí, ¿vale?

¿Qué cosas piensas tú?

Se pasó la lengua por las muelas, meditando la respuesta.

No es muy distinto de lo que tú has contado, le dijo. Te imagino deseándolo de verdad. Igual te pincho un poco al principio, y luego hago que te corras un montón de veces, esas cosas. En la fantasía en sí no hay nada demasiado extraño. Lo único raro es que estos días aquí, sobre todo las dos últimas noches, mientras pensaba en ti he tenido la sensación de que tú también estabas pensando en mí, en este cuarto. ¿Es así?

Sí, respondió.

Y era como si pudiera sentirte cerca. De hecho, esta mañana me he despertado y por un segundo no era capaz de recordar si era real o no... Quiero decir que no sabía si estaba solo en la cama o si estabas tú, porque la sensación era muy real.

¿Y cómo te has sentido cuando te has dado cuenta de que estabas solo?, le preguntó ella en voz baja.

¿Sinceramente, en esa fracción de segundo? Decepcionado. O, no sé, como... solo. Hizo una pausa y luego le preguntó: ¿Te puedo tocar? ¿Te parece bien?

Alice respondió que sí. Él metió la mano bajo el camisón y la acarició con los dedos por encima de las bragas.

Ella entreabrió la boca con un leve suspiro, y luego, cuando Felix deslizó el dedo dentro con cuidado, se le escapó un gimoteo.

Ah, qué mojada estás, dijo con la cara encendida.

A Alice se le aceleró la respiración, con los ojos todavía cerrados. Él se humedeció el labio de arriba.

Déjame que te quite esto, le dijo.

Ella se incorporó un poco y Felix la desnudó. Después, se quitó también él la camiseta, y Alice acarició su erección con la yema de los dedos por encima de la ropa.

Lo deseo tantísimo… dijo ella.

Felix tenía las orejas rojas.

¿Sí?, dijo. ¿Lo quieres ya?

Alice le preguntó si tenía un condón, y él dijo que sí, en la cartera. Esperó tumbada de espaldas mientras él terminaba de desnudarse y sacaba la cartera del bolsillo. Lo observó al tiempo que se pellizcaba distraída el pliegue del codo.

Felix, dijo. Llevo un tiempo sin hacer esto, ¿te importa?

Se miraron el uno al otro con inseguridad: Alice insegura, tal vez, de lo que él estaría pensando; Felix inseguro, quizá, de lo que significaba esa pregunta. Había sacado de la cartera un cuadradito azul de papel de aluminio.

¿Qué quieres decir?, preguntó.

Ella se encogió de hombros, con gesto incómodo, y siguió pellizcándose el brazo. Felix le apartó la mano.

Deja eso, te vas a hacer daño. ¿Qué es lo que pasa? No es la primera vez, ni nada, ¿no?

Eso la hizo reír, una risita vergonzosa, y él rio también, tal vez aliviado.

No, respondió ella. Últimamente mi vida ha sido un poco rara. Como unos dos años. Pero antes era normal.

Ah, no pasa nada, dijo él, acariciándole el muslo con la palma de la mano. ¿Estás nerviosa?

Alice asintió. Felix abrió el cuadradito de papel de aluminio y sacó el condón.

No te preocupes. Yo te cuido.

Se colocó encima de ella y le besó el cuello. Al terminar, cuando se separaron, Alice dio la impresión de quedarse dormida al instante, sin mover siquiera los brazos o las piernas, enredadas de cualquier manera entre las sábanas. Felix estaba tumbado de lado, contemplándola, y luego se echó de espaldas y se quedó mirando el techo.

14

Queridísima Eileen: tu email explicándome lo que había pasado con Simon llenó de alegría mi marchito corazón. ¡Te mereces algo de romanticismo! Y me parece que él también. ¿Te puedo contar algo de Simon que prometí que jamás te contaría pero ahora rompo la promesa porque el momento es oportuno? Hace unos años, después de que te fueses a vivir con Aidan, Simon vino a verme una tarde para tomar un café. Estuvimos charlando de esto y de aquello, todo muy normal, y luego, cuando se iba, se detuvo frente a la puerta de tu antiguo cuarto y miró adentro. Estaba ya vacío, la cama sin sábanas, y recuerdo que había un rectángulo descolorido en la pared donde tenías colgado el póster de Margaret Clarke. Fingiendo un tono animado, Simon dijo «La vas a echar de menos». Y yo, sin pensarlo, le respondí: «Y tú también». No tenía ningún sentido, en realidad, porque de hecho te mudabas más cerca del barrio de Simon, pero él no pareció sorprendido de que lo dijese. Solo respondió, en plan: «Sí, desde luego». Nos quedamos los dos plantados en la puerta de tu cuarto unos segundos más, y luego se rio y dijo: «Por favor, no le digas que he dicho eso». Por supuesto, tú estabas con Aidan en aquel momento, así que no te lo conté. Y no te puedo decir que siempre lo supe, porque no es verdad. Sabía que Simon y tú estabais muy unidos, y sabía lo que había pasado en París. Pero por algún motivo nunca se me había ocurrido que llevase todo ese tiempo enamorado de ti. No creo que nadie lo supiera. En fin, nunca volvimos a mencionarlo. ¿Te parece horrible que te cuente todo esto? Espero que no. No quedaba muy claro en tu mensaje si creías que os seguiríais viendo o no… ¿Qué piensas?

Ayer por la tarde –justo después de recibir tu email, de hecho– Felix empezó a contarme algunas cosas que había hecho en el pasado y de las que más tarde se había arrepentido. Supongo que fue una de esas conservaciones de «lo peor que he hecho en mi vida», y la verdad: ha hecho algunas cosas bastante feas. No voy a entrar en detalles, pero puedo decir que algunas tenían que ver con sus relaciones con mujeres. Siento que no me corresponde a mí juzgarlo, porque no se me ocurre cómo podría, y porque de vez en cuando también a mí me atormenta la culpa por las cosas horribles que he hecho. Sentí el impulso de perdonarlo, sobre todo porque era evidente que llevaba mucho tiempo arrepintiéndose y culpándose a sí mismo. Pero tuve que aceptar que tampoco eso me correspondía a mí, porque los actos que relató tal vez hubiesen tenido un impacto permanente en las vidas de otras personas y en mí no tendrían nunca ningún efecto. No puedo interceder como un actor ajeno e imparcial y absolverlo de sus pecados, igual que él no puede absolverme de los míos. Así que supongo que lo que fuera que sentí mientras confesaba esos actos no era compasión, en realidad, sino otra cosa. Igual fue solo que creí que su arrepentimiento era auténtico y que no volvería a cometer jamás los mismos errores. Me puse a pensar en las personas que cometen malos actos: qué se supone que tienen que hacer consigo mismas, y qué se supone que tenemos que hacer con ellas nosotros como sociedad. En estos momentos, es probable que el ciclo de disculpas públicas hipócritas en el que estamos metidos haya llevado a todo el mundo a recelar de la compasión. Pero ¿qué deberían hacer las personas que han cometido actos horribles en el pasado? ¿Revelar por propia iniciativa sus pecados para anticiparse a la exposición pública? ¿Desistir de lograr nunca nada que pueda atraer sobre ellas un redoblado escrutinio del tipo que sea? Igual me equivoco, pero creo que el número de gente que ha hecho cosas verdaderamente malas no es nada desdeñable. O sea, en serio: creo que si todos los hombres que se han comportado más bien mal en un contexto sexual cayesen fulminados mañana, quedarían como once hombres vivos. ¡Y no son solo los hombres! Son las mujeres, también, y los niños, todo el mundo. Supongo que lo que quiero decir es: ¿y si no es solo un pequeño número de personas malvadas lo que hay ahí fuera, esperando que se destapen sus malas acciones? ¿Y si somos todos nosotros?

Decías en el email que habían leído en misa la historia de una mujer que le echa aceite en los pies a Jesús. Puede que me confunda, porque hay varios episodios parecidos en los Evangelios, pero creo que te refieres al pasaje de san Lucas en el que una pecadora le unge los pies a Jesús. Lo acabo de releer en la pequeña traducción de Douay-Rheims que me llevé al hospital. Tienes razón, la historia es estrafalaria, e incluso (como decías tú) raruna. Pero ¿no tiene también un puntito interesante? La mujer de la historia solo tiene un rasgo distintivo: que ha llevado una vida de pecado. A saber qué se supone que habrá hecho. Igual solo era una paria, una inocente marginada, básicamente. Pero, por otro lado, igual sí que había hecho cosas malas, la clase de cosas que tú o yo consideraríamos una auténtica maldad. Es cuando menos posible, ¿no? Puede que hubiese matado a su marido, o maltratado a sus hijos, o algo así. Y cuando supo que Jesús estaba donde Simón el Fariseo, se acercó a la casa, y en cuanto lo vio, se echó a llorar con tanta profusión que bañó en lágrimas los pies de Jesús. Después, los secó con su pelo y los ungió con aceite aromático. Como señalas, resulta todo bastante absurdo, incluso vagamente erótico; y, de hecho, Simón el Fariseo parece estupefacto e incómodo al ver que Jesús se deja tocar de un modo tan íntimo por una pecadora. Pero Jesús, enigmático como de costumbre, le dice que todos sus pecados quedan perdonados, por el amor que ella le tiene. ¿Así de fácil? ¿Solo tenemos que llorar y postrarnos y Dios lo perdona todo? Aunque tal vez no sea en absoluto fácil: tal vez llorar y postrarnos con sinceridad genuina sea la cosa más difícil que podamos llegar a aprender jamás. Yo estoy convencida de que no sé hacerlo. Siento esa resistencia en mí, esa pizquita dura de algo, que temo que no me permitiría postrarme ante Dios aun si creyese en él.

Ya que estamos, creo que debería contarte que me acosté con Felix anoche. Lo cierto es que no quería decírtelo, si te soy sincera, pero supongo que sería raro no hacerlo. No es que me dé vergüenza, o igual sí, pero no por él. Es más la idea de que me importe lo que otra persona piense de mí, cuando es eso justamente lo que yo no hago, lo que se me da tan bien no hacer. No es fácil para mí, la verdad. Creo que lo vamos pasando bien juntos: lo cual quiere decir que yo lo paso bien, y que no sé nunca qué siente él. Pese a que nuestras vidas han sido distintas en básicamente todos los aspectos, siento que de algún modo extraño hemos tomado caminos distintos para llegar a puntos similares, y que reconocemos muchas cosas el uno en el otro. No te puedes imaginar cuánto he tardado en escribir este párrafo. Tengo tanto miedo de que me hagan daño… No del sufrimiento, que sé que lo puedo manejar, sino de la humillación del sufrimiento, la humillación de ser vulnerable a él. Tengo un cuelgue tremendo, y me pongo tontísima e ilusionadísima cuando me muestra cariño. Así que en mitad de todo, estando el mundo como está, con la humanidad al borde de la extinción, aquí estoy yo escribiendo otro email sobre sexo y amistad. ¿Hay algo más por lo que vivir? Te quiere, siempre, Alice.

15

El lunes por la noche, a las ocho y cuarto, el salón del piso de Simon estaba vacío y en penumbra. A través de la ventanita que había sobre el fregadero de la cocina, y de la ventana más grande del salón de enfrente, los restos de luz del día rozaban las diversas superficies interiores: la cubeta plateada del fregadero, con solo un plato y un cuchillo sucios dentro; la mesa de la cocina, salpicada de migas aquí y allá; un frutero con un plátano ennegrecido y un par de manzanas; una manta de punto echada con descuido sobre el sofá; una fina capa de polvo gris en el borde superior del televisor; las estanterías, las lamparitas, un tablero de ajedrez sobre la mesita de centro, con lo que parecía una partida a medias. Así en silencio reposaba la estancia mientras la luz languidecía, mientras fuera en el corredor la gente subía y bajaba por la escalera, y en la calle el tráfico cruzaba con olas de ruido blanco. A las nueve menos veinte, se oyó una llave deslizándose en la cerradura, y a continuación, la puerta del piso se abrió. Simon iba hablando por teléfono al entrar, se descolgó la cartera del hombro con la mano libre y dijo:

No, no creo que estén preocupados por eso, en realidad. Es solo un estorbo.

Llevaba un traje gris oscuro, y una corbata verde sujeta con un alfiler de oro. Cerró la puerta usando el pie sin hacer ruido y colgó la cartera de un perchero.

Ajá, dijo. ¿Está ahí contigo? Hablo con él si quieres.

Pasó al salón y encendió la lámpara de pie, dejó las llaves en la mesita de centro.

Vale, ¿qué es mejor, entonces?, preguntó.

Solo, bajo la luz amarillenta de la lámpara, se le veía cansado. Entró en la cocina y levantó el hervidor como para sopesarlo

Sí, dijo. No, no pasa nada. Le diré solo que hemos hablado del tema.

Volvió a colocar el hervidor en el soporte, lo encendió y se sentó en una silla de la cocina.

Claro, dijo, pero si se supone que no me has dicho nada, ¿con qué excusa lo voy a llamar?

Sujetó el móvil entre la cara y el hombro y empezó a desatarse los cordones de los zapatos. Entonces, inducido por algún comentario al otro lado de la línea, se enderezó y cogió de nuevo el móvil con la mano.

Evidentemente no me refería a eso, dijo.

La conversación prosiguió así un rato más, tiempo en el que Simon se descalzó, se quitó la corbata y se preparó una taza de té. Cuando el móvil vibró en su mano, lo apartó un segundo y echó un vistazo a la pantalla, mientras la voz al otro lado continuaba hablando. Había aparecido una notificación de correo, con el asunto: «Llamada del martes».

Poco interesado, al parecer, se llevó de nuevo el móvil a la oreja y fue a sentarse al sofá con la taza de té.

Sí, sí, iba diciendo. Ya estoy en casa. Ahora pondré las noticias. Cerró los ojos mientras la voz del teléfono seguía hablando. Claro, dijo. Te cuento. Yo también te quiero. Adiós.

Repitió varias veces estas últimas palabras antes de pinchar un icono para colgar la llamada. Mirando todavía el móvil, abrió una app de mensajería y clicó sobre el nombre de «Eileen Lydon». El mensaje más reciente aparecía al fondo de la pantalla, enviado a las 20.14.

Simon: Eh, lo pasé realmente muy bien contigo el fin de semana. ¿Quieres que nos volvamos a ver un día de estos?

Un icono indicaba que Eileen había visto el mensaje, pero no había llegado ninguna respuesta. Cerró la app y abrió el email «Llamada del martes», que formaba parte de un hilo más largo. Un mensaje anterior decía: Sí, me han dicho que tienen registros de llamadas también. Simon o Lisa podéis liquidar esto por favor y poneros en contacto con Anthony si hace falta. Uno de sus colegas había respondido: Si le dedicamos un minuto más a esta nadería me va a dar algo. El mensaje más reciente decía: Simon te paso el número de Anthony y los detalles. Dale un telefonazo esta noche si es posible o mañana por la mañana. Nadie está contento con esto pero es lo que hay. Simon bloqueó el móvil, dejó que se le cerraran los ojos y se quedó un momento sentado en el sofá sin moverse, el pecho subiendo y bajando con la respiración. Al cabo de un rato, levantó la mano y se la pasó despacio por la cara. Después, cogió el mando a distancia y encendió el televisor. El telediario de las nueve estaba empezando justo en ese momento. Vio las primeras noticias desfilando por la pantalla, con los ojos medio cerrados, casi como si estuviese dormido, pero dando un sorbo de vez en cuando de la taza de té que tenía a su lado sobre el brazo del sofá. En mitad de una noticia sobre la seguridad en carretera, el móvil vibró, y Simon lo cogió de inmediato. Había un mensaje nuevo en pantalla.

Eileen: tono extrañamente formal ahí Simon

Se quedó mirando el mensaje varios segundos, y luego tecleó una respuesta.

Simon: ¿Sí?

Unos puntos suspensivos en movimiento aparecieron en pantalla, para indicar que Eileen estaba tecleando.

Eileen: por qué los hombres de mas de 30 escriben como si estuviesen actualizando el perfil de LinkedIn

Eileen: Hola [Eileen], fue genial verte el [sábado]. ¿Podemos volver a contactar? Trata de seleccionar día y hora en el menú desplegable

Él sonrió vagamente para sí mientras sus pulgares se deslizaban por el teclado.

Simon: Tienes razón
Simon: Si al menos fuese más joven, podría desactivar manualmente las mayúsculas automáticas del móvil para parecer más suelto

Eileen: esta en la configuración
Eileen: te puedo ayudar a buscarlo si no te apañas

En lo alto de la pantalla, asomó un nuevo email del hilo «Llamada del jueves». El encabezado apareció en la vista previa: Hola a todos. Me acaba de responder TJ… Simon descartó la notificación sin abrirla, y empezó a escribir otro mensaje para Eileen.

Simon: No, tranquila
Simon: Siempre copio y pego ese mensaje diciendo que lo pasé bien el fin de semana, que si podemos volver a vernos, etc
Simon: Nunca se me había quejado nadie

Eileen: ajaja
Eileen: sabes usar el corta y pega?? estoy impresionada
Eileen: pero sí, podemos volver a vernos esta semana
Eileen: cuando te iría bien?

Apareció otro mensaje en lo alto de la pantalla, de un contacto guardado como «Geraldine Costigan».

Geraldine: Tu padre dice que puedes llamarlo mañana por la noche si te va bien cariño. besos.

Simon soltó un largo y pausado suspiro, y luego deslizó el dedo arriba para descartar el mensaje. Sus ojos recorrieron de aquí para allá los mensajes de y para Eileen, escribió las palabras *Te gustaría*, y luego las borró. Subió a los mensajes anteriores y los releyó una vez más. Al fin, empezó a escribir de nuevo:

Simon: ¿Estás ocupada ahora mismo?

El doble tic indicó que Eileen había visto el mensaje, y al momento aparecieron los puntos suspensivos.

Eileen: no
Eileen: me iba a dar un baño pero mis compañeros de piso han gastado toda el agua caliente
Eileen: así que estoy aquí en la cama mirando internet
Eileen: por qué?

En la televisión, se habían terminado las noticias y estaban dando el tiempo. Un dibujo de un sol amarillo sobrevolaba la región de Dublín en el mapa. Simon tecleó de nuevo.

Simon: ¿Quieres venir?
Simon: Agua caliente ilimitada
Simon: Helado en el congelador
Simon: Cero compañeros de piso

Pasaron unos segundos. Simon se frotó la mandíbula, sin apartar la vista de la pantalla, en cuya superficie se reflejaba la bombilla del techo, colgando en su lámpara de cristal.

Eileen: !!
Eileen: no iba buscando una invitación!!

Simon: Ya lo sé

Eileen: estás seguro?

Simon: Sí

Eileen: es muy amable por tu parte

Simon: ¿Qué puedo decir? Tengo una personalidad muy amable

Eileen: suena divertido…
Eileen: pero no quiero molestarte otra vez!!

Simon: Eileen
Simon: Ponte los zapatos, te pido un taxi

Eileen: jajaja
Eileen: sí papi
Eileen: gracias

Con gesto satisfecho, cerró los mensajes, abrió una app de taxis y pidió una recogida en la dirección de Eileen. Luego se levantó del sofá, puso el televisor en silencio y fue hacia el fregadero con la taza de té vacía. Después de lavar los platos y de limpiar las superficies de la cocina, entró en el dormitorio para hacer la cama. En varias ocasiones, mientras realizaba estas tareas, se sacó el móvil del bolsillo y consultó la app de taxis, en la que un pequeño icono que representaba el coche de Eileen avanzaba lento y vacilante siguiendo el río y hacia el sur. Luego cerraba la app, se guardaba el móvil y volvía a lo que estuviese haciendo.

Cuando abrió la puerta veinte minutos después, Eileen estaba en el rellano vestida con una sudadera corta de color gris y una falda plisada de algodón, y llevaba una bolsa de tela con el logo de una revista literaria de Londres. Parecía que se había puesto pintalabios oscuro en algún momento del día, pero se le había borrado. Se quedó un momento quieto delante de ella y luego le puso una mano en la cintura y la besó en la mejilla.

Me alegro de verte, dijo.

Eileen le echó los brazos al cuello, y él dejó que se le abrazase en el umbral.

Gracias por invitarme, respondió ella.

Pasaron adentro. Simon cerró la puerta y ella sacó de la bolsa una botella de vino tinto.

He traído esto, dijo. No tenemos por qué bebérnoslo, es solo que no soporto presentarme en casa de alguien sin llevar algo. Especialmente en tu casa. Qué diría mi madre. Aunque no es que trajese nada la última vez que vine a verte, jaja.

Dejó la botella sobre la mesa y se quitó el bolso del hombro. Se fijó en la televisión y dijo:

Ah, ¿estás viendo el programa de Claire Byrne? No te interrumpo. Me sentaré callada en el sofá.

Simon sonreía y seguía a Eileen con la mirada mientras ella colgaba el bolso del respaldo de una silla de la cocina y se retocaba el pelo, aflojando la goma elástica con la que lo llevaba peinado en un moño.

No, no lo estoy viendo, respondió él. Estás guapa. ¿Quieres una taza de té o algo? O una copa de vino, si prefieres.

Ella fue a sentarse en el sofá. Se quitó los zapatos planos de piel que llevaba y recogió los pies, con sus calcetines blancos, sobre los cojines.

Tomaré un té, dijo. La verdad es que no me apetece vino. ¿Es un problema?

Él se volvió a mirar desde la cocina y la vio señalando el tablero de ajedrez.

No, es una partida. Vino Peter anoche, pero se tuvo que ir antes de terminar. Por suerte para mí.

Ella siguió examinando el tablero mientras él ponía agua a hervir y sacaba una taza del armario.

¿Tú llevas las negras?, preguntó Eileen.

Simon, de espaldas, le respondió que no, las blancas.

Tienes dos peones más, entonces, dijo ella. Y le puedes hacer jaque con el alfil.

Él estaba sacando una cucharilla del cajón de los cubiertos, divertido.

Dale otra vuelta, dijo.

Eileen estudió el tablero con el ceño fruncido un rato más, y entretanto él preparó el té y lo trajo a la mesita de centro.

Bueno, no me meto, dijo ella.

Simon se sentó en el otro lado del sofá y apagó el televisor.

Dale, dijo. Les toca mover a las blancas.

Eileen cogió el alfil blanco y le hizo jaque al rey negro. Él se inclinó adelante, movió un peón negro para bloquear el ataque y amenazó a su alfil, y ella usó el alfil para capturar el peón. Simon, entonces, adelantó el rey negro, capturó el alfil y le lanzó un ataque doble a la reina y la torre blancas. Eileen hizo una mueca y dijo:

Qué idiota soy.

Simon dijo que de todas maneras era culpa suya por haberse puesto en una posición tan débil. Ella cogió su taza de té y se recostó en el reposabrazos del sofá.

¿Te he dicho que mi familia anda toda a la greña por las invitaciones de boda de Lola?, dijo. De verdad que no sé cómo he acabado metida, no hay quien la soporte. ¿Quieres ver los mensajes que me ha estado mandando?

Él dijo que sí, y Eileen sacó el móvil y le enseñó el mensaje que le había mandado Lola el sábado por la noche.

Lola: Hmmm no sé si me interesa mucho saber lo inmadura que le parezco a alguien estancado en un trabajo de mierda ganando una miseria y que vive en un cuartucho a los 30...

Simon desplazó la vista por la pantalla y luego le cogió el aparato de la mano y lo leyó de nuevo, con el ceño fruncido.

Dios, menuda hostilidad, murmuró.

Eileen recuperó el teléfono y se lo quedó mirando.

Solo le saqué el tema de la boda porque Mary me lo pidió, explicó. Pero luego, cuando fui a quejarme de esos mensajes horribles, se puso en plan, bueno, eso es entre vosotras dos, yo ahí no pinto nada.

Pero si tú le hubieses mandado un mensaje como ese a Lola…

¿Verdad? Exacto. Tendría a mamá llamándome y diciéndome ¿cómo se te ocurre hablarle así a tu hermana?

Supongo que es inútil comentarlo con tu padre, dijo.

Eileen bloqueó el móvil y lo dejó en el suelo de madera.

Sí, respondió. Es el único que no está loco, obviamente. Pero sabe que todas las demás lo estamos, así que le da demasiado miedo meterse.

Simon le hizo apoyar los pies en su regazo.

Tú no estás loca, respondió. Las otras dos sí, pero tú no.

Sonriendo, Eileen se puso cómoda, recostada en el brazo del sofá.

Gracias a Dios que hay una persona en el mundo que se da cuenta, dijo.

Encantado de ayudar.

Lo observó un momento, mientras él le masajeaba el puente del pie con el pulgar. Luego, con otro tono de voz, le preguntó:

¿Qué tal ha ido el día?

Él levantó la vista hacia ella, y luego la bajó de nuevo.

Bien, dijo. ¿Y a ti?

Se te ve un poquito cansado.

¿Ah, sí?, respondió él con tono despreocupado, sin levantar la vista.

Eileen siguió observándolo mientras él le evitaba la mirada.

Simon, ¿estás triste, hoy?

Él soltó una especie de risa incómoda.

Hummm, dijo. No sé. Creo que no.

¿Me lo dirías, si lo estuvieras?

¿Tan difícil soy?

Eileen le dio unos golpecitos con el pie en broma.

Ahora mismo te estoy preguntando qué tal el día y no me cuentas nada, respondió.

Simon le pilló el pie por el tobillo y dijo:

Humm... A ver. He hablado por teléfono con mi madre esta tarde.

Ah. ¿Y cómo está?

Bien. Preocupada por mi padre, pero eso no es nada raro. Él tiene... Está bien, pero tiene la tensión alta, y mi madre cree que no se está tomando la medicación como debería. Es algo psicológico, más que otra cosa, ya sabes cómo son las familias. Y él está cabreado conmigo porque... Pero eso es muy aburrido, es todo por el trabajo.

Pero tu padre ya no trabaja, ¿no?

Él siguió estrechándole el tobillo distraídamente.

No, me refiero a mi trabajo, respondió. Ya sabes, no tenemos las mismas ideas políticas. No pasa nada, es el típico tema generacional. Él cree que mis opiniones son como... un resultado de mi personalidad atrofiada.

Eso no es muy bonito, dijo Eileen con voz queda.

No. Ya lo sé. Aunque creo que le duele más a mi madre que a mí. De hecho... Si lo oyeses hablar, ha desarrollado una teoría la mar de elaborada. Algo relacionado con un complejo mesiánico. No seré capaz de hacerle justicia, porque, la verdad, yo más o menos desconecto cuando empieza con eso, pero por lo visto cree que quiero ir por el mundo salvando a la gente porque me hace sentir poderoso o viril o lo que sea. Lo gracioso es que mi trabajo no tiene absolutamente nada que ver con salvar a la gente. Si fuese asistente social o médico o algo, aún, pero yo me paso todo el día sentado en un despacho. No sé. La última vez que fui a casa tuvimos una discusión rocambolesca porque una mañana me levanté con dolor de cabeza. No me dirigió la palabra en todo el día, y luego por la noche me soltó un discurso larguísimo sobre las ganas que tenía mi madre de verme y que si yo le había arruinado el fin de semana entero con ese dolor de cabeza. Es incapaz de decir que esté enfadado conmigo, siempre tiene que proyectar sus sentimientos en Geraldine, como si fuese un agravio personal contra ella que yo tuviese migraña. Está obsesionado con las migrañas, porque mi madre también tiene, y se ha convencido de que es algo psicosomático. Total, que ella quiere que lo llame mañana para hablar de esto del tratamiento, para la tensión. No es que vaya a servir de nada lo que yo diga. Perdona. Me parece que llevo un año hablando, ya me callo.

Entretanto, le había ido acariciando a Eileen los gemelos, la corva, con la yema de los dedos, y con este último comentario apartó la mano y se enderezó.

No, dijo Eileen.

Simon la miró.

¿Qué?, preguntó. ¿Que no deje de hablar, o que no deje de hacer eso?

Las dos cosas.

Él llevó otra vez la mano donde estaba, bajo la rodilla. Eileen soltó en respuesta un ruidito placentero: Mmmm. Simon le rozó con el pulgar la cara interna del muslo, por debajo de la falda.

Da la sensación de que tu padre te tiene envidia, comentó.

Él siguió observándola cariñosamente.

¿Por qué dices eso?, preguntó.

Eileen descansó la cabeza en el brazo del sofá, mirando la lámpara de cristal iluminada en el techo.

Bueno, eres joven y guapo, respondió. Y las mujeres te adoran. A tu padre eso no le importaría, si lo admirases e intentases ser como él, pero no es así. Evidentemente, no lo conozco tanto, pero por lo que sé es muy dominante y grosero. Debe de sacarlo de quicio que seas tan considerado con todo el mundo, que nada parezca molestarte.

Simon le acariciaba la corva mientras asentía.

Pero, según él, solo soy agradable con todo el mundo porque eso me hace sentir bien conmigo mismo, dijo.

¿Y qué?, respondió ella, con expresión desconcertada. Mejor eso que ir agrediendo a todo el mundo para sentirte bien contigo mismo, ¿no? Bien sabe Dios que ya tenemos bastante sádicos en el mundo. Y ¿por qué no deberías sentirte bien contigo mismo? Eres una persona íntegra, y generosa, y un gran amigo.

Simon enarcó las cejas ligeramente, y por un momento no dijo nada.

Eileen, no sabía que tuvieses tan buena opinión de mí.

Ella cerró los ojos, sonriendo.

Sí que lo sabías, respondió.

Simon se volvió a mirarla, allí echada con la cabeza atrás, los ojos cerrados.

Me alegro mucho de que estés aquí, dijo.

Ella hizo una mueca.

¿Quieres decir, así, platónicamente?

Él fue subiendo la mano bajo la falda, con una sonrisa.

No, no platónicamente, respondió.

Eileen se retorció un poco, rozándose contra el brazo del sofá.

¿Sabes, cuando me has mandado ese mensaje que decía...? ¿Cómo era? Ponte los zapatos, te pido un taxi, o algo así. Ha estado bien.

Me alegro de que te lo haya parecido.

Sí, ha sido extrañamente sexy. Es curioso, creo que me gusta que me des órdenes. Una parte de mí es como, sí, por favor, dime qué tengo que hacer con mi vida.

Simon se estaba riendo, mientras seguía acariciándole la cara interna del muslo con los dedos.

Tienes razón, dijo, es sexy.

Me hace sentir muy segura y relajada. Como cuando me quejo de algo y me llamas «princesa». Me pone un poco. ¿Te molesta que te lo diga? Me hace sentir que lo tienes todo controlado, y que no dejarás que me pase nada malo.

No, me encantan esas cosas. La idea de cuidarte, o de que necesites mi ayuda, o lo que sea. A mí también me debe de tirar eso. Siempre que una chica me pide que le abra un tarro de mermelada, me enamoro un poco de ella.

Eileen tenía la yema del dedo en los labios.

Y yo que creía que era especial, dijo.

Contigo la cosa va un poco más allá. De hecho, recuerdo que Natalie me dijo una vez... Seguramente es raro contarte esto, pero en fin. Tú venías a vernos a París y yo estaba como... preocupado por que hubieses cogido bien el vuelo, o lo que fuera. Y Natalie dijo algo en plan: ay, la niñita de papá está solita, o algo así. Fue gracioso. O sea, creo que lo dijo en broma.

Eileen se tapó los ojos, riendo.

Yo tengo una, dijo. Me llegó un mensaje tuyo una noche, y como Aidan estaba justo al lado del móvil miró el mensaje por mí. Cuando le pregunté quién era, me enseñó la pantalla y soltó, es tu papá.

Simon negaba con la cabeza, encantado, avergonzado.

Me da que si le intentara explicar esto a alguien llamaría a la policía, dijo.

¿Solo por lo de la princesita de papá? O es que, no sé, también quieres atarme y torturarme.

No, no. Aunque eso sería mucho más normal, ¿no? Mi idea es más... Espero que no te espante que esté diciendo todo esto, pero creo que la fantasía consiste solo en que estás totalmente rendida y mojada, y yo, pues, te voy diciendo lo buena niña que eres.

Ella le lanzó una mirada coqueta por entre las pestañas.

¿Y si no soy buena niña?, dijo. ¿No quieres ponerme encima de tus rodillas y escarmentarme?

Simon deslizó la mano por el fino algodón húmedo de sus bragas.

Ah, pero no para hacerte daño, respondió. Solo para que te portes bien.

Ella se quedó un momento callada.

¿Me dirás lo que tengo que hacer?, preguntó al fin.

¿Harás lo que yo te mande?, dijo él con su tono habitual, relajado, un punto divertido.

Ella se echó a reír de nuevo.

Sí. Es curioso cuánto me pone. Es raro. Me excita mucho pensar qué me harás. Perdona que me salga del personaje.

No, no te metas en ningún personaje. Sé solo tú.

Se inclinó sobre ella y la besó. La cabeza contra el brazo del sofá, la lengua de Simon húmeda en su boca. Dejó que la desnudase pasivamente, observando cómo sus manos le desabrochaban los botones de la falda y le bajaban las bragas. Él le pasó la mano por detrás de la rodilla y luego le apoyó la pierna izquierda en el respaldo del sofá y le bajó el pie derecho al suelo, de manera que quedó totalmente abierta de piernas. Eileen se estremeció.

Ah, te estás portando muy bien, dijo él.

Ella soltó una especie de risa nerviosa al tiempo que negaba con la cabeza. Le rozó ligeramente con los dedos, sin entrar todavía, y ella clavó las caderas en el sofá y cerró los ojos. Simon metió un dedo y Eileen exhaló.

Buena chica, murmuró. Relájate.

Luego empujó otro dedo dentro, suave, y ella gritó, un grito agudo y entrecortado.

Chsss, dijo Simon. Te estás portando muy bien.

Eileen negó de nuevo, con la boca abierta.

Si me sigues hablando así me voy a correr, dijo.

Él sonrió, mirándola desde arriba.

Enseguida, dijo. Todavía no.

Se quitó la ropa mientras ella seguía echada con los ojos cerrados; la pierna izquierda arqueada todavía sobre el respaldo del sofá. Le dijo al oído:

¿Y está bien si me corro dentro de ti?

Eileen lo agarró por la nuca con la mano.

Quiero que lo hagas, respondió.

Simon cerró los ojos un instante, asintiendo, callado. Cuando entró, ella gritó de nuevo, aferrándose a él, que siguió en silencio.

Te quiero, dijo Eileen.

Él cogió aire pausadamente, sin decir nada. Lo miró a la cara:

Simon, ¿te gusta cuando digo eso?

Vergonzoso, intentando sonreír, él le respondió que sí.

Lo noto, dijo ella.

Simon siguió respirando despacio, tenía el labio superior empapado, la frente.

Bueno, yo también te quiero, dijo.

Eileen se chupaba el labio, sin dejar de mirarlo.

Porque soy una niña muy buena.

Sí que lo eres, respondió él, acariciándola con la yema del dedo.

Ella volvió a cerrar los ojos; se le movían los labios sin emitir ningún sonido. Al cabo de unos minutos, le dijo que estaba a punto de correrse. Tenía la respiración acelerada y vacilante, el cuerpo tenso y contraído entre las manos de Simon. Cuando terminó, él le dijo en voz baja:

¿Puedo seguir o necesitas que pare?

Con voz exhausta, ella le dijo que lo sentía, y le preguntó si tardaría mucho.

No, será un momento, respondió. Pero puedo parar, si quieres, no pasa nada.

Eileen le dijo que le parecía bien seguir. Él la tomó por las caderas y la sujetó contra el sofá mientras se movía dentro de ella, desfallecida, mojadísima, sin ninguna resistencia, soltando solo un débil gemido de vez en cuando.

Dios santo, dijo Simon.

Al terminar, se tumbó pegado al cuerpo de Eileen. Los dos quietos, respirando despacio, mientras el sudor se enfriaba sobre su piel. Ella le acarició la espalda con la palma de la mano.

Gracias, dijo él.

Ella miró abajo y le sonrió.

No tienes que darme las gracias, respondió.

Simon tenía los ojos cerrados.

Ya. Pero estoy agradecido. No solo… Lo que quiero decir es que me gusta estar contigo, me alegro de que hayas venido. A veces, cuando estoy aquí por la noche, en fin, me deprimo un poco, si te soy sincero. O me siento solo, o lo que sea. Soltó una risa floja y ahogada. Perdona, no sé por qué te cuento esto, dijo. Me alegro de que estés aquí, nada más. ¿Te pasa alguna vez, cuando alguien hace algo bonito por ti, que estás tan agradecido que al final empiezas a sentirte mal? No sé si le pasa a otra gente o es cosa mía. No me hagas caso, estoy idiota.

Se sentó en el sofá y empezó a vestirse. Ella lo observó, echada todavía.

Pero no es que te haya hecho un favor, respondió. Ha sido mutuo.

Simon, sin volverse, soltó otra risa forzada, y dio la impresión de enjugarse los ojos con la mano.

No, ya lo sé. Creo que simplemente estoy agradecido de que quisieras. Lo siento, no sé qué me pasa.

No importa, dijo ella. Pero no quiero que te sientas mal.

Él se levantó, se puso la camisa.

Estoy bien, no te preocupes. ¿Te apetece una copa de vino? O también podemos tomar helado.

Eileen se sentó también, asintiendo lentamente.

Claro, respondió. Helado estaría bien.

Simon fue a la cocina, y ella lo siguió con la mirada por encima del respaldo del sofá mientras empezaba a vestirse. De espaldas, se le veía alto, la camisa algo arrugada, y el pelo suave y dorado bajo las luces del techo.

No sabía que tuvieses migrañas.

No muy a menudo, respondió él sin darse la vuelta.

Eileen se estaba abrochando la cinturilla de la falda.

La última vez que tuve una, te mandé un mensaje desde la cama para quejarme de lo fuerte que era, dijo ella. ¿Te acuerdas?

Simon estaba cogiendo un par de cucharillas del cajón de los cubiertos.

Sí, creo que las tuyas son peores que las mías.

Ella asintió en silencio, y luego dijo:

¿Enciendo la tele otra vez? Podemos ver *Newsnight* o algo. ¿Qué te parece?

Suena bien.

Volvió con los tazones de helado mientras ella subía el volumen del televisor. En pantalla, una presentadora británica de pie frente a un fondo azul hablaba mirando a cámara de las elecciones primarias de un partido de Reino Unido. Con los ojos clavados en el aparato, Eileen dijo:

Y eso es mentira, ¿no? Venga, di que es mentira. Pero no, no lo dicen nunca.

Simon, sentado a su lado, estaba partiendo su helado con la cucharilla.

Ya sabes que está casada con un gestor de fondos de cobertura, señaló.

Mientras miraban la tele, fueron hablando aquí y allá de la posibilidad de otras elecciones generales en el país antes de final de año, y de qué miembros del partido de Simon tendrían posibilidades de conservar sus escaños si eso sucedía. A él le preocupaba que la gente que más le gustaba saliese perdiendo, y que los «arribistas» se mantuvieran. En el televisor, un portavoz del partido estaba diciendo: El primer ministro... Disculpe, lo siento, el primer ministro ha insistido una y otra vez... Eileen dejó el tazón vacío en la mesita de centro y se recostó en el sofá con las piernas recogidas.

¿Recuerdas cuando saliste en la tele?, dijo.

Simon seguía comiendo.

Como tres minutos, respondió.

Eileen se estaba tensando de nuevo la goma elástica del pelo.

Me llegaron unos cien mensajes esa noche diciendo ¡Tu amigo Simon está en la tele! Y una persona, no diré quién, pero cierta persona me mandó una foto de la pantalla, y el mensaje era algo en plan ¿Este es ese Simon del que hablas siempre?

Él, con los ojos puestos en el televisor, sonrió, pero no dijo nada. Eileen continuó hablando, observando su expresión.

En realidad no hablo tanto de ti. En fin, yo le respondí, sí, es él, y ella me respondió, palabra por palabra: no te lo tomes a mal, pero quiero un hijo suyo.

Simon se echó a reír.

No me lo creo, dijo.

Palabra por palabra, repitió Eileen. Te lo habría reenviado, solo que la parte de «no te lo tomes a mal» me molestó. O sea, ¿por qué me lo tendría que tomar a mal? ¿Acaso cree que tenemos una especie de amistad triste y no correspondida en la que yo, en el fondo, estoy enamorada de ti y tú no me haces ni caso? No soporto que la gente nos vea así.

Ahora Simon la miraba: su cara en escorzo, vuelta hacia la pantalla, la luz del techo reflejándose blanca en el pómulo y en la comisura del párpado.

Todos mis amigos piensan lo contrario, dijo él.

Ella puso una expresión divertida, sin apartar la vista del televisor.

¿Qué, que sientes por mí un amor no correspondido?, dijo. Qué curioso. No es que me importe, es bueno para mi ego. ¿Quién piensa eso? ¿Peter? Dudo que Declan lo piense.

El programa se acababa ya; estaban pasando los créditos. Mirando todavía la pantalla, Eileen continuó, con tono despreocupado:

Mira, ya sé que no quieres hablar de ello. Pero lo que has dicho antes, lo de sentirte solo… Yo estoy ahí a todas horas. Solo te lo digo porque quiero que sepas que no eres el único que se siente así. Si es que lo crees. Y te puedo decir que, siempre que me siento verdaderamente sola, tú eres la persona a la que llamo. Porque tienes un efecto tranquilizador en mí. Ya sabes, las cosas que acostumbrarían a preocuparme no parecen tan preocupantes cuando hablo contigo. En fin, lo que quiero decir es que si alguna vez quieres llamarme cuando te sientas así, puedes. Ni siquiera me tienes que decir por qué llamas, podemos hablar de otras cosas. Yo me quejaré de mi familia, seguramente. O puedo venir a verte y podemos hacer esto, ¿vale? No es que me tengas que llamar, está claro, pero puedes. Cuando quieras. Nada más.

Simon no apartó los ojos de ella mientras hablaba, y cuando terminó, se quedó en silencio un momento. Después, en un tono de voz dulce, amistoso, le dijo:

Eileen, ¿sabes, la otra noche al teléfono, cuando me dijiste que tenía que buscarme una esposa?

Ella se volvió hacia él, riendo.

Sí.

Él sonrió, con pinta alegre y cansada.

Tú te referías como a una persona nueva que iba a aparecer en mi vida y a casarse conmigo, dijo. Alguien a quien no conozco aún.

Y muy guapa, lo interrumpió. Una mujer más joven, creo que dijimos. No demasiado inteligente, pero con buen carácter.

Él asintió.

Exacto, dijo. Suena fantástico. Pero: tengo una pregunta. Cuando encuentre a esta esposa, de la que deduzco por el sentido de tus comentarios que no eres tú…

Desde luego que no soy yo, saltó Eileen, fingiendo indignación. Para empezar, yo soy mucho más culta que ella.

Simon siguió sonriendo.

Desde luego. Pero cuando la encuentre, quien quiera que sea, ¿seguiremos siendo amigos tú y yo?

Ella recostó la espalda en los cojines del sofá, como meditando la respuesta. Después de un silencio, respondió:

No. Creo que cuando la encuentres tendrás que renunciar a mí. Es más, podría ser incluso que renunciar a mí fuese el prerrequisito para encontrarla.

Tal como sospechaba, dijo él. No la encontraré jamás, entonces.

Eileen alzó las manos con asombro.

Simon, dijo. Seriedad. Esa mujer es tu alma gemela. Dios la trajo a este mundo para ti.

Si Dios quisiera que renunciase a ti, no me habría hecho quien soy.

Se miraron un momento el uno al otro. Ella se llevó la mano a la mejilla, tenía la cara ardiendo.

Entonces no vas a renunciar a nuestra amistad, dijo.

Por nada.

Eileen alargó la mano hasta acariciar la de Simon.

Yo tampoco renunciaría a ella, dijo. Y puedes estar seguro, porque no le has caído bien a ninguno de mis novios, y eso no me ha importado nunca lo más mínimo.

Simon se echó a reír, los dos se rieron. A medianoche, él apagó las luces de la cocina y Eileen fue a cepillarse los dientes. Asomó la cabeza desde el baño y dijo:

¿Ves?, claramente venía con segundas intenciones, porque me he traído el cepillo de dientes.

Lo siguió hasta el dormitorio y Simon cerró la puerta, al tiempo que decía algo inaudible. Eileen se rio, y su risa se oyó atenuada y cantarina a través de la puerta. El salón del apartamento reposó de nuevo silencioso y tranquilo en la oscuridad. Dos tazones vacíos habían quedado en el fregadero, dos cucharillas, un vaso con una leve huella de bálsamo labial transparente en el borde. Al otro lado de la puerta, el sonido de la conversación siguió murmullando, las palabras susurradas, indistintas, y hacia la una de la madrugada había caído el silencio. A las cinco y media el cielo empezó a clarear por la ventana del salón que daba al este, del negro al azul, y luego a un blanco plateado. Otro día. El graznido de un cuervo desde un cable de alta tensión en lo alto. El sonido de los autobuses en la calle.

16

Alice, ¿recuerdas que hace unas semanas o unos meses te mandé un email sobre el colapso de la Edad de Bronce? He seguido leyendo sobre el tema, y parece que, aunque se sabe poco sobre ese período, las interpretaciones académicas son más variadas de lo que me llevó a creer la entrada de Wikipedia. Sabemos que, antes del colapso, las economías palaciales ricas y alfabetizadas del Mediterráneo oriental comerciaban con bienes de precio exorbitante, y que al parecer se intercambiaban como regalos entre los gobernantes de los distintos reinos. Y sabemos también que después del colapso, los palacios quedaron destruidos o abandonados, que se perdieron las lenguas escritas y que los artículos de lujo dejaron de producirse en la misma cantidad o de transportarse a las mismas distancias. Pero ¿cuánta gente, cuántos habitantes de esta «civilización» vivían realmente en los palacios? ¿Cuántos llevaban joyas, bebían de copas de bronce, comían granadas? Por cada miembro de la élite, había miles de campesinos míseros y analfabetos que vivían de una agricultura de subsistencia. Tras el «colapso de la civilización», muchos se trasladaron a otros lugares, y puede que algunos muriesen, pero sus vidas, en términos generales, no debieron de cambiar mucho. Continuaron trabajando la tierra. A veces la cosecha era buena y a veces no. Y en otro rincón del continente, esas personas fueron tus ancestros y los míos: no los moradores palaciegos, sino los labradores. Nuestras complejas redes internacionales de producción y distribución ya han llegado a su fin otras veces, pero aquí estamos, tú y yo, y aquí está la humanidad. ¿Y si el sentido de la vida en la tierra no es un progreso eterno hacia algún objetivo indefinido: el diseño y la producción de tecnologías cada vez más poderosas, el desarrollo de formas culturales cada vez más complejas e ininteligibles? ¿Y si esas cosas no hacen más que emerger y retirarse de manera natural, como las mareas, pero el sentido de la vida sigue siendo siempre el mismo: vivir y estar con otras personas?

En cuanto a la revelación sobre Felix y tú: permíteme decir, como amiga tuya, que a pesar de todo el discurso previo en torno al amorfismo relacional y los vínculos afectivos experimentales, no me ha supuesto ninguna sorpresa. Si te trata bien le daré mi aprobación incondicional, y si no, seré su enemiga por siempre. ¿Te parece razonable? Pero seguro que te tratará bien.

No sé si ya te lo había comentado, pero hace unos años empecé a llevar un diario, que titulé «el libro de la vida». Empecé con la idea de escribir una entrada corta todos los días, una línea o dos, nada más explicando algo bueno. Supongo que con «bueno» debía de referirme a algo que me hiciese feliz o me reportase placer. El otro día volví a echarle un vistazo, y las primeras entradas son todas de aquel otoño, ahora hace casi seis años. Hojas de plátano secas correteando abarquilladas como garras por la South Circular Road. El sabor a mantequilla artificial de las palomitas del cine. El amarillo desvaído del cielo por la tarde, Thomas Street envuelta en bruma. Cosas así. No me salté un solo día en todo septiembre, octubre y noviembre de ese año. Siempre se me ocurría algo bonito, y a veces incluso hacía cosas a propósito para meterlas en el diario, como darme un baño o salir a pasear. En aquel momento, me sentía como si estuviese absorbiendo vida, y al final del día no tenía que esforzarme nunca por encontrar algo bueno que hubiese visto u oído. Me venía a la mente sin más, incluso las palabras venían, porque mi único objetivo era plasmar la imagen de manera clara y simple, para recordar después la sensación. Y al leer esas entradas ahora, sí que recuerdo lo que sentía, o al menos lo que vi y oí y noté. Andando por ahí, incluso un día malo, veía cosas: me refiero a las cosas que tenía delante. Las caras de la gente, el tiempo, el tráfico. El olor a gasolina del taller, la sensación de la lluvia cayendo sobre mí, cosas del todo cotidianas. Y en ese sentido hasta los días malos eran buenos, porque los sentía y recordaba haberlos sentido. Había cierta delicadeza en esa forma de vivir: como si yo fuese un instrumento y el mundo me tocara y resonara en mi interior.

Al cabo de un par de meses, comencé a saltarme días. A veces me quedaba dormida sin acordarme de escribir nada, pero otras noches abría el diario y no sabía qué escribir: no se me ocurría absolutamente nada. Cuando escribía algo, las entradas eran cada vez más verbales y abstractas: títulos de canciones, o citas de novelas, o mensajes de texto de amigos. En primavera, ya no era capaz de llevarlo al día. Empecé a abandonar el diario durante semanas seguidas —era un simple cuaderno negro y barato que había sacado del trabajo— y al final acabé cogiéndolo para mirar las entradas del año anterior. En ese punto, me resultó imposible concebir que pudiera volver a sentirme como me habían hecho sentir en su día, al parecer, la lluvia o las flores. No era solo que no consiguiera disfrutar con experiencias sensoriales: era que daba la impresión de que ya no las tenía. Iba caminando al trabajo, o salía a hacer la compra o lo que fuese y cuando volvía a casa no recordaba haber visto u oído la más mínima cosa peculiar. Supongo que veía pero no miraba: el mundo visual me llegaba apagado, como un catálogo informativo. Ya no contemplaba nunca las cosas, como hacía antes.

Volver a leer el diario ahora me deja una sensación extrañísima. ¿De verdad que fui así una vez? Una persona capaz de sumergirse en las impresiones más fugaces, y de dilatarlas de algún modo, de habitar en su interior y encontrar allí belleza y riquezas. Por lo visto sí: «fueron solo un par de horas, pero yo ya no soy esa persona». Me pregunto si el diario en sí, el proceso de escribirlo, me llevaba a vivir de esa manera, o si lo escribía porque quería registrar esa clase de experiencia mientras tenía lugar. He intentado recordar qué estaba sucediendo en mi vida entonces, por si podía ayudarme a comprender. Sé que tenía veintitrés, que acababa de empezar a trabajar en la revista, que tú y yo vivíamos juntas en ese piso horrible de The Liberties, y que Kate seguía en Dublín, y Tom, y Aoife. Íbamos juntas a fiestas, invitábamos a gente a cenar, nos pasábamos con el vino, nos enzarzábamos en discusiones. A veces Simon me llamaba por teléfono desde París y nos quejábamos de nuestros trabajos, y mientras nos reíamos oía a Natalie de fondo, guardando platos en la cocina. Por un lado, todos mis sentimientos y experiencias eran extremadamente intensos, y por otro, completamente triviales, porque ninguna de mis decisiones parecía tener consecuencia alguna, y nada en relación con mi vida —el trabajo, el piso, los deseos, los asuntos amorosos— daba la impresión de ser permanente. Sentía que todo era posible, que no había ninguna puerta cerrada tras de mí, que allí fuera, en algún lugar todavía desconocido, había gente que me querría y me admiraría y desearía hacerme feliz. Puede que eso explique en cierto modo lo abierta que estaba al mundo: tal vez sin saberlo, estaba proyectando mi futuro, buscando señales.

Hace un par de noches, volví a casa en taxi después de una presentación. Las calles estaban silenciosas y oscuras, el aire curiosamente quieto y templado, y en los muelles los edificios de oficinas estaban todos iluminados por dentro, y vacíos, y por debajo de todo, por debajo de la superficie de todo, comencé a sentirlo de nuevo: la cercanía, la posibilidad de belleza, como una luz irradiando suavemente desde más allá del mundo visible, iluminándolo todo. En cuanto comprendí lo que estaba sintiendo, intenté avanzar hacia allí en mis pensamientos, alargar la mano y asirlo, pero no hacía más que enfriarse un poco, o escapárseme, o escurrirse aún más lejos. Las luces de las oficinas vacías me habían recordado algo, y me había puesto a pensar en ti, a tratar de imaginar tu casa, creo, y recordé que me habías escrito un email, y al mismo tiempo iba pensando en Simon, en el misterio de su ser, y por algún motivo, mientras miraba por la ventanilla del taxi, empecé a pensar en su presencia física en la ciudad; que en algún lugar de la estructura de la ciudad, de pie o sentado, con los brazos puestos así o asá, vestido o desnudo, estaba presente, y Dublín era como un calendario de adviento que lo ocultaba tras alguna de sus millones de ventanas; y que la esencia del aire estaba impregnada, la temperatura estaba impregnada, de su presencia, y de tu email, y de este mensaje con el que te estaba respondiendo en mi mente ya entonces. El mundo parecía capaz de albergar estas cosas, y mis ojos eran capaces, mi cerebro era capaz, de incorporarlas y comprenderlas. Estaba cansada, era tarde, iba sentada medio dormida en el asiento trasero de un taxi, recordando por un impulso extraño que allá donde voy, tú vas conmigo, y también él, y que mientras vosotros dos estéis vivos el mundo será bello para mí.

No tenía ni idea de que habías estado leyendo la Biblia en el hospital. ¿Qué es lo que te llamó a hacerlo? ¿Y te sirvió? Me pareció muy interesante lo que decías sobre el perdón de los pecados. La otra noche le pregunté a Simon si le rezaba a Dios y me dijo que sí: «para darle las gracias». Y siento que si yo creyese en Dios, no querría postrarme ante él y rogarle perdón. Solo querría darle las gracias todos los días, por todo.

17

La tarde del segundo viernes de mayo, Felix se pasó ocho minutos en la cola de seguridad para salir del trabajo. Una persona había hecho saltar la alarma más adelante y la habían llevado a un cuarto anexo para registrarla. En la puerta, una hoja de papel decía: SOLO SUPERVISORES, ACCESO CON ID. La cola quedó detenida y se oyó el sonido de voces exaltadas saliendo del cuarto. Felix cruzó una mirada con la persona que tenía delante, pero ninguno de los dos dijo nada. Cuando al fin pasó por el escáner y se metió en el coche, eran ya las siete y trece minutos. El cielo estaba denso y blanco en lo alto, con rayos de luz que atravesaban aquí y allá las nubes bajas. Encendió el reproductor de CD, salió de la plaza de aparcamiento marcha atrás y se alejó del polígono.

Tras varios minutos por carretera, se desvió hacia una explanada de gravilla que se asomaba al mar. El edificio de madera del centro de atención turística que había a la entrada estaba cerrado, y no se veían más coches por allí. En una punta, un gran cartel amarillo mostraba información de interés histórico y geográfico. Felix estacionó en el extremo más alejado del aparcamiento, con el Atlántico extendiéndose gris y encrespado al otro lado del parabrisas. Se desabrochó el cinturón de seguridad y se bajó la cremallera del plumón negro que llevaba puesto, bajo el que apareció una sudadera de color verde descolorido con un pequeño logo bordado en blanco. Sacó el móvil del bolsillo, lo encendió, y luego abrió la guantera y empezó a liarse un porro. El teléfono emitió unos cuantos

zumbidos, mientras entraban los mensajes que le habían llegado estando en el trabajo, y sus ojos fueron saltando de aquí para
allá entre la pantalla apoyada en el regazo y el papel de liar
sobre el volante. Cuando terminó, sostuvo el porro apagado
entre los labios y fue bajando por los mensajes y notificaciones
en pantalla: varias alertas de redes sociales y notificaciones de
apps, y un mensaje directo, de su hermano Damian.

> Damian: A que hora sales hoy? Podrías pasarte por aquí, o pue-
> do llevarlo todo a tu casa si te va mejor, ya me dices

Felix reclinó el asiento del conductor, miró el revestimien-
to gris y afelpado del techo del coche y encendió el mechero.
Cerró los ojos un momento, inhalando, y luego cogió el móvil
y abrió el hilo de mensajes. El anterior lo había mandado Felix
el día antes, y decía: Mñn cdo salga, t llamo. Antes de eso, había
varias notificaciones de llamadas perdidas de Damian. Diez días
atrás, un mensaje de Felix: Hey perdona no estoy fuera. Se
quedó mirando el hilo, inexpresivo, y luego lo cerró. Pasó un
rato dando largas caladas y exhalando lentamente mientras revisaba el resto de notificaciones, que iba descartando o pulsan-
do sobre la marcha. Había recibido un mensaje nuevo a través
de una app de citas, que abrió en pantalla:

> Patrick: estas por aquí hoy?

Felix clicó sobre el nombre de «Patrick» y dio un repaso a
las fotos colgadas. En una imagen, un grupo de hombres po-
saban en un evento social abrazados por los hombros. En otra,
un hombre con barba aparecía arrodillado junto a una extensión de agua con un pez enorme en brazos; el cuerpo motea-
do e iridiscente a la luz del sol. Volvió al mensaje y escribió en
el campo de respuesta: «Igual si, que hay?» Sin pulsar el botón
de enviar, abrió de nuevo el mensaje que le había mandado
su hermano. Bloqueó el teléfono entonces y siguió fumando
y escuchando música. A ratos tarareaba o coreaba abstraído,

con voz ligera y agradable. Fuera, la lluvia empezó a golpetear en el parabrisas.

A las ocho menos cinco, lanzó la colilla por la ventana de un capirotazo y dio marcha atrás para salir del aparcamiento. Tenía los ojos algo vidriosos. A punto de llegar al pueblo, puso el intermitente, y luego cogió el móvil del salpicadero y lo miró entornando la vista. No había mensajes nuevos. Sin motivo aparente, apagó el intermitente y siguió recto. Un coche que venía detrás le pitó, y Felix murmuró con tono pacífico: Vale, muy bien, que te jodan. Dejó una mano en el volante y con la otra hizo una llamada de teléfono.

Después de un par de tonos, una voz respondió:

¿Sí?

¿Estás en casa?, preguntó Felix.

¿En la mía? Sí.

¿Liada?

No, para nada. ¿Por qué?

Acabo de salir de trabajar, dijo. He pensado que igual me podía pasar a verte si estabas por ahí. ¿Qué te parece?

Bueno, claramente estoy por aquí. Aquí mismo.

Llego en un minuto, entonces, dijo Felix.

Colgó y soltó el teléfono en el asiento del pasajero sin hacer ningún ruido. Tras unos minutos más siguiendo la carretera, una gran casa blanca apareció por la izquierda, y Felix encendió de nuevo el intermitente.

Llovía aún cuando llamó al timbre. Alice le abrió la puerta con un jersey de lana y una falda oscura. Iba descalza. Tenía los brazos cruzados sobre el pecho, y luego los descruzó. Felix se quedó plantado mirándola, se metió una mano en el bolsillo y guiñó ligeramente el ojo como si le costase enfocar.

Eh, dijo. ¿Molesto?

Ni remotamente. ¿Quieres pasar?

Ya que estoy aquí, supongo que sí.

Pasó adentro y cerró la puerta. Ella siguió hasta el salón, un espacio amplio, pintado de rojo, con un fuego encendido en la chimenea. Enfrente del fuego había un sofá, repleto de mantas y cojines de colores variados. Sobre la mesita de centro, un libro abierto, boca abajo, junto a una taza de té caliente. Felix se detuvo en el umbral mientras Alice seguía adelante.

Se ve todo muy acogedor, dijo.

Alice se apoyó contra el sofá y cruzó los brazos de nuevo.

¿Qué haces?, ¿leyendo?, preguntó Felix.

Sí.

Espero no molestar.

Ya me lo has dicho, respondió ella. Y te he dicho que no.

Ni uno ni otro añadió nada más. Felix bajó la vista a la alfombra de color beige, o a sus zapatos.

Hacía tiempo que no sabía nada de ti, dijo Alice al fin.

Nada sorprendido, dio la impresión, él siguió examinando la alfombra.

Ya, respondió.

Ella no dijo nada. Al cabo de un momento, Felix la miró de refilón.

¿Estás enfadada?

No estoy enfadada, no. Ha sido confuso. Sinceramente, daba por hecho que no querías volver a verme. Me preguntaba si había hecho algo mal.

Ah, no, dijo él, frunciendo el ceño. No hiciste nada. Mira, tienes razón, era consciente de que se iba pasando un poco el tiempo.

Ella asintió, inexpresiva.

¿Quieres que me vaya?, preguntó Felix.

Alice movió los labios de un lado a otro con incertidumbre.

No entiendo qué pasa exactamente, dijo. Pero igual es culpa mía.

Él pareció pensarlo un momento, o quizás solo aparentó hacerlo.

Bueno, no diría que sea todo culpa tuya, respondió después. Sé a qué te refieres. Creo que la culpa es compartida. No voy buscando grandes compromisos en la vida ahora mismo, si te soy sincero.

Comprendo.

Ya. Y con todo lo del viaje a Italia, pensé, no sé. Igual es mejor tomárselo con más calma.

Claro.

Felix se balanceó levemente sobre los talones.

Bueno, en fin, dijo. Me marcho, entonces, ¿no?

Si tú quieres.

Por un momento, no se movió; se quedó mirando distraído alrededor.

A ti ya te da igual, ¿no?

¿Cómo dices?

Felix respiró hondo por la nariz y repitió, despacio:

Que a ti ya te da igual, ¿o no?

¿Qué me da igual?

Me refiero a si me voy o me quedo. Si sabes de mí o no. Te da igual una cosa que otra.

Diría que salta a la vista que no, respondió ella. Eres tú el que dice que no le importa.

Pero no actúas como si a ti sí.

¿Qué quieres que haga?, preguntó Alice con una especie de sonrisa estupefacta, ¿que me ponga de rodillas y te ruegue que no te marches?

Felix rio para sí.

Buena pregunta. No sé, igual sí que quiero eso.

Bueno, pues no lo vas a tener.

Ya veo que no.

Cruzaron una mirada. Ella frunció el ceño, y él se volvió a reír, negó con la cabeza y apartó la vista.

Hay que joderse. Yo qué sé. ¿Por qué siempre me siento como si tú fueses la jefa y yo solo tuviese que hacer lo que me mandes?

No tengo ni idea de dónde sale eso. Creo que no te he dicho nunca lo que tienes que hacer.

Alice seguía observándolo, pero él la evitaba, con la vista perdida en dirección al zócalo.

Ya que estás aquí, ¿te apetece tomar algo?, propuso al fin.

Felix se encogió de hombros, mirando alrededor.

Sí, claro, por qué no, respondió.

Tengo una botella de vino fuera, ¿traigo copas?

Él frunció el ceño para sí y luego dijo:

Vale, sí. Se aclaró la garganta y añadió: Gracias.

Alice fue a la cocina, y mientras él se quitó la chaqueta, la colgó del respaldo de un sillón y se sentó en el sofá. Sacó el móvil del bolsillo y miró la pantalla, en la que aparecía una llamada perdida de Damian. Deslizó el dedo para abrir la notificación y escribió un mensaje:

Felix: Eh perdona no estoy en casa . T pego un toque mññ

En cuestión de segundos, llegó la respuesta:

Damian: Han pasado casi 3 semanas. Donde estas?

Felix arrugó la cara y empezó a teclear su respuesta, borrando y reescribiendo varias palabras a medida que avanzaba:

Felix: La semana pasada estuve fuera y esta trabajando, como te dije, mañana tengo libre, te llamo

Mandó el mensaje, bloqueó el móvil y se quedó mirando el fuego. Alice volvió al salón con dos copas vacías y una botella de vino tinto. Él la observó mientras abría la botella y llenaba ambas copas.

¿Ahora vamos a tener una de esas profundas conversaciones nuestras sobre la vida?, preguntó.

Ella le tendió una copa y se sentó en la otra punta del sofá.

Hum… Creo que todavía me estoy ubicando. No sé si me siento preparada para una conversación profunda.

Felix asintió y bajó la vista a la copa.

Me parece bien, respondió. ¿Qué quieres hacer, ver una peli o algo?

Sí, si quieres.

Alice le propuso que echase un vistazo a su cuenta de Netflix, y después de introducir la contraseña le pasó el portátil. Felix abrió una página del explorador mientras ella daba sorbos de vino contemplando el fuego. Fue deambulando con dos dedos por una sucesión de imágenes en miniatura, lanzándole como distraído a Alice alguna que otra mirada. Al final, le dijo:

Oye, no sé qué clase de películas te gustan, escoge tú algo. Mientras no tenga subtítulos, ya me va bien.

Le pasó el portátil y Alice lo cogió sin decir nada. Él cerró los ojos y echó la cabeza atrás, apoyado sobre el respaldo del sofá.

Dios, qué cansancio, dijo. Si me bebo eso ahora seguramente no debería conducir.

Ella siguió navegando.

Te puedes quedar esta noche si quieres.

Felix no respondió. La pantalla mostró una lista de categorías con títulos como «Películas emotivas aclamadas por la crítica», «Películas oscuras de suspense», «Series basadas en libros». Una rama seca crepitó en la chimenea y despidió una lluvia de chispas siseantes. Alice se volvió a mirar a Felix, que estaba muy quieto con los ojos cerrados. Lo observó unos segundos, y luego bajó la tapa del portátil. Él no se inmutó. Se quedó un rato sentada con las piernas cruzadas en el sofá, contemplando el jugueteo de las llamas en la chimenea y apurando el vino, y luego se levantó, apagó la luz del techo y se marchó.

Dos horas y media después, sentado en la misma posición, Felix despertó. El salón estaba a oscuras, salvo por los rescoldos del fuego. Se oía agua corriendo desde algún punto de la casa. Se incorporó, se limpió la boca y sacó el móvil del bolsillo. Eran casi las once; había recibido un único mensaje.

Damian: No me seas tonto Felix. Donde estas que no puedes llamarme ahora?

Felix empezó a escribir una respuesta. Tecleó «Y a ti que» y luego borró el «Y a ti» y siguió con «Que mas te», y luego se detuvo. Se quedó un rato sentado, con los ojos clavados en las ascuas que ardían lentamente en la chimenea y que proyectaban en su cara y en su ropa un brillo vivo y lustroso. Al final se levantó del sofá y se marchó del salón. En el pasillo había luz, y se detuvo al pie de la escalera con el ceño arrugado, como esperando a que se le acostumbraran los ojos. En la cocina, Alice estaba riendo, y decía en voz alta:

Ah, yo no dejaría que un pequeño detalle como ese me perturbara.

Felix avanzó por el pasillo y se detuvo junto a la puerta. Dentro, Alice estaba mirando en la nevera, de espaldas a él. La luz interior formaba un marco blanco y rectangular en torno a su cuerpo. Sujetaba el teléfono con una mano, y con la otra aguantaba la puerta de la nevera para que no se cerrara. Tal vez imitando inconscientemente su gesto, Felix apoyó la mano derecha en la jamba de la puerta de la cocina, mirando a Alice, en silencio. Ella siguió riendo.

Manda fotos, ¿quieres?, dijo.

Dejó que la puerta de la nevera se cerrara sola y fue hacia el fregadero. Delante de ella, la ventana oscura de la cocina reflejaba el interior iluminado de la estancia. Al levantar la vista, reparó en Felix, de pie detrás de ella. Sin sorprenderse, dijo al teléfono:

Te voy a tener que dejar, acaba de llegar alguien, pero nos vemos la semana que viene, ¿verdad?

Felix se quedó donde estaba, sin mirarla ya, con la vista clavada en el suelo.

Me gusta tenerte en ascuas, dijo Alice al teléfono. Hablamos pronto, buenas noches.

Dejó el móvil en la encimera y se volvió hacia Felix. Él, sin levantar la vista, se aclaró la garganta y dijo:

Perdona. He estado haciendo turnos raros, claramente estaba más cansado de lo que creía.

Ella le dijo que no se preocupara. Felix movió un poco la mandíbula, asintiendo. Alice siguió de cara a él un momento más, y luego, viendo que seguía sin mirarla, dio media vuelta y se puso a envolver un pan.

¿Has tenido un día muy largo en el trabajo?, le preguntó.

Como esforzándose por sonar divertido, Felix respondió:

Todos se hacen largos en ese sitio.

Ahora que ella estaba de espaldas, había vuelto a mirarla. Alice vació en el cubo de basura unas migas de pan de un plato blanco y pequeño.

¿Con quién hablabas?

Ah, con una amistad mía.

¿Con tu amiga Eileen?

No, dijo ella. Es curioso: Eileen y yo no hablamos nunca por teléfono. No, era un amigo mío que se llama Daniel, no creo que te lo haya mencionado. Vive en Londres, es escritor.

Felix siguió asintiendo para sí.

Diría que tienes un montón de amigos escritores, ¿no?

Unos cuantos.

Felix siguió en la puerta, restregándose bruscamente el párpado izquierdo con los dedos. Alice cogió una bayeta del fregadero y limpió el tablero de la mesa de la cocina.

Siento no haberte respondido en toda la semana, dijo.

No pasa nada, no te preocupes.

Lo pasé muy bien contigo en Italia, me sabe mal que pensaras que no.

Ya está, respondió ella. Yo también lo pasé bien.

Felix tragó saliva y se volvió a meter la mano en el bolsillo.

¿Me puedo quedar esta noche?, preguntó. La verdad es que creo que estoy demasiado ido para volver a casa en coche. Puedo dormir en el sofá, si quieres.

Alice dejó la bayeta de nuevo en el fregadero y le dijo que subiría a hacer una de las camas. Felix agachó la cabeza. Ella se acercó y le dijo, con voz afectuosa:

Felix, ¿estás bien?

Él respondió con una media sonrisa.

Sí, no me pasa nada. Solo estoy cansado.

Por fin la miró a los ojos y le dijo:

No quieres que nos acostemos, ¿verdad? Lo entiendo si ya no te atrae la idea, sé que he sido un poco capullo con el tema.

Ella levantó la vista, y sus ojos revolotearon por la cara de Felix.

Me sentí una tonta cuando vi que no me respondías, dijo. ¿Entiendes que me sintiera así o crees que soy una loca?

Felix, claramente incómodo ahora, le dijo que no creía que fuese ninguna loca, y que tenía intención de responderle el mensaje, pero que luego pasaron los días y empezó a darle cosa. Se masajeó el hombro con la mano mientras hablaba.

Mira, me voy, dijo. Puedo conducir, estoy perfecto. Además, al final no me he llegado a tomar esa copa de vino. Perdona que te haya interrumpido mientras hablabas, puedes llamar otra vez a tu amigo si quieres.

Preferiría que te quedaras, dijo ella. Conmigo, si es lo que quieres. No me importa.

¿No te importa, o quieres?

Quiero. Pero si luego me vuelves a hacer ghosting igual empiezo a sospechar que en el fondo me odias.

Felix pareció contento, y liberó el hombro del yugo de su mano.

No, me comportaré como es debido, dijo. Mañana recibirás un mensaje bonito y normal diciendo que lo pasé muy bien.

Ah, ¿eso es lo normal?, respondió ella, enarcando las cejas.

Bueno, a la última persona con la que estuve no le mandé ningún mensaje. Creo que tal vez esté enfadada conmigo por eso, no estoy seguro.

Igual tendrías que probar a presentarte en su casa de buenas a primeras y luego quedarte dormido dos horas en el sofá.

Él se llevó la mano al pecho, fingiéndose herido.

Alice, dijo. No te ensañes conmigo. Estoy avergonzado. Ven aquí.

Ella se acercó, y Felix le dio un beso. Cuando deslizó las manos por su cuerpo, Alice soltó un leve suspiro. El móvil empezó a vibrar en el bolsillo de Felix, el zumbido de una llamada entrante.

¿Lo quieres coger?

No, respondió él, da igual. Lo paro.

Se sacó el teléfono del bolsillo y clicó un botón para rechazar la llamada que llegaba del número de Damian. Luego siguió diciendo:

¿Sabes lo que me apetece de verdad? Quiero ir arriba y tumbarme en tu cama y que me cuentes todo lo que has hecho esta semana.

Alice le respondió que sonaba muy inocente.

Bueno, dijo él, te puedo ir quitando la ropa mientras, ¿qué te parece eso?

Ella se ruborizo, se llevó los dedos a los labios.

Si quieres.

Felix la miró con una especie de traviesa diversión.

¿Te estoy poniendo colorada? No me importaría, pero eres tú la que se gana la vida escribiendo libros verdes.

Alice le respondió que sus libros no eran verdes, y él le dijo que había leído en internet que sí que lo eran.

Y sé que no te da vergüenza hablar de sexo en público, porque te he visto, añadió. Ahí en el escenario, cuando estuvimos en Roma, hablaste de sexo.

Alice le dijo que eso era distinto, porque no era personal, solo abstracto. Felix la escudriñó con la mirada.

¿Te puedo preguntar…?, dijo, ¿te vas a Londres esta semana, o viene tu amigo para acá? No es por ser metomentodo, pero te he oído decir que os veríais la semana que viene.

Ella, sonriendo, le explicó que tenía que ir a Londres por trabajo.

Eres de la jet set, ¿eh? Aunque Londres es un poco mierda, así que no me dará ninguna envidia. Viví allí un tiempo.

El móvil empezó a vibrar de nuevo, y él soltó un suspiro y lo sacó otra vez del bolsillo.

No voy a preguntar quién es, dijo Alice.

Felix, presionando el botón, respondió distraído:

Ah, es solo mi hermano. No voy por ahí durmiéndome en el sofá de nadie a tus espaldas, no te preocupes.

Ella se echó a reír, y a Felix pareció gustarle. Se guardó el teléfono otra vez en el bolsillo.

¿Podemos ir arriba?, dijo. Si se nos hace mucho más tarde no te voy a servir para nada. Estoy hecho polvo.

Subieron al dormitorio de Alice y se sentaron juntos en la cama. Ella le cogió la mano y la besó, trazando una línea de besos a lo largo de los dedos, y luego se llevó la punta del índice a la boca. Felix no dijo nada en un primer momento, pero al cabo de unos segundos soltó: Ah, joder. Le metió el dedo corazón en la boca y ella lo recorrió por debajo con la lengua.

Alice, ¿te puedo preguntar..., te gusta con la boca? Si no, no pasa nada.

Ella le sacó los dedos y le dijo que sí.

¿Podemos ahora?, ¿te apetece?, preguntó él.

Con la boca entreabierta y relajada, Alice deslizó la mano bajo la cintura de sus pantalones de chándal. Se la metió en la boca, y él se tumbó de espaldas con la cabeza apoyada en las almohadas, mirándola. Un mechón de pelo claro le caía hacia delante y le tapaba parte de la cara. Los labios humedecidos, los ojos entornados. Le preguntó si estaba bien así.

Sí, me gusta, respondió él. Ven aquí un momento.

Ella subió y se puso a su lado, y Felix metió la mano bajo su falda. Alice cerró los ojos y se sujetó al cabecero de la cama.

¿Quieres ponerte encima?, preguntó él.

Ella asintió:

¿Con ropa o sin ropa?

Felix frunció el ceño, pensativo.

Sin, dijo. Pero yo me la dejaré puesta, si no te parece mal.

Ella se quitó el jersey, con una sonrisa burlona.

¿Es una demostración de poder?

Él le pasó la mano por detrás de la cabeza, mirándola mientras se desabotonaba la blusa.

No, solo estoy vago.

Alice se quitó la blusa y se desabrochó el sujetador.

¿Estoy guapa sin ropa?

Felix se tocaba la polla despacio sin apartar los ojos de ella.

Sí, sí que lo estás, respondió. ¿No te lo había dicho?

Se sacó la falda y las bragas por los pies.

Yo creo que de adolescente, sí, pero ya no.

Dejó la ropa colgando del borde de la cama y se colocó encima de él.

Me ha gustado tenerte en la boca, dijo.

Tenía los ojos cerrados. Felix la contemplaba desde abajo.

Es bonito que lo digas. ¿Qué es lo que te ha gustado?

Alice respiraba hondo.

Me daba miedo que fueses bruto conmigo, dijo, pero has sido muy tierno. Ni siquiera bruto, me refiero solo... a que me daba miedo que quisieses que intentara metérmela más, aunque yo supiese que no podía.

Él tenía la mano apoyada en su cadera.

Quieres decir... como en el porno.

Alice respondió que sí.

Ya, pero creo que esa es una habilidad bastante específica que tiene esa gente, dijo Felix. No esperaría que una persona cualquiera fuese capaz de hacerlo.

Con los ojos cerrados, Alice le dijo que si quería que aprendiese a hacerlo, a ella le gustaría probar. Sin dejar de mirarla, Felix le respondió:

No te preocupes por eso. Lo haces muy bien con la boca tal cual. ¿Cómo te gusta llamarlo, por cierto? ¿Prefieres otra manera?

Alice sonrió, le dijo que no tenía manías.

Pero tiene que haber alguna palabra que te corte el rollo. ¿No hay ninguna? O sea, que si dijese, quiero que me chupes la polla, seguramente no te gustaría.

Ella se rio y le dijo que no le importaría, pero que le sonaba más gracioso que sexy. Felix estuvo de acuerdo en que sonaba gracioso, y que parecía sacado de una película.

¿Tú le tienes manía a la palabra «follar»?, preguntó él. Alguna gente no la soporta, a mí me da igual. Pero si te dijese, quieres que follemos ya, ¿te echaría para atrás?

Alice dijo que no.

Vale, entonces déjame que te folle.

Apartó la mano, con los dedos mojados y brillantes, y le fue dejando huellas húmedas en la piel allí donde la tocaba. Cuando la punta de la polla entró dentro, Alice respiró muy hondo y le apretó el hombro. Felix seguía totalmente vestido, con la misma sudadera verde del logo bordado.

Eres muy pequeña, sin ropa, dijo. Creo que no te había visto tan pequeña hasta ahora.

Ella soltó un gemido y negó con la cabeza, sin decir nada. Felix se incorporó un poco más y la observó con atención.

¿Paramos un momento?, preguntó.

Alice, los ojos cerrados, cogía aire con respiraciones muy largas y lo soltaba lentamente.

No es nada, dijo. ¿Está toda?

Puede que porque ella no lo miraba, Felix se permitió sonreír.

Bueno, casi, respondió. ¿Estás bien?

Ella tenía la cara y el cuello rojos.

Es mucho, dijo.

Felix deslizó la mano cariñosamente por su cintura.

Mmm. Pero no duele, ¿no?

Creo que sí que dolió un poco la primera vez, respondió ella, todavía con los ojos cerrados.

Él le estaba acariciando el pecho con suavidad.

¿La primera vez que nos acostamos? No me lo dijiste.

Alice negó con la cabeza, frunciendo el ceño como concentrada.

No, respondió, pero no quería que parases, me gustaba. Me hace sentir muy llena.

Él se humedeció el labio, sin apartar la vista de su cara.

Me encanta hacerte sentir así.

Alice abrió los ojos y lo miró. Felix la tomó por las caderas y la apretó contra sí un poco, suave, hasta que estuvo por completo dentro de ella, que respiró muy hondo y asintió, mirándolo todavía. Estuvieron un par de minutos follando en silencio. Ella apretó fuerte los párpados y Felix le preguntó de nuevo si estaba bien.

¿Tú lo notas muy intenso?, dijo Alice.

Él la miraba con una expresión cándida en la cara.

Sí, respondió. No creo que pudieras ser más guapa de adolescente de lo que lo eres ahora, por cierto. Estás increíble, ahora mismo. Y tengo otra opinión sobre eso. Gran parte de lo que te hace tan sexy es tu manera de hablar, y detalles que tienes. Y apuesto a que no sabías comportarte con esa educación cuando eras más joven, ¿a que no? E incluso si te comportabas así, no es por dorarte la píldora, pero seguiría prefiriéndote tal como eres.

Alice respiraba entrecortadamente. Le buscó la mano, y él se la dio.

Me corro, dijo ella.

Le apretó la mano con fuerza.

Mírame un momento, dijo Felix en voz baja.

Alice lo miró. Tenía la boca abierta, y gritaba; el pecho y el cuello sonrosados. Él le devolvió la mirada, jadeante. Al fin, ella se dejó caer sobre su pecho, con las rodillas recogidas y pegadas a su cuerpo. Felix le acarició la espalda. Pasó un minuto, y luego cinco.

Eh, no te quedes dormida así, dijo. Vamos a tumbarnos bien.

Alice se restregó el ojo con el dorso de la mano y se separó de él, que se colocó bien la ropa mientras ella se echaba desnuda a su lado. Luego la cogió de la mano y se la besó.

Ha estado bien, dijo él, ¿verdad?

Ella acurrucó la cabeza en la almohada y se echó a reír.

No sabía que habías vivido en Londres.

Felix sonrió para sí, cogiéndola todavía de la mano.

Hay muchas cosas que no sabes de mí, respondió.

Alice arqueó los hombros voluptuosamente contra las sábanas.

Cuéntamelo todo, dijo.

18

¡Amiga del alma! Perdona la tardanza. Te escribo desde París, y acabo de llegar de Londres, donde tuve que ir a recoger un premio. No se cansan nunca de darme premios, ¿eh? Es una lástima que me haya cansado tan pronto de recibirlos, porque si no mi vida sería una eterna diversión. En fin, te echo de menos. Esta mañana estaba sentada en el Musée d'Orsay mirando ese encantador retratito de Marcel Proust y he deseado que lo hubiese pintado John Singer Sargent. Sale bastante feo en el cuadro, pero a pesar de este hecho desafortunado (¡e insisto que a pesar!) había algo en sus ojos que me ha recordado a ti. Seguramente fuese solo el brillo de la genialidad. «De hecho, mi inteligencia debía de ser una, y tal vez no exista más que una sola de la que todos somos coarrendatarios, una inteligencia a la que cada cual, desde el fondo de su cuerpo individual, dirige sus miradas, como en el teatro donde, si todo el mundo tiene su sitio, no hay en cambio más que un solo escenario.» Cuando leo esas palabras me entra una felicidad terrible, de pensar que tal vez comparta una inteligencia contigo.

En la planta de arriba del museo, me he dado cuenta de que hay varios retratos de Berthe Morisot, todos pintados por Édouard Manet. En cada uno Morisot tiene un aspecto un poquito distinto, así que cuesta imaginar cómo debía de ser en verdad: cómo combinaba cada matiz de su semblante en una cara humana completa y reconocible. Luego he buscado una foto suya y me ha sorprendido la solidez de sus rasgos, que en la obra de Manet resultan a menudo difusos o delicados. En uno de los cuadros, aparece atractiva, morena, escultural con un vestido blanco; está sentada en un balcón con otras dos figuras, el antebrazo relajado sobre la baranda, en la mano un abanico cerrado; tiene la mirada perdida, casi ceñuda, el rostro complejo y expresivo, está sumida en sus pensamientos. En otro, aparece con rasgos finos, bonita, contemplando al espectador con un sombrero negro de copa alta y un chal del mismo color, la mirada a un tiempo incierta y reveladora. Manet la pintó más veces que a ninguna otra modelo, más que a su propia esposa. Pero cuando miro los cuadros no siempre la encuentro inmediatamente hermosa. Su belleza es algo que tengo que buscar, que requiere de cierto trabajo interpretativo, de una labor intelectual, o abstracta, y puede que fuese eso lo que a Manet le resultaba tan fascinante; o puede que no. A lo largo de seis años, Morisot acudió a su taller con su madre de carabina, y él la retrataba, siempre vestida. En el museo tienen expuestos también algunos de los cuadros que pintó ella. Dos chicas compartiendo un banco en el Bois de Boulogne: una con un vestido blanco, y tocada con un sombrero de paja de ala ancha, con la cabeza inclinada sobre el regazo, puede que leyendo; y la otra con un vestido oscuro, el pelo largo y rubio recogido atrás con una cinta negra, revelando al espectador la oreja y el pálido cuello. Más allá, toda la borrosa y exuberante vegetación del parque público. Pero Morisot no pintó jamás a Manet. Seis años después de conocerlo, y por lo visto a sugerencia de este, se casó con su hermano. La pintó una sola vez después de eso; la alianza reluciendo oscura en su mano delicada, y luego nunca más. ¿A ti no te parece una historia de amor? Me recuerda a Simon y a ti. Y para acabar de delatarme, añado debidamente: ¡gracias a Dios que no tiene hermanos!

El problema de museos como el de d'Orsay, por cierto, y sin venir para nada a cuento, es que hay demasiado arte expuesto, así que da igual cómo de bien te planifiques el recorrido o cuán nobles sean tus intenciones: siempre terminas pasando irritada por delante de preciadísimas obras de talento infinito en busca del baño. Y al salir te sientes como degradada, parece que te hubieses decepcionado a ti misma; al menos a mí me pasa. Apuesto a que tú nunca buscas el baño en los museos, Eileen. Apuesto a que en cuanto entras en los salones sagrados de las grandes galerías europeas, dejas atrás ese tipo de realidades corporales; si acaso te acucian alguna vez, ya puestos. A ti no se te ve como un ser corpóreo, realmente, sino como un haz de puro intelecto. Y cómo desearía que tu fulgor iluminara un poco más mi vida en este momento.

Ayer por la tarde, di tres entrevistas y tuve una sesión de fotos de una hora, y entre dos de las entrevistas, me llamó mi padre para contarme que se había caído y que estaba otra vez en el hospital esperando una radiografía. Hablaba muy flojo, y tenía la voz pastosa. La llamada me llegó en el pasillo de las oficinas de mi editor en Montparnasse. Delante tenía la puerta del lavabo de señoras, y al lado, un cartel enorme de la edición en bolsillo del superventas de una autora francesa. Le pregunté a qué hora le habían programado la radiografía, pero no tenía ni idea. No sé ni cómo consiguió hacer la llamada. Cuando colgamos, volví directa por el pasillo y me metí en un despacho, donde una amable periodista de cuarenta y tantos procedió a hacerme una entrevista de una hora sobre mis influencias y estilo literario. La sesión de fotos posterior tuvo lugar en la calle. Varios transeúntes se pararon a mirar, curiosos tal vez por ver quién era yo y por qué me estaban haciendo una foto, mientras el fotógrafo me daba instrucciones del tipo: «Relaja la cara», «Intenta parecer más tú». A las ocho de la tarde, un coche me llevó a una sala de eventos en Montmartre, donde leí fragmentos del libro y respondí a las preguntas del público, entre sorbo y sorbo de una botellita de plástico con agua templada.

Esta mañana, cansada y desorientada, me he metido por una calle cercana al hotel y he terminado llegando y entrando a una iglesia vacía. Ahí me he pasado unos veinte minutos sentada, impregnada de la atmósfera lenta y grave de santidad, y he vertido unas pintorescas lágrimas por la nobleza de Jesús.

Todo esto para explicarte mi interés por el cristianismo: en pocas palabras, me fascina y me conmueve la «personalidad» de Jesús, de una forma bastante sentimental, se podría decir incluso que sensiblera. Todo en su vida me conmueve. Por un lado, siento hacia él una especie de atracción personal y de cercanía que se parece muchísimo a lo que me despiertan algunos estimados personajes de ficción; lo cual es lógico, teniendo en cuenta que lo he encontrado exactamente del mismo modo: esto es, leyendo sobre él en los libros. Pero, por otro lado, me hace sentir una humildad y una admiración de signo distinto. Creo que encarna una especie de belleza moral, y mi admiración por esa belleza me induce incluso a querer decir que lo «amo», aunque soy muy consciente de lo ridículo que suena eso. Pero Eileen, sí que lo amo, y no puedo fingir que sea solo ese mismo amor que siento por el príncipe Mishkin, o por Charles Swann, o por Isabel Archer. En realidad es algo distinto, un sentimiento distinto. Y aunque no «creo», propiamente, que Jesús resucitara después de muerto, también es cierto que algunas de las escenas más conmovedoras de los Evangelios, y algunas a las que vuelvo con más frecuencia, tienen lugar después de la resurrección. Me cuesta separar al Jesús que aparece después de la resurrección del hombre que aparece antes; me parece que comparten ambos un mismo ser. Supongo que lo que quiero decir es que, en su forma resucitada, sigue diciendo la clase de cosas que «solo él» podría decir, cosas que no puedo imaginar emanando de ninguna otra conciencia. Pero eso es lo más lejos que llego a plantearme su divinidad. Siento un afecto y una simpatía enormes por él, y me conmuevo cuando pienso en su vida y su muerte. Ya está.

En lugar de invadirme de paz espiritual, sin embargo, el ejemplo de Jesús solo sirve para que mi existencia parezca frívola y banal en comparación. En público, estoy siempre hablando de la ética de los cuidados y del valor del sentimiento de comunidad humano, pero en la vida real no me encargo de cuidar de nadie más que de mí misma. ¿Quién hay en el mundo que dependa de mí para nada? Nadie. Me puedo culpar de ello, y lo hago, pero creo también que el fracaso es general. Antes la gente de nuestra edad se casaba y tenía hijos y aventuras amorosas, y ahora todo el mundo sigue soltero a los treinta y comparte piso con personas a las que nunca ve. El matrimonio tradicional claramente no cumplía con su objetivo, y desembocó casi en todas partes en un tipo de fracaso u otro, pero al menos era una tentativa de algo, y no solo una triste y estéril usurpación de la posibilidad de vivir. Por descontado, si nos quedamos todos solos, y practicamos el celibato, y custodiamos con celo nuestras fronteras personales, se evitarán muchos problemas, pero me da a mí que tampoco quedará gran cosa por la que merezca la pena vivir. Supongo que podríamos decir que las antiguas formas de estar juntos eran erradas —¡lo eran!— y que no queríamos repetir los mismos errores de siempre —no queríamos—, pero cuando derribamos lo que nos tenía aprisionados, ¿con qué pensábamos reemplazarlo? No voy a hacer ninguna defensa de la monogamia heterosexual coercitiva, salvo por el hecho de que era al menos una forma de hacer cosas, una forma de llevar la vida a cabo. ¿Qué tenemos ahora, en su lugar? Nada. Y odiamos tanto más a la gente por cometer errores de lo que la amamos por obrar bien, que la manera más fácil de vivir es no hacer nada, no decir nada, no amar a nadie.

Pero: Jesús nos enseña a no juzgar. No puedo convenir con un puritanismo implacable o con la vanidad moral, pero no soy ni mucho menos perfecta ni en un aspecto ni en otro. Toda mi obsesión por la cultura, por las cosas «realmente buenas», por saber de grabaciones de jazz y de vino tinto y de muebles daneses, incluso de Keats, de Shakespeare y de James Baldwin, ¿y si es todo una forma de vanidad, o peor aún, una tirita sobre la herida primera de mis orígenes? He interpuesto entre mis padres y yo tal abismo de sofisticación que para ellos ya no es posible tocarme o llegar a mí de ningún modo. Y me vuelvo a mirar ese abismo, no con un sentimiento de culpabilidad o de pérdida, sino con alivio y satisfacción. ¿Soy mejor que ellos? Decididamente no, aunque tal vez sí más afortunada. Pero soy distinta, y no los entiendo muy bien, no soy capaz de vivir con ellos o de acercarlos a mi mundo interior; ni tampoco, de hecho, de escribir sobre ellos. Todos mis deberes filiales no son más que una serie de rituales por mi parte diseñados para protegerme de las críticas sin mostrar nada de mí. Me impresionó eso que decías en tu último email sobre el colapso de nuestra civilización y sobre cómo proseguía la vida después. Yo, sin embargo, soy incapaz de concebir mi vida así. Quiero decir que, pasara lo que pasase, ya no sería mi vida, en realidad. Porque en lo más profundo de mí, soy solo un artefacto de nuestra cultura, una simple burbujita centelleando al borde de nuestra civilización. Y cuando ella desparezca, desapareceré yo. Tampoco creo que me importe.

PS: Siento preguntar, pero dado que Simon dice que viene contigo: ¿he de preparar dos cuartos o uno?

19

El viernes por la mañana llovió, y Eileen cogió el bus para ir al trabajo. Ya se había terminado *Los hermanos Karamazov*, y ahora estaba leyendo *La copa dorada*, de pie en el autobús, cogida con una mano a la barra amarilla vertical y sujetando con la otra el ejemplar de bolsillo de la novela. Al bajar, se cubrió la cabeza con la bufanda y caminó un par de minutos hasta la oficina de Kildare Street bajo la lluvia. Dentro, sus compañeros se estaban riendo de un vídeo satírico sobre las negociaciones del Brexit. Eileen se acercó al ordenador en el que se habían reunido para verlo y miró a la pantalla por encima de sus hombros, mientras la lluvia resbalaba suave y silenciosamente por los cristales exteriores de las ventanas de la oficina.

Ah, este lo he visto, dijo. Es divertido.

Después preparó una jarra de café y se sentó a su mesa. Echó un vistazo al móvil y vio que tenía un mensaje de Lola sobre una «cata del pastel» para esa semana. Mañana por la noche estoy ocupada, pero el resto puedo, escribió Eileen. Dime tú cuándo te va bien. Lola le respondió al cabo de un par de minutos.

Lola: Que haces mañana

Eileen: Tengo planes

Lola: Jeje

Lola: Estas saliendo con alguien??

Eileen lanzó una ojeada por la oficina, como para asegurarse de que nadie la estuviese mirando, y luego se centró de nuevo en el móvil y siguió tecleando:

Eileen: sin comentarios

Lola: Es alto

Eileen: no es asunto tuyo
Eileen: pero sí mide 1,90

Lola: !!
Lola: Lo has conocido en internet?
Lola: Es un asesino en serie?
Lola: Aunque si mide 1,90 supongo que una cosa por otra

Eileen: esta entrevista ha finalizado
Eillen: avísame para la "cata de pastel"

Lola: Quieres venir con el a la boda?

Eileen: no será necesario

Lola: Por qué no??

Eileen dejó el móvil y abrió una ventana del explorador en el ordenador del trabajo. Se quedó un momento quieta, con los ojos clavados en el buscador de la página de inicio, y luego, con un movimiento rápido y ágil, tecleó las palabras «eileen lydon» y pulsó la tecla de retorno. Una lista de resultados apareció en pantalla, con una selección de imágenes en la parte superior. Una era una fotografía de la propia Eileen, intercalada entre un par de imágenes históricas en blanco y negro. El resto de resultados eran en su mayoría perfiles en redes sociales de otra gente, junto con algunas necrológicas y directorios profesionales. Al final de la página, había un enlace a la web de la revista con el texto: Eileen Lydon | Asistente editorial. Hizo clic en el enlace y se abrió una pestaña nueva. La descripción no incluía ninguna foto, y decía sencillamente: «Eileen Lydon es asistente editorial y colaboradora de la Harcourt Review. Su ensayo sobre las novelas de Natalia Ginzburg apareció en el Número 43, Invierno 2015». La última parte de la frase era un hipervínculo, y Eileen clicó encima, lo que la llevó a una página en la que podía comprarse online el número de la revista. Cerró la pestaña y abrió el correo del trabajo.

Esa noche, en casa, Eileen llamó a sus padres al fijo, y respondió su padre Pat. Estuvieron unos minutos hablando sobre una polémica política sin importancia que había salido ese día en las noticias, ambos con similar o incluso idéntico tono de desaprobación.

Dios quiera que haya elecciones pronto, dijo Pat.

Elieen le respondió que cruzaría los dedos. Él le preguntó qué tal en el trabajo.

Sin novedades, dijo ella.

Estaba sentada en la cama, sujetando el móvil con una mano y el otro brazo apoyado en las rodillas.

Te pongo con tu madre.

Se oyó entonces un chirrido, y luego lo que pareció un clic, y después la voz de Mary dijo en el auricular:

¿Hola?

Eileen forzó una sonrisa.

Hola, dijo. ¿Cómo estás?

Hablaron un momento del trabajo. Mary le contó una anécdota acerca de un miembro nuevo del claustro que había confundido a dos profesoras que se llamaban ambas señorita Walsh.

Qué gracia, dijo Eileen.

Después de eso hablaron de la boda, de un vestido que Eileen había visto en un escaparate, de dos pares de zapatos entre los que Mary estaba dudando y por último pasaron a los temas del comportamiento de Lola, de las reacciones de Mary ante el comportamiento de Lola y de las actitudes de fondo que evidenciaban las reacciones de Mary ante el comportamiento de Lola.

Si Lola estalla contigo, esperas que me ponga de tu lado, dijo Eileen. Pero cuando ella estalla conmigo, dices que no es cosa tuya.

Mary soltó un sonoro suspiro en el auricular.

Vale, vale, dijo. Soy un desastre, os he fallado a las dos, ¿qué más quieres que te diga?

No, yo no he dicho nunca eso, respondió Eileen, muy seria.

Después de un silencio, Mary le preguntó si tenía planes para el fin de semana. Con voz cauta, ella le dijo que había quedado con Simon el sábado por la noche.

¿Sigue con la novia nueva?, preguntó Mary.

Eileen cerró los ojos y le respondió que no lo sabía.

Tú estabas mucho por él en su día, dijo Mary, pero Eileen se quedó callada. ¿Verdad que sí?, la espoleó.

Eileen abrió los ojos.

Sí, madre.

Con voz sonriente, Mary prosiguió:

Es un chico guapo, ya lo creo. Aunque debe de tener los treinta cumplidos, ¿no? Seguro que a Andrew y a Geraldine no les importaría verlo sentar la cabeza.

Eileen se estaba frotando la yema del dedo con un adorno bordado de la colcha.

Igual se casa conmigo, dijo.

Mary soltó una carcajada de sorpresa.

Ay, qué mala eres, dijo. Pues ¿sabes?, viendo cómo lo tenías comiendo de tu mano, no me extrañaría. ¿Ese es tu nuevo plan?

Eileen replicó que no era ningún «plan».

Bueno, serías una mujer afortunada, dijo Mary.

Ella asintió un momento en silencio.

¿Y él no sería un hombre afortunado?, preguntó después.

Mary volvió a reír.

A ver, Eileen, ya sabes que te tengo en un pedestal. Pero no puedo decir otra cosa, porque eres mi hija.

Siguió recorriendo con el índice las líneas peladas y rugosas del bordado.

Si no puedes decir otra cosa, ¿cómo es que no te lo he oído decir literalmente nunca?

Mary ya no se reía.

Bueno, guapa, dijo. No te entretengo más. Que pases buena noche. Te quiero.

Después de colgar, Eileen abrió una app de mensajería en el móvil y seleccionó el nombre de Simon. Apareció en pantalla su conversación más reciente, del día antes, y volvió arriba para releer los mensajes en orden.

Eileen: mándame una foto de tu cuarto

El siguiente mensaje era una foto del interior de una habitación de hotel, con una cama doble ocupando casi todo el espacio. Encima había un edredón morado y una manta plegada de un tono morado distinto.

Eileen: y ahora otra contigo dentro…

Simon: Jaja
Simon: "Consultor político pillado enviando imágenes explícitas desde la ceremonia de conmemoración de la Guerra de la Independencia"

Eileen: para qué luchó el IRA, si no para que fuésemos libres, Simon?

Simon: "Es lo que los chicos habrían querido", insiste el exasesor caído en desgracia

Eileen: ah antes de que se me olvide
Eileen: sabías que Alice esta en París esta semana?

Simon: No lo dirás en serio
Simon: ¿Dónde cogió el vuelo?

Eileen: no lo decía pero tiene que ser Dublín

Simon: La mujer misteriosa internacional

Eileen: ah dios NO digas eso
Eileen: es exactamente lo que quiere que diga la gente

Simon: No, solo espero que esté bien
Simon: Si vuelvo pronto hoy te llamo, ¿vale?

Eileen había respondido a eso con el emoji del pulgar arriba. No habían intercambiado más mensajes después. Salió del hilo y volvió a la página de inicio de la app de mensajería. El dedo sobrevoló un momento el botón de cerrar, pero luego, en lugar de eso, como por un impulso, clicó en el nombre de Lola. El mensaje más reciente, de unas horas antes, se mostró en pantalla: Por que no?? Eileen empezó a teclear una respuesta con los pulgares.

Eileen: porque él ya estará ahí

Pulsó enviar, y casi al instante, un icono indicó que Lola había «visto» el mensaje. Aparecieron los puntos suspensivos animados, y en cuestión de segundos, llegó una respuesta:

Lola: Ay dios mío
Lola: Hablando de asesinos en serie
Lola: Por favor dime que no es Simon Costigan

Eileen recostó la espalda en el cabecero de la cama, tecleando.

Eileen: no veas

Eileen: con la de años que han pasado y sigues cabreada por que yo le guste mas que tu

Lola: Eileen

Lola: No vas a salir en serio con ese bicho raro verdad

Eileen: eso a ti ni te va ni te viene

Lola: Tienes presente que va a confesarse no

Lola: O sea que le cuenta literalmente sus malos pensamientos a un cura

Eileen: ok

Eileen: en primer lugar, creo que confesarse no consiste exactamente en eso

Lola: Me apuesto lo que quieras a que resulta ser un pervertido sexual

Lola: Esta claro que le molabas cuando tenías 15

Lola: Y el tenía por lo menos 20

Lola: Me pregunto si le habrá contado eso a algún cura

Eileen: me parto

Eileen: en toda nuestra vida, solo le he gustado más que tu a literalmente un hombre

Eileen: y sigues sin poder superarlo

Lola: Lo que tú digas chica

Lola: Pero no vengas a llorarme cuando estés casada y preñada

Lola: Y empiecen a desaparecer misteriosamente colegialas en el vecindario......

Eileen se quedó unos segundos mirando la pantalla del móvil, meciendo la cabeza a un lado y a otro distraída, y luego volvió a teclear:

Eileen: sabes por que no lo soportas Lola?

Eileen: porque es la única persona que se ha puesto jamás de mi lado contra ti

Lola vio el mensaje, pero no aparecieron los puntos suspensivos, y tampoco llegó ninguna respuesta. Eileen bloqueó el teléfono y lo apartó, empujándolo a la otra punta de la cama. Estiró las piernas, abrió la tapa del portátil y empezó a escribir un email para Alice. Veinte minutos después, el móvil vibró y volvió a cogerlo.

Lola: Lol literal

Al leer el mensaje, Eileen respiró hondo y dejó que se le cerrasen los ojos. Poco a poco, el aire salió de su cuerpo y se reintegró al cuarto. Su aliento se mezcló con el aire del dormitorio, desplazándose por el aire del dormitorio y dispersándose, gotículas y partículas microscópicas de aerosol esparciéndose por el aire del dormitorio y cayendo despacio, despacio, hacia el suelo.

Hacia las diez de la noche siguiente, Eileen estaba en la cocina de una casa de Pimlico, bebiendo whisky de un vaso de plástico y charlando con una mujer llamada Leanne.

Las horas se hacen muy largas, sí, estaba diciendo Leanne. Me quedaba hasta las nueve varias veces por semana, además.

Eileen llevaba una blusa negra de seda y una cadenita de oro al cuello que destellaba bajo la lámpara del techo. Llegaba música desde el salón, y a su lado, en el fregadero, alguien estaba intentando abrir una botella de cava. Eileen dijo que salía antes de las seis casi todas las tardes. Leanne soltó una risa aguda, casi escandalizada.

Dios, dijo. ¿A las seis de la tarde? ¿Dónde decías que trabajabas?

Eileen le respondió que trabajaba en una revista literaria. Paula, que era la anfitriona de la fiesta, se acercó y les ofreció cava. Eileen alzó la copa y dijo:

Ya tengo, gracias.

Sonó el timbre de la puerta, y Paula dejó la botella y se alejó de nuevo. Leanne empezó a contarle a Eileen las noches que se había quedado hasta tarde en la oficina últimamente, cómo en una ocasión había tenido que coger un taxi a casa a las seis y media para volver al trabajo en otro taxi dos horas después.

Eso no puede ser bueno para la salud, dijo Eileen.

Se abrió la puerta de la cocina, y Leanne se volvió a ver quién había entrado. Era Simon, con una chaqueta camisera blanca y una bolsa de lona colgada al hombro. Al verlo, Leanne soltó una exclamación de bienvenida. Desplegó los brazos de par en par, y él dejó que lo estrechase, mirando a Eileen con una sonrisa por encima de su espalda.

Hola, dijo. ¿Cómo estamos?

Dios, hacía siglos, dijo Leanne. Mira, ¿conoces a Eileen, la amiga de Paula?

Eileen estaba de pie, apoyada en la mesa de la cocina y acariciando distraída el collar con la punta del dedo, mirándolo.

Ah, dijo él, nos conocemos bastante bien, de hecho.

Eileen se echó a reír, y se pasó la lengua por el labio.

Ay, lo siento, respondió Leanne. No lo sabía.

Simon sacó una botella de vino de la bolsa, al tiempo que decía con tono relajado:

No, no pasa nada. Eileen y yo crecimos juntos.

Sí, Simon me tenía mucho cariño cuando yo era un bebé, dijo Eileen. Me paseaba en brazos por el jardín y me daba besitos. Eso cuenta mi madre.

Simon sonrió para sí mientras descorchaba la botella de vino.

Ya con cinco años tenía un gusto exquisito, dijo. Solo los bebes más selectos pasaban la criba.

Con la mirada saltando del uno al otro, Leanne le preguntó a Simon si seguía trabajando en Leinster House.

En pago por mis pecados, respondió él. ¿Hay alguna copa por ahí?

Leanne le dijo que estaban todas sucias, pero que había algunos vasos de plástico encima de la mesa.

Ya cojo una sucia y la lavo, dijo.

Eileen informó a Leanne de que Simon había dejado de usar vasos de plástico, por respeto a la Madre Tierra.

Me hace quedar como alguien insufrible, ¿eh?, dijo él, aclarando una copa de vino bajo el chorro de agua fría. Pero cuéntame, Leanne, ¿qué tal va el trabajo?

Leanne empezó a contarle, con referencias concretas a algunos colegas suyos que eran amigos de Simon. Un hombre con chaqueta tejana entró desde el patio. Cerró la puerta y dijo en voz alta, sin dirigirse a nadie en particular:

Ahí fuera empieza a refrescar.

Eileen reconoció a su amigo Peter al otro lado de la puerta de la cocina. Lo llamó y fue hacia él saludándolo con la mano. Echó un ojeada atrás por encima del hombro y vio a Simon y Leanne metidos en conversación: Simon apoyado en la encimera, Leanne de pie enfrente de él, enroscando un mechón de pelo entre los dedos.

El salón era pequeño y apenas había espacio, con una escalera a un lado y plantas en las estanterías; las hojas colgaban por los lomos de los libros. Peter estaba junto a la chimenea, quitándose la chaqueta mientras comentaba con Paula la misma polémica política de la que había hablado Eileen con su padre la noche antes.

No, nadie queda bien parado, estaba diciendo Peter. Bueno, salvo el Sinn Féin, obviamente.

Alguien había conectado su móvil a los altavoces y empezó a sonar una canción de Angel Olsen, al tiempo que por el pasillo entraba su amiga Hannah. Peter y Eileen dejaron que la conversación se fuese apagando mientras Hannah se dirigía hacia ellos, con una botella de vino cogida del cuello y pulseras tintineando en las muñecas. Nada más llegar, empezó a contarles un problema que había tenido con la puerta del garaje de su casa al mediodía, cuánto rato habían estado esperando a que se presentara el operario, y cómo había acabado llegando tarde a la cita para comer con su madre en el centro. Mientras la escuchaba, los ojos de Eileen viraron de nuevo hacia la puerta de la cocina, donde la figura de Simon seguía siendo parcialmente visible, todavía apoyada en la encimera, pese a que ahora se le habían sumado otras personas. Siguiendo su mirada, Peter dijo:

El pez gordo. No sabía que había venido.

Hannah había cogido un vaso de plástico limpio de la mesita y se estaba sirviendo algo de beber. Les preguntó que de quién hablaban, y Peter le respondió que de Simon.

Ah, espero que haya traído a Caroline, dijo Hannah.

Al oír el comentario, la atención de Eileen saltó rápidamente de la puerta de la cocina a Hannah.

No, dijo Paula, hoy, no.

Hannah estaba enroscando el tapón de la botella bajo la mirada de Eileen.

Qué pena, dijo Hannah. Dejó la botella en la mesita y sus ojos se cruzaron con los de Eileen.

¿Tú ya la conoces, Eileen?, le preguntó.

Caroline, repitió ella. ¿Es la…?

La chica con la que sale Simon, dijo Paula.

Eileen sonrió, con cierto esfuerzo perceptible.

No, respondió. No, aún no nos conocemos.

Hannah dio un trago de vino y siguió hablando:

Pues es genial. Te va a encantar. Tú sí que la conoces, ¿verdad, Peter?

Sí, me pareció maja, dijo, volviéndose como para dirigirse a Eileen. Y solo tiene diez años menos que él, así que ya es un paso.

Eres malísimo, replicó Hannah.

Eileen soltó una risa crispada.

Yo nunca llego a conocerlas, dijo. Por algún motivo, no le gusta presentármelas, no sé por qué.

Qué curioso, comentó Peter.

Estoy segura de que no es así, dijo Hannah.

Peter siguió hablando para Eileen:

Porque, en fin, vosotros dos siempre me habéis generado un pequeño interrogante.

Hannah reaccionó con una risa escandalizada y cogió a Eileen por el brazo.

No le hagas caso, dijo. No sabe lo que dice.

Su amiga Roisin se acercó para unirse a ellos. Quería saber la opinión de Peter sobre la misma polémica política que habían estado comentando antes. Cuando Eileen fue a la cocina a medianoche para servirse otra copa, se detuvo a mirar por la ventana de atrás, donde se distinguía vagamente la figura de Simon, hablando con la mujer llamada Leanne. Un cigarrillo le colgaba con descuido entre el índice y el corazón, y con la otra mano estaba tocando el cuello de la camisa de Simon. Eileen dejó la botella y salió de la cocina. En el salón, Roisin estaba sentada sobre las rodillas de Peter para escenificar una anécdota divertida. Eileen se quedó de pie junto al sofá, dando sorbos, sonriendo en el punto culminante mientras los demás reían. Luego fue al recibidor y cogió su chaqueta de debajo de otras cuantas que habían dejado colgadas del mismo gancho. Salió por la puerta y cerró tras de sí. Fuera hacía fresco. Atrás, la ventana del salón de la casa de Paula estaba iluminada, un color dorado intenso y cálido, y de dentro llegaba el ruido amortiguado de la música y las voces. Eileen sacó el móvil del bolsillo. El reloj marcaba las 00.08. Cruzó la verja y se metió las manos en los bolsillos de la chaqueta.

Antes de llegar a la esquina de la calle, la puerta de la casa de Paula volvió a abrirse y Simon salió al peldaño de la entrada. La llamó sin cerrar la puerta:

Eh, ¿te marchas ya?

Eileen se dio la vuelta. Entre ellos, la calle estaba desierta y oscura, los capós curvos de los coches aparcados reflejaban tenuemente las luces de las farolas.

Sí, respondió ella.

Simon se quedó un momento ahí, solo mirándola, tal vez frunciendo el ceño.

Bueno, ¿te puedo acompañar?

Ella se encogió de hombros.

Espera un momento, dijo él.

Simon volvió adentro y ella lo esperó con las manos en los bolsillos, los codos apuntando afuera, los ojos clavados en la superficie agrietada de la acera. Cuando salió de nuevo y cerró, el ruido resonó en los muros de la hilera de casas de enfrente. Se agachó y soltó su bicicleta de la baranda del jardín de Paula, y luego se guardó el candado y la llave en la bolsa de lona que llevaba consigo. Ella lo observaba. Simon enderezó la espalda y fue a su encuentro empujando la bici.

Eh, dijo. ¿Va todo bien? Eileen asintió. Te has ido así de repente, dijo. Te estaba buscando.

No puedes haber tardado mucho, respondió ella. Es una casa pequeñísima.

Simon sonrió algo descolocado.

No, bueno, acababas de irte. Estás solo a quince metros de la puerta.

Eileen echó de nuevo a andar, y Simon avanzó a su lado, con la bici claqueteando suavemente entre ambos.

Ha estado bien que Leanne intentara presentarnos antes, dijo él.

Sí, y ya he visto que ella se ha llevado un abrazo. Yo, ni un apretón de manos.

Simon se echó a reír.

Ya, me he portado muy bien, ¿verdad que sí? Pero creo que lo ha pillado.

Tú crees, dijo Eileen con voz monótona.

Él bajó la vista hacia ella, otra vez con el ceño fruncido.

Bueno, no quería que te sintieras incómoda, respondió. ¿Qué te parece que tendría que haber dicho? Ah, Eileen y yo no necesitamos presentación. De hecho, somos amantes.

¿Y lo somos?

Hum. Supongo que es una de esas palabras que ya no usa nadie.

Llegaron a la esquina de la calle y giraron a la izquierda para salir de la urbanización y volver a la calle principal. Sobre sus cabezas, árboles larguiruchos plantados a intervalos a lo largo de la acera, en pleno esplendor. Eileen llevaba todavía las manos en los bolsillos. Se aclaró la garganta, y a continuación dijo en voz alta:

Tus amigos me estaban diciendo justamente lo genial que es Caroline. La chica con la que sales. Parecen tenerle todos mucho cariño, está claro que ha causado muy buena impresión.

Simon la iba mirando mientras hablaba, pero ella llevaba la vista clavada en la acera.

Ajá, dijo él.

No tenía presente que se la hubieses presentado a todo el mundo.

A todo el mundo, no, dijo él. Ha venido a tomar algo con nosotros un par de veces, nada más.

Dios, murmuró Eileen con voz casi inaudible.

Ninguno de los dos volvió a decir nada en un rato.

Yo te dije que estaba saliendo con alguien, continuó él al fin.

¿Soy la única de todos tus amigos que todavía no la conoce?

Sé la impresión que da, pero te aseguro que he intentado hacer las cosas bien. Es solo que… En fin, no es precisamente una situación fácil.

Eileen soltó una risa cortante.

Sí, debe de ser duro, dijo. No te puedes follar a todo el mundo, ¿verdad? O sí que puedes, pero al final la cosa se pone rara.

Simon pareció considerarlo. Al cabo de un momento, respondió:

Mira, entiendo que estés disgustada, pero no sé si estás siendo del todo justa.

No estoy disgustada, dijo ella.

Él volvió la vista al frente, hacia la calle. Los segundos transcurrieron en silencio mientras caminaban, los coches pasaban de largo por la calle. Simon habló al fin:

No sé, cuando te pedí que saliésemos en febrero me dijiste que querías que fuésemos solo amigos. Y tú en ningún momento, y no pretendo acusarte de nada, solo te doy mi perspectiva…, tú no mostraste en ningún momento ningún interés por mí hasta que te conté que estaba saliendo con alguien. Me puedes corregir si me equivoco.

Eileen tenía la cabeza gacha, el largo perfil de su nuca asomando por el cuello de la chaqueta, los ojos clavados en el suelo. No dijo nada.

Y cuando supiste que estaba saliendo con alguien, siguió diciendo él, decidiste que te apetecía flirtear conmigo, y me llamas por teléfono de noche, vale, y luego quieres venir a casa cuando estoy en la cama, y tonteamos o lo que sea, no pasa nada, a mí no me importa. Que yo vea, he sido muy claro contigo: hay otra persona, pero no tenemos una relación exclusiva, así que si quieres pasar la noche en mi casa no hay ningún problema. No te presiono para que tomes ninguna decisión sobre lo que somos el uno para el otro, me conformo con que pasemos tiempo juntos y veamos cómo van las cosas. Por todo lo que decías, yo deduje que querías eso. Y ha estado muy bien, para mí, al menos. Entiendo perfectamente que te resulte incómodo oír hablar a nuestros amigos de una persona con la que estoy saliendo, pero no es que no tuvieses ni idea de su existencia.

Mientras Simon decía todo esto, Eileen se llevó la mano a la cara y se apartó el pelo de la frente con gesto brusco; la tensión visible en sus hombros, en el cuello, en los movimientos abruptos, casi espasmódicos de los dedos.

Dios, repitió. Mira que eres cristiano.

¿Qué significa eso?

Con una risa que sonó casi aterrorizada, Eileen dijo:

No me puedo creer que haya sido tan idiota.

Se habían detenido a la entrada de un bloque de pisos, bajo una farola. Simon la miraba con gesto preocupado.

No, dijo. No has sido ninguna idiota. Y lo siento si te he disgustado. Es lo último que quería, te lo aseguro. Ni siquiera he quedado con Caroline esta semana. Si te di a entender que lo había dejado con ella después del fin de semana pasado, lo siento de verdad.

Ella se tapó la cara, restregándose los ojos, y su voz, cuando habló, sonó amortiguada y difusa.

Uf, Dios, murmuró. Solo creía que… No, ni siquiera sé lo que creía.

Eileen, ¿qué quieres tú? Porque si de verdad quieres que estemos juntos, puedo dejarlo con Caroline en cualquier momento. Yo estaría encantado, más que encantado. Pero si no es así, si solo estamos tonteando y pasándolo bien, pues, no sé. No me voy a quedar soltero el resto de mi vida solo porque a ti te vaya mejor. Tengo que…, en algún momento, tengo que dejar eso atrás. ¿Entiendes lo que digo? Solo estoy intentando averiguar qué es lo que quieres.

Eileen cerró los ojos, se quedó callada varios segundos. Y luego dijo, en voz baja y monocorde:

Quiero irme a casa.

Claro. ¿Quieres decir ya?

Ella asintió, los ojos todavía cerrados.

Lo más rápido seguramente será seguir caminando, dijo. ¿Te parece? Te acompaño hasta la puerta.

Ella respondió que sí. Se dirigieron a Thomas Street en silencio, y luego torcieron a la izquierda y siguieron andando hacia St. Catherine. En el semáforo había unos cuantos coches parados con el motor en marcha, y un taxi con la luz de libre encendida. Sin intercambiar palabra, cogieron Bridgefoot Street y cruzaron el puente por Usher's Island. La luz de las farolas se fragmentaba y disolvía sobre la superficie negra del río. Al fin llegaron a la entrada del edificio de apartamentos de Eileen y se detuvieron juntos bajo la marquesina en forma de arco del portal. Simon la miró, y ella, con la cabeza recta, le devolvió la mirada. Después de respirar hondo, dijo con esfuerzo:

Olvidemos esto, ¿quieres?

Él espero un momento, como para dejarla continuar, pero Eileen no añadió nada más.

Perdona si parezco tonto, respondió, pero ¿olvidar qué, quieres decir?

Ella siguió mirándolo, tenía la cara flaca y pálida.

Supongo que todo el asunto, dijo. Podemos volver a ser amigos.

Simon comenzó a asentir mientras ella lo observaba.

Claro, dijo. Está bien. Me alegro de que lo hayamos hablado. Hizo una pequeña pausa y luego añadió: Siento que hayas pensado que te estaba ignorando en casa de Paula. Tenía muchas ganas de verte, muchas. No era mi intención que te sintieses ignorada. Pero ya está. Me voy para casa, ¿vale? Igual no coincidimos esta semana, pero en todo caso, nos vemos en la boda.

Ella dio la impresión de tragar saliva, y luego le preguntó, vacilante:

¿Estará Caroline? Dijiste que te estabas planteando ir con ella.

Simon levantó la vista entonces, insinuando una sonrisa.

Ah, no, respondió. Al final no llegué a invitarla. Pero si era lo que querías, me lo podrías haber dicho directamente. No hacen falta tácticas tan sofisticadas.

Ella apartó la cara, negando con la cabeza.

No, no era eso, dijo.

Él la observó todavía un momento más, y luego le dijo en tono amistoso:

No te preocupes. Nos vemos pronto.

Se marchó; las ruedas de la bicicleta mullidas y silenciosas sobre la superficie pavimentada de la calle.

Eileen sacó las llaves del bolsillo, y tan pronto entró en el edificio subió directa por las escaleras hasta su piso. Abrió la puerta del dormitorio de un empujón, a ciegas, y la cerró de un portazo, y después se tiró en la cama y rompió a llorar. Tenía la cara encendida, le asomaba una vena en la sien. Se abrazó las rodillas contra el pecho y sollozó con un quejido doloroso y estrangulado en la garganta. Se quitó uno de los zapatos planos de piel y lo lanzó con fuerza contra la pared. El zapato cayó desmayadamente en la moqueta. Soltó un ruido que rozó casi el grito, y luego se tapó la cara con las manos, negando con la cabeza. Pasó un minuto. Dos minutos. Se sentó recta y se enjugó la cara, y al hacerlo se emborronó de rímel negro los ojos y las manos. Tres minutos, cuatro. Se levantó, fue a la ventana y miró por entre las cortinas. Los faros de un coche pasaron de largo. Tenía los ojos rojos e hinchados. Se los restregó una vez más con la mano y sacó el móvil del bolsillo. Eran las 00.41. Abrió una app de mensajería y clicó sobre el nombre de Simon. Una conversación de horas antes apareció en pantalla. En el campo de respuesta, Eileen escribió despacio las palabras: *Hostia puta Simon te odio*. Revisó con detenimiento el mensaje, y luego, con aparente deliberación, añadió: *O sea que en tu cabeza llevábamos toda la semana nada mas que «pasandolo bien» y tu has estado todo el tiempo viéndote con otra persona? Cuando me lloraste el otro día diciéndome lo solo que te sentías, eso es lo que entiendes por una broma? Pero a ti que cojones te pasa?* Sus ojos recorrieron una vez más el texto, lenta, pensativamente. Luego, presionando la tecla de retroceso con el pulgar, eliminó el borrador. Entre respiraciones profundas y entrecortadas, empezó a escribir de nuevo: *Simon lo siento. Me siento fatal. No se que estoy haciendo. A veces me odio tanto que desearía que me cayese algo bien pesado en la cabeza y me matara. Eres la única persona que se porta bien conmigo y ahora seguramente no querrás ni dirigirme la palabra. No se por qué me cargo todo lo bueno que hay en mi vida. Lo siento.* Cuando terminó de teclear el reloj en pantalla marcaba las 00.54. Se deslizó para volver al inicio del mensaje, y luego abajo para releer la última frase. Después, mantuvo de nuevo la yema del pulgar sobre la tecla de retroceso. El campo de respuesta quedó en blanco, el cursor parpadeando rítmicamente junto a un texto en gris que decía: Escribe un mensaje. Bloqueó el teléfono y se tumbó otra vez en la cama.

20

Alice, me tiene un poco perpleja que estés ya otra vez de viaje de trabajo. Cuando hablamos en febrero, me quedé con la impresión de que te marchabas de Dublín porque no querías ver gente y necesitabas tiempo para descansar y recuperarte. Cuando expresé mi preocupación por que fueses a estar sola todo el tiempo, me dijiste, de hecho, que era eso lo que te hacía falta. Me parece un poco extraño que ahora me envíes estos emails dicharacheros sobre las entregas de premios a las que te invitan en París. Si te encuentras mejor y estás contenta de volver al trabajo, genial, obviamente. Pero ¿debo suponer que estás haciendo todos esos viajes desde el aeropuerto de Dublín? ¿No podrías habernos avisado a ninguno de tus amigos de que ibas a estar en la ciudad? Es evidente que no nos has dicho nada ni a Simon ni a mí, y Roisin me acaba de contar que te mandó un mensaje hace dos semanas y no le has respondido. Entiendo totalmente que no tengas ánimos para ser sociable, pero entonces tal vez te estés forzando a volver al trabajo demasiado pronto. ¿Entiendes lo que quiero decir?

Llevo unos cuantos días pensando en los últimos párrafos de tu mensaje; en eso de que, como dices, «el fracaso es general». Sé que estamos de acuerdo en que la civilización está en estos momentos en su fase de declive decadente, y que una fealdad escabrosa es el rasgo visual predominante de la vida moderna. Los coches son feos, los edificios son feos, los bienes de consumo desechables fabricados en serie son indeciblemente feos. El aire que respiramos es tóxico, el agua que bebemos llega cargada de microplásticos y la comida está contaminada de partículas cancerígenas de teflón. Nuestra calidad de vida va en descenso, y con ella la calidad de la experiencia estética que tenemos a nuestro alcance. La novela contemporánea es (con contadísimas excepciones) irrelevante; el cine comercial es una pesadilla pornográfica para toda la familia financiada por empresas de automoción y el Departamento de Defensa estadounidense, y el arte visual es casi todo él un mercado de materias primas para oligarcas. Cuesta, dadas las circunstancias, no sentir que la vida moderna sale mal parada en comparación con los estilos de vida de antes, que han pasado a encarnar algo más sustancial, más conectado a la esencia de la condición humana. Este impulso nostálgico tiene, desde luego, un poder tremendo, y en los últimos tiempos los movimientos políticos reaccionarios y fascistas le han sacado un rédito enorme, pero no estoy segura de que eso implique que el impulso en sí es intrínsecamente fascista. Creo que tiene sentido que la gente, melancólica, vuelva la vista atrás, a una época en la que el mundo natural no había comenzado todavía a morir, nuestras formas culturales compartidas no habían degenerado en marketing de masas y nuestros pueblos y ciudades no eran todavía anónimos centros de empleo.

Sé que tú en concreto sientes que el mundo dejó de ser hermoso tras la caída de la Unión Soviética. (En un aparte, ¿no es curioso que este suceso coincidiese casi exactamente con la fecha de tu nacimiento? Quizá eso explique por qué sientes que tienes tanto en común con Jesús, que creo que también se consideraba un heraldo del apocalipsis.) Pero ¿experimentas alguna vez una especie de versión diluida y personalizada de ese sentimiento, como si tu propia vida, tu propio mundo, se hubiesen convertido de un modo lento, pero perceptible, en un lugar más feo? ¿O la sensación, siquiera, de que mientras que antes ibas en sintonía con el discurso cultural, ya no, y te sientes desligada del mundo de las ideas, aislada, desprovista de un hogar intelectual? Igual es por este momento histórico concreto, o igual es solo el resultado de ir envejeciendo y desilusionándose, y le pasa a todo el mundo. Cuando pienso en cómo éramos cuando nos conocimos, no creo que estuviésemos muy equivocadas en nada, salvo en relación con nosotras mismas. Las ideas eran acertadas, el error era pensar que tú y yo importásemos. Bueno, las dos nos hemos ido desprendiendo de ese error de base por diferentes vías: yo, consiguiendo exactamente nada en más de una década de vida adulta, y tú (si me perdonas) consiguiendo todo lo que podías conseguir sin hacer con ello la más mínima mella en el perfecto funcionamiento del sistema capitalista. Cuando éramos jóvenes, creíamos que nuestra responsabilidad se extendía hasta abarcar el planeta entero y todo lo que habitaba en él. Ahora nos tenemos que conformar con intentar no decepcionar demasiado a nuestros seres queridos, intentar no abusar del plástico, y en tu caso, intentar escribir un libro interesante cada pocos años. De momento, todo bien en ese frente. ¿Estás trabajando ya en algo nuevo, por cierto?

Yo me sigo viendo como una persona interesada en la experiencia de la belleza, pero nunca me describiría a mí misma (salvo a ti, en este correo) como «interesada en la belleza», porque la gente daría por hecho que me refiero a un interés por la cosmética. Este es, supongo, el significado imperante de la palabra «belleza» en nuestra cultura actual. Y resulta revelador que este significado de la palabra «belleza» aluda a algo de una fealdad tan profunda: mostradores de plástico en almacenes caros, farmacias baratas, perfumes artificiales, extensiones de pestañas, frascos de «producto». Ahora que lo pienso, creo que la industria de la belleza es responsable de parte de la fealdad más horrenda que encontramos en nuestro entorno visual, y del ideal estético más pésimo y más falso, que es el ideal del consumismo. Todos sus looks y tendencias encarnan en último término el mismo principio: el principio del gasto. Puede que abrirse seriamente a la experiencia estética requiera como primer paso el rechazo absoluto de este ideal, e incluso una reacción global en contra, algo que, si bien de entrada parece demandar una especie de fealdad superficial, sigue siendo de lejos mejor y posee una «belleza» más sustancial que hacerse previo pago con un atractivo personal mejorado. Desde luego que me gustaría, personalmente, ser más guapa, y desde luego que disfruto de la validación de sentir que en efecto estoy guapa, pero confundir estos impulsos autoeróticos y orientados al estatus con una experiencia estética real me parece un error gravísimo en cualquiera a quien le importe la cultura. ¿Habían estado confundidas ambas cosas de un modo tan profundo y generalizado en algún otro periodo de la historia?

¿Recuerdas cuando me publicaron aquel ensayo sobre Natalia Ginzburg hace un par de años? No te lo llegué a decir entonces, pero me escribió una agente de Londres, preguntando si estaba trabajando en algún libro. No te lo conté porque andabas liada y porque, supongo, parecía poca cosa en comparación con todo lo que estaba pasando en tu vida. Me avergüenza reconocer que lo comparase siquiera. Pero el caso es que al principio el email me hizo ilusión, y se lo enseñé a Aidan, aunque él no sabía nada del mundo editorial ni le interesaba demasiado, y hasta se lo conté a mi madre. Y entonces, al cabo de un día o dos, empezó a generarme estrés y ansiedad, porque lo cierto era que yo no estaba trabajando en ningún libro, y que no tenía ni idea de qué podría explicar yo en un libro, y además no creía que tuviese resistencia suficiente para terminar un proyecto importante como ese. Y cuanto más lo pensaba, más sentía que sería un acto tremendamente patético y desesperado por mí parte intentar siquiera escribir un libro, porque carecía de hondura intelectual y de ideas originales, y ¿para qué, además?, ¿para poder decir que lo había hecho? ¿O para sentir que estaba a tu altura? Perdona si todo esto hace que dé la impresión de que eres una presencia imponente en mi vida interior. Normalmente no es así, o si lo eres, es en un sentido positivo. En fin, al final no respondí jamás el email. Se quedó ahí en mi bandeja de entrada haciéndome sentir cada vez peor y peor y peor hasta que lo borré. Podría al menos haberle dado las gracias a la mujer y haber dicho que no, pero no lo hice, o no pude, no sé por qué. Supongo que ahora ya da igual. Lo absurdo de todo esto es que me gustó mucho escribir aquel ensayo, y que quería escribir otro, pero después de recibir ese email ya no lo hice. Sé que si tuviese autentico talento ya habría hecho algo con mi vida a estas alturas; no me engaño. Si lo intentara estoy segura de que fracasaría, y por eso no lo he intentado nunca.

En uno de tus emails, hace un par de meses, decías que Aidan y yo nunca habíamos sido muy felices juntos. Eso no es exactamente cierto —lo fuimos al principio, durante un tiempo—, pero entiendo a qué te refieres. Y sí que me pregunto por qué me he pasado todo este tiempo deprimida por el final de algo que de todas formas no funcionaba. Supongo que, a cierto nivel, es peor llegar a los treinta sin una sola relación feliz a mis espaldas. Creo que me sentiría más superficialmente triste, pero menos fundamentalmente rota como persona si pudiese lamentarme por una ruptura sin más, en lugar de por una incapacidad perpetua de mantener una relación seria. Aunque, por otro lado, igual es otra cosa. Todas las veces que pensé en romper con Aidan, y que hablé incluso de ello, ¿por qué no lo hice? No creo que fuese solo porque lo amaba, aunque lo amaba, y tampoco creo que fuese la idea de que lo echaría de menos, porque nunca se me pasó por la cabeza que fuese a echarlo de menos, y para ser sincera conmigo misma, no ha sido así. A veces pienso que me daba miedo que sin él mi vida fuese exactamente igual, o incluso peor, y tener que aceptar que la culpa era mía. Resultaba más fácil y más seguro quedarme en una situación mala que asumir la responsabilidad de salir de ella. Tal vez, tal vez. No lo sé. Me digo a mí misma que quiero una vida feliz, y que las circunstancias necesarias para la felicidad no se han dado todavía. Pero ¿y si es mentira? ¿Y si soy yo la que no me permito ser feliz? Porque tengo miedo, o porque prefiero revolcarme en la autocompasión, o porque no creo que merezca cosas buenas, o por algún otro motivo. Siempre que ocurre algo bueno en mi vida, me descubro pensando: ¿cuánto tardara en torcerse? Y casi deseo que pase cuanto antes lo peor, mejor pronto que tarde, y a ser posible de inmediato, para poder dejar de sentir ansiedad, al menos.

Si, como me parece bastante posible en este momento, no llego a tener hijos ni a escribir ningún libro, supongo que no dejaré nada en este mundo por lo que ser recordada. Y tal vez mejor así. Igual, en lugar de andar preocupándome y teorizando por el estado del mundo, cosa que no ayuda a nadie, debería dedicar mis energías a vivir y ser feliz. Cuando intento imaginar cómo podría ser una vida feliz, la imagen sigue siendo más o menos la misma que de niña: una casa rodeada de flores y árboles, un río cerca y un cuarto lleno de libros, y alguien que me quiera, nada más. Construir ahí un hogar y cuidar de mis padres cuando se hagan mayores. No mudarme nunca, no volver a subir a un avión, vivir tranquila, simplemente, y luego que me entierren ahí. ¿Para qué es la vida si no? Pero incluso eso me parece tan lejano que es como un sueño, desconectado por completo de toda realidad. Y sí, respecto a Simon y yo, dos habitaciones, por favor. Te quiere, siempre, E.

21

La noche siguiente, un miércoles, Alice quedó con Felix y algunos de sus amigos en un bar llamado The Sailor's Friend, en la esquina de una calle próxima al muelle. Llegó al bar hacia las nueve, con la cara roja por la caminata, vestida con un jersey gris de cuello vuelto y pantalones chinos. Dentro, el ambiente era cálido y ruidoso. Una barra larga y oscura recorría de punta a punta la pared izquierda, y detrás de ella, sobre las botellas de licor, había una colección de postales pintorescas. Delante de una chimenea de obra, había un perro de caza durmiendo, con la cabeza descansando sobre las patas. Felix y sus amigos estaban sentados al fondo, junto a una ventana, embarcados en una discusión amistosa sobre el marketing de las apuestas online. Cuando Felix la vio acercarse, se levantó, la saludó, le puso la mano en la cintura y le preguntó qué quería tomar. Luego, señalando a sus amigos, añadió:

Ya conoces a la gente, estáis todos presentados. Siéntate, voy y te traigo algo.

Alice se sentó con los amigos de Felix mientras él iba a la barra. Una mujer llamada Siobhán estaba contando una historia sobre un hombre que conocía y que había tenido que pedir un préstamo de sesenta mil euros para saldar sus deudas de juego. Alice pareció encontrar muy interesante la historia, y le hizo a Siobhán algunas preguntas específicas. Cuando Felix volvió con el vodka tónica, se sentó al lado de Alice y apoyó la mano en la parte baja de su espalda, alisando con los dedos la lana del jersey.

A medianoche volvieron caminando juntos desde el bar hasta casa de Felix. Arriba en la cama, Alice se tumbó de espaldas, y él se colocó encima. A ella le temblaban los párpados y respiraba rápida, ruidosamente. Felix apoyó el peso en un codo y presionó la cara posterior del muslo de Alice contra su pecho.

¿Has pensado en mí estos días fuera?, le preguntó.

Pienso en ti todas las noches, respondió ella, con la voz tensa.

Felix cerró los ojos. A Alice el aire parecía invadirla en oleadas, abriéndose paso a la fuerza hasta sus pulmones y volviendo a salir por su boca abierta. Él siguió con los ojos cerrados.

Alice, dijo, ¿me puedo correr?, ¿te importa?

Ella lo rodeó con los brazos.

Por la mañana, la dejó en su casa camino del trabajo. Antes de salir del coche, Alice le preguntó si se verían esa noche para cenar y él le respondió que sí.

¿Tus amigos creen que soy tu novia?

Felix sonrió al oír la pregunta.

Bueno, vamos mucho juntos últimamente, respondió. Dudo que se pasen la noche en vela dándole vueltas, pero sí, puede que lo supongan. Hizo una pausa y luego añadió: Y la gente del pueblo lo anda diciendo. A mí no me importa, solo te lo digo para que lo sepas.

Alice le preguntó qué era, exactamente, lo que andaba diciendo la gente del pueblo, y Felix frunció el ceño.

Ah, ya sabes, dijo. No es nada. Que la autora esa que vive ahí arriba, en la rectoría, se junta con el chaval de los Brady. Esas cosas.

Alice le dijo que, a fin de cuentas, era verdad que «se juntaban», y Felix estuvo de acuerdo en que así era.

Puede que alguno que otro lo vea mal, añadió, pero yo no me preocuparía por eso.

Ella le preguntó por qué tendría que ver nadie con malos ojos que dos personas solteras se juntasen, y Felix manoseó pensativo la palanca de cambios.

No soy lo que se considera un buen partido, por decirlo de alguna manera. No me tienen por el tipo más formal del mundo. Y para ser sincero, también debo algo de dinero aquí y allá. Felix se aclaró la garganta. Pero oye, mira, si a ti te gusto, es cosa tuya, dijo. Y no te voy a pedir dinero, no te preocupes. Baja ya o llegaré tarde, señora. Ella se desabrochó el cinturón de seguridad.

Sí que me gustas, dijo.

Ya lo sé, respondió él. Venga, va.

Esa mañana, mientras Felix estaba en el trabajo, Alice habló por teléfono con su agente para comentar las invitaciones que le habían llegado de parte de festivales literarios y universidades. Mientras tenía lugar esta llamada, Felix, con una pistola de código de barras, estuvo identificando y clasificando paquetes en carros etiquetados, que luego otros empleados venían a recoger. Algunos de estos empleados saludaban a Felix cuando llegaban a por los carros, y otros, no. Él llevaba una sudadera con cremallera, y la cremallera cerrada hasta arriba, y de vez en cuando escondía la barbilla bajo el cuello de la prenda, claramente helado. Mientras hablaba con su agente, Alice fue tomando notas en el portátil, en un borrador de email con el asunto «presentaciones verano». Después de colgar, cerró el email y abrió un archivo de texto que contenía los apuntes para una reseña que saldría publicada en una revista literaria de Londres. En el almacén, Felix empujaba en ese momento un contenedor alto de acero a lo largo de un pasillo de estantes iluminado por fluorescentes de luz blanca. De vez en cuando se detenía, examinaba una etiqueta aguzando la vista, revisaba la pistola y luego leía el código del artículo y lo colocaba en el carro. Alice se comió dos rebanadas de pan con mantequilla de un platito, una manzana a trozos, se preparó una taza de café y abrió el borrador de un email para Eileen.

Felix terminó su turno a las siete de la tarde, mientras Alice cocinaba. Le mandó un mensaje cuando estaba saliendo del almacén:

Felix: Hey perdona pero al final no ire a cenar
Felix: Voy x ahí con gente del trabajo
Felix: Tp seria muy divertido pq estoy de un humor de mierda
Felix: Igual nos vemos mañana según lo hecho polvo q este

Alice: vaya
Alice: siento que no vengas

Felix: En el estado en que estoy ahora mismo no creeme

Alice: a mí me gustas estés en el estado en que estés

Felix: Bueno puedes mandarme una carta de amor por aquí
   mientras pillo un ciego
Felix: Y la leo cuando vuelva a casa

Alice dejó el móvil y durante unos segundos se quedó contemplando la cubeta vacía del fregadero con la mirada en blanco. Felix le dijo a su amigo Brian que le podía llevar hasta Mulroy's y que luego dejaría el coche e iría andando. Alice pasó las horas siguientes preparando una salsa para pasta, hirviendo agua, poniendo la mesa y cenando. Felix fue en coche a casa, le puso comida a la perra, se duchó rápido, se cambió de ropa, miró Tinder y luego fue caminando al pueblo para encontrarse con sus amigos del trabajo. Entre las ocho de la tarde y la medianoche, se bebió seis pintas de cerveza danesa. Alice fregó los platos después de cenar y leyó un artículo sobre Annie Ernaux en internet. A eso de las doce, Felix y sus amigos cogieron un taxi minivan para ir a una discoteca fuera del pueblo, y cantaron varias estrofas de «Come Out Ye Black and Tans» por el camino. Alice estuvo sentada en el sofá del salón escribiéndole un email a una amiga suya que ahora vivía en Estocolmo, y le preguntó por su trabajo y su nueva relación. En el club, Felix se tomó dos pastillas, bebió un chupito de vodka y luego se metió en el baño. Abrió Tinder otra vez, arrastró a la izquierda varios perfiles, revisó los mensajes, miró el portal de deportes de la BBC y luego volvió a salir al local. A la una de la mañana, Alice estaba bebiendo té de menta y trabajando en la reseña, mientras Felix bailaba en la pista con dos de sus amigos y otras dos personas a las que no conocía. Tenía una forma de bailar fluida y natural, como si no le supusiera ningún esfuerzo, moviendo el cuerpo con ligereza al compás y contracompás de la música. Después de otra copa, salió del local y vomitó detrás de un cubo de basura. Para entonces, Alice estaba tumbada en la cama, releyendo los mensajes que le había mandado Felix antes, con la pantalla del teléfono proyectando un resplandor azul grisáceo en su cara. Felix cogió el móvil en ese mismo momento y abrió la app de mensajería.

Felix: Hey
Felix: Despierta?

Alice: en la cama pero despierta
Alice: te lo estás pasando bien?

Felix: Te sere sincero alice
Felix: Voy borracho   como una cuba
Felix: Y he   tenidoq vomitar
Felix: Pero si de momento bien

Alice: bueno, me alegro

Felix: Q haces en al cama
Felix: Lllevas algo pesto o q?
Felix: Explica

Alice: llevo un camisón blanco
Alice: espero que nos podamos ver mañana

Felix: Sssiiii o
Felix: Puedo coger un raxi a tu casa

Felix: Ahora me refdiero
Felix: Refiero

Alice: si te apetece, claro

Felix: Si estas wegura?

Alice: estoy despierta igualmente, no me importa

Felix: Guay
Felix: Ya voy

Alice se levantó de la cama y se puso la bata, encendió la lamparita y se miró en el espejo. Felix llamó a la compañía de taxis, volvió adentro, cogió la chaqueta, pidió otro chupito de vodka, le dio vueltas en la boca, se lo tragó, fue a buscar a Brian y le pidió que avisara a los demás de que se iba y luego salió a coger el taxi. Alice abrió el perfil de Felix en la app de citas en la que se habían conocido y leyó de nuevo su bio. De camino a casa de Alice, Felix mantuvo una enrevesada conversación con el taxista sobre los relativos puntos fuertes y débiles del lateral del Mayo GAA. Cuando Felix le señaló la casa, el taxista le preguntó si sus padres vivían ahí.

Nah, es la casa de mi piba, respondió él.

Con un tono de voz divertido, el taxista le dijo:

Debe de ser rica.

Sí, y famosa. La puedes buscar en Google. Escribe libros.

¿Ah, sí? Pues ya puedes agarrarla bien.

No te preocupes, está muy por mí.

Pararon en el camino de entrada. El conductor se dio la vuelta:

Ya puede estarlo, dejando que te plantes en la puerta de su casa a las dos de la mañana. Tal como vas. No me extrañaría que me llamases otra vez dentro de unos minutos, cuando te haya visto. Diez euros con ochenta, por favor.

Felix le tendió el dinero.

¿Quieres que espere?, preguntó el taxista.

No me seas celoso, amigo. Ve y disfruta de tu Lyric FM.

Salió del coche y llamó a la puerta. Alice bajó y le abrió justo cuando el taxi cruzaba la verja. Felix entró, cerró la puerta con el pie, cogió a Alice en brazos y le apoyó la espalda contra la pared. Estuvieron un rato besándose, y luego él le desató la cinta de la bata. Ella la sujetó con una mano.

Vas borracho, dijo.

Ya, lo sé. Te lo decía en el mensaje.

Intentó de nuevo desatarle la bata, y Alice cruzó fuerte los brazos para impedírselo.

Eh, ¿qué pasa?, dijo él. ¿Tienes la regla o algo? A mí no me importa, soy una persona adulta.

Alice se ató de nuevo la cinta con gesto sombrío.

Estás intentando avergonzarme.

No, no. Solo me pregunto qué pasa. No estoy intentando nada, me alegro de estar aquí. Al taxista le ha dejado muy impresionado que mi novia viviese en una casa tan grande.

Alice levantó la vista hacia él, y al cabo dijo:

¿Vas drogado?

Joder, sí. No sería una farra de verdad, si no.

Ella se quedó ahí parada con los brazos cruzados.

No sé, dijo. ¿Te han dejado comportarte así otras personas? Otras novias o novios que hayas tenido. ¿Esto es normal? ¿Sales con tus amigos, te pones hasta arriba y luego te presentas en mitad de la noche buscando sexo?

Él apoyó el brazo en la pared junto a la cabeza de Alice y pareció considerar sus palabras.

Lo intentaba a menudo, sí, respondió. Aunque no es que todo el mundo estuviese dispuesto, obviamente.

Ajá. Debes de pensar que soy una puta idiota.

No, creo que eres inteligentísima. No es una suerte para ti, en muchos aspectos. Si fueses un poco más tonta igual tu vida sería más fácil.

Felix se enderezó, y apoyó las manos en las caderas de Alice de un modo que parecía transmitir cariño e incluso arrepentimiento.

El taxista me ha dicho que me ibas a mandar a la mierda. Me ha dicho, ni de broma va a dejar que te plantes en su casa a estas horas de la noche con esa pinta. La pinta que llevo la verdad es que no la sé, no me he visto. Pero imagino que no muy buena.

Solo pareces borracho.

¿Ah, sí? No sé, supongo que no tendría que haberte escrito. La pena es que la verdad es que me lo estaba pasando bien. O sea, vale, me he pasado un poco, ahí vomitando, pero aparte de eso me lo estaba pasando bien. Y seguramente tú también estabas a gusto, tumbada en la cama o lo que sea. Así que no te tendría que haber escrito, la verdad.

Claro, pero te apetecía sexo.

Bueno, soy humano. Nah, si solo fuese buscando eso podría haber ido a cualquier otra parte, ¿no? No habría hecho falta molestarte.

Ella cerró los ojos y respondió en voz baja e inexpresiva:

No me cabe duda.

Alice, no te pongas tan seria. No me he liado con nadie más. Evidentemente, podría si quisiera, pero igual que tú. Mira, siento si te he molestado, ¿vale?

Ella se quedó callada un momento.

Además, seguramente no te gusta mucho tratar con borrachos, añadió Felix.

No, no me gusta.

No, ¿por qué te iba a gustar? Supongo que ya tuviste bastante de pequeña.

Alice lo miró a los ojos, con las manos de él todavía en las caderas, apoyada de espaldas en la pared.

Sí, respondió.

Si quieres que me vaya a casa, dímelo.

Ella negó con la cabeza. Felix la besó de nuevo. Subieron juntos las escaleras, Alice detrás, cogida de su mano. En el dormitorio, él le desató la bata y le sacó el camisón por la cabeza. La tumbó en la cama y se lo hizo con la lengua. El cuerpo de Alice tenía un aspecto compacto, andrógino. Se tapaba la boca con la palma de la mano. Felix paró para desvestirse y quitarse el reloj. Contemplándola desde arriba, ahí tumbada y desnuda sobre la cama, le dijo sonriendo:

¿Sabes lo que pareces? Una de esas estatuas de chicas que vimos en Roma.

Ella se echó a reír y se tapó la cara.

¿No es bonito? Yo lo he dicho con buena intención.

Alice le respondió que sí que lo era. Felix se tumbó a su lado, con la cabeza recostada en las almohadas, acariciando distraído su seno pequeño y suave.

Hoy en el trabajo he estado pensando en ti, le dijo. Me he dado cuenta de que me hace sentir un poco mejor durante un rato pero luego, en realidad, me quedo peor, porque tú estás todo el día aquí sin hacer nada y yo estoy metido en un almacén haciendo cajas. No es que esté rayado contigo por eso. No voy a ser capaz de explicarlo bien, pero la diferencia entre lo que estamos haciendo ahora mismo y lo que hago yo durante todo el día, no la puedo ni describir. Cuesta creer que tenga que usar el mismo cuerpo para las dos cosas, digámoslo así. No parece que sea el mismo. Estas manos que te están tocando ahora, ¿yo las uso para hacer cajas? Ni idea. En el trabajo, me paso todo el puto día con las manos congeladas. En plan, dormidas, básicamente. Hasta con guantes se te acaban durmiendo, lo dice todo el mundo. A veces me hago un corte o un arañazo o algo y no me doy ni cuenta hasta que veo que me sangra. ¿Y esas son las mismas manos que te están acariciando? Yo qué sé, igual piensas que se me va la olla, hablando así. Pero eres muy, muy suave, y da gusto tocarte, nada más. Y caliente. Cuando me dejas correrme dentro, me siento tan bien, no puedo ni explicarlo. Estaba pensando en eso hoy en el trabajo y lo deseaba tanto que he empezado a ponerme de mal humor. En plan, de mal humor, sí, cabreado. Esa es la otra cosa que diría del trabajo, que se te meten rollos raros en la cabeza. Empiezas a sentir cosas sin sentido. En lugar de tener ganas de verte, estaba cabreado. Y al final ya ni siquiera quería volver a quedar contigo. No hace falta que intente explicarlo porque no tiene ningún sentido, solo te cuento lo que sentía. Perdona.

Alice le dijo que no pasaba nada. Felix la estuvo besando un rato sin decir nada. Luego le pidió si podía ponerse ella encima porque estaba cansado, y Alice le respondió que sí. Cuando entró, ella se quedó quieta unos segundos, respirando con esfuerzo.

¿Bien?, preguntó él.

Ella asintió. Felix parecía encantado de esperar.

Tienes un coño tan perfecto, dijo.

La invadió un escalofrío, desde la cabeza hasta la pelvis. Le puso una mano en el hombro a Felix. Follaron despacio un par de minutos mientras él la acariciaba. Con voz aguda y entrecortada, ella dijo:

Dios, estoy enamorada de ti, de verdad.

Felix la miró.

¿Lo estás, sí?, dijo. Eso está bien. Dilo otra vez.

Temblorosa, sin aliento, Alice inclinó la cabeza hacia él y dijo:

Te quiero, te quiero.

Él la cogió por la cintura; los dedos hundiéndose en la carne de su espalda, y la empujó con fuerza contra sí, una y otra vez, rápido, y Alice puso cara casi de dolor.

Al terminar se quedaron echados y quietos un rato, pegados el uno al otro. Luego ella se apartó, se sentó a un lado de la cama y bebió agua de una botella que había en la mesita. Felix estaba tumbado con la cabeza acurrucada entre almohadas, observándola.

Pásamela cuando estés, dijo.

Alice le dio la botella, y él bebió sin levantar la cabeza.

Oye, quiero saber una cosa, le dijo, mientras le devolvía la botella. Estás siempre diciendo que eres rica. ¿Qué quieres decir con eso?, ¿eres millonaria o qué?

Ella enroscó el tapón.

Por ahí, respondió.

Felix la contempló en silencio.

¿Un millón?, ¿en serio?, dijo. Eso es un montón de dinero.

Sí que lo es.

¿Y todo solo de los libros?

Ella asintió.

¿Y está ahí aparcado en la cuenta, o lo tienes metido en cosas?

Alice se frotó los ojos y le respondió que estaba casi todo en la cuenta sin más. Él la observaba todavía, su mirada se movía rápida y discreta por su cara, sus brazos, sus hombros. Al cabo de un rato dijo:

Ven aquí y dime otra vez que me quieres. Igual me acaba gustando.

Con movimientos pesados y soñolientos, Alice se tumbó a su lado.

Te quiero, dijo.

¿Y cuándo te diste cuenta? ¿Fue como una especie de amor a primera vista?

No, no creo.

Un poco más tarde, entonces. ¿En Roma?

Alice se volvió hacia él, con los ojos medio cerrados. Felix envolvió su cuerpo con el brazo. Parecía pensativo, alerta.

Supongo que sí, respondió ella.

Eso es enamorarse muy rápido de alguien. ¿Cuánto hacía, tres semanas, puede ser?

Por ahí, respondió ella, dejando que se le cerrasen los ojos.

¿Eso sería lo normal para ti?

No lo sé. No me enamoro muy a menudo.

Felix la miró uno segundo o dos.

Y viceversa, doy por hecho, dijo.

Alice sonrió levemente:

Que la gente no se enamora muy a menudo de mí, ¿quieres decir? No, en efecto, no.

Y tampoco parece que tengas muchos amigos.

Ella dejó de sonreír al oír esto. Se volvió a mirar a Felix en silencio varios segundos, con los rasgos vaciados de toda expresión. Al fin, dijo, sencillamente:

No, supongo que no.

No, ya. Porque desde que te mudaste aquí, creo que no ha venido nadie a verte, ¿verdad? Tu familia no ha venido. Y tu amiga Eileen, hablas mucho de ella, pero no se ha molestado. Creo que soy la única persona que ha estado en esta casa desde que llegaste, ¿es correcto? Y llevas aquí por lo menos unos meses.

Alice le clavó los ojos sin decir nada. Él pareció tomarlo como un permiso para continuar hablando, y acomodó el brazo bajo la almohada, pensativo.

Lo estuve pensando en Italia, dijo. Viéndote hacer tus lecturas y tus firmas y todo esto. No me atrevería a decir que trabajas mucho, porque lo tuyo es un chiste en comparación con lo mío, pero hay un montón de gente que quiere cosas de ti. Y creo que, pese a todo el revuelo que arman a tu alrededor, a ninguno de ellos le importas lo más mínimo, en realidad. No sé si le importas a alguien.

Se miraron el uno al otro unos largos segundos. La seguridad inicial de Felix, su triunfalismo sádico, incluso, fue transformándose gradualmente en otra cosa mientras la miraba, como si comprendiese demasiado tarde su error de lectura.

Debes de odiarme muchísimo, dijo Alice con frialdad.

No, no te odio, respondió él. Pero tampoco te quiero.

Desde luego que no. ¿Por qué ibas a quererme? No me he engañado con eso.

Se dio la vuelta, entonces, con parsimonia, y apagó la luz de la mesita de noche. La oscuridad disolvió sus caras, y solo el contorno de sus cuerpos siguió siendo distinguible bajo las sábanas. Ninguno de los dos se movió en absoluto, y cada línea, cada sombra del cuarto quedó inmóvil.

Puedes irte si quieres, dijo Alice. Pero si prefieres quedarte, no hay problema. Igual te crees que me has hecho mucho daño, pero te puedo asegurar que he pasado por cosas peores.

Felix guardó silencio. Y cuando he dicho antes que te quería, estaba diciendo la verdad, añadió.

Él hizo un ruido que sonó como una risa estrangulada.

Ah, me gusta tu estilo, eso te lo tengo que reconocer. A ti no hay quien te tosa, ¿verdad? Está claro que yo no lo voy a conseguir. Es curioso, porque sigues haciendo como si me dejases pisotearte, me respondes los mensajes a las dos de la mañana y luego me dices que estás enamorada de mí, bla bla bla. Pero todo eso no es más que tu forma de decir: prueba a ver si me pillas, no podrás. Yo me doy cuenta de que no podré. No me vas a dejar ni rozarlo con un dedo. Nueve de cada diez veces, habrías engañado a alguien con esas. Y estarían la mar de ufanos, convencidos de que ellos mandan. Sí, sí, pero yo no soy idiota. Solo dejas que me porte mal contigo porque eso te coloca por encima de mí, y ahí es donde te gusta estar. Encima, encima. Y no lo tomo como algo personal, por cierto, no creo que dejes acercarse a nadie. De hecho, lo respeto. Te estás protegiendo, y estoy seguro de que tienes tus motivos. Siento haberte dicho esas cosas tan duras, porque tienes razón, solo intentaba hacerte daño. Y seguramente te haya hecho daño, ya ves tú. Cualquiera puede hacerle daño a alguien si se esfuerza. Pero en lugar de cabrearte conmigo, sigues diciendo que me puedo quedar sin problema, y que me quieres igualmente y todo eso. Porque tienes que ser perfecta, ¿verdad que sí?... No, tú realmente tienes algo especial, debo decir. Y lo siento, ¿vale? No volveré a intentar soltarte una puya. Lección aprendida. Pero a partir de ahora no tienes por qué actuar como si te tuviera a mis pies, cuando los dos sabemos que no es así ni mucho menos. ¿De acuerdo?

Se hizo otro largo silencio. Sus caras eran invisibles en la oscuridad. Al final, con voz aguda y forzada, forzada tal vez por querer mostrar un temple o una ligereza que no consiguió, Alice dijo:

De acuerdo.

Si algún día de verdad te tengo pillada, no hará falta que

me lo digas. Yo lo sabré. Pero no te voy a perseguir demasiado. Me voy a quedar aquí quieto a ver si tú vienes a mí.

Sí, eso es lo que hacen los cazadores con los ciervos, dijo ella. Antes de matarlos.

22

Eileen, lo siento si mi último email te inquietó. Cancelé todos mis compromisos públicos durante varios meses, como sabes, pero siempre con la idea de volver a trabajar con el tiempo. Porque tú entiendes que este es mi trabajo, ¿verdad? Nadie encuentra ese hecho más tedioso y degradante que yo, pero nunca quise darte a entender que me hubiese retirado por completo de la vida pública. Tú nunca has faltado al trabajo más de cuatro días seguidos, así que habría dado por hecho que cogerme cuatro meses te parecería una pausa bastante prolongada. Y sí, sí que volé desde Dublín, y otra vez de vuelta a Dublín, a las siete y a la una de la mañana respectivamente. Dado que tú también tienes un trabajo, en el que entiendo que sigues unos horarios regulares, no me pareció que despertarte en mitad de la noche para tomar un café rápido y tener una charla corta fuese particularmente cortés. Es imposible que pienses que no te quiero ver, cuando te he pedido repetidamente durante meses que vengas a visitarme, y solo vivo a tres horas de distancia. En cuanto al mensaje de Roisin sin responder, no entiendo: ¿me escribes a título personal, o en calidad de embajadora de la amistad de la región metropolitana de Dublín? Tienes razón, no le respondí al mensaje, porque he estado ocupada. Con todo mi amor y cariño, no tengo intención de pasarte un informe cada vez que me demore con la correspondencia.

En cuanto al resto del correo: ¿a qué te refieres exactamente con «belleza»? Decías que confundir vanidad personal y experiencia estética es un grave error, pero ¿no es también un error, tal vez en la misma línea, tomarse en serio la experiencia estética, ya de entrada? No cabe duda de que es posible conmoverse de un modo desinteresado con la belleza artística, o con la belleza del mundo natural. Creo incluso que es posible disfrutar del atractivo físico de otras personas, de sus caras y sus cuerpos, de una forma «puramente» estética; esto es, sin un elemento de deseo. Yo, personalmente, me encuentro a menudo con gente que es hermosa de ver y no siento ninguna inclinación por atraerla a una relación particular conmigo: de hecho, a mí la belleza no me induce demasiado al deseo. En otras palabras, no me mueve ninguna intención a la hora de percibir la belleza y no experimento ninguna voluntad consciente como consecuencia. Esto es, supongo, aquello a lo que los filósofos de la Ilustración se referían como juicio estético, y equivale, muy ajustadamente, al tipo de experiencia que he tenido con ciertas obras de arte, pasajes musicales, vistas pintorescas y demás. Me parecen cosas bellas, y su belleza me conmueve y me aporta una sensación placentera. Coincido contigo en que el espectáculo del consumismo de masas que se nos vende como «belleza» es en verdad espantoso, y no me proporciona nada de ese placer estético que saco, por ejemplo, de la luz del sol cruzando por entre las hojas, o de las «Demoiselles d'Avignon» o del «Kind of Blue». Pero me siento inclinada a preguntar: ¿y qué? Incluso suponiendo que la belleza del «Kind of Blue» sea en algún aspecto objetivamente superior a la belleza de un bolso de Chanel, lo que en términos filosóficos es mucho conceder, ¿qué más da eso? Se diría que piensas que la experiencia estética es, más que un simple placer, algo en cierto modo importante. Y lo que quiero saber es: ¿importante en qué sentido?

Yo no soy pintora ni música, y con razón, pero soy novelista, e intento tomarme en serio la novela: en parte porque soy consciente del privilegio extraordinario que supone poder ganarme la vida con algo tan inútil por definición como es el arte. Pero si intentara describir mi experiencia leyendo grandes novelas, no se parecería ni remotamente a la experiencia estética que he descrito más arriba, en la que no hay ninguna intención implicada ni se despiertan deseos personales. Yo, particularmente, debo ejercer un papel muy activo en la lectura, y en la comprensión de lo que leo, y tenerlo todo en mente el tiempo necesario para ir dotando de sentido al libro a medida que avanzo. No es en ningún aspecto un proceso pasivo por el que la belleza me sea transmitida sin contar con mi participación; es un esfuerzo activo, en el que la experiencia de la belleza es la construcción resultante. Pero, lo más importante, a mi parecer: las grandes novelas me generan una conexión emocional, y me llevan a desear cosas. Cuando miro las «Demoiselles d'Avignon» no quiero «nada» del cuadro. El placer está en contemplarlo tal cual. Pero cuando leo libros, sí que experimento deseo: quiero que Isabel Archer sea feliz, quiero que a Anna y a Vronsky les vaya bien, quiero incluso que indulten a Jesús en lugar de a Barrabás. Tal vez sea una lectora insulsa y estrecha de miras, que desea sentidamente lo mejor para todos (menos para Barrabás), pero si deseara lo contrario, que Isabel se casara mal, que Anna se arrojara a las vías del tren, sería una simple variación de la misma experiencia. La clave es que hay una conexión emocional, ya no soy una espectadora desinteresada.

¿Has hablado con Simon de algo de esto? Creo que él te daría una perspectiva más coherente del asunto de la que te puedo dar yo, porque su cosmovisión tiene una consistencia de la que la mía carece. En la doctrina católica, por lo que yo entiendo, la belleza, la verdad y la bondad son cualidades del ser que forman un todo con Dios. Dios viene a «ser» literalmente la belleza (y también la verdad, que igual es a lo que se refería Keats, no estoy segura). El género humano se esfuerza por poseer y comprender estas cualidades como una forma de acercarse a Dios y entender su naturaleza; por tanto, todo lo que sea bello nos conduce a una contemplación de lo divino. Como críticos, podemos discutir sobre lo que es o no es bello, porque solo somos humanos, y la voluntad de Dios no nos es perfectamente accesible, pero podemos estar todos de acuerdo en la importancia inigualable de la belleza en sí. Queda todo muy bonito y compacto, ¿verdad? Podría divagar un poco para explicar mi conexión emocional con las grandes novelas. Por ejemplo, Dios nos hizo como somos, seres humanos complejos con impulsos y deseos, y los vínculos compasivos con personajes de pura ficción –de los que, como es evidente, no podemos esperar obtener ningún tipo de gratificación o ventaja material– son una forma de comprender las profundas complejidades de la condición humana y, por tanto, las complejidades del amor de Dios por nosotros. Podría ir incluso más allá: Jesús, con su vida y su muerte, destacó la necesidad de amar a los demás sin atender a nuestro propio interés. En cierto modo, amar a personajes de ficción, sabiendo que nunca podrán correspondernos, ¿no es un método de practicar a pequeña escala el tipo de amor desinteresado al que nos invita Jesús? Quiero decir que la conexión emocional es una forma de deseo que tiene objeto pero no sujeto; una forma de desear sin desear; un desear para los otros, no *lo que* quiero para mí, sino *cómo* deseo para mí.

Supongo que adonde quiero ir a parar es a que una vez te metes en la mentalidad cristiana, la diversión no tiene fin. Para ti y para mí es más complicado, porque no parece que podamos quitarnos de encima la convicción de que nada importa, de que la vida es arbitraria, de que nuestros sentimientos más sinceros son reducibles a reacciones químicas, y de que ninguna ley moral estructura el universo. Es posible vivir con esas convicciones, desde luego, pero no es del todo posible, me parece a mí, creer en las cosas en las que tú y yo decimos creer. Que algunas experiencias de la belleza son serias y otras triviales. O que algunas cosas están bien y otras mal. ¿A qué criterio estamos apelando? ¿Ante qué juez defendemos nuestros argumentos? No intento tumbarte, por cierto: yo ocupo la que intuyo que es exactamente tu posición. No puedo creer que la diferencia entre lo que está bien y lo que está mal sea una simple cuestión de gustos o preferencias; pero tampoco soy capaz de creer en una moral absoluta, o lo que es lo mismo, en Dios. Eso me deja en un no lugar filosófico, ya que mis convicciones carecen de arrojo en ambos frentes. No puedo contar con la satisfacción de sentir que sirvo a Dios haciendo lo correcto, y sin embargo la idea de hacer el mal me repele. Yendo más al grano: mi propio trabajo me resulta moral y políticamente despreciable, y sin embargo es lo que hago con mi vida, lo único que quiero hacer.

Cuando era más joven, creo que quería recorrer el mundo, llevar una vida glamurosa, que me aplaudieran por mi trabajo, casarme con un gran intelectual, repudiar todo lo que me enseñaron de pequeña, cortar por completo con el estrecho mundo. Ahora todo eso me da mucha vergüenza, pero me sentía sola y desgraciada, y no comprendía que eran sentimientos corrientes, que mi soledad, mi infelicidad, no tenían nada de particular. Puede que de haberlo entendido, como creo que lo entiendo ahora, al menos un poquito, no hubiese escrito jamás esos libros, no me hubiese convertido jamás en esta persona. No tengo ni idea. Sé que no podría volver a escribirlos, ni tampoco volver a sentirme como me sentía conmigo misma en aquella época. Para mí era importante demostrar que era una persona especial. Y en mi esfuerzo por demostrarlo, lo convertí en realidad. Solo que después, cuando hube recibido el dinero y el aplauso que creía que merecía, entendí que no era posible que nadie mereciese esas cosas, y para entonces era demasiado tarde. Me había convertido ya en esa persona que había anhelado ser en su día, y que ahora despreciaba con todas mis fuerzas. No digo esto para desmerecer mi trabajo, pero ¿por qué tendría que ser nadie rico y famoso cuando otra gente vive en la extrema pobreza?

La última vez que me enamoré terminó mal, como sabes, y a partir de ahí escribí dos novelas. El tiempo que estuve enamorada intenté escribir un poco aquí y allá, pero mis pensamientos volvían siempre al objeto de mi afecto, y mis sentimientos regresaban inexorablemente a ella, por lo que mi trabajo no logró desarrollar nunca una esencia propia, y yo no podía darle ningún lugar valioso en mi vida. Fuimos felices, luego fuimos desgraciadas, y después de cierto sufrimiento y recriminación, lo dejamos; y solo entonces, pude empezar a entregarme a mi trabajo de una manera seria. Fue como si se hubiese despejado un espacio en mi interior, y tuviese que llenarlo de algún modo, y así fue como terminé por sentarme y escribir. Tenía que vaciar mi vida primero y partir de ahí. Cuando ahora recuerdo la época en la que escribí esos libros, siento que fueron buenos tiempos en mi vida, porque tenía un trabajo que necesitaba hacer, y lo hice. Estaba perpetuamente arruinada, y sola, y angustiada por el dinero, pero también tenía eso otro, esa parte de mi vida, secreta y protegida, y mis pensamientos volvían a ella de continuo, mis sentimientos orbitaban a su alrededor, y me pertenecía por completo. En cierto modo, fue como un idilio, o un enamoramiento, solo que no implicaba a nadie más que a mí y estaba todo bajo mi control. (Lo contrario de un idilio, vaya.) A pesar de toda la frustración y dificultad de escribir una novela, supe desde el principio del proceso que me había sido concedido algo muy importante, un don especial, una bendición. Era como si Dios me hubiese impuesto su mano y me hubiese invadido con el deseo más intenso que yo había sentido jamás; no deseo por otra persona, sino el deseo de hacer realidad algo que no existía hasta ese momento. Cuando recuerdo esos años, me conmueve y hasta me duele la sencillez de la vida que llevaba, porque sabía lo que tenía que hacer y lo hacía, nada más.

Al margen de alguna crítica y unos cuantos emails larguísimos, llevo casi dos años sin escribir. Creo que, llegados a este punto, ese espacio en mi vida ha quedado despejado, está vacío, y tal vez por ese motivo es el momento de volver a enamorarme. Necesito sentir que mi vida tiene algún tipo de centro, un lugar al que mis pensamientos pueden volver y descansar. Sé, por cierto, que la mayoría de gente no necesita tal cosa, y que yo estaría mucho más sana si no la necesitara. Felix no siente la necesidad de organizar su vida en torno a un principio central, y no creo que tú la sientas tampoco. Simon sí, pero tiene a Dios. Si se trata de poner algo en el centro de la vida, Dios me parece una buena opción: mejor, al menos, que inventarse historias sobre personas que no existen, o que enamorarse de gente que te odia. Pero es lo que hay. Sigue siendo mejor amar algo que no amar nada, mejor amar a alguien que no amar a nadie, y aquí estoy, viviendo en el mundo, sin desear ni por un momento que no fuera así. ¿No es eso, a su manera, un don especial, una bendición, algo muy importante? Eileen, lo siento, de verdad que te echo de menos. Cuando nos volvamos a ver después de estos emails me va a entrar una vergüenza tremenda y voy a esconder la cabeza bajo el ala como un pajarito. Felicita a tu hermana y al novio de mi parte este fin de semana, y luego, si no es mucha complicación, ven a verme, por favor.

23

La mañana de la boda, Eileen estaba sentada en la cama de la suite nupcial y Lola en el tocador. Lola se llevó un dedo a la cara y dijo:

Creo que me han maquillado demasiado los ojos.

Llevaba un vestido de boda blanco, con escote palabra de honor, de corte sencillo.

Estás preciosa, dijo Eileen.

Sus miradas se cruzaron en el espejo, y Lola hizo una mueca, se levantó y fue a la ventana. Fuera, hacía una tarde blanca, con una luz ligera y acuosa, pero Lola se colocó de espaldas al cristal, hacia Eileen, examinándola, sentada ahí en la amplia cama. Estuvieron un rato mirándose la una a la otra, resentidas, culpables, desconfiadas, arrepentidas. Al final, Lola dijo:

¿Y bien?

Eileen bajó la vista a un reloj fino de oro que llevaba en la muñeca izquierda.

Son solo menos diez, respondió.

Llevaba un vestido verde claro, celadón, el pelo recogido atrás, y estaba pensando en otra cosa, las dos pensaban en otras cosas. Lola recordaba chapotear con los pies en la paya de Strandhill, o igual era Rosses Point ese día, o Enniscrone. La textura rugosa de la arena bajo las uñas y en la raíz del pelo, y también el sabor a sal. Luego se cayó, y de pronto estaba tragando agua de mar, el escozor en la nariz y la garganta, una confusión de luz y sensación, recordaba haber llorado, y subir por la playa a cuestas en los brazos de su padre. Una toalla roja y naranja. Más tarde, de vuelta a Sligo en coche, con el cinturón abrochado en el asiento de atrás, la radio chisporroteando, puntos de luz visibles a lo lejos. En la oscuridad del arcén, una furgoneta que vendía salchichas y patatas fritas, la ventana subida, la punzada del vinagre. Dormir en el cuarto de su prima esa noche, con libros distintos en el estante, los muebles proyectando sombras distintas a la luz de una ventana desconocida. A medianoche, las campanas de la catedral. Abajo los adultos hablaban, abajo las luces estaban encendidas y había vasos de cerveza. Eileen también estaba pensando en la infancia, en uno de los juegos simbólicos que se inventaba Lola, un reino escondido, palacios, duques y campesinos, ríos encantados, bosques, luces en el cielo. Todos aquellos giros y vericuetos se habían perdido, los nombres inventados en lenguas mágicas, las lealtades y las traiciones. Lo que quedaba eran los lugares reales sobre los que habían impuesto aquel mundo de ficción: el establo detrás de su casa, las hierbas altas del jardín, los huecos al otro lado de los setos, el suelo de lutita húmeda que bajaba hasta el río. Y dentro de la casa: el desván, la escalera, el armario de los abrigos. Esos lugares le despertaban todavía a Eileen una sensación especial, o al menos era capaz, si se lo proponía, de conectar con cierta sensación especial que había en ellos, una frecuencia estética. La invadían de placer, de una emoción parecida a excitación. Como el material bueno de papelería, los bolígrafos pesados, el papel blanco, representaban para ella la posibilidad de la imaginación, una posibilidad mucho más sutil en sí misma y más delicada de lo que habría llegado a imaginar jamás. No, su imaginación le había fallado. Era algo que otra gente, o lo tenía, o no lo tenía y le daba igual. Eileen lo quería y no lo tenía. Igual que Alice con su filosofía moral, estaba atrapada entre dos posturas. Tal vez lo estaba todo el mundo, en todo lo importante. Levantaron la vista al oír unos golpecitos en la puerta, y su madre Mary entró, con su vestido azul, sus zapatos de charol, una pluma oscilando erguida en el pelo. Entonces se pusieron todas a hablar, a toda prisa, a protestar, reír, quejarse, ajustarse la ropa unas a otras, y la actividad del cuarto se volvió rápida y ruidosa, como la de los pájaros. Lola quería recolocarle las horquillas a Eileen, dejarle el pelo más suelto por detrás; Mary quería probarse en el último momento otro par de zapatos, y Eileen, con los brazos blancos y esbeltos como juncos, como ramas, empezó a soltarse el pelo, le cubrió los hombros a Mary con un chal, le quitó una pestaña a Lola del pómulo empolvado, riendo, hablando con voz apresurada y ligera y estallando en risas una vez más. Mary también estaba pensando en su propia infancia, en su casita adosada con la tienda justo al lado, en cortes de helado con galleta, en el hule de cuadritos de la mesa de la cocina, en la vajilla decorada detrás del cristal. En los días frescos y luminosos de verano, el aire claro como agua fría, y el tojo una explosión de amarillo. Pensar en la niñez le generaba una curiosa sensación de inquietud, porque un día había sido la vida real y ahora era otra cosa. Los viejos habían muerto, los bebés se habían hecho mayores. Les pasaría también a Eileen, también a Lola, que ahora eran jóvenes y hermosas, que se amaban y odiaban la una a la otra, que reían con dientes blancos, oliendo a perfume. Se oyeron de nuevo golpecitos en la puerta, y se quedaron todas calladas y mirando alrededor. Entró su padre Pat.

¿Cómo van las mujeres?, dijo.

Era ya la hora de ir a la iglesia, el coche estaba esperando, Pat llevaba puesto el traje. Estaba pensando en su mujer, en Mary, en la extraña en que se había convertido para él la primera vez que se quedó embarazada, en ese algo que la invadió, una seriedad, una rara determinación en sus palabras, en sus movimientos, y a él le resultaba incómodo, le entraban ganas de reír, no sabía por qué. Ella estaba cambiando, alejando la vista de él, hacia alguna otra experiencia. Con el tiempo pasó, nació Lola, sana, gracias a Dios, y él se dijo que nunca más. Demasiada extrañeza para una sola vida. Como de costumbre, como de costumbre, se equivocaba. Fuera, el aire agitó los árboles, roció su aliento frío en sus caras. Subieron al coche juntos. Lola pegó la nariz a la ventanilla y dejó un

circulito de maquillaje en el cristal. La iglesia era gris y achaparrada, con vidrieras largas y estrechas, de color rosa, azul y
ámbar. Cuando entraron, sonó el órgano eléctrico, el olor a
incienso los alcanzó, húmedo y fragrante, y el roce de ropa, el
crujido de los bancos, cuando todo el mundo se puso en pie
y los contempló desfilar juntos por el suelo pulido del pasillo,
Lola espléndida y majestuosa de blanco, radiante con la mate-
rialización de planes acariciados, aceptando con compostura
las miradas que se le brindaban, no inclinada sino erguida; Pat
con su traje, digno, enternecedor en su apuro; Mary sonriendo
nerviosa, estrechando la mano de Eileen con un apretón húmedo, y la propia Eileen, delgada y pálida, de verde, el pelo
oscuro recogido holgadamente, los brazos descubiertos, la cabeza alta, como una flor al final de su largo cuello, volviendo
la mirada con discreción para buscarlo, pero no lo vio.
Matthew esperaba en el altar, asustado, feliz, y el cura habló, los
votos se intercambiaron. *Paloma mía, escondida en los agujeros de
la peña, en parajes escondidos y escarpados, déjame contemplar tu
rostro, déjame escuchar tu voz. Cuán placentera es tu voz, y cuán
hermoso tu semblante.* Al terminar, en la gravilla frente a la
iglesia, la luz blanca del sol, el frescor del viento, los dedos
larguiruchos del follaje, todos riendo, estrechando manos,
abrazándose. El cortejo nupcial se reunió bajo un árbol para
hacerse la foto, apretándose y separándose unos pasitos, murmurando entre ellos con la sonrisa rígida. Fue entonces cuando Eileen lo vio, a Simon, de pie en la puerta de la iglesia,
contemplándola desde allí. Se miraron el uno al otro un largo
momento, sin moverse, sin hablar, y en el sustrato de esa mirada había muchos años enterrados. Recordó cuando ella nació,
la nueva hija de los Lydon, y la primera vez que le dejaron
verla, una cara roja y arrugada, que parecía más la de una vieja
criatura que una cosa nueva, la pequeña Eileen, y sus padres
decían que después de eso estaba siempre pidiendo una hermana, y no daba igual un hermano, tenía que ser una hermana, como la que tenía Lola. Ella también lo recordaba, ese
niño mayor que iba a otra escuela, vivaz, inteligente, con esos

ataques extraños que padecía, objeto de compasión entre los adultos, cosa que le daba, pese a que era un niño precioso, un aire de bicho raro. Su madre andaba siempre alabando lo exquisitos que eran sus modales, un caballerete. Eileen era la adolescente que él recordaba, delgada y pecosa, de pie junto a la encimera con las piernas enroscadas, quince años, siempre ceñuda. O no abría la boca o hablaba de pronto demasiado; su mal humor, su falta de amigos. Y aquellas miradas directas que le dedicaba, ruborizada y casi con enfado. Él era eso también, para ella, el chico, el joven de veinte que ayudaba en la granja durante el verano, lo había visto, con ternura incomparable, alimentando a un corderito con biberón, se pasaba una semana martirizándose por una mirada suya, se le cortaba la respiración cuando entraba en una habitación y se lo encontraba ahí. Aquel día que los tres fueron al bosque en sus bicis y las dejaron en un claro. Nubes oscuras de aspecto surrealista tras las copas resplandecientes de los árboles. Lola contando una historia larga y adornada de un asesinato cometido en ese bosque, Simon murmurando cosas como Hummm, no lo veo muy claro, y Madre mía, eso es un poco macabro, ¿no? Eileen concentrada en darle patraditas a una piedra por el camino, lanzándole una ojeada a Simon de vez en cuando para verle la cara. La apuñalaron tantas veces que estaba casi decapitada, iba diciendo Lola. Ostras, dijo Simon, prefiero no imaginármelo. Lola se rio y le dijo que era un gallina. Bueno, pues ya puestos, un poco, respondió. Estaba empezando a llover, y Lola se desató la chaqueta de la cintura. Eres como Eileen, dijo. Él miró hacia Eileen: Me gustaría ser más como ella. Lola dijo que Eileen no era más que un bebé. Con tono impetuoso, exaltado, extrañamente alto, Eileen respondió: Imagina que alguien te hubiese dicho eso cuando tenías mi edad. Lola se volvió hacia ella con una mirada compasiva. Para ser justos, dijo, cuando yo tenía tu edad era mucho más madura. Simon añadió que a él Eileen le parecía muy madura. Lola frunció el ceño: No seas baboso. A él se le pusieron las orejas coloradas, y su voz sonó ahora distinta: Me refiero intelectualmente. No volvió a decir palabra, y tampoco Lola, pero ninguno de ellos estaba contento. Lola se protegió de la lluvia con la capucha y echó a andar. Con zancadas largas y rápidas torció por un recodo del camino y desapareció de la vista. Eileen se quedó mirando hacia el sendero, que era antes de tierra seca y ahora se estaba convirtiendo en barro, con pequeños riachuelos corriendo por entre las piedras. La lluvia arreció, dibujó un estampado de topos oscuros en las perneras de sus vaqueros, le humedeció el pelo. Cuando doblaron el recodo siguiente, continuaron sin ver a Lola. Tal vez esperaba más adelante, o tal vez había cogido otro camino. ¿Tú sabes dónde estamos?, preguntó Eileen. Simon sonrió y le dijo que creía que sí. No nos perderemos, no te preocupes. Aunque igual nos ahogamos, eso sí. Eileen se secó la frente con la manga. Espero que no aparezca nadie y nos apuñale treinta y ocho veces, soltó. Simon se echó a reír. En esas historias, las víctimas parece que siempre estén solas, dijo. Así que creo que no nos pasará nada. Eileen dijo que no habría ningún problema salvo que él fuese el asesino. Simon rio de nuevo. No, no, dijo. Estás a salvo conmigo. Eileen levantó la vista hacia él, con timidez. Así es como me siento, respondió. Simon se volvió y le dijo: ¿Hum? Ella negó con la cabeza, volvió a enjugarse la cara con la manga, tragó saliva. Siento que estoy a salvo, dijo, cuando estoy contigo. Simon se quedó unos segundos en silencio. Al cabo, respondió: Eso es bonito. Me alegro de que me lo digas. Eileen lo miró a los ojos. Luego, sin previo aviso, dejó de andar y se plantó debajo de un árbol. Tenía el pelo y la cara empapados. Cuando Simon se dio cuenta de que ya no caminaba a su lado, dio media vuelta. Hola, dijo. ¿Qué haces? Ella lo miró fijamente con una intensa concentración en los ojos. ¿Puedes venir un momento?, le pidió. Simon avanzó unos pasos. Ella, en voz muy baja pero con cierta agitación, le dijo: No, me refiero aquí. Donde estoy yo. Él se detuvo. Pero ¿por qué? En lugar de responderle, Eileen se limitó a seguir mirándolo con una especie de expresión suplicante, angustiada. Simon se acercó a ella, que le puso la mano en el antebrazo y lo asió. La tela de la camisa estaba húmeda. Lo atrajo hacia sí un poco más, de manera que sus cuerpos casi se tocaron, con los labios mojados, la lluvia chorreándole por las mejillas y la nariz. Él no se apartó, de hecho se quedó ahí, muy cerca, con la boca rozándole casi la oreja. Eileen no pronunció palabra, su respiración se aceleró. Con voz suave, Simon le dijo: Eileen, lo sé. Lo entiendo. Pero no puede ser así, ¿vale? Ella temblaba, y tenía los labios descoloridos. Lo siento, respondió ella. Simon no se movió, dejó que siguiera asiéndolo del brazo. No hay nada que sentir, dijo. No has hecho nada malo. Lo entiendo, ¿vale? No tienes que pedir perdón por nada. ¿Nos ponemos en marcha?, ¿te parece? Se pusieron en marcha, Eileen caminaba con la vista clavada en los pies. Lola estaba esperando en el claro junto a la verja, sujetando erguida su bicicleta. Tan pronto los vio, pateó el pedal con impaciencia y lo hizo girar. ¿Dónde os habíais metido?, gritó mientras se acercaban. Te has ido corriendo, respondió Eileen. Simon recogió la bicicleta de Eileen de la hierba y se la pasó antes de recoger la suya. No he corrido casi, replicó Lola. Con una mirada extraña en la cara, alargó la mano y alborotó el pelo mojado de Eileen. Pareces una rata ahogada, dijo. Vamos. Él dejó que echasen a andar juntas. En silencio, con la vista clavada en la rueda de su bicicleta, rogó: Dios mío, déjala que tenga una vida feliz, haré lo que sea, lo que sea, por favor, por favor. Cuando Eileen tenía veintiún años, fue a verlo a París, donde él estaba pasando el verano en un antiguo edificio de apartamentos con un ascensor mecánico. Eran amigos, por entonces, se mandaban el uno al otro postales divertidas con pinturas famosas de desnudos. Cuando paseaban juntos por los Champs-Élysées, las mujeres se volvían a mirarlo, era alto y guapísimo, muy austero, y él nunca les devolvía las miradas. La noche que llegó a su apartamento, Eileen le contó la historia de cómo había perdido la virginidad, hacía solo unas semanas, y mientras hablaba la cara le ardía tanto que dolía, y la historia era terriblemente fea y vergonzosa, pero por algún motivo perverso le gustó contársela, le gustó el tono divertido, sin escandalizarse, que adoptó

Simon con ella. Incluso la hizo reír. Estaban tumbados juntos, sus hombros casi tocándose. Esa fue la primera vez. Estar entre sus brazos y sentir cómo se movía dentro de ella, ese hombre que se guardaba de todo el mundo, sentir cómo cedía, cómo se consolaba en ella, esa era toda su idea de la sexualidad, no había sido rebasada, todavía. En cuanto a Simon, acostarse con ella así, tan inocente y nerviosa, temblando de arriba abajo, tan poco consciente, daba la impresión, de lo que le estaba entregando, casi le hizo sentir culpable. Pero con ella nunca podía estar mal, daba igual lo que hiciesen juntos, porque Eileen no tenía ninguna maldad, y él daría la vida por hacerla feliz. Su vida, fuera lo que fuese eso. Y los años siguientes, con Natalie en París, su juventud, esfumada ya, que nunca volvería a él. Vivir contigo es como vivir con depresión, le había dicho Natalie. Él quería, intentó hacerla feliz, y no fue capaz. Solo en casa, tiempo después, fregando la vajilla después de la cena, el plato solitario y el tenedor en el escurreplatos. Y ni siquiera joven, ya no. Para Eileen esos años también habían pasado, sentada en suelos de madera desempaquetando muebles automontables, riñendo, bebiendo vino blanco y tibio de vasos de plástico. Viendo como todos sus amigos se marchaban, avanzaban, a Nueva York, a París, mientras ella se quedaba atrás, trabajando en el mismo despachito, teniendo las mismas cuatro discusiones una y otra vez con el mismo hombre. Incapaz de recordar ya cómo había imaginado que sería su vida. ¿No hubo un momento en el que había significado algo para ella, estar viva, vivir? Pero ¿qué? El año pasado, un fin de semana que estaban los dos en casa, Simon había cogido prestado el coche de sus padres para llevarla a Galway. Eileen llevaba una chaqueta roja de tweed con un broche en la solapa, el pelo suelto sobre los hombros, oscuro, suave, las manos en el regazo, blancas como palomas. Hablaron de sus familias, de la madre de Eileen, de la madre de Simon. Ella seguía viviendo con su novio por aquel entonces. De vuelta esa noche, la luna creciente, torcida y dorada como una copa alzada de champán, los botones del cuello de la blusa desabrochados, ella deslizó la mano dentro, acariciándose la piel del escote, se pusieron a hablar de niños, ella nunca había querido tener, pero últimamente no sabía, y fue imposible para Simon no pensar en ello, sintió una presión intensa y dolorosa en su interior, déjame a mí, quería decir, tengo dinero, yo me ocuparé de todo. Dios santo. ¿Y tú?, preguntó ella, ¿quieres tener hijos? Mucho, respondió. Sí. Ese ruido sordo cuando cerró la puerta del coche al salir. Pensando todavía en ello esa noche, imaginando que Eileen le dejaba, que Eileen quería, y sintiéndose después vacío y avergonzado de sí mismo. La vio por O'Connell Street unas semanas después, era agosto, iba paseando con una amiga que Simon no conocía, cruzando la calle, camino del río, y llevaba un vestido blanco, hacía calor ese día. Qué elegante se la veía entre el gentío. Sus ojos la siguieron, siguieron su cuello largo y hermoso, los hombros reluciendo a la luz del sol. Fue como contemplar su vida alejándose de él. Una noche, en Dublín, alrededor de Navidad, Eileen lo vio por la ventanilla de un autobús, estaba cruzando la calle, volviendo a casa del trabajo, seguramente, con su largo abrigo de invierno, alto, la cabeza dorada bajo la luz de las farolas, Dios, qué época tan horrible, Alice en el hospital, y Aidan diciendo que necesitaba pensar, y ahí, al otro lado de la ventanilla del autobús, estaba Simon, cruzando la calle. Daba tanta calma tan solo mirarlo, su figura imponente y atractiva, abriéndose paso por la líquida oscuridad añil de diciembre, su tranquila soledad, su autosuficiencia, y se sintió tan feliz, tan agradecida de que viviesen en la misma ciudad, donde podía toparse con él sin ni siquiera proponérselo, donde podía aparecer así frente a ella justo cuando más necesitaba verlo, a alguien que la había querido toda su vida. Todo eso estaba ahí. Y sus llamadas, los mensajes que se escribían el uno al otro, sus celos, los años de miradas, las sonrisas reprimidas, su diccionario de pequeños detalles. Todas las historias que habían contado sobre el otro, sobre sí mismos. Todo eso había en sus ojos y cruzó entre ambos.

Miren para aquí, por favor, dijo el fotógrafo.

Simon inclinó la cabeza y dejó que ella apartase la vista. Cuando se terminaron las fotos, el grupo se dispersó por la gravilla, hablando, saludando, y Eileen fue hacia donde estaba él, en el escalón.

Estás muy guapa, dijo.

Ella tenía la cara encendida, llevaba un ramo de flores en los brazos. Ya había alguien llamándola, reclamando algo.

Simon, dijo.

Con ternura, casi con dolor, pareció, se sonrieron el uno al otro, sin decir nada, y sus preguntas eran las mismas, es en mí en quien piensas, cuando hicimos el amor fuiste feliz, te he hecho daño, me quieres, me querrás siempre. Desde la verja de la iglesia su madre la llamaba. Eileen alargó el brazo para tocar la mano de Simon:

Ahora vuelvo.

Él asintió, sonriendo.

No te preocupes, dijo. Aquí estaré.

24

Queridísima Alice, solo un mensaje rápido para decirte que la boda fue muy bonita, y que vamos en el tren hacia Ballina mientras te escribo. Olvido siempre que Simon es en esencia (aunque él lo niega) un político, y por tanto conoce literalmente a todo el mundo en el país. Ahora mismo mientras te escribo está metido en una larga conversación con un hombre cualquiera al que yo no había visto en la vida. Me está recordando a eso que decías en tu último email sobre la belleza, y sobre lo difícil que resulta creer que la belleza pueda ser importante o valiosa cuando es meramente arbitraria. Pero aporta cierto placer a la vida, ¿verdad? No hace falta ser religioso para apreciar eso, creo. Es curioso que solo tenga dos mejores amigos en el mundo y ni uno ni otro me recuerden en absoluto a mí. De hecho, la persona que más me recuerda a mí es mi hermana: porque está completamente loca, como lo estoy también yo, y porque me saca de quicio, como lo hago también yo. Estaba preciosa ayer, por cierto, aunque era un vestido palabra de honor y sé que los desapruebas. El hombre que está hablando con Simon se acaba de sentar a nuestra mesa y le está enseñando algo en el móvil. ¿No sé si es la foto de un pájaro? ¿Será que este hombre es una especie de amante de los pájaros? Ni idea, no estaba escuchando. En fin, qué ganas de verte. Creo que tenía una idea en mente sobre la belleza, o sobre la boda, o sobre Simon y tú y lo de que no me recordáis a mí, pero no consigo recordar qué era. ¿Sabes que la primera vez que me acosté con Simon fue hace casi diez años? A veces creo que habría tenido una buena vida si Simon hubiese sido buen cristiano y me hubiese pedido que me casara con él entonces. Podríamos tener ya varios hijos a estas alturas, y seguramente irían sentados en el tren con nosotros en este mismo momento, oyendo la conversación de su padre con un fanático de los pájaros. Tengo la sensación de que si Simon me hubiese tomado bajo su ala en un punto anterior de mi vida, yo habría salido mucho mejor. Y también él, si hubiese tenido a alguien de quien cuidar y en quien confiar todo este tiempo. Pero siento decir que creo que es demasiado tarde para cambiar cómo hemos terminado siendo. El proceso de conversión ha llegado a su fin, y somos en gran medida los que somos. Nuestros padres se hacen mayores, Lola se ha casado, yo seguramente siga tomando decisiones vitales pésimas y padeciendo episodios depresivos recurrentes, y lo más seguro es que Simon continúe siendo una persona bondadosa y competente pero emocionalmente inaccesible. Aunque igual iba a ser así de todas todas, y no podríamos haberlo evitado de ninguna manera. Esto me recuerda la primera vez que te vi, recuerdo el jersey de punto verde que llevaba yo, y la diadema que llevabas tú en el pelo. Quiero decir que la vida que hemos tenido desde entonces, juntas y no juntas… puede que estuviese ya ahí con nosotras ese día. Lo cierto es que quiero de verdad a Lola, y a mi madre, y creo que ellas me quieren a mí, aunque parezca imposible que nos llevemos bien, y tal vez nunca lo consigamos. Puede que, de alguna manera curiosa, no sea tan importante llevarse bien, que sea más importante quererse simplemente de todas formas. Ya lo sé, ya lo sé: esta va a misa un par de veces y de repente ya quiere a todo el mundo. En fin, hemos llegado a Athlone, así que tendría que ir terminando este email. Recuérdame solo que tengo una idea para un ensayo sobre «La copa dorada» que te quiero comentar. ¿¿Has leído alguna vez novela más jugosa?? La lancé de punta a punta del cuarto cuando la terminé. Me muero de ganas de verte. Besos besos besos. Eileen.

25

En el andén de una estación de tren, última hora de la mañana, principios de junio: dos mujeres se abrazan tras una sepa-
ración de varios meses. Detrás de ellas, un hombre alto y rubio
está bajando del tren cargado con dos maletas. Las mujeres
calladas, los ojos apretados, estrechándose la una a la otra, durante un segundo, dos segundos, tres. ¿Fueron conscientes, en
la intensidad de su abrazo, de un elemento ligeramente ridículo en este cuadro vivo, algo casi cómico, cuando alguien
allí cerca estornudó violentamente en un pañuelito arrugado;
cuando una botella de plástico sucia correteó por el andén
llevada por un soplo de viento; cuando una valla publicitaria
mecanizada rotó para pasar de un anuncio de productos capi-
lares a un anuncio de seguros de coche; cuando la vida se
impuso con toda su ordinariez e incluso su fea vulgaridad por
todo alrededor? ¿O eran ajenas en ese instante, o algo más que
ajenas: eran de algún modo invulnerables, insensibles a la vulgaridad y la feúra, porque estaban atisbando algo más profundo, algo camuflado bajo la superficie de la vida, no irrealidad,
sino una realidad oculta: la presencia en todo momento, en
todo lugar, de un mundo bello?

Cuando Felix aparcó frente a la casa de Alice esa noche después del trabajo, las luces estaban encendidas en las ventanas.
Eran las siete pasadas, todavía estaba claro, pero refrescaba, y al
otro lado de los árboles el mar asomaba verde y plateado. Con

una mochila al hombro, fue a paso ligero hasta la puerta y golpeó la aldaba dos veces seguidas contra la placa de metal. Un aire frío y salado se agitaba sobre él, y tenía las manos heladas. Cuando se abrió la puerta, no era Alice la que estaba dentro, sino otra mujer, de la misma edad, más alta, con el pelo más oscuro, ojos oscuros también.

Hola, dijo ella. Debes de ser Felix. Yo soy Eileen. Pasa.

Él entró y dejó que Eileen cerrase la puerta.

Sí, dijo, con una sonrisa distraída. Eileen, he oído hablar de ti.

Cosas buenas, espero.

Le explicó que Alice estaba preparando la cena, y Felix la siguió por el pasillo, contemplando su cabeza y sus hombros menudos y delgados, que avanzaron ante él hasta la puerta de la cocina. Dentro, había un hombre sentado a la mesa, y Alice estaba junto a los fogones, con un delantal blanco y sucio atado a la cintura.

Hola, dijo ella. Justo estaba escurriendo la pasta. A Eileen ya la conoces, este es Simon.

Felix lo saludó con la cabeza, toqueteando la tira de la mochila mientras Simon le devolvía el saludo. La cocina estaba un poco oscura, solo estaban encendidas las luces de la encimera y unas velas sobre la mesa. La ventana de atrás estaba empañada de vapor, el cristal azul y aterciopelado.

¿Te puedo echar una mano con algo?, preguntó Felix.

Alice se estaba dando unas palmaditas en la frente con el revés de la muñeca, como para refrescarse.

Creo que está todo controlado, respondió, pero gracias. Eileen nos estaba contando la boda de su hermana.

Felix dudó un momento, y luego se sentó a la mesa.

Este fin de semana, ¿verdad?

Volviéndose hacia él con deleite, Eileen siguió hablando sobre la boda. Era divertida y gesticulaba mucho con las manos. De vez en cuando, invitaba a participar a Simon, que hablaba con voz relajada y parecía encontrarlo todo entretenido. Él también prestó mucha atención a Felix, cruzando una mirada de vez en cuando y sonriéndole de un modo vagamente cómplice, como si le alegrase la presencia de otro hombre, o le alegrase la presencia de las mujeres pero quisiera compartir o evidenciar esa alegría con Felix. Era atractivo, vestía una camisa de lino, y le dio las gracias a Alice en tono suave y pausado cuando ella le rellenó la copa de vino. La mesa estaba puesta con platos de postre, pequeños y decorados, cubertería de plata, servilletas blancas de tela. Una gran ensaladera amarilla; dentro, las hojas aceitosas y relucientes. Alice llevó un plato de pasta a la mesa y lo colocó delante de Eileen.

Felix, te voy a servir el último, dijo, porque los otros dos son mis invitados de honor.

Sus miradas se cruzaron. Él le sonrió, con algo de nerviosismo, y dijo en voz alta:

No pasa nada, sé cuál es mi lugar.

Ella puso una mueca sarcástica y se volvió a la cocina. Felix la siguió con la vista.

Cuando acabaron de cenar, Alice se levantó para recoger la mesa. El repiqueteo y el chirrido de los cubiertos, el ruido del grifo. Simon le preguntaba a Felix por el trabajo. Eileen, ahora cansada y satisfecha, siguió sentada tranquilamente con los ojos medio cerrados. Había un crumble de fruta en el horno. En la mesa, los restos de la comida, una servilleta manchada, hojas empapadas en la ensaladera, gotas pálidas de cera blanca azulada en el mantel. Alice preguntó si alguien quería café.

Yo sí, por favor, dijo Simon.

Una tarrina de helado fundiéndose lentamente en la encimera, regueros húmedos resbalando por los lados. Alice desenroscó la base de una cafetera plateada.

¿Y tú a qué te dedicas?, estaba diciendo Felix. Alice me ha contado que trabajas en política o algo.

En el fregadero, una sartén sucia, una tabla de cortar de madera. Y luego el siseo y la chispa del quemador, y Alice preguntando:

¿Sigues tomándolo solo?

Eileen abriendo los ojos nada más que para ver a Simon volviéndose a medias hacia Alice, de pie junto al fogón, y respondiendo por encima del hombro:

Sí, gracias. No quiero azúcar, gracias.

Simon regresando a su conversación con Felix, reacomodándose, y los párpados de Eileen aleteando casi cerrados una vez más. La palidez del cuello de Simon. Cuando temblaba encima de ella, sonrojado, murmurando, te parece bien, lo siento. El sonido metálico de la puerta del horno, el aroma a mantequilla y manzana. El delantal blanco de Alice abandonado sobre el respaldo de una silla, los cordones arrastrando.

Sí, colaboramos en algo el año pasado, estaba diciendo Simon. No lo conozco bien, pero su equipo cuenta maravillas de él.

Y la casa alrededor, silenciosa y sólida con su tarima clavada, con sus azulejos lustrosos brillando a la luz de las velas. Y los jardines oscuros y callados. El mar respirando plácidamente fuera, soplando su aire salado por las ventanas. Pensar en Alice viviendo aquí. Sola, o no. Estaba junto a la encimera, ahora, repartiendo el crumble en cuencos con una cuchara. Todo en un mismo lugar. Toda la vida anudada en el interior de esta casa para hacer noche, como un collar enredado en el fondo de un cajón.

Después de la cena, Felix salió a fumar, y Eileen fue arriba a llamar por teléfono. En la cocina, Simon y Alice lavaron juntos los platos. Por la ventana del fregadero, iba cruzando de vez en cuando la silueta pequeña y delgada de Felix, deambulando por el jardín a la penumbra. La punta encendida del cigarrillo. Alice esperaba atenta su aparición mientras secaba los platos con un trapo de cuadros y los apilaba en los armarios. Cuando Simon le preguntó cómo iba el trabajo, ella negó con la cabeza.

No, no puedo hablar de eso, respondió. Es confidencial. No, me he retirado. Ya no escribo libros.

Simon le tendió la ensaladera chorreante, y ella le dio palmaditas con el trapo.

No me lo acabo de creer, dijo.

A Felix ya no se le veía por la ventana, había dado la vuelta hacia el otro lado de la casa, o se había alejado entre los árboles.

Te lo vas a tener que creer, respondió ella. Estoy acabada. Solo tenía dos ideas buenas. No, era demasiado doloroso, de todos modos. Y ahora soy rica, ya sabes. Creo que más rica que tú.

Simon dejó las pinzas para ensalada en el escurreplatos.

Y que lo digas, dijo.

Alice guardó la ensaladera y cerró de nuevo el armario.

Cancelé la hipoteca de mi madre el año pasado, dijo. ¿Te lo había contado? Tengo tanto dinero que lo hago todo un poco al tuntún. Pero haré otras cosas, tengo planes, aunque soy muy desorganizada.

Simon la miró, pero ella apartó la vista, cogió las pinzas de la ensalada y las envolvió en el trapo para secarlas.

Eso es muy generoso por tu parte.

Alice se puso tímida.

Sí, bueno, solo te lo he contado para que pienses que soy buena persona, dijo. Ya sabes que aspiro a tu aprobación.

Guardó las pinzas en el cajón de los cubiertos.

Yo te apruebo por completo, respondió Simon.

A ella los hombros le dieron un respingo, y respondió, medio en broma:

Uf, no, no merezco aprobación completa. Pero me puedes aprobar un poquito.

Él se quedó callado un momento, fregando una fuente del horno con el estropajo. Alice, inquieta ahora, lanzó de nuevo una mirada hacia la ventana y no vio nada. La luz se iba apagando. Las siluetas de los árboles.

De todas formas, ya no me habla, dijo. Ninguno de los dos.

Simon se detuvo un momento, y luego colocó la fuente en el escurridor.

Tu madre y tu hermano, dijo.

Ella cogió la fuente y empezó a darle toquecitos con el trapo, toques fuertes y rápidos, mientras decía:

O yo no me hablo con ellos, ya no me acuerdo. Nos peleamos cuando estuve ingresada. Ya sabes que ahora vuelven a vivir juntos.

Simon había dejado que el estropajo se hundiese en el agua hasta el fondo del fregadero.

Lo siento, dijo. Parece tristísimo.

Ella soltó una risotada que le irritó la garganta, y siguió dando golpecitos a la fuente del horno.

Lo triste es que estoy mejor cuando no tengo que verlos, dijo. No es muy cristiano, lo sé. Espero que sean felices, pero prefiero estar con gente que me tenga simpatía.

Notó que Simon la observaba mientras se agachaba y empujaba ruidosamente la fuente al fondo de un armario.

No creo que eso sea poco cristiano, dijo él.

Alice soltó otra risa temblorosa.

Vaya, qué bonito que me digas eso, respondió. Gracias. Ya me siento mucho mejor.

Simon rescató el estropajo del fondo del fregadero.

¿Y tú cómo estás?, preguntó ella.

Él sonrió agachando la vista, una sonrisa resignada.

Estoy bien, respondió.

Ella siguió observándolo. Simon la miró de reojo y dijo, divertido:

¿Qué?

Alice enarcó las cejas, inofensiva.

No sé muy bien qué es lo que hay, dijo. O sea, entre Eileen y tú.

Eso le hizo volver su atención al fregadero de nuevo.

Bienvenida al club, respondió.

Alice escurrió el trapo pensativamente.

Pero ahora sois amigos, dijo.

Simon asintió al tiempo que dejaba una espátula en el escurreplatos, y dijo que sí.

Y estás contento, continuó ella.

Él rompió a reír al fin.

Yo no diría tanto, respondió. No, para mí es volver a la vida de callada desesperación de siempre, me temo.

Se abrió la puerta de atrás y entró Felix, que se limpió los zapatos a pisotones en el felpudo y cerró la puerta.

Hace una noche muy bonita, dijo.

Se oyó un crujido de pasos, las pisadas suaves de Eileen bajando las escaleras. Alice dobló el trapo blandengue y húmedo. Habían venido todos a verla. Por ese motivo estaban todos en su casa, por ningún otro, y ahora que estaban ahí, no importaba demasiado lo que hicieran o dijesen. Felix le estaba preguntando a Simon si había sido fumador alguna vez.

No, no lo creo. Tienes una pinta demasiado sana. Y diría que bebes un montón de agua también, ¿a qué sí?

Conversación y risas, no eran más que agradables disposiciones de sonidos en el aire. Eileen en la puerta, y Alice levantándose para servirle otra copa de vino, para preguntarle por su trabajo. Había venido a verla, estaban de nuevo juntas, no importaba demasiado, ahora, lo que hicieran o dijesen.

Poco después de la una, subieron a acostarse. Las luces se encendieron y volvieron a apagarse, ruido de agua corriendo, cisternas cargándose, puertas que se abrían y cerraban. Alice bajó la persiana de su dormitorio mientras Felix se sentaba a un lado de la cama. Se acercó, y él empezó a desabrocharle el vestido.

Lo siento, dijo.

Ella le puso la mano en la cabeza y le alisó el pelo hacia atrás.

¿Por qué dices eso?, preguntó. ¿Por la pelea que tuvimos?

Felix soltó el aire despacio, y durante un momento no dijo nada.

No fue realmente una pelea, aun así, ¿no?, respondió. Da igual. Lo puedes llamar así si quieres. No volverá a ocurrir, fuera lo que fuese.

Alice siguió mirándolo con tristeza un poco más, y luego se dio la vuelta y terminó de desabrocharse el vestido.

¿Me estás dejando?, preguntó.

Él miró cómo dejaba resbalar el vestido y lo metía en el cesto de la colada.

Ah, no, respondió. Solo voy a intentar ser agradable contigo por un tiempo.

Le desabrochó el sujetador, y ella soltó una risita aguda.

Igual no me gusta.

Felix se echó en la cama, sonriendo para sí.

No, ya lo he pensado. Pero no se puede tener siempre lo que uno quiere.

Alice se tumbó a su lado.

Estás contenta de tenerla aquí, ¿verdad?, a tu amiga, dijo mientras le acariciaba el pecho.

Al cabo de un momento, ella le respondió que sí.

Ya, es tierno, cómo os queréis la una a la otra. Las chicas sois así. Deberíais pasar tiempo solas mientras esté por aquí, no dejar que los tíos os agobien.

Alice sonrió.

Demasiado tiempo separadas, dijo. Ahora estamos tímidas la una con la otra.

Felix se tumbó de espaldas y miró el techo.

Eso se pasará enseguida, dijo. Y me cae bien, por cierto.

Alice le deslizó lentamente la mano por el hombro, por el brazo.

¿Pasarás un rato con nosotros mañana?, preguntó.

Sí, por qué no, respondió, como encogiéndose de hombros. Cerró los ojos, lo pensó de nuevo y añadió: Me gustaría.

El aliento del mar fue alejando lentamente la marea de la orilla, y dejó la arena lisa y espejeante bajo las estrellas. Las algas mojadas, enmarañadas, plagadas de insectos. Las dunas agrupadas y tranquilas, el viento frío combando la hierba. El camino asfaltado que subía de la playa en silencio ahora, cubierto por una capa de arena blanca; un brillo tenue sobre los techos curvos de las caravanas; los coches aparcados, formas oscuras y agazapadas sobre la hierba. Y luego la feria, el quiosco de helados con la persiana bajada, y siguiendo la calle, ya en el pueblo, la oficina de correos, el hotel, el restaurante. El Sailor's Friend, con las puertas cerradas, pegatinas ilegibles en las ventanas. La estela de los faros de un único coche al pasar. Las luces traseras rojas como ascuas. Más allá, una hilera de casas, las ventanas reflejando impasibles la luz de las farolas, los cubos de basura alineados enfrente, y luego la carretera de la costa que salía del pueblo, silenciosa, desierta, los árboles alzándose por entre la oscuridad. El mar hacia el oeste, una extensión de manto negro. Y al este, cruzando la verja, la antigua rectoría, de un azul lechoso. Dentro, cuatro cuerpos durmiendo, despertando, durmiendo otra vez. De lado, o tumbados de espaldas, sacudiéndose las colchas con los pies, cruzando de sueño en sueño en silencio. Y ya por detrás de la casa empezaba a salir el sol. En los muros traseros y entre las ramas de los árboles, entre las hojas coloridas de los árboles y la hierba verde y húmeda, se filtraba la luz del alba. Mañana de verano. Agua fría y clara en el hueco de la mano.

26

A las nueve estaban desayunando juntos en la cocina, con nubes de vapor saliendo del hervidor, entrechocar de platos y tazas, la luz del sol colándose ondulante por la ventana de atrás. Pasos arriba y abajo de la escalera después, voces llamando. Alice metió un capazo de mimbre lleno de toallas de playa en el maletero del coche con Felix apoyado en el capó. Alice con las gafas de sol en la cabeza, apartándole el pelo mojado y oscuro de la cara. Él se acercó y la rodeó con los brazos desde atrás, le besó la nuca, le dijo algo al oído, ella se rio. Después los cuatro en el coche con las ventanillas bajadas, el olor a plástico caliente y humo viciado de tabaco, Thin Lizzy en la radio, un chisporroteo de estática. Simon en el asiento trasero, diciéndole a Alice:

Dios, no, hacía siglos que no sabía nada de ella.

La cara de Eileen en la ventanilla, el viendo azotando entre su pelo. Cuando aparcaron, la playa, allí delante, se veía blanca y reluciente, salpicada de bañistas, gente con trajes de neopreno, familias con sombrillas y cubos de plástico de colores. Las once de un martes. Al pie de las dunas, Alice y Eileen extendieron sus toallas sobre la arena, una naranja, la otra con un dibujo rosa y amarillo de conchas. Simon se descalzó y dijo que iba a ver cómo estaba el agua. Felix, jugueteando con los cordones de sus bermudas, sonrió para sí.

Sabía que dirías eso. Venga, voy contigo, por qué no.

La marea estaba baja, y a medida que avanzaban la arena iba siendo más oscura, más firme bajo sus pies, incrustada de piedras de colores y fragmentos de conchas, algas secas, los restos blanqueados de cangrejos. Frente a ellos, el mar. El sol les caía a plomo en el cuello y los hombros. Al lado de Simon, Felix parecía menudo y compacto, moreno, ágil. La sombra de Simon era más larga sobre la arena lisa y húmeda. Felix comenzó de nuevo a preguntarle por su trabajo, a preguntarle qué hacía en concreto todo el día. Él le respondió que sobre todo asistía a reuniones, a veces con políticos, y a veces con activistas y grupos comunitarios. El agua salada, tibia en sus pies, y luego fría en los tobillos, y aún más fría al llegar a las rodillas. En los últimos meses, dijo Simon, había estado trabajando mucho con una organización por los refugiados.

Ayudándolos, dijo Felix.

Intentándolo, respondió Simon. ¿Siempre está tan fría el agua, por cierto?

Felix se echó a reír, y le castañearon los dientes.

Sí, es horrible siempre. No sé por qué me he metido, no me baño nunca. ¿Y estás de alquiler, en Dublín, o tienes tu propia casa?, le preguntó, apretando los brazos cruzados contra el pecho, con los hombros tiritando.

Sí, tengo un apartamento, dijo Simon. O sea, tengo una hipoteca.

Felix chapoteó distraído con la mano por la superficie del agua, y levantó un poco de espuma blanca en la dirección de Simon. Sin levantar la vista, dijo:

Sí, mi madre murió el año pasado y nos dejó la casa. Pero le quedan todavía diez años de hipoteca. Se frotó la nuca con las yemas mojadas de los dedos. Yo no vivo ahí ni nada, añadió. De hecho, mi hermano está en trámites de venderla.

Simon le escuchó en silencio, vadeando a su lado para seguirle el paso, el agua ya por la cintura. Le dijo amablemente que sentía mucho saber que Felix había perdido a su madre. Felix lo miró, guiñando un ojo con fuerza, y luego bajó de nuevo la vista al agua.

Sip, respondió.

Simon le preguntó cómo llevaba lo de vender la casa, y él soltó una risotada extraña.

Es curioso, dijo, llevo los últimos seis meses evitando a mi hermano, intentando escabullirme de la firma. ¿No es ridículo? Ni siquiera sé por qué lo hago. No es que quiera vivir ahí. Y me hace mucha falta el dinero. Pero así soy yo, no puedo hacer las cosas a la manera fácil. Volvió a chapotear con la mano, abstraído. Está muy bien que hagas esas cosas que me decías, añadió luego, lo de los solicitantes de asilo. Pobre gente.

Simon pareció meditarlo un momento, y luego respondió que cada vez se sentía más frustrado con su trabajo, porque lo único que hacía era asistir a reuniones y escribir informes que no leía nadie.

Pero al menos te preocupas, replicó Felix. Hay un montón de gente que no.

Simon dijo que, aunque por supuesto que se preocupaba, en teoría, no parecía haber mucha diferencia entre que se preocupase o no.

La mayor parte del tiempo sigo con mi vida como si ni siquiera estuviese ocurriendo, añadió. O sea, me reúno con estas personas que han pasado por cosas que no puedo ni llegar a imaginar, y por mucho que esté de su lado en principio, y por mucho que vaya a trabajar todos los días y haga lo que tengo que hacer, en realidad me paso la mayoría del tiempo pensando en... yo qué sé.

Felix hizo un gesto hacia la orilla, hacia las formas recostadas de Alice y Eileen.

En personas como ellas, dijo.

Simon, sonriendo, apartó la vista y respondió que sí, en personas como ellas. Felix lo observaba atentamente.

Tú eres creyente, ¿verdad?, le preguntó.

Simon se quedó un momento callado antes de volverse hacia él.

¿Te lo ha contado Alice, o lo has adivinado?

Felix volvió a soltar una risa animada.

La culpabilidad católica te ha delatado, respondió. Nah, me lo dijo ella.

Guardaron silencio unos segundos, mientras seguían adentrándose en el agua. Simon le explicó, con voz pausada, que en un momento de su vida se había planteado hacerse sacerdote. Felix lo miraba, afable, interesado.

Y ¿por qué no lo hiciste?, dijo, si te puedo preguntar.

Simon tenía la vista perdida en el agua fría y turbia; la superficie cortada aquí y allá por fragmentos de luz reflejada. Al cabo respondió:

Iba a decir que creía que la política sería más práctica pero la verdad es que no quería estar solo.

Felix sonrió para sí.

Ese es tu problema, dijo, eres duro contigo mismo por no parecerte más a Jesús. Tendrías que hacer como yo, ser un gilipollas y disfrutar de la vida.

Simon levantó la vista al oírlo, con una sonrisa.

A mí no me pareces un gilipollas, dijo, pero me alegro de que disfrutes de la vida.

Felix se metió un poco más adentro. Sin darse la vuelta, dijo en voz alta:

Desde luego he hecho muchas cosas que no debería haber hecho, pero no tiene sentido lamentarse, ¿verdad? Es decir, puede que a veces me lamente, pero intento no hacerlo.

Simon se lo quedó mirando otro par de segundos, el agua chapaleando contra su cuerpo menudo y pálido.

Bueno, todos somos pecadores, respondió Simon.

Ahora Felix se dio la vuelta.

Ah, sí, dijo, y se echó de nuevo a reír. Había olvidado que vosotros creéis eso, añadió. Es de friki total, sin ofender. Venga, al final no nos bañaremos si te quedas ahí parado.

Se alejó unos cuantos pasos y sumergió el cuerpo entero bajo la superficie del agua, hasta desaparecer por completo.

En la orilla, Eileen estaba sentada, con las piernas cruzadas, hojeando una antología de relatos. Alice estaba tumbada en la toalla a su lado, con el sol reluciendo en sus párpados húmedos. Un soplo de viento levantó una página del libro de Eileen, y ella la aplanó impaciente con la mano. Sin abrir los ojos, Alice dijo:

Bueno, ¿cómo está la situación?

Eileen no respondió al principio, ni siquiera levantó la cabeza. Y luego dijo:

Con Simon, te refieres. No sé cómo está la situación. Creo que somos personas muy distintas, la verdad.

Alice tenía ahora los ojos abiertos, haciéndose sombra con la mano, mirándola.

¿Qué significa eso?, preguntó.

Eileen clavó una mirada ceñuda a la hoja de letra densa y negra y luego cerró el libro.

Está saliendo con otra persona, dijo. Pero, igualmente, no sé si habría funcionado. Es que somos muy distintos.

Alice seguía con la mano levantada, haciéndose visera.

Eso ya lo has dicho, pero ¿qué significa?

Eileen dejó el libro a un lado y bebió agua de la botella. Después de tragar, dijo:

Estás siendo indiscreta.

Alice bajó la mano y cerró los ojos otra vez.

Perdona.

Eileen enroscó el tapón de la botella, mientras decía:

Es un tema delicado.

Un pequeño insecto aterrizó en la toalla de Alice y al momento se alejó zumbando por el aire.

Comprensible, respondió ella.

Eileen estaba mirando al horizonte, dos figuras ahora hundiéndose bajo la superficie del agua, ahora emergiendo de nuevo, intercambiando posiciones.

Si no funcionara, sería demasiado deprimente, comentó.

Alice se incorporó sobre los codos, cavando dos hoyos diminutos en la arena blanda.

Pero si funcionara, dijo.

Eso es mentalidad de jugador, respondió Eileen.

Alice asintió, y recorrió con los ojos arriba y abajo la figura sentada de su amiga. El tirante estrecho y negro del bañador.

Y eso es aversión al riesgo, replicó Alice.

Eileen esbozó una media sonrisa.

Autoboicot, entonces, respondió.

Alice sonreía también, con la cabeza ladeada.

Se puede ver de las dos maneras, dijo. Pero él te quiere, eso sí.

Eileen se volvió hacia ella:

¿Qué, te lo ha dicho él?

Alice negó con la cabeza.

No, solo quiero decir que es evidente, respondió.

Eileen inclinó la espalda sobre las piernas cruzadas, y apoyó las manos delante, en la áspera toalla de estampado rosa, con las pequeñas crestas de su columna despuntando a través de la tela fina y sintética del bañador.

Ya, en cierto modo me quiere, dijo. Porque soy una idiotita incapaz de hacer nada por sí misma, y esa es su gran pasión.

Se sentó recta y se frotó los ojos con las manos.

A principios de año, en enero o febrero, empecé a tener migrañas muy fuertes, dijo. Y una noche entré en bucle buscando síntomas en internet y acabé convencida de que tenía un tumor cerebral. Esta historia es una auténtica chorrada, pero bueno. El caso es que llamé a Simon como a la una de la mañana para decirle que me aterraba tener un tumor en el cerebro, y él vino en taxi a casa y me dejó llorarle en el hombro una hora o así. Ni siquiera parecía enfadado, estaba tranquilísimo. No es que quisiera verlo enfadado, pero ¿yo habría hecho eso por él? Si me llamase en plena noche diciendo, eh, hola, Eileen, ¿qué tal?, me he convencido irracionalmente de que tengo una extraña forma de cáncer, ¿quieres venir a mi casa y dejar que te llore hasta que me canse y me quede dormido? No tiene sentido imaginar siquiera cómo podría reaccionar yo, porque es algo que Simon no haría jamás. En realidad, si lo hiciese, yo daría por hecho que realmente le pasa algo en el cerebro.

Alice se reía.

Tienes un montón de historias sobre lo hipocondríaca que eres, dijo, pero a mí no me lo pareces para nada.

Eileen había sacado las gafas de sol de su bolso y las estaba limpiando con una punta del jersey que se había quitado.

No, a eso me refiero, dijo. Simon saca la morralla más absoluta de mi personalidad. No entiendo qué hago criticándolo a él, tendría que criticarme a mí misma. ¿Qué mujer adulta se comportaría de esa manera? Es horrible.

Alice estaba clavando los codos en la toalla con gesto pensativo. Al cabo de un momento, dijo:

Lo que quieres decir es que no te gusta la persona que eres cuando estás con él.

Eileen frunció el ceño, inspeccionando las gafas a la luz.

No, no es eso, respondió. Es solo que siento que nuestra relación va demasiado en un solo sentido. Que siempre me está sacando las castañas del fuego y yo nunca lo hago por él. O sea, es genial que sea tan atento, y a mí me hace falta, en cierto modo. Pero él no necesita nada de mí. Después de una pausa, añadió: En fin, da igual. Él ya tiene a su novia de veintitrés años que a todo el mundo le parece genial.

Alice volvió a tumbarse en la toalla de playa. Las siluetas de Simon y Felix ya no eran visibles desde donde estaba sentada Eileen, solo la vasta bruma de agua y luz, olas finas que se rompían como hilos. Detrás de ellas, el pueblo resplandecía de blanco a lo largo de la costa, hasta el mismo faro, y a su izquierda quedaban las dunas desiertas. Alice apoyó el dorso de la mano en la frente.

¿De verdad podrías vivir aquí, tú crees?, preguntó Eileen.

Alice la miró sin rastro de sorpresa.

Ya vivo aquí, respondió.

Un atisbo de contrariedad cruzó los rasgos de Eileen, y al instante reculó.

Ya, ya lo sé, pero me refiero a largo plazo.

No sé. Me gustaría, respondió Alice con tono apacible.

A su espalda, una joven familia fue bajando desde el camping, dos criaturas tambaleándose delante con petos a juego.

¿Por qué?, preguntó Eileen.

Alice sonrió:

¿Por qué no? Es precioso, ¿no?

Claro, obviamente, respondió Eileen en voz baja.

Había agachado la vista a la toalla, y estaba alisando los pliegues con sus dedos largos bajo la mirada atenta de Alice.

Siempre puedes venir a vivir conmigo, dijo.

Eileen cerró los ojos y los volvió abrir.

Por desgracia tengo que trabajar para ganarme la vida, dijo.

Alice dudó un momento, y luego respondió, con tono despreocupado:

¿Y quién no?

Los hombres estaban saliendo del agua, mojados y relucientes, reflejando la luz del sol, hablando entre ellos, al principio de forma inaudible, sus sombras alargándose tras ellos sobre la arena, un azul veteado, y las mujeres se quedaron calladas y los contemplaron.

A las dos, Felix se marchó a trabajar, y los otros tres estuvieron paseando por el pueblo. Hacía una tarde calurosa, manchas negras de alquitrán se fundían en las calles, alumnos de exámenes remoloneando vestidos de uniforme. En la tienda benéfica que había junto a la iglesia Eileen se compró una blusa de seda verde por seis euros con cincuenta. Felix, mientras tanto, estaba empujando un contenedor alto por los pasillos del almacén, con el cuerpo inclinado de manera precisa contra el mecanismo para guiarlo en las esquinas, colocando el pie izquierdo justo detrás de las ruedas traseras al tiempo que con las manos soltaba y luego volvía a sujetar el manillar. Llevó a cabo esta acción de manera idéntica una y otra vez, sin pensar, se diría, salvo cuando calculaba mal y el peso del contenedor escapaba brevemente de su control. En la cocina de Alice, Simon andaba preparando la cena, y Alice estaba animando a Eileen a escribir un libro. Por algún motivo, Eileen tenía en el regazo la blusa de seda que había comprado un rato antes. De vez en cuando, mientras Alice hablaba, acariciaba la prenda abstraída como si fuese un animal. Por un lado, parecía estar prestando a su conversación con Alice una atención profunda y sostenida, pero por otro, apenas daba la impresión de estar escuchando una palabra. Tenía los ojos clavados en las baldosas, pensando, se diría, y a ratos sus labios se movían en silencio como para formar palabras, pero no decían nada.

Después de la cena, bajaron caminando para tomar algo con Felix. Una luz fría se iba apagando sobre el mar, azul y vagamente amarilla. Felix estaba delante del Sailor's Friend cuando llegaron, hablando por teléfono. Los saludó con la mano libre mientras decía al auricular:

Ya veremos, lo pregunto. Oye, te dejo, ¿vale?

Luego, entraron todos juntos.

Pero si es el formidable Felix Brady, dijo el camarero. Mi mejor cliente.

Dirigiéndose a los demás, Felix dijo:

Eso es lo que entiende él por un chiste.

Se sentaron los cuatro en un reservado cerca de la chimenea apagada, bebiendo y hablando de las distintas ciudades en las que habían vivido. Felix le preguntó a Alice por Nueva York, y ella le dijo que le había parecido estresante y confusa. Le contó que todo el mundo vivía en edificios muy extraños, con corredores y escaleras que no llevaban a ninguna parte, y que no había una sola puerta que cerrase bien, ni siquiera las de los baños, ni siquiera en los sitios caros. Felix explicó que se había mudado a Londres al terminar el instituto y había estado un tiempo allí trabajando de camarero, y también una temporada corta en un club de striptease, que era, según les dijo, el trabajo más deprimente que había tenido jamás.

¿Tú has estado alguna vez en un club de striptease?, le preguntó a Simon.

Educadamente, Simon le respondió que no.

Son unos lugares horribles, dijo Felix. Tendrías que pasarte alguna vez, si te da por pensar que las cosas van bien en el mundo.

Simon dijo que no había vivido nunca en Londres, pero que había pasado algún tiempo allí cuando estaba en la universidad, y que después había vivido varios años en París. Felix le preguntó si hablaba francés, y Simon le dijo que sí, y añadió que su pareja en aquella época era parisina y que hablaban francés en casa.

¿Vivíais juntos?

Simon estaba dando un trago a su copa. Asintió.

¿Cuánto tiempo?, preguntó Felix. Perdona, parece que te esté interrogando. Es solo curiosidad.

Simon le dijo que unos cuatro o cinco años. Felix enarcó las cejas:

Ah, vaya. Y ahora estás soltero, ¿no?

Simon respondió con una sonrisa irónica, y Felix se echó a reír. Eileen se estaba trenzando distraídamente un mechón de pelo, observándolos.

Sí, estoy soltero, dijo Simon.

Soltando la trenza a medias, Eileen terció:

Bueno, estás saliendo con alguien.

El comentario pareció interesar a Felix, que enseguida se volvió de nuevo hacia Simon.

No, ahora mismo no, respondió Simon. Si te refieres a Caroline, hemos dejado de vernos.

Eileen fingió cara de sorpresa, con la boca abierta en forma de «o», y luego, tal vez para enmascarar cierta sorpresa real, siguió trenzándose el pelo.

Qué reservado, dijo. ¿No pensabas decírmelo? Y dirigiéndose a Felix, añadió: No me cuenta nunca nada.

Simon la miraba, divertido.

Te lo iba a contar. Solo estaba esperando el momento oportuno.

Ella soltó una risita, ruborizándose.

¿Oportuno en qué sentido?

Felix plantó el vaso en la mesa animadamente.

Ahora sí que nos lo estamos pasando bien, dijo.

Después de otra copa, y otra, y una más, salieron del bar y fueron a tomar un helado. Eileen y Alice iban riendo, hablando de alguien a quien odiaban en la universidad, y que hacía poco se había casado con alguien a quien también odiaban en la universidad.

¿Siempre han sido tan malas?, le preguntó Felix a Simon. Con tono divertido, Simon le respondió que, de hecho, Eileen era buena chica antes de conocer a Alice, y Alice le soltó por encima del hombro:

Sabía que dirías eso.

La tienda en la esquina, con sus puertas correderas automáticas, el zumbido de los fluorescentes blancos, las baldosas brillantes. Junto a las cajas de frutas y verduras, un expositor de flores frescas. Salsa de carne instantánea, rollo de papel de horno, botellas idénticas de aceite vegetal. Alice deslizó la puerta del congelador y cada uno escogió un helado en envase individual. Luego recordó que necesitarían leche y pan de soda para el desayuno, y papel de cocina, y Eileen quería también pasta de dientes. Cuando se acercaban a la caja con estos artículos, Alice sacó el monedero del bolso, pero Simon dijo:

No, no, déjame a mí.

Eileen lo observó mientras se sacaba la cartera del bolsillo, una cartera fina de piel, que desplegó con una mano para sacar la tarjeta. Al levantar la vista, la pilló mirándolo, y ella sonrió tímidamente y se llevó la mano a la oreja mientras él le devolvía la sonrisa. Felix contempló la escena en silencio mientras Alice guardaba la compra en una bolsa de tela. De vuelta por la carretera de la costa, se comieron los helados y estuvieron comentando si se habían quemado alguna vez en la playa. Alice y Eileen se fueron rezagando, cogidas del brazo, hablando de Henry James.

Nunca sé qué pensar hasta que hablo contigo, dijo Alice.

Simon y Felix subiendo la cuesta a zancadas, Felix preguntándole a Simon por su familia, por el lugar donde se crio, por sus relaciones anteriores. Amable y cortésmente, Simon respondía a sus preguntas, o sonreía y se limitaba a decir: Sin comentarios. Felix asintiendo, divertido, las manos en los bolsillos.

Solo chicas, ¿verdad?, dijo.

Simon se volvió a mirarlo.

¿Cómo?

Con expresión plácida, Felix le devolvió la mirada:

Que solo te gustan las chicas.

Simon no dijo nada por un momento, y luego, en voz baja y pausada, respondió:

De momento, sí.

Las carcajadas de Felix resonando entonces en las fachadas de las casas. Dejaron atrás la entrada del camping, el campo de golf silencioso y azul, el hotel, con su vestíbulo de cristal brillante, mientras iban caminando.

En casa se dieron las buenas noches unos a otros y subieron a sus cuartos. Alice se cepilló los dientes en el baño del dormitorio mientras Felix revisaba las notificaciones del móvil sentado en la cama.

¿Sabes mi amiga Dani?, dijo, mañana va a invitar a alguna gente a su casa por su cumpleaños. Nada de desfase, sus sobrinas y sus sobrinos también estarán, y eso. Igual me paso un rato, ¿te parece?

Alice asomó por la puerta del baño, secándose las manos con la toalla.

Desde luego, dijo.

Él asintió, mirándola de arriba abajo.

Puedes venir si quieres, añadió. Y los otros.

Alice colgó la toalla y fue a sentarse en la cama. Se llevó las manos al collar para quitárselo.

Podría estar bien, dijo. ¿A Dani le importará?

Felix se incorporó y la ayudó con el cierre.

No, para nada. Me lo ha dicho ella.

Alice dejó que el collar se desenroscase en la palma de su mano y luego lo puso en la mesita.

Es atractivo, ¿no?, añadió Felix. Tu amigo. Simon.

Alice le respondió con una sonrisita felina y subió los pies a la cama.

Ya te lo dije.

Felix se pasó la mano por detrás de la cabeza, mirándola.

Me recuerda a ti. No enseña sus cartas.

Ella cogió la almohada y lo sacudió con ella.

Desgraciadamente, sospecho que tal vez sea heterosexual, dijo.

Felix, remetiendo la almohada debajo de la cabeza, le respondió con tono sereno:

¿Ah, sí? Ya lo veremos.

Alice rio, y se subió encima de él.

No me irás a dejar por él, ¿no?

¿Dejarte? No, para nada, respondió él, deslizándole las manos por las caderas, por los muslos. ¿No te parece que nos los podríamos pasar bien los tres juntos?

Ella negaba con la cabeza.

¿Y dónde estaría Eileen en este escenario?, preguntó. ¿Abajo haciendo calceta?

Felix sacó el labio inferior con gesto pensativo, y luego añadió:

Yo no la dejaría fuera.

Alice recorrió con el dedo una de las cejas oscuras de Felix.

Esto es lo que me llevo por tener amigos tan guapos, dijo. Él sonreía.

Tú tampoco estás nada mal, ya lo sabes, dijo. Ven aquí.

Eileen, mientras tanto, estaba sentada en la cama, pasando en el móvil una serie de fotos de boda que le había mandado su madre. En el suelo, un cárdigan tirado, el bañador con los tirantes enredados, las sandalias con las hebillas colgando. En la mesita, una lámpara con la pantalla rosa y plisada. Cuando llamaron suavemente a la puerta, levantó la cabeza y dijo en voz alta:

¿Sí?

Simon abrió una rendija. La cara en la sombra, la mano en el pomo.

Te dejo la pasta de dientes en el baño, dijo. Que duermas bien.

Ella le hizo un gesto con el brazo para que pasara.

Estoy mirando fotos de la boda, dijo.

Simon entró, cerró la puerta y se sentó a un lado de la cama. La fotografía en pantalla mostraba a Lola y a Matthew juntos frente a la iglesia; Lola con un ramo de flores rosas y blancas.

Es bonita, dijo él.

Eileen pasó a la imagen siguiente, el cortejo nupcial, ella con su vestido verde claro, una media sonrisa.

Ah, sales preciosa.

Ella se hizo a un lado y dio unas palmaditas en la cama, invitándolo. Simon se sentó, los dos con la espalda apoyada en el cabecero, y Eileen siguió avanzando. Fotos en el cóctel. Lola riendo con la boca abierta, una flauta de champán en la mano. Eileen, bostezando ya, acurrucó la cabeza en el hombro de Simon, y él la rodeó con el brazo, caliente y pesado. Al cabo de un minuto o dos, dejó el móvil en el regazo y se le fueron cerrando los ojos.

Hoy ha estado bien, dijo.

Los dedos de Simon le pasearon distraídos por la nuca, se hundieron en su pelo, y Eileen soltó un leve suspiro de placer.

Mm, dijo él.

Ella apoyó la mano en su pecho, con los ojos medio cerrados.

Y ¿qué ha pasado con Caroline?, preguntó.

Simon le miró la mano y respondió:

Le dije que había otra persona.

Eileen calló, como esperando a que él continuase.

¿Es alguien que yo conozca?, preguntó al fin.

Sus dedos rozando detrás de la oreja, por entre el pelo.

Ah, no, solo la misma chica de la que llevo enamorado desde siempre, respondió. De vez en cuando le gusta jugar con mis sentimientos para asegurarse de que sigo interesado.

Ella se mordió el labio inferior y lo soltó de nuevo.

Mujer cruel, dijo.

Simon sonrió para sí.

En fin, es culpa mía por consentirla, dijo. Me mangonea como quiere, la verdad.

Eileen bajó la mano por los botones de su camisa, hasta la hebilla del cinturón.

Simon, dijo. ¿Sabes la noche que fui a tu casa, y estabas durmiendo?

Él le respondió que sí.

Cuando nos metimos en la cama esa noche, siguió diciendo, tú te tumbaste de lado, dándome la espalda. ¿Te acuerdas?

Él, con una sonrisa cohibida, le dijo que se acordaba.

Eileen estaba contorneando con los dedos la hebilla de su cinturón.

¿No querías tocarme?, le preguntó.

Simon soltó una especie de risa, mirando la mano menuda y blanca de Eileen.

No, claro que quería, respondió. Pero cuando subiste me pareció que estabas disgustada por algo.

Ella se quedó pensativa un momento.

Lo estaba, un poco, dijo. Supongo que creía que me sentiría mejor si nos acostábamos. Perdona si te parece mal. Pero cuando me diste la espalda sentí que igual tampoco me deseabas realmente.

Simon le acariciaba la nuca de arriba abajo con la palma de la mano.

Ah, dijo. No se me pasó por la cabeza. O sea, no tenía ni idea de que quisieras acostarte conmigo para animarte. Lo hice sencillamente porque lo deseaba, y tú me dejaste. Ni siquiera estaba del todo seguro de por qué me estabas dejando, para serte sincero. Supongo que pensé que igual era bueno para tu autoestima meterte en la cama con alguien que te deseaba tantísimo. Yo he tenido esa sensación alguna vez, como que es halagador ser el objeto de deseo, y puede que tan halagador que llegue incluso a resultar sexy, en cierto modo. Pero no se me pasó en ningún momento por la cabeza que pudieras pensar que no te deseaba. Supongo que la manera en que me planteo estas cosas… O sea, incluso cuando hacemos el amor, a veces siento que es algo que yo te hago a ti, por motivos solo míos. Y tal vez tú saques algún placer físico inocente de ello, espero que sí, pero para mí es otra cosa. Sé que dirás que es sexista.

Ella se rio, con ganas.

Es sexista, dijo. No es que me importe. Es halagador, como decías. Tienes un deseo primario de subyugarme y poseerme. Es muy masculino, a mí me parece sexy.

Simon levantó la mano y llevó el pulgar al labio inferior de Eileen.

Es lo que siento, dijo. Pero, al mismo tiempo, tú tienes que desearlo.

Ella alzó la vista y lo miró, los ojos oscuros y muy abiertos.

Lo deseo, dijo.

Simon se giró hacia ella entonces y la besó. Se quedaron un momento así, abrazados el uno al otro, Simon acariciando el hueso pequeño y duro de su cadera, con el aliento de Eileen soplándole caliente y húmedo en el cuello. Cuando metió la mano bajo el vestido, ella cerró los ojos y exhaló profundamente.

Te estás portando muy bien, murmuró él.

Eileen soltó una especie de quejido animal, negó con la cabeza.

Dios, dijo. Por favor.

¿Qué significa «por favor»?, preguntó él, riendo de nuevo.

Ella siguió negando con la cabeza en la almohada.

Ya sabes lo que significa, respondió.

Simon le recogió un mechón de pelo detrás de la oreja.

No tengo condones.

Ella le dijo que no pasaba nada. Y luego añadió:

Siempre y cuando no te estés acostando sin protección con nadie más.

Él tenía las orejas rojas, sonreía.

No, no, dijo. Solo contigo. ¿Te puedo quitar esto?

Eileen se incorporó, y él le sacó el vestido por la cabeza. Debajo llevaba un sujetador blanco sin aros, y Simon llevó las manos a su espalda para desabrocharlo. Mirándolo mientras él deslizaba los tirantes por los hombros, le dio un pequeño escalofrío. Se tumbó de espaldas y se quitó las bragas.

Simon, dijo. Él se estaba desabotonando la camisa, sin apartar los ojos de ella. ¿Tú haces esto con todas tus novias?, preguntó. O sea, esa manera de hablarme, de decirme que me estoy portando bien. ¿Lo haces mucho? No es que sea asunto mío, es solo curiosidad.

Él esbozó una especie de sonrisa cohibida.

No, nunca, la verdad. Estoy improvisando. ¿Te parece bien?

Eileen se echó a reír, y también él, tímido.

Me encanta, dijo. Solo me lo preguntaba, después de la última vez. Ya me entiendes: igual eso es lo que le va, igual es así con todas las demás mujeres.

Simon estaba dejando su ropa en el suelo de madera.

Tampoco es que haya habido tantas mujeres, de todas formas, dijo. Aunque no quiero estropearte la fantasía.

Eileen se tapó los ojos, sonriendo.

¿Cuántas?

Simon se tendió encima de ella.

Mejor no, respondió.

¿Menos de veinte?, preguntó, rodeándole el cuello con los brazos.

Él frunció el ceño divertido.

Menos, dijo. Sí. ¿Eso es lo que tú piensas?, ¿veinte?

Eileen puso una sonrisa burlona, se pasó la lengua por los dientes.

¿Menos de diez?

Simon cogió aire pacientemente y luego respondió:

Creía que te ibas a portar bien.

Ella se mordió el labio.

Me portaré, respondió.

Cuando Simon entró, Eileen ahogó un brusco jadeo y no dijo nada. Él cerró los ojos.

Te quiero, murmuró.

¿Soy la única a la que quieres?, preguntó ella con una vocecilla infantil.

Simon la besó a un lado de la cara:

Dios, sí.

Al terminar, Eileen se tumbó bocabajo, con los brazos cruzados sobre la almohada, la cabeza girada hacia él. Simon tiró de una punta de la colcha para taparse y se echó de espaldas, con la cabeza apoyada en la mano. Tenía los ojos cerrados, estaba sudando.

A veces desearía ser tu mujer, dijo.

Él contuvo la respiración, sonrió para sí.

Sigue, respondió.

Eileen acurrucó la barbilla entre los brazos.

Pero cuando me imagino casada contigo, continuó, se parece demasiado a esto. Que nos pasamos todo el día con tus amigos, y luego por la noche nos acostamos juntos en la cama y hacemos el amor. En la vida real seguramente estarías fuera en algún congreso cada dos por tres. Tendrías aventuras con las secretarias de la gente.

Él le respondió sin abrir los ojos que no había tenido una aventura en la vida.

Pero nunca has estado casado, señaló ella. Mira, todas tus novias son siempre de la misma edad. Las esposas se hacen mayores.

Serás mocosa, dijo él, riendo. Si fueras mi esposa te iba a enseñar modales.

Ella lo observó un momento en silencio, y luego añadió:

Pero si fuese tu mujer no seríamos amigos.

Él abrió lánguidamente un ojo para mirarla:

¿Qué quieres decir?

Ella agachó la vista a sus brazos, delgados y pecosos por el sol.

He estado pensando en esas situaciones, dijo, cuando dos personas que son amigas se meten en una relación. Y acostumbra a terminar mal. A ver, por supuesto, eso es así en todos los casos en los que la gente se empareja. Pero en general, no tienes más que bloquear el número de esa persona y seguir adelante. A mí personalmente no me apetece bloquear tu número. Eileen se incorporó apoyándose en los codos y lo miró desde arriba antes de seguir hablando: ¿Recuerdas que, cuando yo tenía como catorce o quince años, me dijiste que íbamos a ser amigos el resto de nuestras vidas? Sé que no te debes de acordar, pero yo sí.

Simon estaba muy quieto, escuchándola.

Claro, dijo. Por supuesto que me acuerdo.

Ella asintió con la cabeza varias veces seguidas, y se sentó del todo en la cama, con el cuerpo envuelto en la colcha.

¿Y qué piensas de eso?, preguntó. Si tenemos una relación y luego rompemos... Solo decirlo ya duele mucho, yo, es que... no quiero ni imaginarlo. Tal y como están las cosas ahora... O sea, Alice viviendo aquí en mitad de la nada, y todos nuestros amigos, en plan, emigrando constantemente, y yo tengo que comprar antibióticos ilegales por internet cuando me da infección de orina porque soy demasiado pobre para ir al médico, y cada vez que hay elecciones en cualquier lugar del mundo tengo la sensación de que me están pegando físicamente una patada en la cara. ¿Y encima no tenerte a ti en mi vida? Dios, yo qué sé. Me cuesta imaginarme saliendo adelante en esas circunstancias. En cambio, si seguimos siendo solo amigos, vale, no podremos acostarnos, pero ¿cuáles son las probabilidades de que salgamos de la vida del otro? Yo no me lo imagino, ¿y tú?

No, respondió él, en voz baja. Entiendo lo que quieres decir.

Eileen se restregó la cara entre las manos, negando con la cabeza.

En algunos aspectos, puede que nuestra amistad sea más importante, dijo. No sé. Cuando vivía con Aidan, a veces pensaba: Es un poco triste que no vaya a saber nunca cómo podría haber ido con Simon. Pero tal vez, en cierto modo, es mejor no saberlo. Siempre formaremos parte de la vida del otro y siempre existirá este sentimiento entre nosotros, y eso es mejor. A veces, ¿sabes?, cuando estoy realmente triste y deprimida, me tumbo en la cama y me pongo a pensar en ti. No en un sentido sexual. Pienso en tu bondad como persona. Y dado que me aprecias, o que me quieres, entonces yo debo de estar bien. Lo siento dentro de mí incluso ahora mientras te lo explico. Es como que, cuando todo va mal de verdad, me queda ese pequeño sentimiento, del tamaño de una bellota, y lo llevo dentro de mí, aquí. Eileen se señaló la base del esternón, entre las costillas. Igual que sé que, cuando estoy mal, te puedo llamar y tú me dirás cosas tranquilizadoras. Y cuando lo pienso, la mayoría de las veces ni siquiera hace falta que te llame, porque lo siento, como te lo estoy explicando. Siento que estás ahí conmigo. Sé que puede que parezca una tontería. Pero si estamos juntos y luego rompemos, ¿ya no podré sentir eso más? Y ¿qué me quedará aquí, entonces? Se dio de nuevo unos golpecitos en la base del esternón, con los dedos ansiosos. ¿Nada?, preguntó.

Simon seguía echado en la cama, observándola, y durante un momento guardó silencio. Luego dijo:

No lo sé. Es muy difícil. Entiendo lo que dices.

Ella lo miró a los ojos con una mirada desesperada, casi incrédula.

Pero no me dices nada.

Él respondió con una especie de sonrisa autodespectiva, con la vista clavada en el techo.

Bueno, es complicado, dijo. Puede que tengas razón, y que sea mejor poner punto final y no hacernos pasar por esto nunca más. A mí me es muy difícil oírte decir esas cosas. Me sentía fatal por el tema con Caroline, ¿entiendes?, y quería arreglarlo. Pero por lo que dices ahora, supongo que ese no era realmente el problema, era otra cosa. Entiendo tus motivos, pero por cómo hablas, da la impresión de que no quieres estar conmigo.

Ella siguió mirándolo fijamente, con la mano todavía contra el pecho. Simon se masajeó la mandíbula y se sentó al borde de la cama, con los pies en la tarima. De espaldas a ella.

Te dejo dormir un poco, dijo.

Recogió su ropa del suelo y se vistió de nuevo. Ella se incorporó en la cama, con la colcha enrollada en torno al cuerpo, sin decir palabra. Simon terminó por fin de abrocharse la camisa y se giró hacia ella.

Cuando viniste a casa esa noche, dijo, después de volver de Londres, estaba muy ilusionado por verte. No sé si lo dije, igual sí. Para ser sincero, estaba nervioso, porque me hacía muy feliz.

Eileen siguió callada. Se secó la nariz con los dedos y asintió para sí, admitiendo su silencio.

Espero que no te arrepientas de eso.

No, respondió ella en un hilo de voz.

Ya es algo, dijo él, sonriendo. Me alegro. Y después de una pausa, añadió: Siento no haber podido ser lo que querías.

Ella lo miró unos segundos más.

Sí que lo eres.

Simon se echó a reír, agachando la vista.

El sentimiento es mutuo, dijo. Pero, no, lo entiendo. De verdad que sí. No te entretengo más. Que duermas bien, ¿vale?

Salió del cuarto. Eileen se quedó inmóvil, sentada en la cama, los hombros contraídos, los brazos cruzados. Cogió el móvil y lo soltó de nuevo sin mirarlo, se apartó el pelo de la frente, cerró los ojos. Recordó, abismada, un verso: *Bueno, ya está, me alegro de que haya pasado.* Un hormigueo de humedad en las axilas, la espalda dolorida, los hombros irritados y ardiendo por el sol. Al otro lado del rellano, Simon entra en su cuarto y cierra la puerta. Y si en la quietud y la soledad de la habitación se arrodilla en el suelo, ¿está rezando? Y ¿por qué? Para desprenderse de deseos egoístas, tal vez. O puede que, con los codos apoyados en la cama, las manos enlazadas frente a la cara, esté pensando, solamente: ¿Qué es lo que quieres de mí? Por favor, Señor, muéstrame qué es lo que quieres.

27

A las seis cuarenta y cinco de la mañana, sonó la alarma de Felix, un pitido monótono y repetitivo. El cuarto estaba en penumbra, las ventanas, que daban al oeste, dejaban pasar apenas un luz débil, fría y blanca, por las persianas.

¿Qué hora es?, murmuró Alice.

Felix apagó la alarma y se levantó de la cama.

Hora de trabajar, dijo. Vuélvete a dormir.

Se duchó en el baño anexo y salió después con una toalla sobre los hombros, subiéndose los calzoncillos. Cuando terminó de vestirse, fue a la cama y se inclinó para besar a Alice en la frente, caliente y húmeda.

Nos vemos luego, dijo.

Te quiero, respondió ella con los ojos cerrados.

Felix le tocó la frente con el dorso de la mano, como si le estuviese tomando la temperatura.

Sí que me quieres, sí, dijo.

Bajó las escaleras y entró en la cocina. Eileen estaba apoyada en la encimera, desenroscando la cafetera. Tenía los ojos rojos e hinchados.

Buenos días, lo saludó.

Felix se la quedó mirando desde la puerta.

¿Qué haces levantada?

Ella, con una sonrisa cansada, le dijo que no podía dormir. Felix escudriñó su cara:

Sí que se te ve un poco hecha polvo.

Abrió la nevera y sacó un tarro de yogur mientras Eileen tiraba a la basura los posos de café del día anterior. Se sentó a la mesa y le preguntó:

¿Y tú de qué trabajas? Alice me dijo que eras periodista o algo.

Eileen negó con la cabeza, mientras llenaba la cafetera con agua del grifo.

No, no, dijo. Solo trabajo para una revista. Soy redactora, algo así.

Felix estaba removiendo el yogur con la cucharilla.

¿Qué clase de revista?, preguntó.

Ella le dijo que era una revista literaria.

Ah, vale, dijo. La verdad es que no sé qué es eso.

Eileen encendió el fogón de la cocina.

Ya, no es que tengamos un gran número de lectores. Publicamos poesía y ensayo y cosas así.

Felix preguntó que cómo ganaba dinero la revista, en tal caso.

Ah, no gana dinero, dijo. Se financia con subvenciones.

Felix pareció interesado.

¿Quieres decir… como de los contribuyentes?, preguntó.

Ella se sentó a la otra punta de la mesa, con una leve sonrisa.

Sí, dijo. ¿Lo ves mal?

Él tragó una cucharada de yogur antes de responder:

Para nada. Entonces a ti también te pagan los contribuyentes, ¿no?

Ella respondió que sí.

Aunque no mucho, añadió.

Felix estaba lamiendo el envés de la cucharilla.

¿Qué es para ti no mucho?, preguntó.

Eileen cogió una mandarina del frutero y empezó a pelarla.

Unos veinte mil al año, dijo.

A Felix se le dispararon las cejas hacia arriba, soltó el yogur.

¿Va en serio?, dijo. ¿Netos?

Ella respondió que no, brutos. Felix negó con la cabeza.

Yo gano más que eso, dijo.

Eileen dejó una larga espiral de mondadura naranja sobre la mesa.

¿Por qué no ibas a ganar más?

¿Y cómo vives?, preguntó, mirándola fijamente.

Me lo pregunto a menudo, respondió, partiendo en dos la mandarina.

Él se volvió a su yogur, murmurando con tono amistoso:

Hostia puta. Y, después de tragar otra cucharada, añadió:

¿Y fuiste a la universidad para eso?

Eileen estaba masticando.

No, fui a la universidad a aprender.

Bueno, vale, dijo él riendo. Además, debe de gustarte tu trabajo, ¿verdad?

Ella meneó la cabeza a un lado y otro con incertidumbre:

No lo detesto.

Felix asintió, mirando el tarro de yogur.

Ahí es donde no nos parecemos, entonces, dijo.

Eileen le preguntó cuánto tiempo llevaba en el almacén, y él le respondió que unos ocho o diez meses. La cafetera empezó a borbotear, y ella se levantó a mirar dentro. Se cubrió la mano con la manga, sirvió un par de tazas y las llevó a la mesa. Él la miró y luego dijo:

Oye, ¿te puedo preguntar una cosa?

Claro, respondió ella, sentándose de nuevo a la mesa.

Felix tenía el ceño fruncido.

¿Cómo es que no has venido a verla hasta ahora? O sea, vives en Dublín, no está tan lejos. Y ella lleva siglos aquí.

La postura de Eileen se fue poniendo rígida mientras él hablaba, pero no dijo nada, no mostró ninguna expresión particular en la cara. Echó una cucharada de azúcar al café sin pronunciar palabra.

Habla de ti de una manera, añadió, que hace pensar que sois las mejores amigas.

Somos las mejores amigas, espetó Eileen fríamente.

Detrás de ella, una llovizna salpicó la ventana de la cocina.

Vale, ¿y entonces por qué has tardado todo este tiempo en venir a verla? Es solo curiosidad. Si es tu mejor amiga, lo normal habría sido que quisieras visitarla antes.

Eileen se había quedado lívida, las aletas de la nariz se le pusieron blancas al respirar hondo y soltar el aire.

Como sabes, tengo un trabajo, respondió.

Él frunció el ceño, entornando un ojo.

Ya, y yo, dijo. Pero dudo mucho que trabajes los fines de semana, ¿a que no?

Eileen cruzó los brazos y se los agarró con las manos, escondidas en las mangas de la bata.

¿Y por qué no ha venido ella a visitarme a mí, si tantas ganas tenía de verme? Ella tampoco trabaja los fines de semana, ¿verdad que no?

Felix pareció extrañado por el comentario, y lo pensó un momento antes de contestar.

Yo no he dicho que tuviese tantas ganas de verte. Igual ninguna de las dos tenía tantas ganas de ver a la otra, no lo sé. Por eso pregunto.

Bueno, pues igual no, respondió ella, apretándose con fuerza los brazos.

Él asintió.

¿Os habíais peleado, o algo?, preguntó.

Eileen se apartó un mechón de pelo de la cara con un movimiento irritado.

Tú no sabes nada de mí, dijo.

Felix encajó el comentario, y al cabo de un momento, dijo:

Tú tampoco sabes nada de mí.

Y por eso no te estoy interrogando.

Bien visto, respondió él, sonriendo.

Dio el último trago de café, se levantó y cogió la chaqueta del respaldo de la silla, donde la había dejado la noche anterior.

Mi teoría es que las personas como ellos dos son distintas a ti y a mí, dijo. Solo vas a conseguir volverte loca, si pretendes que se comporten como tú quieres.

Eileen lo miró a los ojos unos segundos.

Yo no pretendo que ninguno haga nada.

Felix había abierto la mochila y estaba embutiendo la chaqueta dentro.

Tienes que preguntarte: si te traen tanto de cabeza, ¿por qué molestarse? Se colgó la mochila al hombro y continuó hablando; Debe de haber algún motivo. Por el que te importan.

Con los ojos clavados en la taza de café, Eileen dijo, en voz muy baja:

Vete a la mierda.

Él soltó una risita sorprendida.

Eileen, dijo, no te estoy atacando. Me caes bien, ¿vale? Ella no respondió. Igual deberías volver a la cama, añadió Felix. Pareces cansada. Y yo ya me voy, nos vemos luego.

Al cruzar la puerta de la casa, una bruma de lluvia matutina. Encendió el reproductor de CD y salió del camino de entrada. Fue silbando al son de la música, con los ojos en la carretera, añadiendo pequeños compases y variaciones a la melodía aquí y allá mientras pasaba de largo el desvío del pueblo y seguía por la carretera de la costa hasta el polígono industrial.

Cuando Felix volvió a casa esa noche después de trabajar, su perra apareció dando saltos desde la cocina, con las garras repiqueteando en el suelo laminado, y soltó varios ladridos agudos seguidos. Cuando llegó hasta él, le plantó las patas delanteras en los muslos de un brinco, con la lengua colgando, jadeante. Él le puso las manos en la cabeza y le alborotó las orejas, y la perra volvió a ladrar.

Chsss, dijo Felix, yo también te he echado de menos. ¿Hay alguien en casa?

La hizo bajar al suelo con un gesto cariñoso, y ella corrió en círculo y estornudó. Felix echó a andar por el pasillo y la perra lo siguió al trote. La cocina estaba vacía, las luces apagadas, unos cuantos platos del desayuno a remojo en el fregadero. Se sentó ociosamente en una silla de la cocina y sacó el móvil, mientras la perra se apostaba a sus pies y descansaba la cabeza en su regazo. Revisó las notificaciones con una mano, mientras con la otra le frotaba el cogote. Alice le había mandado un mensaje que decía: Sigue en pie lo de la fiesta de Danielle esta noche? He hecho un pastel por si acaso. Espero que haya ido bien en el trabajo. Él abrió el mensaje y escribió una respuesta rápida: Sí sigue en pie. Dice que vayamos a eso de las 7 va bien? No te hagas muchas ilusiones jaja que seguro que no hay mas que un montón de niños y gente mayor. Pero Dani se alegrara de verte. La perra soltó un quejido lastimero, y él le puso de nuevo la mano en la cabeza, diciéndole:

Oye, solo he estado dos días fuera. ¿Te han dado bien de comer?

Ella echó la cabeza atrás para lamerle la mano.

Gracias, dijo Felix. Qué asco.

El móvil vibró. Alice preguntaba si quería cenar con ellos, y él le respondió que ya había cenado. Me paso por ahí en un rato y os recojo, escribió. Genial, respondió ella. Eileen está de un humor raro, solo para que lo sepas... Enarcando las cejas, Felix escribió: Ajajá. Ya lo sé, la he visto esta mañana. Tus amigos se las traen igual que tu. Se levantó entonces, se guardó el teléfono y fue al fregadero. Abrió el grifo del agua caliente. En el lado izquierdo de la mano izquierda, por debajo de la articulación del meñique, llevaba una tirita azul. Mientras corría el agua caliente, se la arrancó con cautela y miró debajo. Un corte profundo y rosado le cruzaba justo por debajo del nudillo y le rodeaba la mano hasta llegar a la palma. El apósito de algodón blanco de la tirita estaba manchado de sangre, pero la herida había dejado de sangrar. Enrolló la tirita y la lanzó a un cubo de basura que había debajo del fregadero, y luego se lavó las manos con jabón, haciendo una mueca de dolor al aclarar el corte bajo el agua. Sentada todavía a los pies de la silla de la cocina, la perra golpeteó el suelo con la cola. Felix se volvió a mirarla al tiempo que se secaba las manos cuidadosamente con un paño limpio y le preguntó:

¿Te acuerdas de Alice? Ha venido unas cuantas veces, te la he presentado. La perra se levantó del suelo y caminó hacia él con pasos silenciosos. No sé si le dejan tener perros en casa, dijo. Lo averiguaremos.

Rellenó el cuenco del agua, y mientras la perra bebía, fue arriba a cambiarse de ropa. Se quitó las deportivas negras que había llevado al trabajo y las dejó debajo de la cama. Unos pantalones de chándal negros y limpios, una camiseta blanca, un jersey de algodón gris. Detrás de la puerta de su cuarto había un espejo de cuerpo entero en el que examinó su reflejo. Recorrió con los ojos la figura delgada del espejo y negó con la cabeza, como divertido por alguna idea que había recordado. Luego, abajo en el recibidor, se sentó en un escalón a atarse los cordones de unas deportivas blancas. La perra llegó desde la cocina y se sentó delante de él, dándole golpecitos en la rodilla con su morro largo y delicado.

¿No habrás estado aquí encerrada todo el tiempo, no? Me digo Gavin ayer que te iba a sacar.

Ella intentó lamerle la mano de nuevo, y Felix le apartó el hocico con delicadeza.

Ahora me estás haciendo sentir mal.

La perra soltó un quejido, y apoyó la cabeza en el último escalón de abajo, mirándolo. Felix se puso de pie.

Tienes muchas cosas en común con ella, ¿sabías? Las dos estáis enamoradas de mí.

Fue hacia la puerta, con la perra detrás, gimoteando, y volvió a darle unas palmaditas en la cabeza antes de irse. Cerró la puerta y se metió en el coche.

Era una noche quieta y templada, el azul asomaba tenuemente por entre las nubes blancas. Felix llamó a la puerta de Alice una vez antes de abrir:

Hola, soy yo, gritó.

Dentro, las luces estaban encendidas. Una voz respondió desde la primera planta:

Estamos aquí arriba.

Cerró la puerta y subió al trote la escalera. Al fondo del rellano vio a Simon, de pie junto a la puerta abierta del cuarto de Eileen. Se volvió a saludar a Felix y cruzaron una mirada; Simon con una expresión resignada en la cara, cansado.

Hola, guapo, dijo Felix.

Simon le sonrió, y le hizo un gesto para que entrase en el cuarto:

Me alegro de verte.

Dentro, Eileen estaba sentada en el tocador, y Alice apoyada en él, desenroscando el pintalabios. Felix se sentó al borde de la cama, mirando cómo Eileen se maquillaba. Recorrió con los ojos sus hombros, la cabeza, el reflejo del espejo, la expresión ligeramente rígida de su rostro, mientras Alice y Simon hablaban de algo que había salido ese día en las noticias. Blandiendo un tubito de plástico, Eileen buscó la mirada de Felix en el espejo y le dijo:

¿Te pongo un poco?

Él se levantó y examinó el objeto.

¿Qué es, rímel? Venga, va.

Ella se corrió a un lado en el banquito para dejarle sitio. Felix se sentó de espaldas al espejo.

Mira arriba un momento, dijo Eileen.

Felix obedeció, y ella le pasó el cepillo por las pestañas del párpado inferior izquierdo con un delicado movimiento de muñeca.

¿Y tú, Simon?, preguntó Alice.

Desde la puerta, Simon respondió, plácidamente:

No, gracias.

Él ya es lo bastante guapo, dijo Felix.

Alice chasqueó la lengua y le puso el tapón al pintalabios.

No hagas comentarios personales.

No le hagas caso, Felix, dijo Simon, con una mano en el bolsillo.

Eileen apartó el cepillo del rímel y Felix abrió los ojos. Se volvió hacia el espejo, echó un vistazo impasible a su reflejo y luego se levantó del asiento.

¿Alguno sabe cantar, por cierto?, preguntó; todos lo miraron. Lo digo porque a veces en estas cosas se canta un poco. Aunque no tenéis que cantar si no sabéis, evidentemente.

Alice dijo que Simon había estado en un coro, en Oxford, y este repuso que no creía que a nadie en esa fiesta le apeteciera oír la sección de bajo del *Miserere* durante catorce minutos.

¿Y tú, Eileen?, dijo Felix. ¿Sabes cantar?

Ella estaba cerrando el tubo de rímel.

No, yo no sé, respondió, evitándole la mirada.

Se puso de pie y se alisó las caderas con las palmas de las manos.

Cuando queráis, yo ya estoy lista, dijo.

En el coche, Alice se sentó delante, con un bizcocho envuelto en film transparente en un plato. Eileen y Simon iban detrás, separados por el asiento central. Felix les echó una mirada por el retrovisor y tamborileó animadamente sobre el volante.

¿Y qué es lo que haces en el gimnasio?, preguntó. En plan, máquina de remo, o qué.

Alice apartó la cara, sonriendo, o tratando de contener la risa.

Hago un poco de remo, sí, dijo Simon.

Felix le preguntó si hacía algo de pesas, y Simon le respondió que no mucho. Alice se echó a reír y fingió que era tos.

¿Qué?, dijo Eileen.

Nada, respondió ella.

Felix puso el intermitente cuando se acercaban al desvío de la carretera de la costa que llevaba al pueblo.

¿Y cuánto mides? Por curiosidad.

Simon apartó la vista hacia la ventanilla con una sonrisa perezosa.

Descarado, dijo Alice.

No lo pillo, dijo Eileen.

Simon se aclaró la garganta y respondió en voz baja:

Metro noventa.

¿Veis?, es solo una pregunta, dijo Felix, con una ancha sonrisa. Ahora ya lo sé. Tamborileó de nuevo en el volante y añadió: Yo mido como metro setenta. No es que os interese, pero os lo digo igualmente.

Desde el asiento de atrás, Eileen dijo que ella también media metro setenta. Felix le echó una mirada por encima del hombro y luego volvió a fijarse en la carretera.

¿Ah, sí?, dijo. Qué curioso. Para una chica es una buena estatura.

Mirando todavía por la ventanilla, a las fachadas de las casas de veraneo que iban pasando, Simon comentó:

A mí me parece buena estatura para cualquiera.

Felix se echó a reír.

Gracias, grandullón, dijo.

Ahora circulaban por la calle principal; dejaron atrás el desvío de la feria.

No tenemos que quedarnos mucho rato ni nada, dijo. En la cosa esta. Solo he dicho que me pasaría un momento. Puso el intermitente otra vez y añadió: Y si alguien os dice algo malo de mí, miente.

Simon se rio.

¿La gente dice cosas malas de ti?, preguntó Eileen.

Felix la miró de nuevo por el retrovisor, mientras esperaba para girar a la derecha.

Bueno, hay gente mala en el mundo, Eileen, respondió. Yo no soy para todos los gustos, seamos sinceros.

Giró a la derecha entonces, alejándose de la calle principal por detrás de la iglesia, y al cabo de unos minutos se detuvo frente a una casa de una planta. Había ya varios coches aparcados en el camino de entrada. Apagó el motor y les dijo:

Ahora portaos normal, ¿de acuerdo? No entréis ahí hablando, yo qué sé, de política internacional y mierdas de esas. La gente os tomará por frikis.

Alice se volvió en el asiento:

Sus amigos son muy majos, no os preocupéis.

Eileen respondió que ella no sabía nada de política internacional, de todos modos.

Felix llamó al timbre y Danielle les fue a abrir. Llevaba un vestido corto de verano, de color azul, y el pelo suelto sobre los hombros. Detrás de ella, la casa estaba llena de luz y de ruido. Les hizo pasar, y Felix la besó en la mejilla:

Hey, feliz cumpleaños. Estás genial.

Ella lo despachó con un gesto de la mano, halagada.

¿Desde cuándo echas tú cumplidos?

Alice le presentó a Eileen y a Simon.

Cuánto glamur todos, qué envidia. Pasad.

La cocina era una estancia alicatada al fondo del pasillo, con una lámpara de techo sobre la mesa y una puerta trasera que daba al jardín. Dentro, siete u ocho personas estaban charlando y bebiendo de vasos de plástico, y desde el salón contiguo llegaba el sonido de música y risas. Encima de la mesa había latas y botellas, vacías y sin abrir, un bol de patatas fritas, un sacacorchos.

Felix Brady, ¿dónde te has metido esta semana?, dijo un hombre alto de pie junto a la nevera.

Y otro que estaba en la puerta trasera fumando gritó:

Ha estado por ahí tirándose a su novia nueva.

Cuando el primer hombre señaló a Alice con el pulgar, el segundo puso cara de disculpas y dio un paso adentro para decir:

Lo siento mucho. No te había visto.

Alice sonrió y le dijo que no se preocupase. Felix, comiendo un puñado de patatas, los señaló con la cabeza y le dijo:

Son amigos de Dani. Sé amable con ellos, que son un poquitín raros.

Danielle negó con la cabeza mirando a Eileen:

¿Cómo lo aguantáis?, dijo. Os pongo algo de beber.

Alice había dejado el bizcocho en la encimera y estaba retirando el film transparente. Una mujer llegó desde el salón con un niño pequeño en brazos.

Danielle, dijo la mujer, vamos a ir tirando antes de que este señor se quede dormido.

Danielle acarició el pelo ondulado del niño y le dio un beso en la frente.

Eileen, dijo, este es mi precioso sobrino Ethan. ¿Qué te parece?, ¿no es una preciosidad?

La mujer se llevó la mano arriba para soltar un pendiente que el niño tenía enredado entre los dedos. Eileen le preguntó qué edad tenía, y la mujer le respondió:

Dos años y dos meses.

El compañero de piso de Felix, Gavin, estaba con Alice junto a la encimera, preguntándole si había preparado ella misma el bizcocho. Felix se sacó un cigarrillo de liar de la cartera y le dejó caer a Simon:

¿Te vienes fuera?

El jardín trasero estaba más fresco y tranquilo. En el césped, un poco más allá, una mujer, un hombre y una niña jugaban un partido improvisado de fútbol, con sudaderas delimitando la portería. Felix se apoyó en la tapia del jardín, de cara al césped, y se encendió un cigarrillo, y Simon se quedó de pie a su lado, siguiendo el partido. Tras ellos, la casa quedaba oculta por la forma oscura del garaje. La niña corría vigorosamente de aquí para allá entre los dos adultos, regateando con torpeza la pelota. Felix soltó una bocanada de humo:

¿Tú crees que a Alice le dejarían tener un perro en casa?

Simon miró alrededor con atención.

Bueno, si la compra, puede hacer lo que quiera, respondió. ¿Por qué?, ¿tienes un perro?

¿Está pensando en comprarla?, preguntó Felix, frunciendo el ceño.

Simon guardó silencio un momento.

Ah, dijo. No sé. Creo que me lo comentó por teléfono una noche, pero igual me equivoco.

Con cara de curiosidad, Felix echó un vistazo a la punta encendida del cigarrillo antes de dar otra calada.

Sí, tengo una perra, respondió después. Bueno, no es mía,

exactamente. Los últimos que vivieron de alquiler en nuestra casa la dejaron ahí cuando se fueron, así que terminamos quedándonos con ella por casualidad. Simon lo miraba fijamente mientras hablaba. Estaba flaquísima, añadió Felix. En plan, muy mal de salud. Y tenía muchos miedos. No le gustaba que la tocasen ni nada. Se escondía por ahí mientras le ponías la comida, y luego, cuando ya te ibas, salía y se lo comía. Y, de hecho, también tenía algún que otro problema de agresividad. En plan, si te acercabas demasiado y no le gustaba, igual te intentaba morder, ese tipo de cosas.

Simon iba asintiendo despacio. Le preguntó a Felix si creía que le había pasado algo traumático.

Es difícil saberlo, respondió él. Igual esa gente de antes la tenía descuidada. Pero desde luego tenía problemas, vinieran de donde viniesen. Dio un toquecito al cigarrillo para tirar la ceniza, y la dejó caer flotando levemente hasta la hierba. Pero al final se relajó un poco, continuó. Se acostumbró a que le pusiéramos comida, a que no pasara nada malo, y acabó por no importarle que nos acercásemos. Sigue sin gustarle demasiado que la toquen los desconocidos, pero conmigo le gusta.

Simon sonrió.

Eso está bien. Me alegro.

Felix echó el humo, con una mueca.

Pero tardó un buen tiempo, dijo. En un momento dado, los demás querían que nos la quitásemos de encima, porque se portaba fatal y no tenía ninguna pinta de que fuese a mejor. Y no es que quiera quedar como un héroe, pero fui yo el que dijo que nos la tendríamos que quedar.

Puedes ser el héroe si quieres, dijo Simon, riendo. A mí no me importa.

Felix siguió fumando, pensativo.

Es solo que me preguntaba si podría llevarla a casa de Alice, añadió. Algunos caseros no te dejan. Pero si la va a comprar, la cosa cambia. No sabía que se lo estaba pensando.

Más allá, la niña había conseguido chutar entre los postes, y el hombre se la había subido a hombros vitoreándola. Simon los observó sin decir nada. Felix apagó el cigarrillo frotándolo contra la tapia hasta que se apagó. Luego tiró la colilla en el césped.

Bueno, y ¿qué pasó anoche?, preguntó.

Simon se volvió hacia él.

¿A qué te refieres?

Felix soltó una tosecilla desde el pecho.

Me refiero entre Eileen y tú. No tienes por qué, pero me lo puedes contar.

La niña volvía ahora por el jardín hacia la casa; el hombre y la mujer caminaban detrás, hablando. Cuando pasaron por su lado, el hombre saludó con la cabeza:

¿Cómo va la vida, Brady?

Bueno, no va mal, gracias, respondió Felix.

Pasaron adentro y cerraron la puerta tras de sí. El jardín se quedó vacío, salvo por Simon y Felix, juntos en el césped detrás del garaje. Después de un largo silencio, Simon agachó la vista y dijo:

No sé qué pasó realmente.

Felix soltó una risa al oír eso.

Vale. Yo te informo. Entraste en su cuarto cuando llegamos a casa, ¿verdad? Y luego, un rato más tarde, te volviste al tuyo, y hoy estáis los dos deprimidos. Yo no sé nada más que eso, así que cuéntame. ¿Te acostaste con ella o qué?

Simon se pasó la mano por la cara, con aspecto cansado.

Sí, respondió.

No añadió ningún otro comentario, y Felix le dio pie:

No por primera vez, diría.

Simon lo miró con una sonrisa lánguida.

No, le confirmó. No precisamente.

Felix se metió las manos en los bolsillos, mirando con atención la cara de Simon.

¿Y luego qué? Discutisteis. No es que os oyese, por cierto. Debió de ser una discusión silenciosa, si es que la hubo.

Simon se estaba frotando la nuca.

No la hubo, dijo. Solo hablamos. Ella me dijo que prefería que siguiéramos siendo amigos. Eso es todo. No nos discutimos.

Felix lo miraba con las cejas levantadas:

La hostia. ¿Eso te dijo justo después de acostarte con ella? ¿Qué clase de actitud es esa?

Simon soltó una risa incómoda, bajó el brazo, apartó la vista.

Bueno, todos hacemos cosas que no deberíamos. Creo que es solo que no es feliz.

Felix lo miró ceñudo un segundo o dos.

Ya estamos. Otra vez intentando ser como Jesús.

Simon soltó otra risa tensa.

No, respondió, de hecho, que yo recuerde, Jesús resistió a la tentación.

Felix, sonriendo ahora, alargó el brazo para tocarle la mano, y Simon le dejó. Lo rozó despacio con los dedos, bajando por la muñeca, hasta la palma de la mano. Pasaron unos segundos en silencio. Luego, en voz baja, Simon dijo:

Es una amiga muy querida para mí. Alice.

Felix se echó a reír, y le soltó la mano.

Un comentario muy bonito, dijo. ¿Qué quieres decir?

Simon se quedó ahí quieto, con gesto tranquilo, cansado.

Solo quiero decir… que le tengo muchísimo cariño, respondió. La admiro.

Felix volvió a toser, negando con la cabeza.

Te refieres, como… a que si la trato mal me partirás la cabeza de una patada.

Simon se estaba tocando la muñeca, en el punto donde Felix lo había tocado antes, rodeándolo como si doliera.

No, en realidad no quería decir eso para nada.

Felix soltó un bostezo, estirando los brazos.

Pero podrías, dijo. Partirme la cabeza de una patada. Fácilmente.

Enderezó la espalda y se volvió a contemplar el jardín.

Si tan amiga tuya es, preguntó, ¿cómo es que no habías venido a verla en todo el tiempo que lleva viviendo aquí?

Sorprendido, Simon le explicó que llevaba desde febrero intentando quedar con ella para venir a verla, y que Alice le había dicho siempre que no estaba o que no le iba bien.

También la invité a venir a mi casa, añadió. Pero me dijo que andaba ocupada. La impresión que me quedó a mí fue que no quería verme. No lo digo de un modo acusador, pensé que tal vez solo quería un respiro. Nos habíamos estado viendo bastante, o sea, antes de que se marchase de Dublín.

Felix asintió para sí.

Cuando estuvo en el hospital, ¿no?

Simon lo miró un momento:

Sí, respondió.

Felix metió las manos en los bolsillos y se alejó unos pasos, paseando sin rumbo, y luego volvió junto a la tapia, de cara a Simon.

Entonces ¿todo este tiempo has estado insistiéndole, diciéndole que querías venir a verla, y ella te ha ido diciendo, no, estoy ocupada?

Eso es, respondió Simon, pero como digo, no tiene nada de malo.

Felix sonrió burlón.

¿No hirió tus sentimientos?

Simon le devolvió la sonrisa.

No, no, respondió. Soy muy maduro con estas cosas.

Dando golpecitos en la tapia con la punta del zapato, Felix preguntó:

¿Cómo estaba en el hospital? ¿Muy mal?

Simon pareció meditar la respuesta:

Se la ve mucho mejor ahora.

Felix se apartó de nuevo, lo bastante lejos del garaje como para alcanzar a ver la casa.

Bueno, dijo, si la ves ahí dentro, dile que quiero hablar con ella.

Simon asintió y durante unos segundos no dijo nada, no hizo nada. Luego se enderezó y volvió adentro.

En la cocina, Alice estaba comiendo un pedazo de bizcocho de un plato de papel con Danielle. Rastrillando la miga con el tenedor, dijo:

No ha llegado a subir, pero sabe bien.

Simon cerró la puerta al entrar y dijo que tenía pinta de estar delicioso.

Felix está fuera, añadió. Creo que quiere hablar contigo.

Danielle se echó a reír.

Ay, Dios mío, dijo. ¿Ya está borracho?

Simon se sirvió un pedazo de bizcocho.

No, no creo que esté bebiendo. Pero se estaba poniendo un poco profundo y trascendental.

Alice dejó el plato en la encimera.

Suena inquietante, dijo. Vuelvo enseguida.

Cuando se hubo marchado, Danielle le preguntó a Simon de qué trabajaba, y él se puso a hablarle de Leinster House hasta hacerla reír.

Por horrible que te lo imagines, dijo, es peor.

Eileen estaba en el salón, echando un vistazo en la cuenta de Spotify conectada a los altavoces, con un hombre diciéndole por encima del hombro:

Canciones de verdad, por favor.

Fuera, Alice cerró la puerta y llamó al jardín desierto:

¿Felix?

Él asomó por detrás del garaje.

Hey, dijo, estoy aquí.

Ella, con los brazos cruzados, bajo al césped. Felix había extendido sobre la tapia una hoja de papel de fumar y estaba sacando una pizca de tabaco de una bolsita de plástico.

¿Tú sabes por qué están tan raros?, preguntó. Los otros dos. Anoche se enrollaron, y luego ella fue y le dijo que quería que fuesen solo amigos. El drama que hay en tu casa… es increíble.

Alice se apoyó en la tapia, mirando cómo liaba el cigarrillo.

¿Te lo ha contado Simon?

Él selló el papel con la humedad de la lengua y lo acabó de pegar con unos toquecitos.

Sí, respondió. ¿Por qué? ¿Qué te ha contado ella?

Ella lo observó mientras se encendía el cigarrillo.

Solo me ha dicho que fue un error. Pero no ha entrado mucho en detalles. He visto que estaba disgustada, y no la he querido presionar. Bajó la vista a sus uñas y añadió: Dice que es imposible hablar con él. Que creció en una familia reprimida emocionalmente, y que está jodido. Es incapaz de decir qué necesita.

Felix se echó a reír, entre toses.

Dios, dijo. Qué duro. Yo no diría que esté jodido. Me cae bien. De hecho, he intentado entrarle un poco cuando estábamos aquí fuera y ha empezado a decirme que eres su gran amiga y que te admira mucho. Pero lo he tentado, se notaba. He estado a punto de decirle, en plan, tranquilo, a ella no le importa.

Alice se reía también.

Dios, es un trozo de pan, dijo. ¿Tú crees que tiene baja autoestima?

No, respondió Felix, frunciendo el ceño. Puede que esté un poco cansado de vivir, pero baja autoestima…, no creo. Y tampoco es que sea un trozo de pan. Es como tú. La autoestima la tiene bien, es solo que está hartísimo de su vida.

Alice sonreía, sacudiéndose las migas de la falda del vestido.

Yo no estoy harta de mi vida.

Felix soltó una nube de humo y la dispersó distraídamente con la mano.

Eso me dijiste tú. La última vez que salimos a fumar un cigarrillo juntos. ¿Te acuerdas? Antes de ir a Roma. Tú también fumaste ese día.

Alice se recogió el pelo detrás de las orejas.

Ah, sí. ¿Yo dije que estaba harta de mi vida?

Felix le respondió que estaba bastante seguro de que sí.

Bueno, igual lo estaba entonces, pero ya no.

Él se quedó callado. Siguió fumando, mirándose la mano.

Mira, ¿has visto lo que me ha pasado hoy en el trabajo?, dijo.

Alargó la mano y le enseñó la herida profunda y horizontal que le cruzaba por debajo del nudillo del meñique. El corte estaba ahora más oscuro, curándose, pero la piel de alrededor se veía roja e inflamada. Alice puso una mueca de dolor y se tapó la cara. Felix movió la mano, como para examinar la herida desde distintos ángulos.

Ni siquiera me he dado cuenta hasta que ha empezado a sangrar por todas partes. Levantó la mirada hacia Alice, y al ver su cara, añadió: Estas mierdas pasan cada dos por tres, ahí. No me ha dolido mucho ni nada.

Ella le cogió la mano sin decir nada y se la llevó a la mejilla. Felix soltó una risa indecisa.

Ay, eres muy blanda, dijo. Es solo un rasguño, ni siquiera te lo tendría que haber enseñado.

¿Duele todavía?

No, la verdad. Cuando me lavo las manos escuece un poco.

No es justo, dijo Alice.

A ti todo te parece injusto.

La puerta se abrió en ese momento detrás de ellos, y Alice dejó caer la mano de Felix que sostenía junto a la mejilla, aunque no la soltó. Al cabo de un momento, otro hombre bajó al césped. Era alto, el pelo cobrizo, con una camisa estampada y entallada. Al verlos, se puso a reír, pero Felix no dijo nada.

¿Interrumpo algo?, preguntó el hombre.

No te preocupes, respondió Felix. No sabía que estabas aquí.

El hombre sacó un paquete de cigarrillos del bolsillo y se encendió uno.

Esta debe de ser la novia nueva, dijo. Alice, ¿verdad? Estaban hablando de ti ahí dentro. Alguien ha buscado un artículo en internet.

Alice le lanzó una mirada a Felix, pero él no se la devolvió.

Vaya por Dios, dijo.

Menudos fans tienes online, añadió el hombre.

Sí, eso creo. Y también un montón de gente que me odia y que me desea algún mal.

El hombre pareció aceptar el comentario sin inmutarse.

No he visto a ninguno, dijo, pero supongo que de esos tiene todo el mundo. ¿Tú qué tal, Felix?

No me puedo quejar.

¿Cómo te has echado una novia famosa?

Tinder.

El hombre soltó una bocanada de humo.

¿Sí? Yo me paso el día ahí y no he visto nunca a nadie famoso. ¿Nos vas a presentar o qué?

Alice, insegura, miró de reojo a Felix, que parecía perfectamente tranquilo.

Alice, este es mi hermano, Damian. No tienes que darle la mano ni nada, puedes saludarlo de lejos con la cabeza.

Ella se volvió hacia el hombre con cierta sorpresa.

Ah, me alegro de conocerte, dijo. No os parecéis en nada.

El hombre le devolvió la sonrisa.

Lo tomaré como un cumplido, dijo. Me han dicho que fuisteis juntos a Roma hace unas semanas, ¿es verdad eso? Debe de haber caído rendido por ti, Alice. Él no es de los que hacen escapaditas románticas.

En realidad, solo me estaba haciendo compañía en un viaje de trabajo, explicó ella.

A Damian la conversación parecía resultarle cada vez más entretenida.

Y fue contigo a las presentaciones y eso, ¿no?

A algunas.

Vaya, vaya. Así que encima debe de haber aprendido a leer desde la última vez que lo vi.

Ah, no, dijo Felix. Pero ¿qué más da?, ella me puede contar las partes buenas en persona.

Haciendo caso omiso de su hermano, Damian miró a Alice de arriba abajo con curiosidad. Después de dar otra calada al cigarrillo, le dijo:

Has tenidos unos años locos, tú, ¿eh?

Supongo, respondió Alice.

Sí, tengo una amiga que es muy fan tuya, de hecho. Me decía que tu película está a punto de salir, ¿verdad?

No es exactamente mi película, explicó Alice, educadamente. Solo está basada en uno de mis libros.

Felix le puso la mano en la espalda a Alice.

Oye, la estás molestando, hablando del tema. No le gusta.

Damian asintió, sin inmutarse, sonriendo para sí.

¿No le gusta?, dijo. Y luego, dirigiéndose a Alice, continuó: No es que esté siendo amable, ¿sabes? No tiene la más puta idea de quién eres. No se ha leído un libro en la vida.

Será que no conoce bastante gente a la que le gusta leer, dijo Felix. Si no la dejan nunca en paz.

Damian dio otra calada al cigarrillo. Al cabo de un momento, le dijo a Alice:

¿Sabes que me ha estado evitando?

Alice miró a Felix, que tenía los ojos clavados en el suelo, negando con la cabeza.

Mira, cuando murió nuestra madre, siguió hablando Damian, nos dejó la casa, ¿vale? A los dos. Y nos pusimos de acuerdo en venderla. ¿Me sigues? Eres una mujer lista, seguro que me sigues. Total, que no puedo venderla si no tengo su firma en todos esos documentos. Y en las últimas semanas, ha desaparecido. No me responde a las llamadas, ni a los mensajes, nada. ¿Tú a qué crees que viene eso?

Alice respondió en voz baja que no era asunto suyo.

Yo que pensaba que estaría encantado de que le cayese algo de dinero, añadió Damian. Bien sabe Dios que va siempre justo.

¿Hay algo más de lo que quieras rajar de mí, ya que estás?, preguntó Felix.

Damian lo ignoró, y prosiguió, pensativo:

Tom Heffernan le dio un montón de dinero, ahí, en un momento dado. El abuelo ese que vive en el pueblo con su mujer. Me pregunto por qué sería. Cuál es la conexión, ¿sabes?

Felix negó de nuevo con la cabeza, y lanzó la colilla del cigarrillo al césped de un capirotazo. Se le veía la cara encendida a la luz menguante del este.

Mira, pareces una buena chica, dijo Damian. Puede que un poco demasiado buena, ¿vale? No dejes que te tome el pelo, ese es mi consejo.

Alice respondió con frialdad:

Me pregunto qué te hace pensar que me interesen tus consejos vitales.

Felix se echó a reír al oír eso, una risa estridente y desbocada. Damian se quedó callado un momento, fumando lentamente, y luego dijo:

Lo tienes todo controlado, ¿verdad?

Bueno, diría que no me va mal, respondió Alice.

Oye, Damian, dijo ahora Felix en tono conciliador, todavía sonriendo, me paso por tu casa mañana por la mañana antes del trabajo y hago eso, ¿vale? Y así puedes dejar de acosarme. ¿Contento así?

Muy bien, respondió Damian, sin apartar la vista de Alice. Tiró el cigarrillo al césped. Que Dios os ayude a los dos, añadió.

Dio media vuelta y se metió otra vez en la casa. La puerta se cerró con un chasquido detrás de él. Felix se asomó por el borde del garaje como para comprobar que realmente se hubiese ido, y luego entrelazó los dedos y se llevó las manos a la nuca. Alice lo observaba.

Pues sí, dijo. Damian. Nos odiamos el uno al otro, por cierto, no sé si ya te lo había dicho.

No me lo habías dicho.

Ah, es verdad. Lo siento.

Felix soltó las manos y dejó los brazos colgando a los lados, mirando todavía la puerta por la que se había marchado su hermano. Una puerta de madera con paneles de cristal amarillo.

Nunca hemos sido muy colegas, añadió, pero con todo el tema de la enfermedad de mamá, en fin. Mejor que no empiece porque me pasaría toda la noche aquí dándote detalles. Pero vaya, no es que hayamos tenido la mejor relación del mundo los últimos años. Si hubiese sabido que te lo encontrarías te habría puesto en antecedentes.

Alice siguió sin decir nada. Él se volvió a mirarla, con expresión agitada, ahora, o triste.

Y sé leer, por cierto, dijo. No entiendo por qué le ha dado por soltar todo eso de que soy analfabeto y demás. No es que se me dé genial la lectura, pero sé leer. Y además tampoco creo que a ti te importe mucho.

Pues claro que no.

Siempre fue mejor que yo en el colegio, así que supongo que le gusta sacar el tema delante de la gente. Es un tío de esos que necesita dejar a los demás por los suelos para sentir que es el rey. Mi madre lo criticaba a menudo por eso, y a él no le gustaba. Pero bueno, da igual. Lo ridículo es que consigue ponerme de mal humor. O sea, ahora estoy de mal humor.

Lo siento.

Él la miró de nuevo.

No es culpa tuya, dijo. Tú has estado bien. Me podría haber pasado un rato viendo cómo la teníais, ha sido divertido. Es lo que tiene que seas tan intimidante, disfruto cuando se lo haces a otra gente.

Alice agachó la vista y dijo en un hilo de voz:

Yo no lo disfruto.

¿No? Un poco debes de disfrutar.

No, no lo disfruto.

¿Y por qué lo haces, entonces?

¿Intimidar a la gente? No es mi intención.

Felix frunció el ceño.

Pero tú sabes cómo te comportas, dijo. Cómo le metes miedo a la gente. Ya sabes a qué me refiero. No te lo digo por molestar.

Igual te cuesta de creer, dijo ella, pero cuando conozco a alguien, en realidad intento ser agradable.

Él soltó una risotada, y en respuesta, Alice suspiró y se apoyó en la tapia, tapándose los ojos.

¿Tan gracioso es?, dijo.

Si intentas ser agradable, ¿por qué estás todo el rato haciendo comentarios cortantes?

No lo hago todo el rato.

No, pero los dejas caer cuando te conviene. No digo que seas una persona cruel ni nada de eso. Solo que a la gente más le vale no entrarte mal.

Sí, ya lo has dejado claro, espetó ella.

Felix enarcó las cejas, y se quedó callado unos segundos. Al cabo dijo, con tono apacible:

Dios, hoy me atacan por todas partes. Alice inclinó la cabeza, como abatida, o cansada, pero no dijo nada. No eres la persona con el trato más fácil del mundo, añadió, pero eso tú ya lo sabes.

Felix, ¿es mucho pedir que dejes de criticar mi personalidad?, preguntó ella. No te pido que me halagues. No tienes que decir absolutamente nada de mí. Es solo que no me parece útil tanto comentario negativo.

Él la observó con indecisión unos segundos.

Claro, dijo. No quería que te sentase mal.

Ella no dijo nada. Su silencio dio la impresión de inquietar a Felix, que se metió las manos en los bolsillos y las volvió a sacar.

Es como lo que estaba diciendo Damian, continuó. Tú crees que no te valoro. Bueno, vale, igual no.

Alice siguió sin decir nada, con la vista clavada en el suelo. Él parecía intranquilo, irritable, nervioso.

Mira, tú estás acostumbrada a que te traten de otra manera. La gente que sabe quién eres y te considera muy importante y todo eso. Y entonces, cuando yo te trato de una manera normal, no te basta. Yo creo, si soy sincero, que puedes encontrar a alguien que te valore más, y que serás más feliz.

Tras un largo silencio, Alice dijo:

Creo que me gustaría volver adentro, si te parece bien.

Él clavó los ojos en el suelo, ceñudo.

No te lo puedo impedir.

Alice subió por el césped hacia la casa. Antes de que llegase a la puerta, Felix se aclaró la garganta y dijo en voz alta:

¿Sabes?, antes, cuando me he jodido la mano, lo primero que he pensado ha sido, me parece que a Alice esto no le va a gustar.

Ella se dio la vuelta.

Y no me ha gustado.

Ya, dijo. Y es bonito tener a alguien que se preocupe por algo así. En ese sitio me hago trizas semana sí, semana no, y no es que tenga mucha gente que me diga, uf, eso tiene que haber dolido, ¿qué te ha pasado? Y, mira, puede que haya cosas de ti que no sé apreciar, y a veces no me gusta el tono en el que me hablas, ya te lo he reconocido. Pero pongamos que estás ahí arriba en tu casa, sola, y no te encuentras bien, o te haces daño o algo, a mí me gustaría que me lo dijeses. Y si quisieras que subiese a cuidarte, iría. Y estoy seguro de que tú harías lo mismo. ¿Es suficiente con eso de momento? Igual para ti no, pero para mí sí.

Se miraron el uno al otro.

Deja que lo piense, respondió Alice.

Dentro de la casa, se había colado un abejorro en el salón, y dos de los amigos de Danielle estaban chillando y riendo, intentando enseñarle el camino a la ventana. Simon estaba sentado a la mesa de la cocina con la prima de Danielle, Gemma, que tenía a la niña del partido de fútbol sentada en la falda.

¿Prefieres ir al colegio, o prefieres estar de vacaciones?, le estaba preguntando Simon.

Eileen, junto a la encimera, andaba echando vodka en un vaso de plástico, mientras el mismo hombre con el que había estado hablando un rato antes le decía:

No es que mate, pero merece la pena verla, igualmente.

Felix y Alice entraron por la puerta del patio. Él se cortó un pedazo de pastel de cumpleaños mientras Alice se ponía el cárdigan y decía animada:

Qué jardín tan grande y bonito que hay ahí fuera.

Apoyó la mano distraída, cariñosamente, en el hombro de Simon, y él levanto la vista hacia ella con curiosidad y una media sonrisa, pero ninguno de los dos dijo nada.

A las diez de la noche, Danielle repiqueteó en un vaso con una cucharilla y anunció que iban a cantar unas cuantas canciones. La cocina se fue quedando poco a poco en silencio, las conversaciones se apagaron, la gente entró desde el salón a escuchar. Una prima de Danielle empezó cantando «She Moved Through the Fair». Alguien que se sabía la letra se le sumó, mientras otros tarareaban la melodía. Eileen contemplaba desde la puerta a Simon, apoyado en la nevera al lado de Alice, con una copa de vino en la mano. Danielle le pidió a Felix que cantase la siguiente.

Cántanos «Carrickfergus», dijo Gavin.

Felix respondió con un bostezo despreocupado.

Voy a cantar «The Lass of Aughrim», respondió.

Dejó el plato de papel, se aclaró la garganta y empezó a cantar. Tenía una voz clara y armoniosa, con una especie de pureza tonal; se alzaba hasta llenarlo todo y luego descendía, grave, tan grave que tenía casi el mismo timbre que el silencio. Alice lo miraba desde la otra punta de la cocina. Felix estaba de pie junto a la encimera, bajo la lámpara del techo, de modo que su pelo y su cara y la silueta inclinada y delgada de su cuerpo quedaban bañados en luz, y los ojos oscuros, y la boca también. Por algún motivo, por el timbre sonoro y grave de su voz, o por la melancolía de la letra, o tal vez por alguna asociación que la melodía le trajo a la mente, los ojos de Alice se llenaron de lágrimas contemplándolo. Él la miró un momento y luego apartó la vista. Cantaba con una voz curiosamente similar a su voz de siempre, y pronunciaba del mismo modo, pero con unas profundidades resonantes e inesperadas. Las lágrimas empezaron a caerle de los ojos, y también la nariz le goteaba. Sonrió como por su propia ridiculez, pero las lágrimas siguieron corriendo igualmente, y se enjugó la nariz con los dedos. Tenía la cara sonrojada, mojada y brillante. La canción terminó, y un único instante de silencio quedó invadido por el ruido de los vítores y los aplausos. Gavin se llevó los dedos a la boca para silbar con aprobación. Felix se apoyó en el fregadero, mirando a Alice, y ella le devolvió la mirada, casi encogiéndose de hombros, avergonzada. Se secó las mejillas con las manos. Él sonreía.

La has hecho llorar, dijo Gavin.

La gente se volvió hacia ella al oír esto, y Alice se echó a reír, tímida, y la risa pareció atascarse en su garganta. Se secó la cara de nuevo.

No os preocupéis, dijo Felix.

Danielle pidió otra canción, pero nadie se ofreció. Está el listón muy alto, dijo alguien. La prima de Danielle, Gemma, propuso «The Fields of Athenry», y empezaron a hablar todos entre ellos. Felix había rodeado la mesa y estaba sirviendo vino en un vaso de plástico. Se lo tendió a Alice y le preguntó:

Estás bien, ¿verdad?

Ella asintió, y Felix le acarició la espalda para consolarla.

No te preocupes, dijo. Normalmente son las señoras mayores las que lloran con esta, pero lo dejaremos pasar. No tenías ni idea de que supiera cantar, ¿verdad? Lo hacía bastante mejor antes de machacarme con el tabaco.

Se lo dijo con tono despreocupado, casi distraído, mientras le acariciaba la espalda, como si no se estuviese escuchando a sí mismo.

Mira, Simon no llora, dijo. No debo de haberlo impresionado.

Sonriendo, Simon le respondió en voz baja:

Qué polifacético.

Alice soltó otra risita, dio un sorbo de vino.

Descarado, respondió Felix.

Desde la puerta del salón, Eileen los contemplaba, Felix con la mano en la espalda de Alice, Simon al otro lado, los tres hablando. Y por las ventanas, el cielo todavía apagándose, oscureciéndose, la vasta tierra girando lentamente sobre su eje.

28

Cuando salieron de casa de Danielle era noche cerrada, sin farolas, y Eileen encendió la linterna del móvil para guiarse por el camino de entrada. En el coche, con las puertas cerradas, se estaba tranquilo y caliente.

Felix, tienes una voz preciosa, dijo Eileen.

Él encendió los faros del coche y empezó a dar marcha atrás hacia la calle.

Sí, esa iba por ti, dijo. Bueno, por los dos, porque ambos sois de por allí. Aughrim. ¿Verdad? Aunque no acabo de entender de qué va la canción, para ser sincero. Yo creía que era un hombre cantándole a una mujer, pero luego en el estribillo, me parece que es una mujer la que canta. Y dice que lleva a su bebé helado en brazos. Debe de ser una de esas canciones antiguas en las que se han mezclado letras distintas. Pero es triste, vaya de lo que vaya.

Simon le preguntó si sabía tocar además de cantar, y Felix respondió:

Un poco. El violín, más que nada. Y me las apaño con la guitarra si hace falta. Unos amigos míos tocan juntos, en plan, en bodas y eso. Yo también he hecho bodas, pero en el apartado musical no acaba de ser lo mío. Te pasas toda la noche tocando Céline Dion o lo que sea.

Alice le dijo que no tenía ni idea de que se le diese tan bien la música.

Ya, dijo él. Aunque por aquí todo el mundo es así. Gente sin oído solo hay en Dublín. Sin ánimo de ofender.

Miró de reojo a Alice antes de volver a concentrarse en la carretera, y siguió hablando:

Entonces ¿estás pensando en comprar la casa? No lo sabía.

Eileen levantó la vista desde el asiento trasero.

¿Cómo, perdón?, preguntó.

Alice se estaba poniendo bálsamo labial, ufana, algo borracha.

Lo estoy pensando, respondió. Aún no lo he decidido.

Eileen rompió a reír, y Alice se volvió en el asiento hacia ella.

No, es genial, dijo Eileen. Me alegro por ti. Te mudas al campo.

Alice la miró frunciendo el ceño desconcertada.

Eileen, yo ya vivo en el campo, dijo. Estamos hablando de la casa en la que vivo.

Eileen sonreía, negando con la cabeza.

No, claro que sí, respondió. Te viniste aquí de vacaciones y ahora vas a seguir de vacaciones, o sea, para siempre. ¿Por qué no?

Simon la miró, pero ella seguía sonriéndole a Alice.

Lo digo en serio, añadió Eileen. Es genial. La casa es increíble. Esos techos tan altos, no veas.

Alice asintió despacio.

Sí, respondió. Bueno, aún no he tomado ninguna decisión. Guardó el bálsamo labial en el bolso. No sé por qué dices que estoy de vacaciones, añadió. Siempre que me marcho a trabajar me mandas algún email censurador diciéndome que tendría que estar en casa.

Eileen reía de nuevo, se le había ido todo el color de la cara.

Lo siento, dijo. He malinterpretado la situación, ahora me doy cuenta.

Simon seguía mirándola, y ella se volvió hacia él con una sonrisa radiante y fingida, como diciendo: ¿qué? Felix comentó que, antes de comprar la casa, Alice debería hacer que alguien la revisara a fondo, y ella respondió que de todos modos necesitaría muchas reformas, sin duda. Estaban pasando por delante del hotel en ese momento, las luces encendidas del vestíbulo, siguiendo la carretera de la costa.

Ya en casa, Eileen subió directa a su cuarto mientras los demás estaban todavía en el recibidor. Tenía los labios descoloridos, la respiración entrecortada y superficial, cuando encendió la lamparita. La ventana oscura del dormitorio reflejó la elipse grisácea de su cara, y ella corrió la cortina de un tirón; los ganchos chirriaron en el riel. Abajo, el sonido de voces, Alice diciendo: No, no, yo no. Simon respondió algo en voz baja, incomprensible, y los otros se pusieron a reír, unas sonoras carcajadas que subieron por las escaleras. Eileen se restregó los párpados cerrados con los dedos. El sonido de la puerta hermética de la nevera abriéndose suavemente, y un tintineo como de cristal. Empezó a desatarse el lazo de la cintura del vestido, la tela ahora arrugada y ablandada después de un día de uso, el olor a protector solar y desodorante. Abajo, el ruido de una puerta al abrirse. Se quitó el vestido por los pies, mientras respiraba hondo y con fuerza por la nariz y soltaba al aire por entre los labios, y luego se puso un camisón de rayas azules. Los ruidos llegaban ahora más apagados, las voces entremezcladas. Se sentó en un lado de la cama, empezó a quitarse las horquillas del pelo. Abajo, alguien cruzaba el pasillo, silbando. Se quitó una horquilla larga y negra y la dejó con un ruidito seco en la mesita de noche. Tenía la mandíbula apretada, le rechinaban las muelas. Desde fuera de la casa, el ruido del mar, suave, repetitivo, y el aire cruzando leve por entre el follaje denso y abundante de los árboles. Cuando tuvo el pelo suelto se lo peinó por encima con los dedos, y luego se tumbó en la cama y cerró los ojos. Un chasquido seco se oyó desde abajo, como si descorchasen una botella. Se llenó los pulmones de aire. Apretó los puños y luego desplegó las manos y extendió los dedos sobre la colcha, dos, tres veces. De nuevo la voz de Alice. Y los otros dos riendo, los hombres riendo, con lo que fuera que Alice hubiese dicho. Eileen se levantó con una sacudida. Agarró de un tirón una bata amarilla y acolchada apoyada en el respaldo de una silla y metió los brazos en las mangas. De camino abajo, se ató el cinturón de la bata holgadamente a la cintura. La puerta de la cocina estaba cerrada al final del pasillo, la luz encendida, una fragancia dulzona de humo en el aire. Apoyó la mano en el pomo. Desde dentro, la voz de Alice diciendo: Ah, no sé, pero meses no. Eileen abrió la puerta. Dentro, estaba caliente y a media luz, Alice sentada a un extremo de la mesa, Felix y Simon juntos del lado de la pared, compartiendo un porro. Todos levantaron la vista hacia Eileen con sorpresa, con algo parecido a cautela, cuando apareció en la puerta con su bata. Ella les sonrió resuelta.

¿Me puedo apuntar?, preguntó.

Por favor, respondió Alice.

Eileen retiró una silla atrás para sentarse.

¿De qué hablábamos?, preguntó.

Felix le pasó el porro por encima de la mesa.

Alice nos estaba contando cosas de sus padres, respondió.

Eileen dio una calada corta y exhaló, asintiendo; todo en su cara y en su postura revelaba el esfuerzo por mostrarse animada.

Bueno, tú ya lo sabes, le dijo Alice. Los has conocido.

Mhm. Hace mucho tiempo. Pero sigue.

Volviéndose de nuevo a los demás, Alice continuó:

Con mi madre, de hecho, no es tan complicado, porque mi hermano y ella están, bueno, asfixiantemente unidos. Y además a mi madre nunca le he caído muy bien, de todos modos.

¿En serio?, dijo Felix. Qué curioso. A mí mi madre me amaba. Era el niño de sus ojos. Es triste, en realidad, porque acabé siendo un petardo. Pero ella me adoraba, vete a saber por qué.

Tú no eres ningún petardo, dijo Alice.

¿Y tú?, le dijo Felix a Simon, ¿eras el ojito derecho de tu madre?

Bueno, era hijo único, respondió Simon. Desde luego mi madre me tenía mucho cariño, sí. Me tiene mucho cariño, quiero decir. Iba haciendo girar el pie de su copa de vino por la mesa mientras hablaba. No tenemos la relación más fácil del mundo, añadió. Creo que a veces la hago sentir confusa y frustrada. Como en lo que respecta a mi carrera, las decisiones que he tomado. Supongo que tiene amigos con hijos de la misma edad que yo, y que ahora son todos médicos o abogados y tienen hijos también, y yo sigo siendo básicamente un asesor parlamentario sin novia. O sea, no culpo a mi madre por sentirse confusa. Yo tampoco sé qué ha pasado con mi vida.

Felix soltó una tosecilla y le preguntó:

Pero tú tienes un trabajo bastante importante, ¿no?

Simon se volvió hacia él, como si la pregunta le sorprendiese:

No, Dios, no. Para nada. Y tampoco creo que mi madre esté obsesionada con el estatus, por cierto. Estoy seguro de que le habría gustado tener un hijo médico, pero no creo que esté decepcionada conmigo por no haber querido eso. Felix le pasó el porro y él lo cogió. La verdad es que no tenemos conversaciones en serio, añadió. No sé, no le gusta que las cosas se pongan serias, ella solo quiere que todo el mundo se lleve bien. Creo que en cierto modo le resulto intimidante. Y eso me hace sentir fatal. Dio una calada corta y, después de exhalar, añadió: Siempre que pienso en mis padres me siento culpable. Les tocó el hijo equivocado, no es culpa suya.

Pero tampoco tuya, dijo Alice.

Eileen seguía la conversación atentamente, con la mandíbula apretada, todavía una media sonrisa.

¿Y tú qué dices, Eileen?, le preguntó Felix. ¿Te llevas bien con tus padres?

La pregunta pareció cogerla por sorpresa.

Ah, dijo. Y luego, al cabo de una pausa: No están mal. Tengo una hermana loca a la que le tienen miedo los dos. Y me hizo la vida un infierno cuando éramos pequeñas. Pero por lo demás están bien.

La hermana que se ha casado, dijo Felix.

Sí, esa, respondió. Lola. No es mala de verdad, es solo caótica. Y puede que un poco mala, a veces. En el colegio era muy popular, y yo, una pringada. O sea, no tenía literalmente ni un solo amigo. Cuando me acuerdo, me parece una suerte que no me suicidara, porque me lo planteaba sin parar. Cuando tenía catorce, quince. Intenté hablar con mi madre, pero me dijo que a mí no me pasaba nada, y que era una exagerada. Al llegar a este punto, Eileen vaciló, mirando la superficie desnuda de la mesa. Luego siguió hablando: La verdad es que creo que lo habría hecho, pero cuando tenía quince años, conocí a alguien que quiso ser amigo mío. Y él me salvó la vida.

Si eso es verdad, me alegro, dijo Simon, en voz baja.

Felix se incorporó en la silla, sorprendido:

¿Cómo? ¿Fuiste tú?

Eileen tenía ahora una sonrisa más natural, seguía algo pálida y ojerosa, pero estaba disfrutando con esa repetición de un relato familiar.

Ya sabes que éramos vecinos de pequeños, dijo. Y un verano que Simon volvió a casa en las vacaciones de la universidad, estuvo ayudando a mi padre en la granja. No sé por qué. Supongo que te mandaron tus padres.

Con tono divertido, Simon respondió:

No, creo que por aquella época acababa de terminarme *Anna Karenina*. Y quería ir a trabajar en una granja para ser como Levin. Esas experiencias profundas que tiene mientras corta hierba con una hoz o algo y que le hacen creer en Dios… No recuerdo perfectamente los detalles ahora, pero vino a ser idea mía.

Eileen se reía, moviéndose el pelo de aquí para allá con las manos.

¿En serio que viniste a trabajar para Pat porque creías que sería como en *Anna Karenina*?, dijo. No me lo habías contado. Supongo que si tú eras Levin, nosotros éramos los mujiks. Dirigiéndose a los demás otra vez, siguió hablando: En fin, así fue como Simon y yo nos hicimos amigos. Yo era una de esas campesinitas que vivían cerca de la hacienda de su familia.

Yo no diría del todo así, murmuró Simon con tono indulgente.

Eileen despachó el comentario con un aleteo de la mano.

Y nuestros padres se conocían, evidentemente, dijo. Mi madre, de hecho, tiene un complejo de inferioridad con la madre de Simon. Todos los años, en Nochebuena, Simon y sus padres vienen a tomar algo, y tenemos que limpiar la casa entera de arriba abajo antes de que lleguen. Y poner toallas especiales en el baño. Esas cosas, ya sabéis.

Fumando de nuevo, con la espalda apoyada en la pared, Felix le preguntó:

¿Y qué piensan de Alice?

Eileen lo miró.

¿Quién, mis padres?, preguntó.

Felix asintió.

Bueno, dijo ella. Se han visto un par de veces. No se conocen bien ni nada.

No me ven con buenos ojos, dijo Alice, sonriendo.

Felix se echó a reír.

¿En serio?, preguntó.

Eileen negó con la cabeza.

No, dijo. No es eso, es solo que no te conocen muy bien.

Nunca les gustó que viviésemos juntas en la universidad, siguió diciendo Alice. Ellos querían que Eileen se hiciese amiga de buenas chicas de clase media.

Eileen soltó el aire con algo que sonó como una especie de risa cortante.

Creo que la personalidad de Alice les parecía un poco provocadora, le dijo a Felix.

Y ahora que tengo éxito, les molesta, añadió Alice.

No sé de dónde te sacas eso, respondió Eileen.

Bueno, no les gustaba que me visitases en el hospital, ¿verdad que no?

Eileen negó de nuevo con la cabeza, dándose tironcitos de la oreja frenéticamente.

Eso no tuvo nada que ver con tu éxito, dijo.

¿Y con qué tuvo que ver?, preguntó Alice.

Felix parecía haber olvidado que estaba fumando, y dejó que el porro se le apagara entre los dedos. Mirándolo, Eileen le dijo:

Mira, cuando Alice se marchó de Nueva York, no me avisó de que volvía a casa. Yo le iba mandando emails y mensajes, sin saber nada de ella en semanas, y empezaba a estar muy preocupada, y asustada, por si le había pasado algo. Y todo ese tiempo, estaba viviendo a cinco minutos de mi casa. Señaló a Simon y continuó: Él lo sabía. Yo era la única que no. Y ella le pidió que no me lo contase, así que Simon me tuvo que aguantar, quejándome de que no me respondiera, cuando sabía desde el principio que ella estaba viviendo en la puta Clanbrassil Street.

Claramente, no estaba en mi mejor momento, dijo Alice, con voz contenida.

Eileen asintió, con la misma sonrisa radiante y forzada.

Ya, dijo. Y yo tampoco, porque mi pareja me estaba dejando después de unos tres años, y no tenía donde vivir. Y mi mejor amiga no me hablaba, y mi otro mejor amigo se comportaba de una manera de lo más extraña porque no me podía contar nada.

Eileen, dijo Alice sin alterarse, con todo el respeto, estaba sufriendo una crisis psiquiátrica.

Sí, lo sé. Me acuerdo porque cuando te ingresaron estuve allí prácticamente todos los días.

Alice no dijo nada.

El motivo por el que a mis padres no les gustaba que te visitase tanto no tuvo nada que ver con tu éxito, continuó Eileen. Es que no creen que seas muy buena amiga. ¿Recuerdas, cuando saliste del hospital, y me dijiste que te ibas unas semanas de Dublín para descansar? Pues ahora resulta que no te ibas unas semanas, te ibas para siempre. Y parece que todo el mundo se había dado cuenta menos yo. Pero a mí no hace falta tenerme al corriente, está claro. Yo soy solo esa idiota que se queda con la cuenta en números rojos cogiendo autobuses para ir a verte al hospital todos los días. No sé, supongo que mis padres deben de pensar que no te importo demasiado.

Simon había agachado la cabeza mientras Eileen hablaba, pero Felix no le había quitado ojo a ninguna de las dos. Alice la miraba fijamente de punta a punta de la mesa, con manchas rojas brotándole en las mejillas.

No tienes ni idea de lo que he pasado, dijo Alice.

Eileen se rio, una risa aguda y crispada.

¿No te podría decir yo exactamente lo mismo?

Alice cerró los ojos y los abrió de nuevo.

Vale, dijo. Te refieres a que un tío que ni siquiera te gustaba de verdad rompió contigo. Qué duro tuvo que ser.

Alice, dijo Simon desde el otro extremo de la mesa.

No, continuó ella. No tenéis ni idea ninguno. No me deis sermones. No entendéis nada de mi vida.

Eileen se levantó y volcó la silla, y luego salió de la cocina y cerró dando un portazo. Simon se sentó recto, siguiéndola con los ojos, y Alice le echó un vistazo impasible:

Ve, dijo. Ella te necesita, yo no.

Simon la miró también y le respondió con delicadeza:

Pero no siempre ha sido así, ¿o no?

Que te jodan, respondió Alice.

Él le sostuvo la mirada.

Sé que estás enfadada, dijo, pero creo que también sabes que lo que estás diciendo no está bien.

No sabes nada de mí, respondió ella.

Simon bajó la vista a la superficie de la mesa, con lo que parecía una sonrisa.

Vale, dijo.

Se levantó, salió de la cocina y cerró la puerta con cuidado tras de sí. Alice se llevó un momento las yemas de los dedos a las sienes, como si le doliese la cabeza, y luego se levantó también y fue al fregadero a enjuagar su copa.

No se puede confiar en la gente, dijo. Cada vez que crees que sí, te dan con la confianza en la cara. Y Simon es el peor. ¿Sabes lo que le pasa? Lo digo en serio, se llama complejo de mártir. Él no necesita nunca nada de nadie, y cree que eso lo convierte en un ser superior, cuando en realidad tiene una vida triste y estéril, ahí solo en su apartamento, diciéndose lo buena persona que es. Cuando me puse de verdad enferma, lo llamé por teléfono una noche y él me llevó al hospital. Nada más. Y ahora cada vez que nos vemos me lo tiene que recordar. ¿Qué ha hecho él con su vida? Nada. Al menos yo puedo decir que he aportado algo al mundo. Y él se cree superior a mí porque una vez me cogió el teléfono. Va por ahí haciéndose amigo de gente inestable solo para sentirse bien consigo mismo. Especialmente mujeres, especialmente mujeres más jóvenes. Y si no tienen dinero, mejor que mejor. Tiene seis años más que yo, ¿sabías? ¿Qué ha hecho él con su vida?

Felix, que llevaba mucho rato sin hablar, seguía sentado en el banco con la espalda apoyada en la pared, la cerveza en la mano.

Nada, respondió. Ya lo has dicho tú. Yo tampoco he hecho nada, así que no sé por qué crees que me va importar eso.

Alice se quedó de pie junto a la encimera de espaldas a él, contemplándolo en el reflejo de la ventana de la cocina. Felix reparó poco a poco en su mirada, sus ojos se encontraron.

¿Qué?, dijo él. A mí no me das miedo.

Ella agachó la vista.

Puede que sea porque no me conoces muy bien, respondió.

Felix soltó una risa displicente. Siguió mirándole la espalda unos segundos más. Alice no dijo nada. Tenía la cara muy pálida. Cogió una copa de vino vacía del escurreplatos y la sostuvo un momento en la mano antes de estrellarla contra las baldosas. El cáliz de la copa golpeó el suelo con estrépito y se rompió en añicos, pero el pie quedó prácticamente intacto y se alejó rodando hacia la nevera. Felix la observó en silencio, sin moverse.

Si estás pensando en hacerte daño a ti misma, dijo, no te molestes. Solo conseguirás montar una escena, y tampoco te vas a sentir mejor después.

Alice tenía las manos clavadas a la encimera, los ojos cerrados. En voz muy baja, respondió:

No, no te preocupes. No haré nada mientras estéis todos aquí.

Felix enarcó las cejas y miró la cerveza.

Entonces será mejor que me quede cerca.

Los nudillos de Alice sobresalían blancos en sus manos, agarradas a la encimera.

Sinceramente, no creo que te importe si estoy viva o muerta.

Felix dio un sorbo y tragó.

Tendría que cabrearme contigo por hablarme así, dijo. Pero ¿para qué? Si ni siquiera me lo dices a mí. En tu cabeza, le estás hablando todavía a ella.

Alice se inclinó sobre el fregadero, escondiendo la cara entre las manos, y él se levantó de la silla y fue hacia ella.

Como te acerques a mí, te pego una hostia, Felix. En serio.

Él se detuvo junto a la mesa, mientras Alice hundía la cabeza entre los brazos. El tiempo siguió pasando en silencio. Al cabo, rodeó la mesa y le acercó una de las sillas de la cocina, desplazando algunos de los fragmentos más grandes de cristal que habían quedado sobre las baldosas. Durante unos segundos, Alice continuó de pie junto al fregadero, como si no lo hubiera oído acercarse, y luego, sin mirarlo, se sentó. Estaba temblando, los dientes le castañeaban. Empezó a hablar con una especie de hondo quejido:

Oh, Dios. Tengo la sensación de que me voy a suicidar.

Felix estaba apoyado en la mesa de la cocina, la observaba.

Ya, yo también me he sentido así, dijo. Pero no lo he hecho. Y tú tampoco lo harás.

Alice levantó la vista hacia él, la expresión de su cara era de miedo, arrepentimiento, vergüenza.

No, dijo. Supongo que tienes razón. Lo siento.

Él respondió con una leve sonrisa y agachó la cabeza.

No pasa nada, respondió. Y sí que me importa si estás viva o muerta, por cierto. Lo sabes muy bien.

Alice siguió mirándolo unos largos segundos, con los ojos recorriendo abstraídos su figura, las manos, la cara.

Lo siento, dijo. Estoy avergonzada. Creía… No sé, creía que empezaba a estar mejor. Lo siento.

Felix se sentó encima de la mesa.

Sí que estás mejor, dijo. Esto es solo un pequeño…, como lo llamen, un pequeño episodio. ¿Estás tomando algo? Antidepresivos o lo que sea.

Sí, respondió ella, asintiendo. Prozac.

Él la miró desde arriba con gesto compasivo:

¿En serio?, dijo. Pues lo llevas bastante bien, entonces. El tiempo que yo estuve tomando eso, no tenía ni rastro de libido.

Alice se rio, y las manos le temblaron, como con alivio después de esquivar un desastre.

Felix, dijo, no me puedo creer que te haya dicho que te iba a pegar. Me siento un monstruo. No sé qué decir. Lo siento mucho.

Él la miró a los ojos con calma.

No querías que me acercase, ya está. No sabías muy bien lo que decías. Y eres una enferma psiquiátrica, ¿recuerdas?

Alice, confusa, se miró las manos temblorosas.

Pero creía que ya no, dijo.

Felix se encogió de hombros, sacó el encendedor del bolsillo.

Bueno, pues aún sí, respondió. No pasa nada, se tarda un tiempo.

Ella se llevó los dedos a los labios, mirándolo.

¿Cuándo estuviste tomando Prozac?

Él respondió sin levantar la vista:

El año pasado. Estuve un mes o dos y luego lo dejé. Y ya te digo que hice cosas mucho peores que tirar copas de vino al suelo, créeme. Me metía en peleas cada dos por tres. Chorradas. Hizo girar la rueda del encendedor con el pulgar. Tu amiga y tú lo arreglaréis, dijo.

Alice tenía la mirada perdida en su regazo.

No lo sé. Creo que es una de esas amistades en las que una persona se preocupa mucho más que la otra.

Felix presionó el botón para encender la llama y luego lo soltó.

¿Crees que no le importas?, preguntó.

Alice seguía con la vista en su regazo, alisándose la falda con las manos.

Sí que le importo, respondió. Pero no es lo mismo.

Felix se bajó de la mesa y cruzó la cocina hasta la puerta del patio, esquivando los fragmentos grandes de cristal. Abrió la puerta de par en par y se apoyó en el marco, de cara al jardín húmedo, inspirando el aire fresco de la noche. Ninguno de los dos dijo nada durante un rato. Alice se levantó y cogió un cepillo y un recogedor de debajo del fregadero para barrer los cristales. Las esquirlas más pequeñas eran las que se habían dispersado más lejos, debajo del radiador, entre la nevera y la encimera, destellando plateadas con el reflejo de la luz. Cuando terminó de barrer, echó el contenido del recogedor sobre una hoja de papel de periódico, lo envolvió todo y lo metió en el cubo de la basura. Felix seguía apoyado en el marco de la puerta, mirando hacia fuera.

Lo mismo piensas de mí, señaló. Es curioso, que pienses lo mismo.

Alice se puso recta y se volvió hacia él.

¿Qué?, preguntó.

Felix respiró hondo y soltó el aire antes de responder.

Crees que a Eileen no le importas tanto como ella a ti, dijo. Y piensas lo mismo de mí, que yo a ti te importo más. Igual por eso te gusté, ya de entrada, no sé. En parte creo que te odias a ti misma. Todo lo que estás haciendo, mudarte aquí sola sin coche ni nada, implicarte emocionalmente con un tío cualquiera que has conocido en internet, es como si estuvieses buscando sentirte desgraciada. Igual quieres que alguien te joda y te haga daño. Al menos así tendría lógica que me hubieses escogido, porque crees que soy la clase de persona que haría eso. O que querría hacerlo.

Ella estaba de pie junto al fregadero, en silencio. Felix asintió despacio y siguió hablando:

Pues no lo voy a hacer, dijo. Si eso es lo que quieres, lo siento. Se aclaró la garganta y añadió: Y no creo que yo te guste más a ti. Creo que nos gustamos lo mismo el uno al otro. Sé que no lo demuestro en mis actos a todas horas, pero puedo intentar mejorar en eso. Y lo voy a intentar. Te quiero, ¿vale?

Ella escuchaba con una expresión extraña y aturdida en la cara, la mano en la mejilla.

Aunque sea una enferma psiquiátrica, dijo.

Felix se echó a reír. Se puso recto y cerró la puerta.

Sí, respondió. Aunque lo seamos los dos.

Después de salir de la cocina, Simon había subido hasta el rellano y se había quedado un momento parado frente a la puerta del cuarto de Eileen. Del interior llegaba un sollozo agudo y entrecortado, interrumpido por boqueadas de aire. Golpeó suavemente la puerta con el dorso de la mano, y se hizo un súbito silencio.

Eh, dijo en voz alta, soy solo yo. ¿Puedo pasar?

El llanto se reanudó. Simon abrió la puerta y entró. Eileen estaba tumbada de lado, con las rodillas recogidas contra el pecho, una mano en el pelo, la otra tapándole los ojos. Simon cerró, y fue a sentarse a un lado de la cama, junto a las almohadas.

No me puedo creer que esto sea mi vida, dijo ella.

Él la miró con expresión afectuosa.

Ven aquí, dijo.

Eileen sollozó de nuevo y se apretó el pelo con fuerza. Con voz pastosa, le respondió:

Tú no me quieres. Ella no me quiere. No tengo a nadie. A nadie. No me puedo creer que tenga que vivir así. No lo comprendo.

Simon le apoyó la mano, ancha y robusta, en la cabeza.

¿Qué estás diciendo? Por supuesto que te quiero. Ven aquí.

Ella estuvo un momento restregándose la cara con movimientos airados, sin decir palabra, y luego, con la misma actitud tensa e irritada, se acercó y apoyó la cabeza sobre las piernas de Simon, la mejilla en su rodilla.

Así está mejor, dijo él.

Eileen estaba ceñuda, se frotó los ojos con los dedos.

Estropeo todo lo bueno que hay en mi vida, dijo. Todo.

Él le siguió alisando el pelo con la mano, apartándole de la cara los mechones sueltos y mojados.

Con Alice lo he estropeado todo. Y contigo.

Al decir eso, se le escapó otro sollozo, y se tapó los ojos. Simon deslizó de nuevo la mano por su frente, por su pelo.

No has estropeado nada, dijo.

Ella ignoró el comentario, hizo una pausa para respirar y continuó hablando:

Anoche, cuando estuvimos tomando algo en el pueblo… Eileen se interrumpió de nuevo para coger aire, y prosiguió con cierto esfuerzo: me sentí de verdad feliz por una vez en mi vida. Incluso lo pensé en el momento: Por una vez en mi vida me siento feliz. A veces creo que es un castigo, como si Dios me estuviese castigando. O que yo me lo hago a mí misma, no lo sé. Porque cada vez que me siento bien ni que sean cinco minutos, tiene que ocurrir algo malo. Como la semana pasada, cuando estuvimos viendo la tele juntos en tu apartamento. Tendría que haber sabido que todo se estropearía después, porque estaba ahí sentada en tu sofá pensando: Soy incapaz de recordar la última vez que me sentí tan feliz. Cada vez que pasa algo realmente bueno, mi vida se desmorona. Igual soy yo, igual soy yo la que lo provoca. No lo sé. Aidan no me soportaba. Y ahora Alice tampoco, ni tú.

Yo sí, murmuró Simon con tono apacible.

Eileen se enjugó con impaciencia las lágrimas que le brotaban todavía de los ojos.

No sé, igual no soy tan buena persona, dijo. Igual no me preocupo de verdad por los demás, como me preocupo por mí. Contigo, por ejemplo. Que yo sepa, estás más deprimido que yo, pero nunca lo dices. Y siempre eres amable conmigo. Siempre. Ahora mismo estoy llorando en tu regazo. ¿Cuándo has llorado tú en mi regazo? Nunca, jamás.

Simon la miró con ternura, las pecas bordeando el pómulo, la oreja caliente y rosada.

No, reconoció. Pero somos personas distintas. Y yo no estoy deprimido, no te preocupes. A veces me pongo triste, pero no pasa nada.

Ella negó un poco con la cabeza sin levantarla de sus rodillas.

Pero yo no te cuido como tú me cuidas a mí.

Simon le acariciaba lentamente el pómulo con el pulgar.

Bueno, igual yo no me dejo cuidar demasiado, respondió.

Las lágrimas de Eileen habían amainado. Se quedó un momento echada en su regazo sin hablar.

¿Por qué no?, preguntó después.

Él sonrió turbado.

No lo sé, respondió. Además, estábamos hablando de ti, creo.

Eileen volvió la cabeza hacia él.

Me gustaría que pudiésemos hablar de ti por una vez, dijo.

Simon le devolvió la mirada desde arriba, callado un momento.

Siento que te parezca que Dios te está castigando, dijo. No creo que él hiciera algo así.

Eileen lo contempló unos segundos más.

Cuando íbamos en el tren el otro día, le escribí un mensaje a Alice diciendo: Ojalá Simon me hubiese pedido que me casara con él hace diez años.

Él no dijo nada al principio, cavilando, daba la impresión.

Cuando tenías diecinueve, señaló. ¿Habrías aceptado esa proposición?

Ella soltó una risita y se encogió de hombros. Tenía los ojos rojos e hinchados.

Si tuviese algo de sentido común, habría aceptado, respondió. Pero no recuerdo si tenía algo de sentido común a esa edad o no. Creo que me habría parecido tremendamente romántico, o sea que igual sí. Mi vida habría sido mejor, ¿sabes? Mejor que lo que he tenido.

Él asintió, con una sonrisa irónica, un poco triste.

La mía también, dijo. Lo siento.

Eileen le cogió la mano entonces, y se quedaron ambos callados un rato.

Sé que Alice te ha hecho sentir mal.

Ella le estaba recorriendo los nudillos con el pulgar.

Esta mañana, en la cocina, Felix me ha preguntado que por qué no había venido antes a verla, explicó ella. Y yo he empezado decirle, bueno, ¿qué le impedía a Alice venir a verme a mí? ¿Dónde estaba? No es que tenga mil cosas que hacer. En cualquier momento en que le hubiese apetecido, podría haber pillado un tren y haber venido a verme. Si tanto me quiere, ¿por qué se mudó aquí, ya para empezar? No la obligó nadie. Parece que se haya esforzado a conciencia para que sea difícil vernos, y ahora está alimentando resentimiento, convenciéndose de que no me preocupo por ella. Cuando fue ella la que se marchó. Yo no quería que se marchase. Con este último comentario, Eileen empezó a llorar de nuevo, tapándose la cara. Yo no quería que se marchase, repitió.

Simon le acariciaba el pelo, en silencio. Sin mirarlo, ella le dijo, con voz apenada:

Por favor, no me dejes.

No, nunca, murmuró él, recogiéndole un mechón de pelo detrás de la oreja.

Eileen siguió llorando un minuto más, dos minutos, y Simon la acunó calladamente en su regazo. Al fin, ella se sentó a su lado en la cama, enjugándose la cara con una manga.

Nunca se me ha dado muy bien, dijo él. Que me cuiden.

Con una débil risita, Eileen le dijo:

Mira y aprende. Soy una experta.

Simon sonrió abstraído, con la mirada gacha.

Supongo que tengo miedo de imponerme, siguió diciendo. O sea, no me gusta sentir que alguien está haciendo algo solo porque cree que yo quiero, o porque se siente obligado. Puede que no me esté explicando bien. No es que nunca quiera nada para mí. Evidentemente, hay cosas que quiero, y mucho. Se interrumpió, negando con la cabeza. Ah, no me estoy expresando bien, dijo.

Ella recorrió su cara con la mirada.

Pero Simon, dijo, a mí no me dejas acercarme. ¿Entiendes lo que digo? Y cada vez que consigo acercarme, me apartas.

Él se aclaró la garganta, la vista fija en sus manos.

Lo podemos hablar en otro momento, dijo. Sé que estás disgustada por lo de Alice, no hace falta entrar ahora en todo esto.

A ella se le dibujó una leve arruga entre las cejas.

Pero eso es justamente apartarme.

Simon respondió con una especie de sonrisa dolorosa:

Me había hecho a la idea de que nunca más volvería a pasar nada entre nosotros. No es que fuera fácil. Pero era más fácil que seguir preguntándome, en cierto modo. Se masajeaba la palma de la mano, el pulpejo, al hablar. Si alguna vez he hecho algo por ti, ha sido en realidad por mí mismo, porque quería estar cerca de ti, continuó. Y, para serte sincero, quería sentir que me necesitabas, que no podías arreglártelas sin mí. ¿Entiendes lo que digo? No creo que me esté explicando nada bien. Lo que quiero decir es que tú has hecho mucho más por mí, en realidad, de lo que yo he hecho nunca por ti. Y te he necesitado más. Te necesito más, mucho más, de lo que tú me necesitas a mí. Soltó el aire. Eileen lo observaba en silencio. Continuó hablando, ensimismado, casi como si hablara para sí: Pero igual estoy diciendo todo lo que no hay que decir. Me resulta muy difícil hablar de esta manera.

Exhaló de nuevo, casi en un suspiro, y se llevó la mano a la frente. Ella siguió mirándolo, escuchando nada más, sin hablar. Simon levantó la cabeza al fin y le dijo:

Sé que tienes miedo. Y tal vez pensabas en serio todas esas cosas que dijiste sobre nuestra amistad, que querías que fuésemos solo amigos, y si es así, lo aceptaré. Pero creo que es posible que dijeses todo eso, al menos en cierto modo, porque querías que yo te convenciese de lo contrario. Como para que yo fuese y dijera, por favor, Eileen, no me hagas esto, llevo enamorado de ti toda la vida, no sé cómo vivir sin ti. O lo que sea, lo que quisieras oírme decir. Y a lo mejor incluso cuando te enfadas con Alice, y dices que no le importas… No sé, igual es la misma idea. A cierto nivel, quieres que Alice te diga: pero Eileen, yo te quiero mucho, eres mi mejor amiga. El problema es que parece que te atraigan personas a las que no se les dan muy bien ese tipo de reacciones. O sea, cualquiera te podría haber dicho, desde luego Felix y yo lo sabíamos, que Alice, ahora mismo, no iba a reaccionar así de ninguna de las maneras. Y lo mismo conmigo, tal vez, en cierto modo. Si tú me dices que no quieres que estemos juntos, puede que me sienta herido y humillado, pero no me voy a poner a rogar y a suplicarte. Y, de hecho, creo que tú sabes que no lo haré. Pero luego te quedas con la impresión de que no te quiero, o de que no te deseo, porque no recibes esa respuesta de mí; esa respuesta que tú en el fondo sabes que no recibirás, porque yo no soy la clase de persona que te la puede dar. No sé. No me estoy justificando, y tampoco justifico a Alice. Sé que piensas que siempre la defiendo, y supongo que cuando lo hago, en realidad me estoy defendiendo a mí mismo, si te soy sincero. Porque me reconozco en ella, y lo siento por ella. Veo cómo te aparta, aunque no quiere, y le duele. Y sé lo que es eso. Mira, si de verdad piensas lo que dijiste sobre ser solo amigos, lo entiendo, en serio. No es fácil estar conmigo, lo sé. Pero si crees que hay alguna posibilidad de que yo pueda hacerte feliz, espero que me dejes intentarlo. Porque es la única cosa que quiero hacer realmente con mi vida.

Eileen se volvió hacia él, sentado al borde de la cama, y lo abrazó por el cuello, y luego, acurrucando la cara en el hueco de su hombro susurró algo que solo él llegó a oír.

Cuando Alice llegó al pie de las escaleras unos minutos después, Eileen estaba saliendo al rellano. A la luz tenue de una lámpara del recibidor, se vieron la una a la otra y se detuvieron: Eileen en lo alto de la escalera, mirando abajo, y Alice mirando arriba; sus rostros nerviosos, recelosos, resentidos, cada uno un espejo borroso del otro, colgado ahí, pálido y en vilo, mientras pasaban los segundos. Y entonces, fueron a buscarse, y se encontraron en mitad de la escalera, y se abrazaron, estrechándose con fuerza, los brazos aferrados en torno al cuerpo de la otra, y Alice decía: Lo siento, lo siento, y Eileen: No me tienes que pedir perdón, lo siento, no sé por qué hemos discutido. Las dos riendo, después, con una risa hiposa y extraña, enjugándose la cara con las manos, mientras decían: Ni siquiera sé por qué hemos discutido. Lo siento. Se sentaron en la escalera, exhaustas, Alice un escalón más abajo de Eileen, ambas con la espalda apoyada en la pared.

¿Recuerdas, en la universidad, una vez que nos peleamos y me escribiste una carta feísima?, preguntó Eileen. En papel de recambio. No recuerdo qué decía, pero sé que no era agradable.

Alice soltó de nuevo una risita hiposa.

Eras mi única amiga, dijo. Tú tenías otros amigos, pero yo solo te tenía a ti.

Eileen le cogió la mano, entrelazando los dedos. Se quedaron un rato ahí sentadas en la escalera, sin hablar, o hablando distraídas de cosas que habían sucedido mucho tiempo atrás, discusiones tontas que habían tenido, gente que conocían, cosas de las que se habían reído juntas. Antiguas conversaciones, muchas veces repetidas. Y luego se quedaron otro rato calladas.

Quiero que todo sea como era antes, dijo Eileen. Y que tú y yo volvamos a ser jóvenes, y a vivir cerca la una de la otra, y que nada cambie.

Alice sonreía con tristeza.

Pero si las cosas cambian, ¿podemos seguir siendo amigas?, preguntó.

Eileen le pasó un brazo por los hombros.

Si no fueses mi amiga, yo no sabría quién soy.

Alice apoyó la cara en el brazo de Eileen, y cerró los ojos.

No, dijo. Yo tampoco sabría quién soy. Y, de hecho, durante un tiempo no lo supe.

Eileen, desde arriba, contempló la cabeza rubia y menuda de Alice, acurrucada en la manga de su bata.

Ni yo, dijo.

Las dos y media de la madrugada. Fuera, el crepúsculo astronómico. La luna creciente pendía baja sobre el mar oscuro. La marea regresaba ya con un rumor suave y repetitivo sobre la arena. Otro lugar, otro momento.

29

Hola: te adjunto un borrador del ensayo con unas notas al final. Se lee muy bien tal como está, pero no sé qué te parecería cambiar el orden de las dos secciones centrales. Así el apartado biográfico quedaría más adelante. Échale un vistazo y dime qué piensas. ¿JP te llegó a pasar sus comentarios? ¡Sospecho que te servirá de mucha más ayuda que yo!

He perdido hasta tal punto cualquier noción del tiempo lineal que anoche estaba tumbada en la cama pensando: debe de hacer casi un año de la primera vez que Eileen y Simon estuvieron aquí. Y solo muy gradualmente —cuando fui tomando consciencia de que estaba tapada con una colcha gorda y abrigada, y no con la manta fina de verano— caí en la cuenta de que estamos casi en diciembre, casi dieciocho meses desde aquella primera visita el verano pasado. ¡¡Dieciocho meses!! ¿Así es como va a ser el resto de nuestras vidas? El tiempo disolviéndose en una niebla densa y oscura, la sensación de que hace años de cosas que pasaron la semana pasada, y de que cosas que pasaron el año pasado fueron ayer. Espero que sea un efecto secundario del confinamiento, y no una simple consecuencia de hacerse mayor. Hablando de lo cual: felicidades con retraso. Mandé un regalo por correo a tiempo, pero no tengo ni idea de cuándo o de si llegará…

Por aquí ninguna novedad. Felix anda como es de esperar. Sigue experimentando episodios periódicos de desesperación por la pandemia, insinuando amenazante que si la situación se alarga mucho más no se hace responsable de sus actos. Pero luego acostumbra a animarse de nuevo. Entretanto, ha estado haciendo la compra para varias personas mayores del pueblo, lo que le proporciona un sinfín de oportunidades de quejarse de la gente mayor, y también pasa bastante tiempo en el huerto comunitario, haciendo compost, quejándose de hacer compost, y así. Por mi parte, la diferencia entre el confinamiento y la vida normal es (¿deprimentemente?) mínima. Entre el ochenta y el noventa por ciento de mis días son idénticos a lo que serían de todos modos: trabajar desde casa, leer, evitar las reuniones sociales. Pero resulta que hay una gran diferencia entre tener una dosis siquiera diminuta de socialización y no tener nada. Es decir, una cena cada dos semanas es algo categóricamente distinto a ni una sola cena. Y, por supuesto, continúo echándote rabiosamente de menos, y a tu novio también. Verlo en las noticias la otra noche fue la emoción de nuestras vidas, por cierto. Felix está convencido de que la perra lo reconoció, porque le ladró a la pantalla; pero entre tú y yo, está todo el día ladrándole a la tele.

No sé si has seguido algo de todo esto, pero hace un mes, estaba respondiendo a una entrevista por email, y me preguntaban qué pensaba mi pareja de mis libros. Sin pensarlo, respondí que no los había leído. Así que, por descontado, ese pasó a ser el titular de la entrevista: «Alice Kelleher: mi novio no ha leído mis libros», y luego Felix vio un tweet popular que decía algo como «esto es tristísimo... ella se merece algo mejor». Me enseñó el tweet en la pantalla del móvil una noche sin decir nada, y cuando le pregunté qué le parecía, solo se encogió de hombros. Al principio pensé: un ejemplo perfecto de esta «cultura libresca» superficial y petulante nuestra, en la que se margina a los no lectores como si fuesen moralmente inferiores, y en la que cuantos más libros lees, más por encima estás de todo el mundo. Pero luego pensé: no, lo que tenemos aquí en realidad es un ejemplo de cómo el pensamiento de una persona supuestamente cuerda y normal se ha visto perturbado por el concepto de celebridad. El ejemplo de alguien que cree con toda sinceridad que, como ha visto mi foto y ha leído mis novelas, me conoce personalmente, y de hecho sabe mejor que yo lo que me conviene en la vida. ¡Y le parece normal! Le parece normal, no solo tener estos pensamientos extraños en privado, sino expresarlos en público y recibir una reacción y atención positivas como resultado. No tiene ni idea de que, en este reducido aspecto, está simple y literalmente loca, porque a su alrededor todo el mundo está loco de la misma manera exacta. No son capaces de distinguir entre alguien de quien han oído hablar y alguien a quien conocen en persona. Y creen que los sentimientos que tienen hacia esa que imaginan que soy yo —confianza, resentimiento, odio, lástima— son tan reales como los sentimientos que tienen hacia sus propios amigos. Esto me lleva a preguntarme si la cultura de los famosos no habrá metastatizado para llenar el vacío dejado por la religión. Como un tumor maligno que antes ocupaba lo sagrado.

En cuanto al resto de noticias que no son noticia, el folletín de mi mala salud sigue igual. Por una cosa u otra, me encuentro mal casi cada día. Cuando estoy animada, me digo que es solo consecuencia de todo el estrés y el agotamiento acumulados de los últimos años, y que se irá pasando con tiempo y paciencia. Y cuando estoy desanimada, pienso: ya está, esto es mi vida. He estado leyendo mucho sobre el «estrés» en la literatura médica. Todo el mundo parece coincidir en que es tan malo para la salud como el fumar, y que más allá de cierto punto es prácticamente garantía de consecuencias adversas graves. Y, sin embargo, el único tratamiento que se recomienda para el estrés es no experimentarlo, de entrada. No es como la ansiedad o la depresión, que puedes ir al médico, y que te trate, y con suerte experimentar cierto grado de mejoría sintomática. Es como tomar drogas ilegales: no hay que hacerlo, y si lo haces, deberías intentar hacerlo menos. No hay ninguna medicación disponible para tratar el problema, y tampoco ningún régimen terapéutico avalado por evidencias reales. ¡No te estreses y punto! ¡¡Es importantísimo, si no podrías terminar muy enfermo!! En fin, desde un punto de vista etiológico, tengo la sensación de que llevo años encerrada en una sala llena de humo con miles de personas soltándome gritos incomprensibles día y noche. Y no sé cuándo se acabará, ni cuánto tardaré en encontrarme mejor cuando acabe, ni si me encontraré mejor algún día. Por un lado, sé que el cuerpo humano tiene una resistencia enorme. Por otro, mis robustos ancestros campesinos no hicieron gran cosa por prepararme para una carrera de novelista famosa con mala prensa. ¿Tú qué opinas? ¿Retorno gradual a un estado de leve a moderada salud física? ¿O aceptación gradual de una mala salud crónica, que tal vez ofrezca nuevas oportunidades para el crecimiento espiritual?

Hablando del tema: cuando Felix ha visto que te estaba escribiendo un email, ha dicho «Tendrías que contarle que ahora eres católica». Solo porque hace poco me preguntó si creía en Dios y yo le dije que no lo sabía. Se pasó el resto del día renegando por ahí, y luego me dijo que si me largaba y me metía en un convento, mejor que no esperase visitas suyas. Huelga decir que no me voy a meter en ningún convento, y que ni siquiera soy católica, que yo sepa. Solo siento, acertada o equivocadamente, que hay algo debajo de todas las cosas. Cuando una persona mata o hace daño a otra, ahí hay «algo», ¿verdad? No solo átomos volando en diversas disposiciones por el espacio vacío. No sé cómo explicarme, en realidad. Pero siento que importa: no hacer daño a otras personas, ni siquiera en propio interés. Felix, por supuesto, coincide en este sentimiento dentro de lo que cabe, y señala (de manera muy razonable) que nadie va por ahí cometiendo asesinatos en masa solo porque no crea en Dios. Pero yo pienso cada vez más que es porque, de un modo u otro, sí que creen en Dios: creen en ese Dios que es el principio de bondad y de amor que subyace, muy hondo, a todo. Bondad al margen de recompensas, al margen de nuestros propios deseos o al margen de que haya alguien mirándonos o de que alguien lo vaya a saber. Si eso es Dios, dice Felix que entonces vale, que es solo una palabra, que no significa nada. Y, por supuesto, no tiene que ver con el cielo ni con ángeles ni con la resurrección de Jesucristo, pero igual esas cosas nos ayudan de algún modo a conectar con lo que sí que significa. Que la mayor parte de nuestros esfuerzos por describir la diferencia entre el bien y el mal a lo largo de la historia de la humanidad han sido flojos, crueles e injustos, pero que esa diferencia sigue ahí: más allá de nosotros mismos, más allá de cada cultura concreta, más allá de cualquier persona individual que haya vivido o muerto jamás. Y nos pasamos la vida intentando determinar esa diferencia y vivir de acuerdo con ella, intentando amar a otras personas en lugar de odiarlas, y esa es la única cosa que importa en el mundo.

El libro iba avanzando a trompicones, pero ahora se ha quedado estancado en una especie de goteo intermitente. Como es natural, mi temperamento optimista ha evitado que vea ningún mal presagio en este giro de los acontecimientos. ¡Jaja! Pero, en serio, estoy intentando no entrar en ese bucle esta vez, preocupándome por si el cerebro me ha dejado de funcionar y no vuelvo escribir otra novela. Algún día estaré bien y dudo que me alegre de haber pasado tanto tiempo angustiada por anticipado. Sé que soy afortunada en muchas cosas. Y cuando lo olvido, solo tengo que recordarme que Felix está vivo, y tú, y Simon, y me siento maravillosa y casi alarmantemente afortunada, y rezo por que no os pase jamás nada malo a ninguno. Ahora respóndeme y cuéntame cómo estás.

30

Alice –muchas gracias por los comentarios, ¡y por el regalo de cumpleaños, que llegó a tiempo y era generoso como de costumbre!– y perdona por este pequeño retraso. Sé que me perdonarás, porque te escribo con noticias importantes y confidenciales. Confidenciales por el momento, eso sí, y como comprenderás enseguida, no por mucho tiempo. La noticia es esta: estoy embarazada. Lo supe con seguridad hace unos días cuando saqué un test de su envoltorio de plástico, que corté con unas tijeras de cocina, y oriné después sobre él en el baño antes de que Simon volviese a casa después de una sesión del comité a la que tenía que asistir en persona. Cuando el test dio positivo, me senté a la mesa de la cocina y me puse a llorar. No sé muy bien por qué. No puedo decir que fuese un shock, porque el médico me había retirado la píldora hacía meses y tenía un retraso de tres semanas. No te voy a aburrir ni a incomodar con más detalles concretos de cómo me quedé embarazada: estoy segura de que a estas alturas de nuestra amistad no te sorprenderá ninguna conducta irresponsable por mi parte, pero baste decir que hasta Simon es humano. En fin, yo no tenía ni idea de cuánto tardaría él en volver –una hora, dos horas, o igual llegaba a las tantas y me pasaba la tarde entera ahí sola sentada–, y justo cuando estaba pensando eso, oí las llaves en la puerta. Simon entró, y me vio en la mesa, sin hacer nada, y le pedí que se sentase conmigo. Se quedó plantado mirándome un momento que pareció larguísimo, y luego, sin abrir la boca, se acercó y se sentó. Antes de que yo dijese nada, supe que lo sabía. Le conté que estaba embarazada, y él me preguntó qué quería hacer. Por extraño que parezca, no lo había pensado en ningún momento hasta que me lo preguntó. Pero solo habían pasado unos minutos, en realidad, y lo único que había pensado en ese tiempo era donde estaría él −si seguiría en el trabajo, o volviendo ya, si se habría parado en la farmacia o en el supermercado− y cuánto tardaría en volver. Cuando me preguntó, no me fue difícil responder, no tuve ni que pensarlo. Le dije que quería tener al bebé. Y entonces él se echó a llorar y me dijo que era muy feliz. Y le creí, porque yo también era muy feliz.

Alice, ¿es esta la peor idea que he tenido en la vida? En un sentido, puede que sí. Si va todo bien con el embarazo, el bebé nacerá seguramente hacia principios de julio del año que viene, momento en el que tal vez sigamos confinados, y yo tendría que dar a luz sola en una sala de hospital en mitad de una pandemia global. Incluso dejando a un lado esa preocupación más inmediata, ni tú ni yo confiamos en que la civilización humana tal y como la conocemos vaya a perdurar más allá de nuestras vidas. Pero, por otra parte, da igual lo que yo haga: cientos de miles de bebés nacerán el mismo día que este hipotético bebé mío. Su futuro es sin duda tan importante como el futuro de mi hipotético bebé, que solo se distingue por su relación conmigo y con el hombre al que amo. Supongo que quiero decir que van a seguir llegando criaturas de todos modos, y que en el panorama general de las cosas poco importa que alguna de ellas sea mía o de Simon. Debemos intentar en cualquier caso construir un mundo en el que puedan vivir. Y siento, de una manera extraña, que quiero estar del lado de esas criaturas, y del lado de sus madres; estar con ellas, no solo como observadora, admirándolas desde la distancia, elucubrando sobre lo que les conviene, sino ser una de ellas. Y no estoy diciendo, por cierto, que me parezca importante para todo el mundo. Solo creo, y no sé explicar por qué, que es importante para mí. Además, no soportaría la idea de abortar solo porque tengo miedo del cambio climático. Para mí (y puede que solo para mí) sería una especie de gesto enfermo, insensato, una forma de mutilar mi vida real por sumisión a un futuro imaginado. No quiero formar parte de un movimiento político que me hace ver mi propio cuerpo con recelo y terror. Da igual lo que pensemos o temamos sobre el futuro de la civilización, las mujeres de todo el mundo seguirán teniendo hijos, y mi lugar está con ellas, y el lugar de cualquier hijo que yo tenga estará con sus hijos. Sé, con un hilo de racionalidad, que lo que estoy diciendo no tiene ningún sentido. Pero lo siento, lo siento, y sé que es verdad.

La otra cuestión, que tal vez te parezca incluso más acuciante –¡ojalá supiera lo que piensas!, ¡respóndeme pronto, por favor, y cuéntamelo!– es, para empezar, si estoy preparada para criar a un hijo. Por un lado, me encuentro bien de salud, tengo una pareja que me apoya y que me quiere, tenemos estabilidad económica, tengo buenos amigos y familia, estoy en la treintena. Es posible que las circunstancias no vayan a ser nunca mejores. Por otro lado, Simon y yo solo llevamos juntos dieciocho meses (!), vivimos en un piso de una habitación, no tenemos coche y yo soy una idiota perdida que hace poco estalló en lágrimas porque no supo responder a ninguna de las preguntas de la primera ronda de «University Challenge». ¿Es ese un modelo de conducta apropiado para un niño? Cuando me paso el día moviendo comas de aquí para allá, y luego hago la cena, y luego lavo los platos, y después de esta sencilla serie de tareas estoy tan cansada que podría escurrirme físicamente a través el suelo y convertirme en parte de la tierra, ¿es esa la mentalidad de una persona que está preparada para tener un bebé? He hablado con Simon de esto, y dice que estar cansado después de cenar seguramente sea normal después de los treinta, nada de lo que haya que preocuparse, y que a «todas las mujeres» les dan lloreras, y aunque sé que no es verdad, lo cierto es que sus creencias paternalistas sobre las mujeres me parecen encantadoras. A veces pienso que está tan perfectamente hecho para ser padre, que es tan tranquilo, tan bienhumorado y de fiar, que da igual el desastre que sea yo: el niño saldrá bien de todos modos. Y le gusta tanto la idea de que tengamos un hijo juntos —me doy cuenta de lo feliz y orgulloso que está ya, lo ilusionado—, y es tan embriagador hacerlo feliz de esa manera… Me cuesta creer nada verdaderamente malo de mí misma cuando pienso en lo mucho que me quiere. Intento recordarme que los hombres se pueden volver idiotas por las mujeres, pero tal vez tiene razón, tal vez no estoy tan mal, puede que sea incluso buena persona, y que tengamos una familia feliz juntos. Alguna gente lo consigue, ¿no? Tener una familia feliz, me refiero. Sé que tú no la tuviste, y yo tampoco. Pero, Alice, aun así me alegro de que naciésemos. En cuanto al apartamento, Simon dice que no hay que preocuparse por eso, porque podemos comprar una casa en una zona que no sea tan cara. Y, por supuesto, ha sugerido de nuevo que deberíamos pensar en casarnos, si yo quiero…

¿Me imaginas a mí, madre, mujer casada, dueña de una casita adosada en The Liberties? Con garabatos en el papel de la pared y piezas de Lego por todo el suelo. Me río solo de escribirlo, tienes que reconocer que no me pega nada. Pero tampoco me imaginaba siendo la novia de Simon el año pasado. No me refiero solo a que me costase imaginar qué dirían nuestras familias, o qué pensarían nuestros amigos. Me refiero a que no podía imaginar que seríamos felices. Creía que sería como todo en mi vida —triste y complicado—, porque yo era una persona triste y complicada. Pero yo ya no soy eso, si es que alguna vez lo fui. Y la vida es más cambiante de lo que pensaba. Quiero decir que una vida puede ser desgraciada durante mucho tiempo y luego ser feliz. No es solo una cosa o la otra; no está anclada a un raíl llamado «personalidad» y tiene que seguir por ahí hasta el final. Pero yo antes creía que sí. Ahora todas las noches cuando terminamos de trabajar, Simon pone el telediario mientras yo hago la cena, o yo pongo el telediario mientras él hace la cena, y comentamos las últimas directrices de salud pública, y las noticias sobre lo que se anda diciendo en el gabinete de ministros, y lo que Simon ha oído de primera mano que se anda diciendo en realidad en el gabinete de ministros, y luego cenamos y lavamos los platos y yo le leo un capítulo de «David Copperfield» tumbados en el sofá, y luego nos pasamos una hora mirando tráileres de varias plataformas de streaming hasta que uno se duerme o nos dormimos los dos y nos vamos a la cama. Y por la mañana cuando me despierto siento una felicidad casi dolorosa. De vivir con alguien a quien de verdad amo y respeto, y que de verdad me ama y me respeta; el cambio que ha supuesto en mi vida. Desde luego, ahora mismo todo es horrible, y te echo rabiosamente de menos, y echo de menos a mi familia, y echo de menos las fiestas y las presentaciones de libros y salir al cine, pero todo eso significa que amo mi vida, y que me hace ilusión recuperarla, ilusión sentir que va a continuar, que seguirán pasando cosas nuevas, que nada ha terminado todavía.

Ojalá supiese qué piensas de todo esto. Yo aún no me hago una idea de cómo será: que sentiré, cómo pasarán los días, si continuaré teniendo ganas de escribir o si seré capaz, en qué se convertirá mi vida. Supongo que creo que tener un hijo es simplemente la cosa más normal que me imagino haciendo. Y quiero eso: demostrar que la cosa más normal en los seres humanos no es la violencia, ni la avaricia, sino el amor y el cuidado. Demostrárselo a quién, no sé. A mí misma, quizá. En fin: no lo sabe nadie más, y vamos a esperar unas semanas antes de anunciarlo, salvo a ti y a Felix. Se lo puedes contar si quieres, por supuesto, o Simon se lo puede decir por teléfono. Sé que no es la vida que imaginabas para mí, Alice: comprar una casa y tener un hijo con el chico con el que crecí. Tampoco es la vida que yo imaginaba para mí antes. Pero es la vida que tengo, la única. Y mientras te escribo este mensaje, soy muy feliz. Te quiero.

AGRADECIMIENTOS

El título de este libro es una traducción literal tomada del poema de Friedrich Schiller «Die Götter Griechenlandes» [«Los dioses de Grecia»], que se publicó en 1788. En el original alemán, el verso dice: «Schöne Welt, wo bist du?». Franz Schubert le puso música a un fragmento del poema en 1819. *Beautiful World, Where Are You?* fue también el título de la Bienal de Liverpool de 2018, que visité mientras asistía al Festival Literario de Liverpool en octubre de ese año.

Me gustaría agradecer aquí algunos de los apoyos que he recibido mientras trabajaba en este libro. En primer lugar, quiero darle las gracias a mi marido, que hace posible que yo pueda vivir y trabajar como lo hago. John, solo puedo intentar plasmar en mi escritura una pequeña medida del amor y la felicidad que has traído a mi vida. Y a mis amigas Aoife Comey y Kate Oliver: me siento afortunada todos los días por vuestra amistad, nunca podré agradeceros lo suficiente.

Tengo una enorme deuda de gratitud con John Patrick McHugh, cuyas excelentes impresiones en un primer momento me llevaron a encontrar el rumbo nuevo que necesitaba para este libro. Y estoy igualmente en deuda con mi editora, Mitzi Angel, que me ayudó desde el principio a ver lo que había de bueno en la novela, y cómo podría ser mejor. Quiero dar las gracias asimismo a Alex Bowler por sus comentarios, perspicaces y concienzudos. Y gracias también, en lo personal y lo profesional, a Thomas Morris, y a mi agente y querida amiga Tracy Bohan. Por las conversaciones que me ayudaron a desenmarañar los problemas del libro, y en algunos casos, por su ayuda con dudas factuales y prácticas, querría darles mi agradecimiento —como a todos los ya mencionados— a Sheila, Emily, Zadie, Sunniva, William, Katie y Marie.

Pasé una temporada maravillosa trabajando en esta novela en Santa Maddalena, en la Toscana. Me gustaría darles las gracias a Beatrice Monti della Corte von Rezzori y a la Santa Maddalena Foundation por haber tenido la generosidad de invitarme a disfrutar de una residencia allí. Y a Rasika, Sean, Nico, Kate, Fredrik: ¿cómo podré agradeceros nunca aquellas semanas divinas?

Querría agradecer también el apoyo del Cullman Center de la Biblioteca Pública de Nueva York, donde estuve becada en 2019-2020. Mi agradecimiento no va solo para su maravilloso equipo, sino también para mis compañeros de beca, en particular Ken Chen, Justin E. H. Smith y Josephine Quinn. El artículo de Josephine sobre el colapso de la Edad de Bronce («Your own ships did this!», *London Review of Books*, 2016) sirvió de base, claramente, para las reflexiones de Eileen en el capítulo 16 de esta novela (aunque, por descontado, cualquier error que pueda haber es solo mío y de Eileen).

Por último, a todo el mundo que ha trabajado en la publicación, la distribución o la venta de este libro, mi más cordial agradecimiento.